신단의 어둑시니

지은이 | 잠비
펴낸이 | 권순남
펴낸곳 | (주)마야 · 마루출판사

1판1쇄 인쇄일 | 2017년 10월 25일
1판1쇄 발행일 | 2017년 10월 27일

등록일자 | 2008년 1월 7일
등록번호 | 제310-2008-00001호

주소 | 서울시 노원구 상계 1동 1049-25 신영산업 BD 602호
대표전화 | 02-2091-0291
팩스 | 02-2091-0290
이메일 | marubooks@hanmail.net

978-89-280-8625-2(03810)

값 9,000원

• 저자와 협의하여 인지를 붙이지 않습니다.
• 잘못된 책은 교환하여 드립니다.

「이 도서의 국립중앙도서관 출판시도서목록(CIP)은 서지정보유통지원시스템 홈페이지(http://seoji.nl.go.kr)와
국가자료공동목록시스템(http://www.nl.go.kr/kolisnet)에서 이용하실 수 있습니다.」
(CIP제어번호:CIP2017027143)

목차

- 一 步. 개문(開門) ⋯007
- 二 步. 타오르는 붉은 구름 (1) ⋯019
- 三 步. 타오르는 붉은 구름 (2) ⋯032
- 四 步. 과부촌의 바느질아치 ⋯048
- 五 步. 달밤에 스치다 ⋯063
- 六 步. 마주하는 인연 ⋯076
- 七 步. 다가오는 붉은 꽃의 계절 ⋯093
- 八 步. 아득함의 끝에서 (1) ⋯110
- 九 步. 아득함의 끝에서 (2) ⋯129
- 十 步. 꽃이 피었다 ⋯143
- 十一 步. 향기로운 아침, 은조 (1) ⋯155
- 十二 步. 향기로운 아침, 은조 (2) ⋯166
- 十三 步. 너를 보았다 ⋯180
- 十四 步. 치월(緇月) ⋯196

- 十五 步. 달과 꽃과 내 사람 (1) ···213
- 十六 步. 달과 꽃과 내 사람 (2) ···227
- 十七 步. 재넘이가 분다 (1) ···242
- 十八 步. 재넘이가 분다 (2) ···254
- 十九 步. 어머니의 선물 ···270
- 二十 步. 강하게, 따스하게 ···290
- 二十一 步. 결심의 밤 ···304
- 二十二 步. 너의 이름과 그날의 약속 ···317
- 二十三 步. 두억시니와 새타니 ···336
- 二十四 步. 절겨거리다 ···354
- 二十五 步. 호두나무 다섯 그루 ···369
- 二十六 步. 내 이름을 불러 줘 ···384
- 二十七 步. 너는 떠오르는 해 ···399
- 二十八 步. 꽃다지 ···416
- 마지막 페이지를 덮으며 ···431

신단의 어둑시니

一步. 개문(開門)

 푸른빛에 감싸인 청월이 괴괴한 밤이었다. 작은설의 초하루. 바람은 칼날 같았고, 내리는 눈발이 돌멩이처럼 아프게 날아왔다. 하필 작은 신을 신고 나온 발가락은 벌써 한참 전에 얼었다. 그래서 아픈 줄도 몰랐다.
"허억, 허억!"
 바삐 뛰어가는 처녀 아이의 얼굴은 흉했다. 흉하다는 말마저 후한 인상이었다. 기다란 두상과 녹아 늘어진 듯 긴 턱은 말머리 같고, 뒤집어진 입술은 제때 침을 삼키지 못해 주변이 늘 분주했다.
"쓰르릅!"
 다물어지지 않는 입술에서 또 한 번 침을 닦은 소맷자락이 한겨울 추위에 금세 얼어붙었다. 이미 딱딱하게 굳은 천이 그녀의 넓은 턱에 여러 겹으로 화끈한 상처를 남겼다. 그래도 아픈 줄 몰랐다. 그보다는 그녀를 따라오는 아이들의 발소리가 가까워지는 것이 더 두려웠다.

"저기 간다. 말머리 괴귀! 빨리 잡아!"

"돌 던져!"

픽!

"맞았다. 맞았어. 내가 맞혔어!"

한 아이가 던진 돌이 처녀 아이의 어깨를 맞고 그녀의 앞으로 굴렀다.

"아앗!"

설상가상 그 돌을 밟고 넘어질 뻔했지만 그녀는 용케도 균형을 잡고 다시 달렸다. 눈물도 나지 않았다. 아주 어렸을 때부터 자주 겪어 이제는 새삼스럽지도 않은 일이었다.

다행히 아이들은 거리가 점차 멀어지자 더 이상 따라오지 않았다. 그제야 안심하고 집으로 발길을 돌렸다.

"후우."

아버지께서 먼저 돌아오신 모양이었다. 큰방에서 불빛이 새어 나왔다. 돌에 맞은 어깨를 털고, 마지막으로 한 번 더 침을 닦고, 그러고서야 처녀 아이는 사립문 안으로 발을 들여놓았다.

"보선이냐?"

"…예, 아버님. 보선입니다."

턱 끝까지 차오른 숨결을 정리하느라 늦어진 대답은 참새의 가슴 털만큼이나 가볍고 밝았다. 보선은 찬찬히 걸어 댓돌 위에서 눈이 쌓인 아비의 신발을 털어 툇마루에 올려놓았다. 아침 일찍 더 나가실 터인데 단 두 개뿐인 신이라 젖으면 곤란하다.
"늦었구나. 어서 들어가 쉬거라."
"예. 편히 주무세요."
아비의 당부를 들은 다음에야 보선은 한쪽의 작은 방으로 들어가 참았던 숨을 크게 내쉬었다. 돌에 맞은 어깨가 아팠다. 다행히 피는 보지 않았지만 내일 아침 일찍 쌀을 씻어 밥을 하려면 불편할 수도 있을 것 같았다.
"들키면 안 되는데……."
아버지께서 알게 되면 또 화를 내실 것이다. 병신처럼 맞고 다닌다고 걱정하실 것이다.
바람이 새어 들어오는 문간에 느루 쪼그리고 앉은 몸뚱이는 작고 초라했다. 그녀의 흉한 얼굴만큼이나 너덜너덜한 한숨이 젖은 입술을 떠났다.

그해 봄, 처음으로 뒷산에 이른 꽃이 피었다. 워낙에 추운 마을이라 늦은 봄까지 꽃이 피는 일이 잘 없는 곳이기에 보고 또 보아도 경이로웠다. 울긋불긋, 대가 댁 마님의 비단 치맛자락같이 설레는 그 꽃들을 보선은 하루에도 몇 번씩 돌아보았다.
보잘것없는 작은 마을에 살던 그녀의 아버지는 그 마을에 하나뿐인 훈장이었다.
"보선아, 어디 있느냐?"
해가 질 무렵, 아비가 부르는 소리에 냉큼 달려 나간 보선은 습관처럼 흉한 얼굴을 바로 들지 못하고 외쪽으로 꼬았다.

"부르셨어요, 아버님!"

아주 잠시, 그런 보선을 향한 아비의 시선이 안타깝게 엉켜들었다.

"오냐. 긴히 할 말이 있으니 잠시 방으로 들거라."

보선이 방으로 들어서자 김 훈장은 그녀에게 잘 접은 서신 하나를 내밀었다.

"이게 뭔가요?"

"혼서다!"

"호, 혼서요?"

깜짝 놀란 보선이 부지불식간 고개를 들고 아비를 바라보았다. 그녀의 흉한 용모를 마을 안에 모르는 사람이 없었다. 길쭉한 두상과 찢어진 듯 가는 눈매, 코는 들창코이고 말을 조심하지 않으면 침이 튀는 입술이었다. 워낙 작은 마을이라 가구 수도 몇 되지 않고, 그래서 처녀는 귀했다. 그러나 훈장의 하나뿐인 딸임에도 보선에게 관심을 가지는 사내는 없었다. 그런데 혼서라니. 누가?

"놀랐느냐? 실은 말이다……."

길지 않은 아비의 이야기는 더더욱 놀라웠다. 보선의 나이 열아홉, 훈장인 아비의 아래서 글도 깨우친 그녀는 책도 많이 읽었다. 하나 단연코 지금껏 들은 이야기 중 가장 신비한 이야기였다.

"신단이요? 그게 뭔가요?"

"그래, 그리 부르지. 그러나 감춰진 이름이니라. 세상이 이처럼 고요하도록, 왕이 왕답도록 모든 것을 조율하지."

"무엇을 조율합니까?"

"그분은 뭐든 할 수 있단다. 태 없는 배에 태를 넣을 수도 있고, 필요하다면 구천을 건너간 자를 다시 불러와 긴히 쓸 수도 있지. 보선아, 이 혼례는 그래서 아주 귀한 것이야."

아비의 설명은 구름 위를 떠다니는 햇살 같았다. 손에 닿지 않고 귀에 닿지 않았다. 그래서 보선은 무엇을 어찌 조율한다는 것인지 그 의미를 알지 못했다. 다만 가슴이 벌렁거렸을 뿐이었다. 아비가 신단의 장로였다는 것도, 그토록 대단한 신단의 젊은 단주가 혼서를 보낸 장본인이라는 것도 믿을 수 없었다. 누군가, 자신을 원하는 이가 있다는 것이, 그것이 감격스러워 입술에서 흐르는 침을 닦아야 한다는 것도 잊었다.

그 사내, 청설을 처음 만난 것은 혼서를 받은 열흘 후였다.

평소처럼 냇가에서 빨래를 하고 돌아오는데 누군가 사립문 앞에서 서성거리기에 숨어서 한참이나 기다렸었다. 빨래도 마을 아낙들이 모두 돌아가면 그때야 조용히 가서 하는 그녀였다. 공연히 다른 사람과 얼굴을 대면하여 그들의 입에 제 몰골이 화두로 오르내리는 것이 싫었기 때문이었다. 그런데 집 앞의 손님은 아무리 기다려도 자리를 뜨지 않았다.

"아이참! 왜 여태 서 있지. 아무도 없으면 그냥 돌아가지 않고."

손님이 돌아가기를 기다리고 기다리던 보선은 그만 그늘 속에서 깜박 잠이 들었고, 다시 눈을 떴을 때 예의 그 손님이 바로 눈앞에서 웃고 있었다.

"에구머니나!"

깜짝 놀라서 뒤로 넘어지는 보선의 허리를 받아 주며 환하게 웃던 이가 바로 청설이었다. 신단의 젊은 단주이며 그녀에게 혼서를 보낸 사내.

"괜찮으십니까? 훈장님을 뵈러 왔습니다만, 혹 보선 낭자십니까?"

미소가 어여쁜 사내였다. 아니, 계집보다 더 아름다운 사내였다. 허리 뒤로 늘어진 머리카락은 갓 뽑은 비단실보다 부드럽고, 새하얀 살결은 껍질 벗긴 콩같이 매끈했다. 맑은 눈빛! 선량한 그 눈빛!

부랴부랴 얼굴을 감춘 보선의 손을 잡아 일으켜 주며 청설은 내내 빙그레 웃기만 했다. 그녀의 흉한 얼굴에 대한 어떤 말도 없었다. 혀를 차거나 일부러 시선을 피하지도 않았다.

"소생은 청설이라 합니다."

"기, 김보선입니다."

그날부터 매일매일 보선은 혼례 날만 기다렸다. 사나흘에 한 번씩 들러 아버지와 이런저런 이야기를 하고 돌아가는 청설의 그림자만 마주해도 가슴이 떨려서 서 있을 수가 없었다. 어쩌다가 눈이라도 마주치는 날에는 밤이 새도록 잠을 이루지 못하고 소리 죽여 웃었다.

그런 사내가 제 지아비가 된다니, 그리 고운 사내와 혼인하게 된다는 것이 믿어지지 않았다.

차츰, 마을 사람들과 대면하는 일도 두렵지 않았다. 저는 그리 생겼어도 내 지아비만은 그리 잘났노라 말하고 싶은 욕심이 하루하루 커져 갔다. 돌을 던지는 아이들에게 돌아서서 일부러 괴귀 흉내를 내며 쫓기도 했다. 울며 달아나는 아이들을 보면 그렇게 통쾌할 수가 없었다.

김 훈장도 그런 보선의 변화를 반겼다. 풀 죽고, 기죽어 집 안에서만 지내던 아이가 토닥토닥 문밖으로 나가고 제법 다른 이들과 대화도 하는 것을 보며, 이제는 한시름 놓았구나 생각했었다.

봄이 지나고 여름이 지나고 가을의 찬바람이 아침저녁으로 제법 쌀쌀하던 어느 날!

청설이 기별도 없이 집으로 찾아왔다. 혼례를 스무날 앞둔 밤이었다.

"어쩐 일이세요? 아버지는 잠시 출타 중이십니다."

더 이상 그의 앞에서 얼굴을 감추지 않게 된 보선이 두근거리는 속내를 삭이며 물었다.

"아니, 오늘은 낭자를 만나러 왔습니다."

"저, 저를요?"

"예. 잠시 시간을 내어 주시겠습니까?"

그의 낯빛은 평소보다 어수선해 보였지만 보선은 날뛰는 가슴을 부여잡고 수줍게 고개를 끄덕였다. 그가 이렇게 자신을 만나러 일부러 온 것은 처음이었다. 역시 혼례가 얼마 남지 않아서일까? 그나저나 어째서 아버지께서는 이리 늦으시는 것이지?

가슴 한쪽에선 귀가가 늦는 아버지를 걱정하면서도 보선은 청설과 단둘이 이야기를 나눌 수 있다는 생각에 들떠 있었다.

그런데, 그런 그녀에게 청설이 한 말은 하늘이 무너지는 것과 같았다.

"지금… 무슨 말씀을 하시는 건가요?"

간결한 용건이 끝난 후, 보선은 휘청거리는 다리를 억지로 버티고 서서 물었다. 눈앞이 아득해지고 목 뒤로 땀이 흘렀다. 가을바람이 치맛자락이라도 벨 듯 날카로운데 보선의 온몸에선 땀이 났다. 청설이 한 이야기가 너무 뜨겁게 몸을 태웠다.

"오해가 있었던 듯합니다. 제 뜻이 담기지 않은 혼서가 어째서 이 댁으로 왔는지 모르겠지만 송구합니다. 저도 오늘에야 알게 되어 달려왔습니다. 어떤 말로도 용서가 안 되겠지만, 부디 용서하십시오."

"그럴 리가 없어요. 아버지께서, 아버지께서 직접 하신 말씀인데, 그럴 리가 없어!"

"진심으로 송구합니다. 하지만 저는 누구와도 혼인할 수 없는 몸입니다."

청설이 진심을 다해 사죄하고 있다는 것은 느낄 수 있었다. 그는 정말 괴로워 보였으니까. 흰 얼굴이 파랗게 질려서 사력을 다해 용서를 빌었다. 그래도 보선에겐 지금 이 순간이 너무나 잔인했다. 갈 곳 없는 낭떠러지에 서 있는데 누군가 긴 꼬챙이로 밀며 떨어지라고 낄낄거리는 것 같았다.

"어쩔 수 없지요. 더 늦기 전에 단주님의 사죄를 받았으니 그걸로 되었습니다."

단정하게 고개를 숙이는 청설의 앞에서 보선은 질끈 눈을 감았다. 그럼 그렇지. 그런 행운이 저 같은 괴물에게 있을 리가 없었다. 정말 처음이었다. 그녀의 흉한 얼굴을 똑바로 보면서 웃어 준 사람은. 얼굴이 아니라 성품을 보아 주고 언제나 예의를 지키던 사람. 그녀는 이미 돌이킬 수 없을 만큼 청설을 연모하고 있었다.

 그날 밤! 밤늦게 돌아오신 아버지는 술에 취해 계셨다. 먼저 가신 어머니를 대신해 흉물스런 그녀를 기르며 단 한 번도 취한 적 없었던 아버지셨다. 이미 혼서가 잘못되었음을 알고 계셨던 듯했다. 딸에게 커다란 실망과 슬픔을 안겨 주었다는 생각에 아버지는 식음을 전폐하셨고 결국 이듬해 자잘한 지병으로 돌아가셨다.

 홀로 남겨진 보선에겐 남은 것이 없었다. 그녀를 원하는 사람도, 도움의 손길을 뻗을 사람도, 다정한 말 한마디 위로를 해 줄 이도 없었다. 가끔씩 청설이 보냈다며 신단에서 사람이 왔다. 그들은 그녀에게 부족한 것이 없도록 모든 것을 손써 주었다. 그래도 죽은 것만 못했다.

 그렇게 목숨만 붙여 죽은 듯 살고 있을 때, 쥐꼬리만 한 밭을 가진 촌로의 후처 자리라며 방물장수가 내민 혼서를 쥐고 보선은 두말없이 그 집으로 들어갔다. 그때는 누구든 상관없다고 생각했다. 누구라도 곁에 있어만 준다면 좋겠다고!

 촌로는 눈병을 앓고 있었다. 하여 신부의 얼굴 생김새 같은 건 상관이 없었다. 다행이라 생각했고, 어떻게든 마음을 붙이려 노력도 했다. 그럴수록 수려하고 맑은 청설의 모습은 끈덕지게 그녀를 괴롭혔다.

 촌로는 나이가 있었으나 보선은 젊었기에 금세 회임하였다. 하나 그녀는 여전히 마음의 병을 앓고 있었기에 산달을 다 채우지 못한 채 사내아이를 낳아야 했다. 그런데 어미가 넓은 마음으로 품지 못해서였을까? 힘들게 태어난 아이마저 시름시름 앓기 시작했다. 보선은 가슴을 쥐어뜯으며 울었다.

"이럴 수는, 이럴 수는 없어."

용하다는 의원은 모두 찾아다니며 아이를 살리고자 애를 썼지만 다들 고개를 저을 뿐, 그 누구도 그녀의 어린 아들을 살릴 재간이 없다며 등을 돌렸다.

그때 다시 청설이 생각났다. 그가 가진 신묘한 힘이라면, 내 아들을 살릴 수 있겠구나. 필요하면 왕도 바꾸는 힘이라고 했다. 세상이 고요하고 아름답도록 지속하는 것이 그들, 신단이 하는 일이라고 했다. 그럼 당연히 내 아들도 살려야 하잖아. 그게 맞아!

보선은 단 한 번 아비를 따라갔던 기억을 더듬어 그림자로 가득한 그 산을 찾아갔다.

"살려 줘요. 내 아들 좀, 제발요."

"보선!"

"이렇게 빌게요. 이 정도는 해 줄 수 있잖아요, 당신이 나한테 그렇게 모질지만 않았어도, 내 아버진 아직 살아 계셨을 거야. 그러니까, 살려 줘요, 내 아들이라도. 제발!"

"내게 그런 힘은 없습니다."

청설은 난색을 표했지만 보선은 그의 말을 믿지 않았다. 아버지께서 늘 그러셨다. 신단의 수장이라면 일생에 단 한 번 죽어 가는 목숨을 다시 살릴 힘을 가지고 있다고. 오래된 혼도, 저승으로 끌려간 혼도 그 힘으로 되돌릴 수 있다고 말이다.

"그대의 아비가 잘못 알았어요. 신단에 그런 힘이 전해 내려오는 것은 사실이지만 누구나 가질 수 있는 것은 아닙니다. 그건 정말 선택받은 사람만 가질 수 있는 힘입니다."

"거짓말! 당신한테 내 아들이 그럴 가치가 없다는 거잖아. 그래서 살려 주지 않겠다는 거잖아! 봐요, 봐! 내 아들은 달라. 나처럼 흉하지 않다고. 이 아인 살아야 할 가치가 있어!"

보선은 아기를 안고 바락바락 악을 썼다. 그러는 사이에도 아기는 여전히 생명을 잃어 가고 있었다. 그러고는 결국 어미의 품에서 늘어지고 말았다.

"아아아아악!"

청설이 막아서기도 전에 보선은 비명을 지르며 달려 나갔다. 아무리 흔들어도 아이는 깨어나지 않았다. 뜨거운 눈물이 흉한 뺨을 지나 가슴으로 뚝뚝 떨어졌다. 그제야 인정하기로 했다. 아이가 명을 다했다는 것을.

아기를 묻기 전 보선은 머리에 꽂혀 있던 비녀를 뽑아 아기의 손과 제 손을 함께 뚫어 표식을 남겼다.

"다시 태어나거라, 내 아가! 어디서든, 어디서든 내가, 이 어미가 널 알아보마, 내 아기."

손톱이 벗겨지는 것도 모르고 맨손으로 땅을 팠다. 그리고 그 이름 모를 산에, 해도 들지 않고 시커먼 나무 그늘만 가득하던 그 산에 아직 이름도 없는 아기를 묻었다.

꼬박 하루를 울기만 하다가 청설을 저주하며 그 자리를 떠났을 때, 달은 하필 그믐이었다. 하나 그녀는 몰랐다. 아기에게 아직 숨이 붙어 있었다는 것도, 어미 없이 홀로 죽어 간 아이는 저승으로 가지 못하고 새타니(부모에게 버림받은 아기 혼령)가 되어 이승을 떠돌게 된다는 것을 말이다.

보선이 청설을 저주하며 산에서 물러난 후, 아기는 힘없는 혼이 되어 봉분도 없는 무덤에서 떠올랐다. 어째서 혼자 울어야 하는지, 세상이 어째서 이렇게 까맣기만 한지도 모른 채, 바람을 따라 떠돌고, 밀려나면 구석에서 잠을 잤다.

그러던 어느 날, 날이 밝아도 또 해가 져도 더 이상 움직이지 못하게 되었을 때, 누군가가 찾아왔다.

"여기 있었네. 한참 찾았다, 이 녀석!"

"누구?"

"나는 청설, 청설이라 해. 나와 함께 가련?"

그가 내민 손은 따스했다. 아주 잠시 잡을까 말까 망설이던 작은 손가락은 이미 형체가 없었다. 쯧, 짧게 혀를 찬 청설이 대신 어린 혼을 품에 안았다. 처음 느낀 따스함에 어린 혼은 부르르 몸을 떨었다. 하여 혼이 소멸할까 봐 안아 주는 손길은 더없이 조심스러웠다.

"앞으로는 내가 춥지 않게 해 주마."

"어디로 가?"

"내 산, 조영산으로 간단다. 어때? 나랑 함께 가서 어둑시니가 될래?"

"그게 뭔데? 좋은 거야?"

"글쎄. 하지만 하나는 약속할 수 있어. 더 이상 혼자 외롭지 않을 거야. 울지 않아도 되고, 그리고 누구보다 강해질 거야."

"좋아. 그거 할래, 어둑시니."

二 步. 타오르는 붉은 구름 (1)

"불이야! 불이야!"

밖에서 외치는 소리에 잠들어 있던 여인은 번쩍 눈을 떴다. 숨이 막히는 매캐한 연기. 이미 방 안은 붉은 화마에 잠식되어 있었다.

얼른 손을 더듬어 옆구리에 끼고 자던 아이를 끌어안았다. 어미의 손길에 말랑말랑한 볼살을 힘차게 오물거리는 여아는 어제 막 백일을 맞은 터였다. 아직 갓난아기인데 또렷한 이목구비며 새하얀 살결이 제 어미를 쏘옥 빼어 닮았다.

"마마, 무탈하십니까?"

"박 상궁!"

여인이 아기를 안고 비척비척 일어난 그때, 방 안으로 뛰어 들어온 박 상궁이 녹색의 저고리를 벗어 아이를 받아 감싸 안았다. 여인은 힘겹게 고개를 끄덕이고 상궁을 따라 발을 떼었다. 은은한 은빛의 침의에 붉은 화마의 혓바닥이 호화로운 자수처럼 어른어른 그림자를 새겼다.

"이리로, 속히 나가셔야 합니다."

한 손으로는 아이를 끌어안고, 다른 손으로 중전의 어깨를 부축한 박 상궁은 노련하게 발을 놓을 자리를 찾아 나갔다. 다행히 방향을 옳게 잡았는지, 얼마 후 또 다른 인원 몇이 중전의 처소로 달려 들어왔다. 우람한 어깨를 지닌 궐을 지키는 금군들이었다. 그들의 존재를 확인한 순간, 그들이 아이를 든든하게 보호한 그 순간, 중전은 까무룩 정신을 잃었다.

화마가 힘을 잃은 것은 거의 동녘이 밝을 무렵이었다.

안전한 처소로 옮겨 젖을 먹는 아이의 동그란 이마를 보고 있던 여인의 입술은 그린 것처럼 붉고 선명했다. 중궁전을 집어삼킨 불길에 놀라 다소 창백하지만, 백옥을 깎아 만든 듯 매끄러운 살결과, 크고 아름다운 눈동자. 작금의 주상이 가장 사랑하는 여인!

지난 삼 년간 새 생명이 잉태되지 않았던 궐에, 이제 갓 백일이 된 공주를 생산하여 더욱 그 자리가 굳건해진 중전 현 씨였다.

"주상전하 드십니다."

고하는 소리가 채 끝을 맺기도 전에 빠르게 열린 문 안으로 붉은 용포를 걸친 넓은 어깨의 사내가 성큼성큼 뛰듯이 걸어왔다. 검은 듯 그늘진 낯빛으로 사내다운 강한 인상을 뿌리는 그의 시선은 물러서서 읍하는 아랫것들을 무심히 지나, 오직 자리에 앉은 중전에게 닿아 있었다.

"전하!"

나비처럼 일어나 꽃잎처럼 그 앞에 절하는 중전의 가는 어깨를 주상은 단박에 제 품으로 끌어안았다. 지아비의 넓은 품에 뺨을 묻은 여인의 부드러운 손가락이 사내의 허리를 마주 끌어안았다. 서늘한 바깥바람이 묻은 품은 넓지만 차갑고 조급했다.

"어찌 된 일이오, 어찌 된 일이야?"

"소첩은 이리 무탈합니다. 그리고 공주도요."

중전의 말에 고개를 든 주상은 형형한 눈빛으로 어린 공주를 흘깃 보았을 뿐이었다. 강보에 싸인 조그만 이마가 빼죽빼죽 잠투정을 하고 있어 몹시도 사랑스러웠으나 그의 관심은 오직 품에 안은 여인에게만 있었다.

왕자가 아닌 것이 탐탁지 않았던 것인가? 아니, 그것이 아니다. 사실 그는 지금껏 아직 단 한 번도 공주를 안아 준 적이 없었다. 오늘도 마찬가지였다.

이제 겨우 백일을 맞은 어린아이보다, 당장 다디단 살내를 풍기는 여인의 존재가 그는 보다 소중했다.

"공주를 데리고 모두 나가라. 오직 비(妃)와 함께할 것이야."

"전하?"

놀란 중전이 아기를 향해 손을 뻗었지만, 소용없었다. 단단하고 강한 사내의 손속은 더 이상 그녀가 아기를 만지는 것을 허락하지 않았다.

"지금은, 지금은 그대부터 돌봅시다. 아이는 무사하지 않소. 불이 났다는 소식에 그대를 잃었을까, 타들어 갔을 과인의 마음도 좀 헤아리시오."

결국 중전도 머리를 조아리고 말았다. 어린 딸을 보듬어 주지 않는 그가 두렵고 야속해도 도리가 없었다. 그의 사랑은 집요했다. 언젠가는 공주에게도 따스한 시선을 주지 않을까 바라고 바라지만, 그 마음조차 사치처럼 느껴질 정도로 그의 시선엔 중전뿐이었다.

아랫것들이 모두 물러나자, 중전은 지아비의 품에서 벗어나 옅고 슬픈 미소를 지었다.

"어찌 어리광이십니까?"

아아! 붉은 입술, 학처럼 우아한 목선과 사내를 모르는 열다섯 계집아이처럼 발갛게 부끄러운 미소. 홀린 듯 다가간 사내는 단박에 제 여인의 허리를 휘어 감고 동시에 노란 꽃수가 자박하게 놓인 자색 옷고름을 잡아당겼다.

"어리광이래도 좋고, 사내답지 못하다 해도 좋아. 나는 그대만, 중전만 있어 주면 다른 것은 다 필요 없소."

"흐읏! 그 말씀 지, 진정이시지요?"

"진정이지. 진정이고말고."

"하면, 하면 우리 공주도 저처럼 아껴 주시겠지요?"

거침없이 파고드는 얄궂은 손길에 할딱거리는 그녀의 간절한 물음에도 주상은 대답하지 않았다. 여인의 속살을 바라보는 열띤 눈길 뒤로 위험한 소망이 번뜩였다. 공주 따위 어째서 그 불길에 타 버리지 않은 것인가? 그것을 데리고 나오느라 중전이 불길 속에서 한참이나 지체했다는 보고를 받았을 때 얼마나 두려웠는지.

"아아, 중전!"

그딴 어린 계집아이 하나 때문에, 그까짓 것이 태어난 바람에, 밤마다 그를 거절하던 중전이 지금 제 몸뚱이 아래 있었다. 치마를 뒤집어 말랑말랑한 허벅지를 손에 쥐고 주상은 거친 신음을 뱉었다. 다른 것을 생각할 겨를이나 있단 말이야? 공주 따위, 공주 따위 불길에 타 버렸다면, 이후의 중전도 온전히 나의 것인데.

마치 성난 호랑이처럼, 가녀린 중전을 한입에 삼켜 버릴 듯 사내는 거세게 덤벼들었다.

"전하, 조금만, 조금만 천천히!"

억센 힘을 버티지 못한 여인이 몸을 비틀며 간청할 때마다, 그는 더욱, 더욱더 힘 있게 그녀를 찍어 눌렀다. 중전을 안지 못하던 그 시간 동안, 열이 넘는 여인들을 불러들이고 또 찾아갔지만, 마음에도 없는 그 발걸음은 허전한 그의 육욕을 채워 주지 못했다.

오직 중전, 중전뿐이었다. 이 살 내음, 이 교성! 이 입술과 이 눈길. 그녀만이, 그녀를 가질 때만 온몸에 느껴지는 희열이었다.

"어헉!"

마지막 힘을 쏟아 중전에게 파고든 주상은 바르르 떨고 있는 그녀의 작은 몸뚱어리를 꼬옥 끌어안았다. 힘없이 딸려 오는 작은 몸, 흰 살결과 수줍음이 섞인 숨결, 원래가 하나였던 것을 둘로 쪼개 놓은 것처럼 꼭 맞는 굴곡에 숨이 막혔다. 그래! 이리 붙어 있어야 하는 것을 잘라 놓았으니 어찌 버틴단 말이야. 주상은 다시 허리를 세웠다. 바르작거리는 여인의 몸짓에 식었던 열화가 피어올랐다.

"한 번, 한 번 더!"

"전하, 제발… 버틸 수 없어요."

중전이 간청했지만 사내는 사납게 여인의 다리를 잡아채었다. 반도 벗어 내지 못한 비단 치마가 날이 새도록 바스락바스락 앓는 소리를 냈다.

십육 년 후.

"공주님, 공주님, 안 됩니다. 안 돼요. 제발 이리 오십시오."

애가 닳은 젖어멈의 목소리에 은조는 잠시 발을 멈추고 까르르 웃었다. 길게 땋아 내린 댕기꼬리가 가는 그녀의 몸을 한 바퀴 휘익 돌았다가 제자리로 옮겨 갔다. 나이 먹은 젖어멈의 둔한 발이 절대로 저를 따라오지 못할 것을 알고 있었고, 더 멀어지면 재미가 없어진다는 것을 알기에 그녀는 일부러 서서 여유를 부리고 있었다.

"유모도 늙나 봐. 어째 이 정도로 못 따라와?"

"당연하지요, 열여섯 살의 싱싱한 젊음을 이 노인네가 어찌 따라갑니까? 그러니 제발 돌아가십시다. 이러다가 들키면 제가 죽어납니다."

"그래, 알았어. 한 번만, 딱 한 번만 더 보고 갈게."

고개를 끄덕거린 은조의 시선이 멀리 궐을 향해 가 있는 것을 젖어멈은 안쓰럽게 바라보았다.
 구 년 전, 그리도 아끼시는 중전께서 기어이 병이 나시자, 주상은 고작 일곱 살 먹은 어린 공주를 외가로 내쫓았다. 공주가 중전의 앞에서 알짱거리고 귀찮게 하여 병이 커진다는 말도 안 되는 이유였다. 중전께서는 공주와 함께하고 싶다고 며칠을 울며 간청하셨지만 소용없었다. 중전을 향한 주상의 끝없는 집착이 제 혈육마저 외면한 지는 이미 오래되었으니까 말이다.
 "편히 계실까, 어마마마?"
 "당연합니다. 궐에는 최고의 의원도 있지 않습니까?"
 "뵙고 싶어. 혹 나를 잊으신 것은 아니겠지?"
 "천부당만부당, 그런 말씀 마십시오. 며칠 후 생신연에는 뵙게 되실 것을요. 그날 반드시 궐로 드시라는 전언이 벌써 왔습니다요."
 "그렇지? 날 잊으셨을 리 없어."
 "세상천지에 제 새끼를 잊어버리는 부모가 어디 있답니까? 쓸데없는 말씀일랑 그만두시고 어서 돌아가십시다. 목욕물에 꽃잎을 풀어 드릴 테니. 곱게 보이셔야지요. 우리 공주님 고운 모습을 보시면 이번엔 반드시 궐에 남으라, 그리하실 겁니다. 예?"
 달래는 다정한 말에 은조는 두말없이 발을 돌렸다. 하지만 알고 있었다. 그것은 벌써 구 년이나 이어진 달콤한 거짓말이라는 것을. 매년 그녀가 궐에 들어갈 수 있는 날은 어머니인 중전의 생신 때뿐이었다.

그리고 지난 수년 아버지인 주상은 단 한 번도 살가운 말 한마디조차 그녀에게 건넨 적이 없었다. 태어난 그날부터, 아니 어쩌면 태어나기 전부터 그는 은조를 딸로서 사랑하지 않았다. 아비의 사랑은 오직 하나, 어머니인 중전에게만 허용되었다.

이제는 용안조차 가물가물 기억이 나지 않으려 했다. 그래도 은조는 명랑하게 고개를 끄덕여 유모를 웃게 했다.

"가자. 목욕할래."

바로 지척에 둔 궐을 등지고 은조는 쓸쓸하게 걸음을 떼었다. 해가 지고 있었다. 산등성이에 걸린 빛이 조금씩 가라앉아 사방에 마땅한 어둠을 그려 넣었다.

사흘이 지났다.

은조는 갖은 정성을 다해 몸을 치장하고 궐을 향했다. 중전의 탄일을 축하하기 위한 행렬은 끝이 없었다. 하나뿐인 공주지만 은조도 예외 없이 그들의 행렬 뒤에 줄을 서서 순번을 기다려야 했다. 임금에게 쫓겨난 공주 따위 챙기는 자가 있을 리 없었다.

지금은 중전의 명이 붙어 있으니 살아 있을 수 있었다. 그러나 중전이 세상을 뜬다면, 그때 주상의 슬픔은 단번에 노여움이 되어 공주에게 휘몰아치리라. 영리하게 제 몸을 사리는 그들은 그 사실을 알고 있었다. 다만 그녀의 빛나는 용모는, 그녀를 알고 있는 이들 사이에서는 꽤나 자주 회자되었다. 공주는 조선 최고의 미인이라는 중전의 겉모습을 완벽하게 빼어 닮았다. 하나 어째서인지 아비의 모습은 가진 것이 없었다. 어쩌면 그것이 더욱 주상의 화를 부르는지도 몰랐다.

"다음! 들어오시오."

부르는 말에 얼른 다가간 은조를 문지기는 분명 알아보는 눈치였다. 반듯한 이마와 나비라도 쉬어 갈 수 있을 듯 풍성한 속눈썹, 쌀가루같이 흰 피부에 문지기는 저도 모르게 끄응 신음을 뱉었다. 아직 솜털이 보송한 어린 계집임에도 아랫도리가 금방이라도 터질 듯 팽팽해졌다. 니미럴, 안 될 건 뭐야? 어차피 곧 죽을 목숨, 보는 이만 없다면…….

"뭘 하고 섰소? 어서 공주님을 들여보내시지 않고!"

은조의 곁에 섰던 유모가 닦달하며 문지기의 어깨를 툭 밀쳤다. 그 순간 퍼뜩 시선을 뗀 문지기는 얼른 길을 열어 주었다.

"들어가시오."

"역시, 다들 나를 이상하게 보네."

안으로 들어서며 씁쓸하게 중얼거리는 은조의 말을 듣는 둥 마는 둥 유모는 어딘가 날카로운 눈으로 사방을 돌아보았다. 중전의 용태는 요사이 썩 좋지 않았다. 공주에게는 희망을 주었지만 어쩌면 올해가 중전을 뵙는 마지막이 될 수도 있었다. 하여 하루가 다르게 중전을 닮아 가는 은조가 그녀는 걱정이었다.

"차라리 눈에 띄지 않아야 할 텐데……."

"응? 지금 뭐라고 했어, 유모?"

"아닙니다. 어서 가십시다. 해 떨어지기 전에 중전마마를 뵈어야지요."

"후후, 또 그 옛날이야기 타령이야?"

"타령이라니요. 좀 새겨들으세요. 정말 해가 지면 위험하다고 제가 몇 번을 말씀드립니까?"

"알았어, 알았다고. 불러서 '네 이놈!' 이러면 되지?"

어릴 적, 잠들기 싫은 밤이면 은조는 재밌는 이야기를 해 달라고 유모를 졸랐다. 그중 가장 재미있는 건 산에 숨어 제 짝이 오기만을 기다린다는 외로운 짐승의 이야기였다.

일곱 살, 아직 세상이 얼마나 험하고 무서운 것인지 모르던 그 고운 나이에 은조는 처음으로 그 이야기를 들었다.

"살고 싶다면, 절대로 그와 눈을 마주치지 마십시오."

"왜? 사람을 해치지 않는다며?"

호기심에 찬 동그란 두 눈이 밤하늘의 별처럼 반짝거렸다. 무릎을 끌어안고 앉은 작은 몸뚱이는 아직 어린 소녀의 것!

호화로운 노란 꽃수가 가득 놓인 치마 한가운데, 소녀는 마치 꽃술처럼 피어 있었다. 발그레한 볼에는 굄이 가득해 어여쁘고, 아직 두려움을 모르는 눈빛엔 어린아이다운 순수함이 가득했다.

궁금한 것을 참지 못하는 아이를 향해 유모는 자상하게 허리를 낮추었다. 주름지고 다정한 손가락이 앙증맞은 소녀의 볼을 가만히 쓰다듬었다.

"그렇습니다. 이유 없는 살인은 하지 않는답니다. 하지만 성안에 밤이 내리면 놈은 달라지지요. 밤이 새도록 그림자 속에 숨어 먹잇감을 찾아 헤매는 것을요."

"무서워!"

소녀의 두 주먹이 한껏 웅크려 바르르 떨었다. 하지만 그건 어디까지나 이야기를 들려주는 여인을 향한 예의였다. 빛나는 아이의 두 눈엔 오직 호기심과 어서 뒷이야기를 듣고 싶은 안달이 그렁그렁 차 있었다.

그런 아이의 머리를 유모는 재차 부드럽게 쓰다듬었다.

"그러니 나의 공주님, 그를 만나면 부디 눈을 마주쳐서는 안 됩니다. 그는 커지고 커지고 또 커져서 반드시 공주님을 잡아먹을 테니까요. 그렇다고 등을 보이고 달아나서도 안 됩니다. 그가 가장 바라는 것이 인간이 제게서 등을 돌리는 그 순간이랍니다."

"그럼 어찌해야 해? 깜깜한 어둠 속에서 그를 만나면?"

아이는 손에 들고 있던 작은 엿 조각을 입에 넣고 오래오래 혀를 놀려 녹였다. 이미 그녀가 들려주는 옛날이야기가 입에 든 엿보다 달았다.

"내려다보셔야 합니다. 호령하십시오, 절대 겁을 먹지 말고, 달아나지 말고 똑바로 그 눈을 바라보시는 겁니다."

"하지만 분명 나보다 한참 클 텐데? 어떻게 내려다보지?"

"가엾고, 가여운 나의 어린 공주님. 때가 되면 아실 겁니다. 크고 작은 것은 눈으로 비교하는 것이 아니랍니다."

아이를 어루만지는 여인의 손길은 까닭 없이 슬퍼 보였다.

"그는 수호하는 자, 불러 호령하십시오. 불러서 발아래에 두고 부리시면 됩니다."

"어떻게?"

"방법은 저도 모릅니다. 그를 부릴 수 있는 것은 오직 그가 인정한 주인뿐이라."

"피이, 뭐야. 그럼 만날 수 없네."

"그를 만나고 싶으십니까?"

"응. 나는 그자를 만나고 싶다. 얼마나 큰지 보고 싶어. 아바마마보다 더 클까?"

고작 일곱 먹은 아이의 바람은 또랑또랑 거침이 없었다. 그래서 인연이라 하는가? 그래서 만나야 할 운명은 아무리 가르고 갈라놓아도 얽히고 또 얽힌다.

그래서 눈물이 되고, 비가 되고, 홍수가 되어 그들이 얼마나 오래 버티는지를 시험한다지.

유모는 눈앞의 조그만 아이를 빤히 바라보았다. 어쩌면 태어난 그 순간에 시작되었을지 모를 험한 시련에 기꺼이 발을 들이겠다는 아이는 아직 어림에도 별빛이 시기할 정도로 어여뻤다.

"평생 한 여인만을 수호한다 합니다. 목숨이 잘근잘근 씹혀 가는 것도 모르고, 손가락이 끊어져 나가는 것도, 발가락이 또 몸통이 없어지는 것도 모르고, 목숨을 다해, 가진 모든 것을 다해서, 그 여인 하나만 연모한다는 가여운 짐승."

"왜? 몰라?"

"심장마저 그녀에게 내주어서, 가지고 있지 않아서……."

"이름이 뭐야?"

"어둑시니라 부르지요. 그 짐승의 이름입니다."

나이답게 까르르 웃고 총총 앞서 걸어가는 은조의 뒤를 유모는 조용히 따라 걸었다. 요 며칠, 해가 버젓이 남아 있는 하늘에 너무 선명한 달이 떠 있었다. 일찍 나온 달은 일찍 지는 법! 같은 하늘에 공존할 수 없는 것들이 어울리고 있었다. 어떻게 해서든 감추어야 하는데, 공주가 가진 빛은 숨기기엔 너무 눈이 부셨다. 그녀가 가진 피가 얼마나 귀한 것인지 일깨우듯이 밝게 빛나서 해를 가린다.

"결국 그 방법뿐인가?"

빛을 가리는 것은 어둠뿐. 속절없이 빛을 향해 달려드는 부나비들이 자각해서 엉뚱한 욕심을 부리기 전에, 그래서 그녀를 갈기갈기 찢어 놓기 전에 완전하고 튼튼한 방법이 필요했다.

"뭐 해. 빨리 오지 않고?"

"예. 갑니다. 어휴, 늙은이 느린 걸음을 좀 이해해 주시지, 그리 앞서 가십니까?"

"내가 빠른 게 아니래도? 유모가 너무 느려."

"공주님도 나이 들어 보십시오, 따뜻한 봄이 와도 무릎이 시린 것이 만물의 이치입니다."

"아하하! 그전에 어둑시니한테 시집가지, 뭐. 그의 옆에 있으면 늙지도 병들지도 않는다잖아!"

"예에? 그리 무서운 말씀 마십시오, 그런 짐승한테 어찌요? 불러서 부리라 그리 말씀을 올렸는데."

"왜 안 돼? 어차피 쫓겨난 공주 따위 아무것도 아닌걸. 그런 짐승과 다를 게 뭐야."

"공주님!"

"난 가끔 그자가 궁금해. 다 유모의 거짓말이라는 것을 알면서도!"

三 步. 타오르는 붉은 구름 (2)

"이런, 이런. 주상! 어찌 예서 이러고 계십니까? 가서 중전을 보아야지요?"

"싫습니다. 가 보아야 속만 쓰린걸요. 소자는 어머니 곁에 있는 것이 훨씬 마음이 편합니다."

"하지만, 중전의 탄일이 아닙니까? 이런 날일수록 지아비를 기다리는 여인의 마음이 간절함을 어찌 이리 모르십니까?"

대비의 말에 주상은 베고 있던 무릎에서 용안을 들어 올렸다. 중년이 넘어 희끗희끗 머리가 새고 있는데, 표정엔 떼를 부리는 어린아이 같은 투정이 가득했다. 잔뜩 흐려진 탁한 눈빛은 지난날과 같지 않고, 연거푸 한숨을 내쉬는 입술은 자꾸 침을 바른 바람에 잔뜩 말라 터졌다.

"너무한 것은 소자가 아니라 중전입니다. 어제도 그제도, 아니 벌써 일 년이 넘었습니다. 더는 소자를 받아 주지 않는단 말입니다. 어머니, 소자는 괴롭습니다. 그 여인이 아니면 풀지를 못하는데, 품으면 죽어 버릴까 봐 겁이 나서 견딜 수가 없습니다."

아들의 고민은 이미 대비도 아는 것이었다. 보고 듣는 눈이 많아 겉으로 중전에게 가 보라 권하고 있어도, 기실 그녀는 임금이 중궁전으로 가는 것을 원치 않았다. 처음부터 말렸어야 하는 인연인 것을, 그리 못 한 것이 후회될 뿐이었다.

"쯧! 대안할 아이를 찾아보시지 않고. 젊고 생생한 아이가 얼마든지 있지 않습니까. 그 누가 주상을 마다하겠습니까."

"소용없습니다. 지난 일 년, 수없는 여인들을 안아 보았지만, 그 누구에게도 중전과 같은 냄새가 나질 않습니다. 그녀와 같은 눈동자가 아닙니다. 중전처럼 웃질 않는단 말씀입니다. 소용없습니다. 소자는, 소자는 중전이 아니면 안 되는데 이제 다 틀렸습니다. 저대로 중전이 죽으면, 그러면 소자도 죽습니다."

가볍게 넘길 수 없는 아들의 투정에 대비 연 씨는 깊은 한숨을 내쉬었다. 그래서 말리고 또 말리고, 어찌해서든 지금의 중전과 주상을 떼어 놓으려고 노력했었다. 하지만 당시 세자였던 주상의 고집은 말려서 해결할 수준의 것이 아니었다.

아직 초간택도 마치지 않았지만, 더는 다른 여인들을 눈에 담으려 하지도 않았다.

그 계집, 예사롭지 않은 총기를 눈에 띠고 단 한 번 고개도 들지 않았던 그 계집! 지금의 중전이 들어온 그 순간, 숨어서 지켜보던 그는 마치 실성한 사람처럼 자리를 박차고 달려 내려가 만인이 보는 앞에서 그녀의 손을 끌어 잡았다. 그러고는 '이 여인이 아니면 아무도 받아들이지 않겠다.' 선언해 버렸다.

정해진 절차와 법도가 있었지만 대비는 할 수 없이 아들의 소원을 들어주고 말았다.

중전이 여타의 여인들과 같지 않다는 것은 대비도 인정하고 있었다.

그날의 중전은 마치 달빛 같았으니까. 은은하고 요요한 빛을 뿌리는 만월의 달처럼, 마치 정해진 운명처럼, 그녀는 단번에 왕이 될 사내의 마음을 휘어잡았다.

걱정과 달리, 중전이 된 이후 그녀는 꽤 현숙한 태도로 주상의 마음을 다스렸다. 다만 아무리 해도 회임이 되질 않았다. 문제는, 그럼에도 주상의 눈이 오직 중전만 찾아 헤맨다는 것이었다.

"여기 있을 터입니다. 중전에게 가지 않겠어요. 여기서 어머니와 함께 자겠습니다. 가서 보아야 괴롭기만 합니다."

다시금 무릎을 베고 누운 아들의 늘어진 어깨를 대비는 안타까운 마음으로 내려다보았다. 평범한 사내도 아니고, 일국의 태양인데 고작 쌓인 육욕을 풀지 못해 이리 안절부절이라니. 당장 조치를 취하지 않으면 말라 죽을지도 모를 일이었다.

그리 둘 수는 없었다. 어떻게 왕으로 만든 아들인데. 그 쿨럭이는 피바람을 다 정리하고 겨우 만든 왕이었다. 아직 뒤를 이을 피도 태어나지 않았는데 이대로 핏줄이 끊어지면 안 되지.

서늘해지는 눈빛을 감춘 대비는 토닥토닥 정성껏 다 큰 아들의 어깨를 두드려 재웠다. 이윽고 어린아이처럼 칭얼거리던 그가 잠들자 조용히 바깥 사람을 불러들였다.

"밖에 아무도 없느냐?"

"예, 마마. 부르셨습니까?"

대비의 부름에 들어서 읍하는 김 상궁은 이마와 턱이 유독 넓었다. 뒤집어진 입술이 아무리 조심을 해도 침방울을 튕기거나 흘렸다. 하여 그녀의 얼굴은 언제나 땅을 향했다.

"닮은 아이가 있는지 알아보라는 것은 어찌 되었느냐? 이러다가 내 아들이 죽겠구나."

"황망하오나 마마, 안 그래도 지금 연락이 왔사온데, 그것이……."

안절부절못하며 미룬 대답 뒤로 언뜻 사악한 미소가 상궁의 젖은 입술을 비껴갔다. 마치 대비의 재촉을 기다리고 있는 듯 보였다.

"그것이 뭐냐? 답답하게 하지 말고 어서."

"중전마마의 집안에 태어난 여아는 중전께서 유일하십니다. 먼 친척까지 두루 찾으라 명하였으나, 중전마마와 지금 사가에 계신 은조 공주님뿐입니다."

"은조?"

한동안 잊고 지내던 이름에 대비는 이맛살을 찌푸렸다. 잊고 싶은 이름이었다. 중궁전에 처박혀 죽을 날만 기다리는 중전과 함께 다시는 궐에 들이고 싶지 않은 이름. 때가 되면 지울 이름.

그러다가 문득, 품어서는 안 되는 못된 생각이 고개를 들었다. 가만있자. 하긴 그 아이도 계집아이가 아닌가? 혹 중전과 닮았다면, 아니 될 것이 없다.

"그래서? 더 말해 보아라."

"예. 은조 공주님께서는 올해 열여섯이 되셨는데, 항간에 들리는 소문으론 중전마마의 소싯적 모습을 그대로 모사한 듯 닮았다 합니다."

김 상궁의 말에 대비는 가느다란 입술을 이리저리 우물거리며 생각에 잠겼다. 바라던 대답이었다. 열여섯, 열여섯이라! 중전이 주상을 처음 만났을 때가 열일곱이니 조금 이르지만 꽤 야문 나이였다. 그래서 결국 묻고 말았다. 사람의 형상을 하고 있다면 멈추었어야 하는 질문이었다.

"그 아이, 지금 어디 있는가?"

"마침 중전마마 탄신일이라 입궐하여 계십니다. 부를까요?"

"…한번 보자꾸나. 그냥 한번, 보기나 하자!"

대비의 명이 내려지자, 깊이 수그린 김 상궁의 흉한 입술이 찰나간에 히죽 꼬리를 올렸다.

그리하여, 고요한 호수에 기어이 물 한 방울이 떨어지려는 모양이었다. 찰랑찰랑 가득 차오른 수면엔 어쩌면 그 한 방울마저 감당할 여유가 없음에도, 언제나 찌르는 쪽은 찔리는 쪽의 고통을 배려하지 않는다.

전혀!

전혀!

❖

중궁전엔 아무도 기꺼워하지 않는 연회가 한창이었다. 마땅히 축하를 해 주어야 할 주상이 행차하지 않았고 주인인 중전은 방 안에 누워 있었다. 결국 주인도 없는 화려한 상엔 기름 냄새를 맡고 꼬여 든 파리들만 성황이었다. 그럼에도 둥둥거리는 가락 소리와, 이날을 위해 연습한 무희들의 춤사위는 끝을 모르고 휘날렸다.

아무도 그만하라 이르지 않으니, 숨이 차고 발이 부르터도 그들은 가엾게 돌고 또 돌 뿐이었다. 하지만 더 가엾은 이가 있었다.

궐 안의 가장 깊숙한 방인 중전의 처소, 그 안엔 소란스러운 바깥과 조금 다른 상황이 전개되고 있었으니 어미와 딸의 해후였다.

"어마마마!"

"우리 은조, 우리 아가, 이리 오너라. 어미가 좀 안아 보자."

파리한 안색을 하고 애써 웃는 중전의 품으로 은조는 기꺼이 날아가 꼬옥 안겼다. 한쪽에 앉아 그 모습을 바라보고 있던 젖어미의 주름진 눈꼬리로 애잔한 눈물 한 방울이 흘러내렸다.

"그새 또 많이 컸구나. 이제 처녀가 다 되었어. 봄이 오기도 전에 나비가 와서 앉을까, 그리 곱구나."

"부끄럽습니다. 이것, 조악하지만 제가 직접 수놓은 것입니다."

"네가 직접? 어디. 어디 보자."

은조가 내민 비단 꾸러미를 풀어 그 안에서 베갯잇을 꺼내 든 중전은 꽤 놀란 표정으로 베갯잇과 은조를 번갈아 보았다.

"이것을 진정 네가?"

"예. 아직 부족하지요?"

은조의 대답에 중전은 다시 손에 든 비단 조각을 내려다보았다. 흰 비단에 수놓인 나비의 날개는 금방이라도 살랑살랑 떠오를 듯 생생하고 그 나비가 앉은 꽃잎에선 향기가 날 것 같았다. 어렸을 때부터 눈썰미와 손재주가 좋은 아이였지만, 아직 어린 태가 남은 소녀의 솜씨라고는 믿어지지 않을 만큼 훌륭했다. 화려하고 고운 꽃일수록 먼저 꺾이고, 눈에 띄게 뛰어난 재주는 남들의 시기를 사는 법. 그래서 중전은 두렵고 슬펐다.

"진정 다 자랐구나. 이제껏 본 어떤 것보다 네 것이 곱다. 고맙다, 내 딸."

"정말요?"

수줍게 웃으며 기뻐하는 어린 딸의 작은 머리꼭지를 중전은 오래오래 쓰다듬었다. 순간순간이 안타깝고 아까웠다. 부족하고 억울하고 눈물이 났다.

내내 방 안에 누워만 있어도 그녀는 이미 알고 있었다. 더 버틸 수 없다는 것을. 은조가 좋은 짝을 만나 시집가는 것을, 그렇게 누군가가 이 아이를 지켜 주는 것만, 그것만 볼 수 있다면, 다른 처녀 아이들처럼 한 사내의 사랑을 받으며 평범하게 살게만 해 줄 수 있다면 여한이 없을 것 같았다.

"올해가 가기 전에 짝을 알아보아야겠어. 이리 고운 너를 누가 데려갈꼬. 아니, 더 기다릴 것도 없다. 당장 알아보자꾸나."

"예에?"

깜짝 놀란 동그란 눈이 크게 벌어져 당황하는 동안, 중전과 젖어멈은 소리 없이 시선을 맞추었다. 죽음을 앞둔 어미의 간절한 청이 전해지는 중이었다. 젖어멈의 고개가 걱정 말라는 듯 움직이는 것을 보며 중전은 다시금 애타게 은조를 끌어안았다.

고작 일곱 살까지 보았다. 매일매일을 이리 안아 주고 싶은 것을 참고 또 참으며 아이를 보호했지만, 그도 이제 얼마 남지 못했다.

오늘 이리 보내고 나면, 또 내년에야 볼 수 있을 터인데 그때까지 살아 있을 자신이 그녀에겐 없었다.

그때 애달픈 그들의 해후를 방해하는 소리가 들렸다.

"중전마마, 대비마마 처소의 김 상궁이 들었······."

창창거리는 바깥의 연회 소리에 묻혀 고하는 소리는 끝까지 들리지 않았지만 오직 대비전이라는 그 말만은 생생하게 중전의 귀에 꽂혀 들었다. 중전은 다급하게 은조의 손을 끌어 잡았다. 어찌나 재빠르고 날랬는지 조금 전까지 병석에 누웠던 사람 같지가 않았다.

"아가!"

"예, 어마마마."

어리둥절한 아이의 눈빛을 보며 중전은 마음이 급해졌다. 대비가 드디어 발을 움직이려는 것이다. 궐 안에서 가장 무서운 것은 임금도, 조정 대신들도, 귀신도 아니었다. 바로 대비전에 들어앉아 궐 안에서 일어나는 모든 일을 형형하게 바라보고 있는 대비였다. 그 대비가 은조를 찾는다. 아직 은조를 지킬 방도를 생각해 내지 못했는데, 이럴 수는 없었다.

"잘 듣거라."

"예, 말씀하셔요."

"아직이라, 그리 고하거라."

"예? 그게 무슨 말씀이셔요?"

얼른 이해하지 못하는 어린 고개가 갸우뚱거려도 중전은 그저 한층 더 초조한 얼굴로 은조의 손에 힘을 주었을 뿐이었다.

"대비께서 물으시거든 아직이라, 아직이라 그리 대답해야 한다. 알겠니? 제발 내가 널 다시 볼 수 있게 해 다오."

"예. 그리하겠습니다. 아직이라고, 그리 말씀해 올리겠어요."

무슨 말씀을 하시는 것인지 은조는 하나도 이해하지 못했지만 그러겠노라 고개를 끄덕였다. 그리고 그길로 김 상궁의 손에 이끌려 대비전으로 향해야 했다. 은조가 중궁전을 나가자 중전은 기다리고 있던 젖어멈을 가까이 불렀다.

"더는 안 되겠네."

"마마!"

"저 아이를 감추어 주게. 아무도 찾지 못할 곳에 감추어 주어! 다 내 잘못일세. 내 잘못이야. 내가 그날 그분을 부르지 말았어야 하는데, 그분이 그리 가게 두지 않았어야 하는데. 내 목숨을 살리자고 저 아이를… 저 아이를… 흑흑."

"고정하시옵소서. 이미 엎질러진 일입니다. 공주님은 소인이 지키겠습니다."

젖어멈의 말에 중전은 그녀의 치맛자락을 붙들고 눈물로 부은 얼굴을 들어 올렸다.

"그럴 수 있겠는가? 정말 그리해 줄 수 있어? 박 상궁, 내 자네 밖에 믿을 사람이 없어!"

"최선을 다해, 목숨을 다해, 제가 그리하겠습니다. 그것이 소인이 이곳에 있는 이유이며 단주의 유지입니다."

박 상궁은 수없이 고개를 끄덕이며 울고 있는 중전을 담담하게 달랬다. 중전의 생명줄은 머지않아 끊어질 것이다. 그건 오래전부터 이어진 맹약과 같은 것이었다. 정해진 인연 속에서 가엾이 살다가 정해진 날짜에 하늘이 주신 생명을 놓는 것. 해의 힘과 연옥의 힘을 함께 가졌던 그 아름다운 사내가 중전을 지키기 위해 그리했듯이, 이제 홀로 남은 중전이 딸을 지킬 차례였다.

"대비의 눈에 띄었으니 단단히 준비해야 할 것이야. 우리 은조가 어떤 힘을 가졌는지 저들이 알게 해선 안 돼."

"쉿! 낮말을 듣는 새도 있다 하였습니다. 궐 안의 새는 더욱 귀가 밝습니다, 마마."

중전은 창백해진 낯빛으로 입술을 틀어막았다. 아직 꽃을 보지 못했음에도 은조의 힘은 강해지고 있었다. 그건 그 아이가 해 온 베갯잇의 수만 보아도 알 수 있었다. 고작 실로 놓은 나비에 불과한 것이 날아갈 듯 생명력이 있었다. 머지않아 생명이 아닌 것도 어렵지 않게 날려 보낼지 모른다. 그건 재앙과 같은 능력이었다. 대비가 알아서는 안 되는.

"올해 네 나이가 몇이냐?"

궐 안의 다른 이에게서는 한 번도 받아 본 적 없는 긍정적인 시선에 은조는 불안한 시선을 제 치맛자락에 모았다. 이곳으로 오는 동안 내내 저를 흘끔거렸던 김 상궁의 스산한 눈빛을 피하느라 애를 먹었는데, 사방이 막힌 방 안에서 눈앞에 앉은 대비의 눈길을 피할 방도는 더더욱 없었다.

결국 겁먹은 목소리가 흘러나왔다.

"열하고 여섯입니다, 대비마마."

"할미다."

"예?"

"대비라니 너무 멀구나. 할미라 부르지 않고."

"예, 할마마마."

조금 겁을 먹은 듯, 시키는 대로 곧장 순응하는 은조의 모습이 대비는 더욱 마음에 들었다. 괜한 총기가 솟아 뻗대는 아이는 다루기가 더 고약한 법이지. 게다가, 정말 꼭 같았다.

마치 초간택이 있던 날의 중전이 되돌아오기라도 한 것처럼, 한 떨기 꽃 같은 은조는 정말 아름다웠다. 고작 열여섯 먹은 어린 계집 같지 않았다. 아니, 언뜻언뜻 감추지 못하고 요요함을 흘리는 커다란 눈망울은 소싯적의 중전을 이미 능가하고도 남았다.

아직은 안 된다는 것을 알면서도 대비는 욕심이 가득한 시선으로 은조를 바라보았다. 설마, 설마 했지만 처음 은조가 문을 열고 들어오던 그때 알았다. 주상을 위해, 이 왕실을 위해 이 아이보다 더 나은 아이를 찾기 힘들 것이란 사실을.

하여 참지 못하고 물었다.

"그래, 그래서 꽃은 언제 보았누?"

"예?"

"첫 꽃은 보았느냔 말이다."

묘한 질문이었다. 십 년이 넘도록 돌아보지 않던 손녀를 처음 만나 묻는 말이 '초경이 언제였냐?'라니.

끝없이 인자하게 보여도, 뭔가 서늘한 대비의 시선에 압도당해 순순히 입을 열려던 은조는 문득 어머니 중전의 다급한 조언을 떠올렸다. 그때는 그 말이 가진 뜻을 이해하지 못했지만, 벼락처럼 알 것 같았다.

바로 이 순간을 위한 것이었음을. 꿀꺽, 침을 삼켜 대답을 늦추고 은조는 얼른 고개를 저었다.

"아직입니다. 아직 부족하여 온전한 여인이 되지 못했어요."

"저런!"

감출 수 없는 안타까운 혓소리가 났다. 얼마나 실망을 했는지, 대비는 체통 따위는 이미 다 잊고 무릎까지 치며 마음속에 품은 감정을 드러냈다. 하지만 곧 표정을 가다듬었다. 하긴 열여섯이면 그럴 수 있지. 겉모습에 이미 풍성한 꽃망울이 맺었느니 기다림은 짧을 것이야.

"네 어미도, 열일곱에 꽃을 보았지. 궐 안팎에 온갖 나비가 그 꽃에 앉지 못해 안달을 했었느니라."

대비의 말에 은조는 미약하게 눈썹을 찡그렸다. 대비의 어조가 꼭 어머니의 행실이 좋지 못했다는 뜻으로 들렸기 때문이었다.

"그 말씀, 무슨 뜻이세요?"

의아함이 묻은 은조의 질문에 대답 않은 대비는 가채를 어루만졌다. 가진 자리가 주는 기품이 그녀의 손가락을 따라 호화로운 반백머리를 타고 흐르는 듯했다.

아무도 모르지만, 주상조차 모르지만 이 깊은 궐 안에 단 한 사람, 대비는 은밀한 비밀을 품고 있었다.

십오 년 전, 이 아이 은조가 태어나던 그해, 단 한 번 중전의 처소에 다른 사내가 들었다는 것을. 주상이 그 사실을 알기 전에 직접 나서서 중전의 입을 막은 것이 바로 대비였다. 왕실의 안온과 아들의 평온을 위해 행한 것이지만, 그날부터 대비는 중전을 대비전에 들이지 않았다. 짐승도 아닌 사람이 어찌 한 몸에 두 사내를 받는단 말인가.

어쨌거나 왕자가 아니라 공주를 생산했다는 말에 얼마나 안도를 했었는지 모른다. 감히 지엄한 궐 안에 다른 놈의 씨로 만든 왕자를 들어 놓을 수는 없어도, 공주라면 적당히 내보내면 그만이니까. 밖에 내놓은 암염소 한 마리쯤이야 쥐도 새도 모르게 잡아먹을 수도 있고 말이다.

그랬다. 고작 일곱 살 먹은 어린아이를 어미에게서 떼어 놓으라는 잔인한 명을 내린 이는 주상이 아니라, 바로 대비였다.

"닮았구나."

"유모도 자주 그리 말합니다. 제가 어마마마를 꼭 닮았다고요."

순진하게 볼을 붉히며 고개를 끄덕이는 은조를 바라보는 대비의 눈길은 어느덧 싸늘하게 식어 있었다. 그렇게 내보낸 아이가 이렇게 필요한 물건이 되어 돌아올 줄은 몰랐다. 어쩌면 유일한 해답이 될지도 모를 아이다. 써느런 그 밤에 물결 같은 머리카락을 흩날리던 그 사내는 유유히 대비의 부름을 받고 기꺼이 칼도 받았다.

닮았다. 제 아비를. 살필수록 어미인 중전보다 오히려 아비를 닮은 아이였다. 하긴 아비란 그자의 얼굴을 아는 자가 조선 땅에 몇이나 될까. 하지만 은조가 가진 가치는 그것이 다가 아니었다. 그 사내, 그 사내의 피를 이어받은 아이면 중전 따위와 비교할 바가 아니니까. 그래. 어째서 잊었을까? 어째서 이 아이를 버리려고만 생각했을까? 꽁꽁 숨겨서 보호했어도 시원찮을 이 보물을 말이다. 이제 되었다. 이 아이로 인해 왕실은 대를 이을 것이니.

꽃이 피기만 기다리면, 내일 당장 중전이 죽는다 해도 상관없었다. 더 어리고 건강하고, 더 가능성 있는 것이 있으니 시들어 버린 꽃 따위 이제 필요 없다는 말이 맞겠지.

한 시진 후.
"지켜보게."

은조를 돌려보내고 다시 김 상궁을 불러 올린 대비의 명은 서릿바람에 얼어붙은 칼날 같았다. 그 명에 숨은 속뜻을 완벽하게 짐작한 김 상궁이 두말없이 고개를 숙였다.

"은밀히 사람을 붙여 놓겠습니다."

"단단히 해야 할 것이야. 일단 저 아이의 젖어멈부터 떼어 놓으시게. 중전은 얼마 살지 못할 테니, 아무도 의지할 곳이 없어 내게 오도록, 그리해."

"예, 분부 받잡겠나이다."

 김 상궁의 추한 얼굴에 또다시 미소가 흘렀다. 마치 바라고 바라던 일이 코앞으로 닥쳐 온 것처럼 기쁘게 웃는다. 그러나 아쉽게도 대비는 그 미소를 보지 못한 듯 돌아서고 말았다.

 시간은 빠르고 허무하게 흘렀다. 딸아이를 살리고 싶은 어미의 마음도 무시하고, 그 어미 곁에 하루라도 더 머물고 싶은 계집아이의 소원도 안중에 없이, 부서지고 마모되어 없어졌다.

 은조가 대비전에서 무사히 돌아 나온 지 딱 한 달이 되던 그 새벽녘, 아직 닭도 울지 못한 진한 그 밤에 중전이 갑자기 서거하고 말았다. 열흘도 넘는 밤낮을 온 백성들의 곡소리가 저자를 덮었다. 그리고 여섯 달 후엔 은조와 은조를 지키던 젖어멈의 행방도 곧 묘연해졌다.

 사람들은 중전이 죽어 울타리가 사라진 공주가 슬픔에 빠진 주상의 분노로 죽었다고도 했고, 또 어떤 이들은 그들이 함께 강으로 뛰어들었다는 것을 보았다는 이도 있었다. 서소문 밖 돌다리 아래서 공주가 구걸하고 있다는 것을 목격했다는 이야기부터, 고운 용모로 벌써 기녀로 팔려 갔다는 이야기까지. 하여 기녀가 된 그녀를 품어 보았다는 사내들의 믿지 못할 자랑까지. 소문은 한동안 끝을 모르고 번지고 또 번졌다.

 하지만 아무리 해괴한 소문이라도 세월을 이기지는 못하는 법. 일 년이 지나 주상이 나이 어린 새 비를 받아들이자 그 소문들도 점차 덮어지고 무뎌졌다.

마치 아무 일도 없었다는 듯 일 년, 또 일 년 세월은 빠르게 흘렀다. 그리고 또 계절이 바뀐 어느 날부터인가, 장거리엔 새로운 이야기들이 오가는 사람의 입을 탔다. 새 중전을 얻은 지 삼 년이건만 아직도 회임의 소식이 없는 중전과 주상을 두고 뻗어 나는 이야기였다.

"주상이 실성을 하였다며?"

"돌아가신 중전마마를 잊지 못해, 한 번도 새 중전을 품지 않으셨다 하지?"

"하기는, 돌아가신 중전께서 얼마나 고우셨나? 나라도 다른 여인이 눈에 들어올까 싶네."

"하지만 벌써 사 년이잖나? 이러다 왕실에 대가 끊기는 거 아니야?"

"허허, 참!"

"실은 말이야, 공주가 죽은 것이 아니라 숨었다는 이도 있던데?"

"숨는다고 숨어지나? 그 얼굴이?"

"그래도 혹시 알어?"

"새 중전이 알면 칼바람이 불겠구만."

四 步. 과부촌의 바늘질아치

 온통 검은 옷으로 휘감은 청년의 건장한 체격은 지나는 행인들의 발목과 시선을 잡기에 충분했다.
 벌어진 앞섶을 여미지 않아서인가? 헐렁하게 흘러내린 긴 소매 때문에 손은 보이지 않았지만, 분명 그 손으로 쥐고 있을 커다란 검이 거의 땅바닥에 닿을 듯 늘어져 있었다. 아니, 간혹 끌리는 것도 같았다.
 지지지직, 드륵드륵!
 귀에 거슬리는 소리가 줄기차게 들려왔으니까 말이다.
 어쨌든 그 검 때문에 사람들은 그가 적어도 손 없는 병신은 아니라는 것을 짐작했다.
 무심한 듯 걸으며 동시에 묘한 위화감을 온몸으로 뿜고 있는 청년의 시선은 느슨하게 앞을 향했다. 반듯한 콧날은 매끄럽고, 땅바닥을 향해 자꾸만 끔뻑이는 두 눈은 그 깊이를 알 수 없을 만큼 검다. 그만하면 꽤 잘난 인물이다 할 수도 있겠는데, 다만 꽤 피곤해 보였다.

너 나 할 것 없이 그가 풍기는 기운에 눌려 뒤로 물러나던 그때, 누군가가 헐레벌떡 달려와 겁 없이 청년의 어깨를 잡았다.

"이보게, 잠시만!"

그는 근방에서 소금을 파는 소금 장수였다. 천천히 몸을 돌린 청년이 두툼하고 선명한 입술을 반쯤 벌려 질문 섞인 탄성을 뱉었다. 반응은 느리지만 분명 소금 장수를 알아보는 듯했다.

"…왜?"

"놓고 갔네, 이것!"

소금 장수의 손에는 잘 싸여진 소금 한 덩어리가 들려 있었다. 아마 청년이 사 놓고는 두고 온 모양이었다. 주먹보다 조금 더 큰 소금 꾸러미를 받는 청년의 머리가 보일 듯 말 듯 삐딱하게 움직였다.

"고맙소."

"고맙긴, 내가 더 고맙지. 다음에도 꼭 우리 집으로 오시게. 내 넉넉히 담아 줄 테니. 아니, 소금이 필요하거든 얼마든지 그냥 내어 줌세. 그러니 꼭 오시게. 꼭!"

무슨 사연이 있는지는 몰라도 소금 장수는 청년에게 무척이나 호의적이었다. 그러나 정작 그 호의를 받고 있는 청년의 얼굴엔 시종일관 아무런 표정이 없었다. 설마 졸린 건가? 벌어진 입으로 하품을 하고 느루 끔뻑이는 눈이 답답할 지경이었다.

대답을 기다리던 소금 장수가 다시 입을 열었다.

"혹, 이름을 가르쳐 줄 수는 없겠는가? 은인의 이름이니 내 꼭 기억하겠네."

"글쎄. 후회할 텐데? 괜찮겠어?"

두툼하고 긴 팔을 들어 콧날을 두어 번 긁어내고 다시 무심하게 쫇어 내리는 그의 눈빛은 차가웠다. 아주 짧은 찰나였으나 꼭 한밤중에 산속에서 범이라도 만난 듯, 순간 오금이 저려 소금 장수도 더는 잡지 못했다.

연신 하품을 하며 느직느직 움직이던 청년은 복작한 인파 속으로 금세 사라졌다. 그러자 한 행인이 얼른 다가와 소금 장수를 붙잡고 물었다.

"이보오, 대체 저 청년이 누구요? 누군데 그 귀한 소금을 무작정 주겠다는 약조까지 하는 거요?"

행인의 말에 소금 장수는 어깨를 들썩 들어 올렸다.

"실은 나도 모릅니다."

"으잉? 그게 뭔 소리요? 모르는 이에게 소금을 주겠다고 했단 말요? 장사치면 이문을 남겨야지!"

"그깟 이문 좀 안 남으면 어떻소? 소금이 아니라 다른 뭐라도, 저 청년이 바라면 다 줄 것이오. 나는."

"어어, 점점?"

질문을 하기 전보다 더 궁금한 얼굴이 되어 희미한 눈썹을 찡그리는 행인의 말참견 따위 아랑곳없는 듯, 소금 장수는 사라지는 청년의 등에서 눈을 떼지 않았다.

그가 누구인지는 몰랐다. 물었으나 대답하지 않았으니 더 알고 싶은 욕심도 없었다. 한 가지 확실한 건 보통 사람은 아니라는 사실이었다.

'고맙소이다. 정말.'

소금 장수에게는 갓 일곱 살이 된 어린 아들이 있었다. 나기를 팔삭동으로 어렵게 태어난 아들은 이제껏 단 한 번도 병석에 누워 제 스스로 일어서 본 적도 없는 아이였다.

번듯한 전방도 있고 딱히 계절 타지 않는 품목이라 먹고살기 어렵지 않은 그에게 아들은 깨물어 아픈 손가락이고 가슴속 무거운 추였다.

오늘도 그는 어린 아들을 등에 업고 느지막이 소금을 팔러 나섰고, 마침 그때 청년이 마수걸이로 소금을 사러 왔다.

시들시들한 약초 뿌리를 내밀며 소금을 달라는 그를 처음엔 그저 내쫓으려 했었다. 효능도 이름도 모르는 약초 따위를 마수걸이로 받았다간 오늘 하루 장사는 망칠지도 모르기 때문이었다.

"미안하지만 그런 걸 받을 순 없소이다. 댁네가 첫 손님이라."

"역시 그런가? 급해서 아무거나 집어 왔더니."

청년은 노여움 없이 그의 거절을 받아들었다. 그런데 청년이 돌아서서 중얼거리던 말 한마디가 단박에 소금 장수의 마음을 돌렸다.

"그 녀석 내일이면 죽겠네."

"뭐요?"

"저렇게 들러붙었는데 더는 못 버틸걸?"

"이 냥반이 보자보자 하니!"

깜짝 놀란 소금 장수는 그를 붙잡고 불같이 화를 냈다. 그래도 청년은 별다른 동요가 없었다. 그저 힘겨운 숨을 내쉬는 아이를 빤히 보다가, 한숨과 함께 한마디를 더 했을 뿐이었다.

"그만하면 되었으니 그 아일 놓아주거라."

그 순간, 아이가 자지러지게 울기 시작했다. 크고 우렁차게, 단 한 번도, 태어나 칠 년을 단 한 번도, 그렇게 힘차게 울었던 적이 없는 아이였다. 청년은 소금을 향해 입맛을 다시고 들고 온 약초를 흘끔거리더니, 불쑥 소금 장수를 향해 내밀었다.

"소금은 되었으니 이건 달여서 아이나 먹여 봐. 내일이면 걸어 다닐 테니."

울고 있는 아이를 안고 기쁨의 눈물을 흘리다가, 퍼뜩 그 약초를 받은 소금 장수가 부랴부랴 소금 한 되를 싸서 고개를 들었을 때, 청년은 이미 저만치 걸어가 버린 다음이었다. 그래서 부리나케 달려와 소금을 쥐여 준 것이었다.

청년이 사라지자, 혼란했던 장거리는 언제 그랬냐는 듯 다시 각자의 사정 속으로 흩어져 버렸다. 하지만 소금 장수만은 꽤 오랫동안 그 자리에 서서 청년의 그림자를 더듬고 또 더듬었다.

그런데 그때였다.

검은 옷을 입은 청년의 그림자가 순간 마치 안개처럼 흩어져 사라져 버렸다. 아니, 확실하진 않지만 꼭 그렇게 보였다.

"으응?"

깜짝 놀란 소금 장수는 거친 손등으로 눈을 비비고 또 비볐다. 하지만 헛것을 보았는지 제대로 보았는지 확인해 줄 장본인은 이미 그 자리에 없었다.

소금 장수는 뭣에 홀린 것처럼 청년이 사라진 방향 너머에 서 있는 커다란 산을 망연히 바라보았다. 온통 짙은 운무에 휩싸인 산은 옛 어르신들의 이야기처럼 그렇게 묘한 기운을 넘실거리며 버티고 서 있을 뿐이었다.

'서, 설마⋯ 저 그림자 산에서?'

잠시 의심을 품었다가 그는 곧 고개를 저었다. 멀리서 보면 보이지만 가까이 다가서면 실체가 없는 그 산은 아주 오래전부터 거기 있었지만, 그곳에서 누가 내려왔다거나 하는 말을 근래엔 들어 본 적이 없었다.

아주 어릴 적, 할아버지의 할아버지께 전해지던 이야기 속에서 어렴풋이 들은 것이 전부다. 그림자의 산에 사는 신령들 이야기를. 세상이 뒤집어지면 한 번씩 산에서 내려와 다스리는 영물로 나라를 구한다는, 어쨌거나 믿지 못할 그들의 이야기를 아직도 기억하는 사람은 얼마 안 될 것이었다.

"뭐라 했더라? 산신? 신령단이었던가?"

에라, 얼빠진 놈! 스스로 말도 안 된다고 여기면서도, 소금 장수는 자꾸만 어렴풋한 말을 머릿속으로 더듬고 또 더듬었다. 죽어 가던 아이가 갑자기 살아난 마당에 아무리 미친 소리라지만 못 믿을 건 또 뭔가.

❖

"거긴 한 치 정도 줄이는 것이 좋겠습니다."
"왜? 어째서?"
 한편에 앉은 바늘질아치는 체구도 작지만 목소리는 더욱 작아서 바짝 귀를 세워야만 겨우 들렸다. 그러나 방 안에 복작복작 모인 월정루의 기녀들은 어째서인지 제 숨까지 참아 가며, 그녀의 소심한 목소리에 귀를 기울이느라 여념이 없었다.
 방금 질문을 한 기녀 한월은 방 한가운데 서 있었다. 한창 새 옷을 지을 비단을 몸에 걸쳐보는 중이었기 때문이었다.
"아씨의 어깨는 둥글어 옷이 걸리지 않고 흐릅니다. 그러니 소매를 너무 길게 하면 반대로 팔이 짧아 보일 거여요. 오히려 소매를 조금 짧게 하여 고운 손목을 드러내는 편이 좋을 것 같아요."
"그래. 네가 그리하라면 당연히 그리해야지. 또? 또 다른 건 없어?"
"그리 고운 낯을 하셨으니 고작 옷 따위가 아씨의 아름다움을 가리는 일은 없겠지만, 물으신다면 푸른색은 피하라 말씀 올리겠습니다."
 아직 어린 바늘질아치의 말 한마디라도 놓칠까, 기녀들은 연신 그녀의 주위에서 귀 끝을 세웠다. 그녀들이 다가올수록 더욱 고개를 숙이고 움츠리는 바늘질아치의 어깨는 고작 한 줌이나 될까 싶게 깡말라 안쓰러웠다.
"그건 또 왜?"

"아씨의 낯빛이 달같이 희어, 푸른색이 자칫 생기를 잃게 할까 싶어서요. 새 옷을 입으실 날이 보름이라 하지 않으셨습니까? 그런 달밤엔 붉은빛이 더 좋습니다."

"어머나, 얘도 참! 내가 달이라니 무슨."

뒤에 말은 홀랑 잊어버리고, 온전히 저를 칭찬하는 말만 받아들인 기녀의 뺨엔 금세 까르르하니 만족스러운 홍조가 가득 피어올랐다. 그러더니 조언을 해 준 소녀에게 쪼르르 달려가 이름을 부르며 친근하게 턱을 받쳤다.

"이번엔 틀림없이 은이 네가 바느질해 줄 것이지? 지난번엔 초월이 형님 것을 해 주었으니 이번엔 내 차례란 말이다."

"무슨? 이번엔 내 차례지. 네년 것은 초월이 형님 전에 했잖아!"

그때 또 한 명의 기녀가 득달같이 그들의 대화 속으로 끼어들었다. 훤한 젖무덤을 내놓고 아예 반쯤 벌거벗은 그 기녀는 매섭게 손을 휘둘러 한월의 팔을 채어 내고, 한숨을 쉬는 바느질아치 은이를 사납게 노려보았다.

"맞아? 안 맞아?"

"맞습니다. 그런데 송구하지만 아씨 차례도 아니어요. 이번엔 저기 막내 아씨 차례입니다."

"뭐어? 막내?"

손가락을 빼족 내민 은이의 지적에 모인 기녀들의 얼굴이 우르르 한구석을 향했다. 그곳엔 이제 열일곱은 되었을까 싶은 어린 기녀 하나가, 언니들의 험한 기세에 어쩔 줄 모르고 치마를 쥐어뜯고 있었다.

"하지만 막내가 무슨 옷이 벌써 필요해? 저 아인 아직 머리도 안 올렸단 말이야!"

"예. 해서 이번엔 필요하답니다. 다음 달 초하루에 날이 잡혔다 하시던걸요?"

"누가? 누가 그래? 날이 잡혔다고?"

이번엔 벌거벗은 기녀뿐 아니라 한월까지 달려들었다. 호기심이 반, 또 초조함이 반, 기녀들에게 둘러싸여 그저 웃을 수밖에 없는 은이였다.

월정루는 근방에서 꽤 알아주는 기루였다. 월정루의 행수 해월은 한때 꽤 고관을 모신 적도 있다는 일패 중의 일패였다. 그래서인가? 기개가 높아, 절대 제 아래 있는 아이들이 험한 꼴을 당하지 않게 질이 높은 손님만 받았고, 하여 그녀의 월정루에는 되다 만 양반들은 출입조차 하지 못했다.

그런 해월의 존재를 월정루의 기녀들은 흠모와 동시에 존경하기까지 했다. 월정루에서 머리를 올린 기녀들의 이름엔 거의 대부분 '월' 자가 들어 있었다. 달을 닮았다는 칭찬은 그래서 이곳 기녀들에겐 더없는 뿌듯함이었다.

"빨리 말하지 않고? 막내가 머리 올릴 거라고 누가 그래?"

"행수 어른께서요."

한껏 움츠린 은이의 조그마한 대답 한마디에 한껏 소란스러웠던 방 안은 일시에 조용해졌다. 해월의 명이라면 더 물어 확인할 것도 없거니와, 늘 조심성이 지나친 은이가 빈말을 할 아이는 아니었기 때문이었다.

"에잇! 그럼 나는 막내 다음에 해 줘."

"그럼 나는 그다음."

걱정과 달리, 소란 없이 차례를 물려주는 기녀들을 향해 웃어 주고 은이는 부지런히 바느질 도구들을 챙겨 들었다. 결국 순서가 한참 밀렸는데도 인색하게 굴지 않고 다가앉아 은이를 도와주던 한월이 물었다.

"그나저나 은이 너, 지난번 참판 댁 부인께서 불렀는데 마다했다며?"

"마다한 것이 아니라, 갈 형편이 되지 않아서요."

"아무리 네가 용한 솜씨를 가졌대도, 그러다가 큰일 나. 우리네야 네가 기다려 달라면 얼마든지 기다려 줄 수 있지만, 그런 댁 부름을. 겁도 없다, 너!"

"하지만 일부러 그런 것이 아니라, 정말 짬이 나질 않았는걸요."

배시시 웃을 때마다 흉하게 비틀리는 은이의 검은 얼굴을 한월은 안타까운 듯 바라보았다. 큰 소리 한 번 내지 못할 정도로 순하고 착한 아이인데, 다만 용모가 괴이할 정도로 못났다.

그래도 은이는 근방에서 제일로 솜씨가 좋은 바늘질아치였다.

삼 년 전인가, 사 년 전인가, 은이는 홀연히 이 마을로 흘러들어 왔다. 지금이야 낯이 익었다지만, 처음 보았던 그때는 살다 살다 저렇게 흉한 계집이 있나 싶었다.

얼굴빛이 시커먼 것이 훤한 낮에 보아도 얼굴 생김새를 알아

보기 힘들고, 설상가상 주먹만 한 혹이 오른편 눈 옆에 달려 슬쩍 보아도 징그럽기 그지없었다. 은이는 그 혹을 가리기 위해 한쪽 머리카락을 조금 흐르게 내버려 두었지만 그래도 흉한 몰골은 반도 가려지지 않았다.

그녀와 마주치는 이들은 사내건 계집이건 대부분은 일단 혀를 차며 고개를 돌려 버리기가 일쑤고 더러 철없는 것들은 돌을 던지며 욕을 하기도 했다.

그런데 굼벵이도 구르는 재주는 있다더니 그런 은이에게도 용한 재주가 있었다. 바느질 솜씨가 끝내주게 좋다는 것이었다.

은이가 수를 놓은 나비는 금방이라도 날아오를 듯 생동감이 넘치고, 꽃은 향기가 날 것만 같았다. 무엇보다 대단한 것은 재지 않아도 잰 것처럼 치수를 척척 맞히는 눈썰미였다. 어디가 어떻게 부족한지, 어디가 지나친지 그녀는 한눈에 파악했다.

그동안 불편한 옷을 불편한 줄도 모르고 입던 이들은 은이가 해 준 옷을 입은 다음엔 다른 것을 돌아보지도 않았다.

그런 은이의 재주를 가장 먼저 알아보고 월정루 기녀들에게서 나오는 일감을 모두 던져 준 것이 바로 행수 해월이었다.

처음엔 은이의 험한 용모에 눈살을 찌푸리며 거리를 두던 기녀들도, 그녀에게 옷을 맞춘 기녀들 중 몇이 양반집에 후처로 가서 퇴기 신세를 면한 이후, 너도나도 은이를 찾아 대기 바빴다.

소문이 돌자 양반집 마님과 그들의 딸도 마찬가지였다. 은이가 하라는 대로 옷을 맞추면 없던 맵시가 살아나고 태가 돋보여, 평소 흠모하던 도령들이 스스로 발길을 멈추었으니 무시할 수가 없었다.

그렇게 몇 년이 지나자, 이제는 나이 지긋한 노부인부터 이제 갓 딱지를 뗀 계집아이들까지 새 옷만 지을라치면 너도나도 은이를 가장 먼저 불러 올렸다.

"아무튼 조심해. 그러다 큰일 나."

"예. 아씨 말씀 명심할게요."

"아씨는 무슨, 너나 나나 상것 주제에. 민망하니 그냥 언니라 불러. 우리 아부진 염전에서 써레질이나 하던 무지렁이였어. 넌?"

한월의 질문에 은이는 그저 배시시 고개를 가로저었다.

"저는 아버지 얼굴도 몰라요."

"하긴 너 같은 애가 한두 명이겠니. 어쨌든 이젠 언니라 불러. 너 올해 열아홉이라 했으니 내가 언니 맞지?"

은이는 차마 대답을 못 하고 고개만 끄덕, 깊이 숙였다.

벌써 그리되었던가? 나이 따위 거의 잊고 살았다. 열아홉이 아니라 실은 스물이 되었지만, 굳이 바로잡을 필요는 없었다. 언제부턴가 참은 하나도 없고, 거짓으로만 범벅이 된 삶 속에서 어떤 것이 참인지 스스로도 헷갈리니까. 홀로 버틴 시간도 다른 이들의 그것처럼 덧없이 빨랐다. 아직 제대로 시작한 것이 아무것도 없는데.

은이는 보퉁이 안에서 주섬주섬 무언가를 챙겨 한월에게 내밀었다.

"지난번 아씨 치마를 만들고 남은 비단 조각이 있기에, 손수건을 하나 했어요."

"또, 또 아씨랜다. 고집하고는? 너도 못 말린다, 얘. 아무튼 고마워. 이야! 너무 예쁘다."

한월은 은이가 준 손수건을 활짝 펴서 살피며 깊은 탄성을 질렀다. 진한 자줏빛 비단 한쪽에 커다랗게 수놓은 둥근 달, 그리고 그 옆에 놓인 별들이 금방이라도 반짝반짝 끔뻑거릴 같았다. 아니, 언뜻 정말 반짝인 것도 같았다.

"잘 가, 은이야."

"그럼 사흘 후에 오겠습니다."

문밖까지 따라 나온 한월의 배웅을 받으며 월정루를 나서 집으로 돌아가는 길엔 이미 둥그런 달이 어두운 하늘을 밝히고 있었다. 한쪽 손에 바느질 도구가 든 보따리를 소중하게 낀 은이의 걸음도 덩달아 빨라졌다. 언니라고 부르라던 한월의 제안은 고마웠지만, 그녀의 좁은 가슴은 그런 인연을 받아들일 여유가 없었다. 괜한 흔적을 남겨 좋을 것도 없다.

"너무 늦었네."

인적이 드문 탓인가? 재게 발을 놀리며 자꾸만 등 뒤와 길옆을 살피는 그녀의 행동은 하나하나가 다 조심스러웠다.

그녀가 머무르는 곳은 마을 남쪽의 과부촌이었다. 말 그대로 대부분 지아비 없는 과부들이 모여 살며 길쌈이나 삯바느질로 근근이 먹고살아 붙여진 이름이었다. 갈 곳이 없었던 은이도 사년 전 우연히 그곳으로 흘러들어 바느질로 지금껏 산 입에 거미줄을 치지 않고 살아왔다.

처음엔 제 먹고살기조차 바쁜 그들은 몰골이 흉한 은이를 받아

주지 않으려 했었다. 부모도 없이 홀로 떠돌던 어리고 흉한 그녀를 가엾게 여기던 이도 있긴 했지만 이런저런 사정을 다 챙기기엔 그들의 삶이 너무나 척박했으니까.

그러나 지금은 은이에게 들어오는 엄청난 바느질감을 과부촌 여인들이 함께 나누는 터라, 다들 전보다 형편이 좋아져서 은이를 곱지 않게 보는 이는 없었다. 단 하나, 은이가 오기 전까지 일감을 도맡았던 천 소사만이 은이를 눈엣가시처럼 보았다.

"조영산……. 그림자의 산……."

멀리 어스름한 달빛에 고요히 비쳐지는 산마루를 바라보며 은이는 속삭이듯 중얼거렸다. 그림자로 만들어진 산을 찾아 방방곡곡을 떠돌아다닌 지 사 년! 겨우겨우 이름이 같은 산을 찾았는데, 아무리 노력을 해도 산으로 들어가는 입구를 찾을 수가 없었다.

그림자가 없는 시간에만 사람의 발길을 허락한다는데, 대체 그 시간이라는 게 언제란 말이야. 저 산도 아니라면 이제 더는 찾아가 볼 곳도 없었다. 사흘에 한 번씩은 꼭꼭 시도하는데도 확인은커녕, 말 그대로 그림자뿐 다가서면 뿌연 연기처럼 실체가 없는 산이었다.

한양을 떠난 지 한참이건만, 그들의 추적은 집요하고 끝이 없었다. 이곳에도 언제까지 머물 수 있을지 기약이 없다.

'아아, 어머니…….'

저도 모르게 그리운 이름을 가슴에 품고 질끈 눈을 감았다. 방울방울 고이려는 눈물을 소매 끝으로 꾹꾹 눌러 낸 은이는 부지런히 걸음을 옮겼다.

그녀가 과부촌으로 사라지자, 얼마 후 몇 명의 투박한 그림자가 스르륵 그 자리에 모습을 드러냈다.

"맞아? 저년?"

"맞겠지. 설마 세상에 저런 추한 낯짝을 한 년이 또 있겠어?"

"그럼 어서 해치우세. 날 밝기 전에."

"잠깐 기다려! 추한 몰골을 봤더니 갑자기 뒤가 마려워."

"쯧! 그 미리미리 좀 하고 올 것이지. 이러다가 일 망치면 어쩌려고 그래. 먼저 가서 망보고 있을 테니 어여 끊고 와."

"알았어. 먼저 가."

五 步. 달밤에 스치다

 한 칸뿐인 좁은 방은 그래도 그럭저럭 다리를 뻗을 여유는 있었다. 낡은 신을 굳이 방 안에 들여 놓고, 받아 온 일감도 한쪽에 밀어 두고 은이는 차가운 방바닥에 이불도 없이 웅크려 누웠다.
 지난여름 비바람에 한쪽이 무너져 버린 툇마루에 옆집 장 소사가 가져다 놓았을 호박개떡이 있기에, 그것도 들고 들어와 그냥 밀어 두었다.
 배가 고프지 않은 것은 아니었다. 집 안엔 낟알기의 흔적조차 없었다. 몇 년째 제때에 끼니를 때운 적도 없고, 종일 기녀들의 입담을 들어 주고 우습지도 않은 이야기에 장단을 맞추고, 낮에도 버젓이 기루에 드나드는 사내들 중 혹여나 누가 알아보지는 않을까, 긴장을 했던 어깨가 죽을 것처럼 아팠다.

고개를 숙이고, 눈에 띄지 않도록 의도적으로 목소리를 낮추고, 방 안으로 신발을 들여 놓는 이유도 그 모든 것들이 살아남기 위한 습관이었다.

꼬르르륵!

아침에 눈을 떠 지금까지, 아무것도 넣어 주지 않은 배 속이 식어 버린 떡 냄새를 맡고 아우성을 쳤다.

"그래. 먹자, 먹어."

벌떡 일어나 떡 그릇을 당겨 놓고 한숨을 쉬었다. 사느라, 어떻게든 살아가느라 마음이 하루하루 삭아 죽을 것 같은데, 그런 와중에도 늘 허기진 배가 살얼음 같은 그녀의 삶을 무디게 만들려고 했다.

하지만 지난 시간들과 지난 인연들. 가야 할 길이 보이지 않는다는 막막함! 그것들은 절대 잊어서는 안 되는 것이었다. 지금보다 더 아프고 고되어도 절대 잊어서는 안 되는 생명이 희생되었으니까.

눈물이 터지기 전에 얼른 개떡 하나를 입에 밀어 넣었다. 울어 버린다고 해서 달라지는 것도 없다. 늘 형편없는 장 소사의 솜씨 탓에 물컹하고 진 식감이 턱 하고 첫입에 목을 메이게 했다. 그래도 은이는 꾸역꾸역 떡을 삼켰다.

"맛없어."

기어이 한마디를 투덜거리면서도 떡 하나를 더 집었다. 그때였다. 덜컹! 바람에 문이 흔들리는 소리가 그녀의 주의를 끌었다. 은이는 습관처럼 목을 움츠리고 얼른 바느질 보퉁이를 챙겨 옆구리에 끼었다. 언제든, 어느 때라도 훌쩍 떠날 수 있게, 모든 것을 다 넣어서 항상 들고 다니는 보퉁이는 그녀의 마른 손목으로 감당하기에는 제법 컸다.

휘이잉!

또 덜컹! 문이 흔들렸다.

미처 삼키지 못한 떡을 입 안에 물고 보퉁이를 안은 팔에 힘을 주었다. 잘못 들었기를 바랐지만 오랜 경험은 이미 알고 있었다. 절대 바람 탓이 아니라는 것. 마당에 누가 있다. 게다가 한두 명이 아니었다.

'설마, 들킨 거야?'

조금씩 다가오는 검은 그림자를 바라보며 뒤로 몸을 물렸다. 싸늘한 냉기가 등으로 파고들었다.

굳이 좁은 방에 이불도 펴지 않고 잠을 자는 이유도 늘 준비되어 있어야 하기 때문이었다. 들여 놓았던 신발을 챙겨 보퉁이와 함께 안고 부엌으로 난 쪽문을 바라보았다. 기회는 한 번뿐! 문을 연 다음엔 뒤도 돌아보지 말고 달려야 한다.

마음에서 긴장을 덜어 내며 은이는 우물우물 떡을 씹었다. 질퍽한 떡이 꿀꺽 목구멍으로 넘어간 순간 재빨리 쪽문을 열고 무작정 달려 나갔다.

"앗! 저기 도망간다!"

"어디어디? 빨리 잡아. 놓치면 우리가 죽어나."

신도 없이 달린 것이 무색하게 놈들은 금세 은이의 뒤를 쫓았다. 사내들의 빠른 발을 따돌리기에 종일 굶은 은이의 가는 다리는 역부족이었다.

"꺄악!"

"가만히 좀 있어라, 이년아."

"제발 놓아. 이러지 말거라!"

"뭐? '말거라?' 이년이 어따 대고 하대야? 잔말 말고 따라와."

"놓아, 놓아. 제발!"

애원하는 은이의 간청을 놈들은 전혀 귀담아듣지 않았다. 작은 체구의 그녀를 힘들이지 않고 어깨에 지고는 어디론가 빠르게 걸음을 옮길 뿐이었다.

"하아아아암!"

길게 기지개를 켜며 산에서 내려온 청년의 발걸음은 낮과 전혀 달랐다. 나는 듯 빠르고, 밟지 않은 듯 가벼웠다. 다만 낮에는 들고 있던 검이 지금은 보이지 않았다. 대신 무언가를 잔뜩 등에 지고 있었다.

발걸음이 빨라질수록 하품을 하던 여유도 사라졌지만, 그렇다고 다급해 보이는 것도 아니었다. 그는 그저 몹시 귀찮은 얼굴을 하고 있었다.

"그러게 왜 눈에 띄어 가지고!"

얼마 후 걸음을 멈춘 곳은 유독 넓은 용마름을 얹은 작은 집 앞이었다. 앉지도 서지도 못하고 툇마루에 누워 있을 아이가 비를 맞지 않도록 일부러 지붕을 크게 만들었을 것이다. 아이를 위한 아비의 다정함에 가슴 안쪽이 우르륵 조여 왔다.

댓돌엔 세 쌍의 신이 있었다. 사내의 것으로 보이는 큰 것은 제법 낡았고, 아이의 것으로 보이는 작은 것은 닳은 흔적이 전혀 없는 새것이었다. 안에 불이 밝혀진 것으로 보아 사는 사람들은 아직 잠들지 않은 모양이었다. 하긴 잠이 들었어도 깨울 생각이었지만.

툭!

청년은 그 집의 마당 안에 들고 온 짐을 거침없이 던져 내려놓았다. 그러고는 조심성이라고는 요만큼도 없는 큰 목소리로 집주인을 불렀다.

"어이, 김 서방, 안에 있나? 좀 나와 보지?"

그 소리에 방문이 덜컥 열리고 안에서 나온 이가 낮의 그 소금 장수라는 것은 놀랍지도 않은 일이었다.

"어라? 은인님?"

어둠 속에서도 금세 청년의 얼굴을 알아본 소금 장수가 버선발로 뛰어나와 머리를 숙였다. 어느새 말투도 깍듯해졌다. 청년은 그 인사도 귀찮다는 듯 옆으로 돌아서서 손을 내저었다.

"됐고. 여기서 이사 가. 여긴 터가 안 좋아."

"예?"

"거참, 귀찮게. 한 번에 좀 알아듣지? 이사 가라고. 여기 있으면 네 아들은 얼마 안 가 또 앓아. 이번에 앓으면 반드시 죽어. 그러니까 가."

어디에 사는지 알려 주지도 않았는데, 한밤중에 갑자기 찾아와 버럭 하대하는 청년의 존재가 분명 당황스러움에도 소금 장수는 용케 그의 말을 알아들었다. 아니, 청년의 말 속에서 오락가락하는 제 아들의 목숨 이야기만 들렸는지도 모른다.

소금 장수는 털썩 무릎을 꿇고 앉아 청년의 다리에 매달렸다.
"안 됩니다. 살려 주십시오."
"하아!"
다리에서 느껴지는 무게에 청년은 하늘을 바라보며 한숨을 푸욱 내쉬었다. 살고자 몸부림치는 자의 무게. 다른 이의 삶까지 책임진 자의 무게라 더욱 만만하지 않았다.

이래서 웬만하면 산 아래 사는 것들의 삶에 관여하지 않으려는 것인데, 괜히 끼어들어 귀찮은 것을 떠안았다. 그깟 소금 맛이 뭐라고, 적당히 없이 먹고살 것이지, 뭐가 급하다고 낮에 내려와서는 오지랖을 부렸을까. 들고 온 산삼 뿌리나 주고 갈 것을. 그 정도면 한 달은 더 살았을 텐데.

당연히 자고 있어야 할 졸린 시간에 돌아다니다가, 평소엔 무시하던 것을 잠꼬대처럼 건드리고 말았으니 이건 다 자업자득이다.

청년은 다리에 매달린 소금 장수를 뻥 차서 멀리 떨어뜨렸다. 그러고는 끙끙거리며 신음하는 그의 앞에 허리를 수그리며 다짐했다. 이번 한 번만, 딱 한 번만이다. 한 번만 더 귀찮아지자. 엎지른 물도 흘린 놈이 치우는 법.

"잘 들어!"

"예."

"네 아들이 아픈 건 이 집 때문이야. 넌 안 보이겠지만 여기 아주 어마어마하고 득실득실해. 그러니까 내일 날이 밝으면 당장 이사해. 그리고 저거 보이지?"

아픈 것을 참으며 연신 고개를 끄덕이는 소금 장수의 얼굴을 돌려, 청년은 방금 제가 던져 놓은 자루를 보여 주었다.

"예, 잘 보입니다."

"새집으로 이사 가거든, 집 주변에 저거 묻어!"

"저게 뭡니까?"

"그런 게 있어. 어떤 놈 똥인데, 아무튼 알 거 없고. 네 아들이 달짝지근한 냄새가 좀 많이 나서 그런 거니까, 묻으라면 그냥 묻어!"

"예예, 분부대로 하겠습니다."

청년의 말에 소금 장수는 기어가 얼른 그 자루를 끌어안았다. 자루는 꽤 무겁고 노린내가 가득 섞인 구린 냄새가 났다. 그러나 아들의 목숨을 살릴 물건이라는데, 아무리 구린내가 난다지만 어떤 아비가 쉬이 다룰까. 소금 장수가 자루를 보듬는 사이, 필사적인 그 모습에 청년의 눈빛은 오히려 점점 더 차갑게 변해 갔다.

아무리 잊으려 애를 써도 선명해지는 옛 기억 하나가 소금 장수의 눈빛 때문에 괜히 떠오른 것이었다. 오래되고 짜증 나는 기억! 짜증 나게 보고 싶은 한 사람에 대한 기억이 막을 사이도 없이 뇌리로 쏟아졌다. 청년에게도 있었다. 저렇게 당연한 듯 옆에서 지켜 주던 사람이.

"이름을 가져 보는 건 어때?"

"그딴 게 왜 필요한데. 그런 거 없어도 난 강해!"

기억 속의 청년은 아직 앳된 소년이었다. 그리고 그런 그의 곁에는 초롱초롱한 검은 눈이 웬만한 계집보다 어여쁜 사내 하나가 웃고 있었다.

새하얀 얼굴은 계집 같고 궂은일이라고는 해 본 적 없는 듯한 고운 손가락은 길었다. 고아한 어깨를 스쳐 등까지 늘어진 머리카락이 바람을 타고 물결처럼 일렁이며 솔잎 향을 뿌렸다. 얼핏 사람인지 혹은 귀신인지 분간이 되지 않는 아름다운 그 사내 덕분에 소년은 혼자가 아니었다.

"하지만 생각해 봐. 이름이 없으면 널 뭐라고 불러야 하지?"

"그런가?"

사내의 지적에 소년은 이마 쪽을 긁적이며 헤헤 웃었다. 그런 소년의 반말을 어째서인지 사내는 다정하게 묵인했다. 그리고 물었다.

"어때? 내가 지어 줄까? 네 이름."

"그런 게 정말 필요해?"

"필요해. 이름이 없으면 네가 멀리 있을 때 널 부를 수가 없잖아. 부를 수 없으면 만나기도 어렵고."

"흐음, 그건 좀 곤란하겠네. 좋아. 대신!"

"대신?"

사내의 제안을 소년은 솔깃하게 받아들였다.

"대신 그 이름은 너만 부를 수 있어. 다른 놈들한텐 안 가르쳐 줄 거야. 어차피 이 산에 들어올 수 있는 것도 너뿐이니까."

"아하하하, 이 녀석. 바보냐? 그럼 뭐하러 이름을 지어. 난 이미 너의 존재를 아는데. 조영산의 어둑시니."

가슴을 툭 치고 제법 사내처럼 구는 소년을 향해 사내의 커다랗고 맑은 웃음소리가 찾아들었다. 하지만 사내가 아무리 놀리며 웃어도 어둑시니라 불린 소년은 그저 그를 바라보고 또 바라볼 뿐이었다. 소년에겐 아버지와 같고, 또 유일한 친우인 사내였다. 그러다가 진지하게 말했다.

"필요 없어, 딴 놈들은. 난 너만 있으면 되니까. 내가 영원히 지켜 줄게. 어디서든 날 부르기만 하면."

"나를 지킨다고? 네가?"

"왜? 못 믿어?"

"아니. 밤이 세상에 존재하는 한, 너는 누구보다 강하지. 그래도 날 지키는 건 가능하지가 않구나. 미안하지만 난 곧 죽어."

"감히 어떤 놈이 널 건드려? 말만 해. 내가 싹 다!"

 주먹을 휘두르며 앉아 있던 그루터기에서 훌쩍 뛰어내리는 소년의 머리꼭지를 사내는 다정하게 쓰다듬었다. 치기 어린 얼굴을 한 소년의 체격은 이미 사내보다 훨씬 크고 강했다. 그래도 사내의 눈엔 이제 막 세상을 알아 가려 하는 가엾은 어둑시니일 뿐이었다. 그는 어린 아들을 어르는 아비와 같은 자상한 손길로 소년을 어루만졌다. 그러고는 슬픈 얼굴로 웃었다.

"만약 내가 다시 여기 오지 않으면."

"그딴 소리 하지 마!"

 초조한 눈빛으로 발을 구르는 소년의 악다구니 속에서도 사내는 꿋꿋하게 부탁을 남겼다.

"그렇게 되면 부디 지켜 줘, 내 보물. 나의 아침을."

"글쎄, 시끄럽다니까."

"약속해 줄래? 너의 목숨을 바쳐서라도 지킨다고?"

"내가 그랬지. 내 이름을 부를 수 있는 것도, 내 앞에서 오만방자하게 굴 수 있는 것도 오직 너뿐이라고! 청설, 너뿐이다. 그러니까 사라지지 마. 내 허락 없이 죽으면 나한테 죽어!"

청설은 그날 이후 단 세 번 더 청년을 찾아왔다. 그러고는 영영 다시 나타나지 않았다. 절대 죽지 말라고 그렇게 말을 했는데, 위험한 순간이 오면 이름을 부르라고, 너만 아는 그 이름! 그 이름만 부르면 어디든 날아가 구해 주겠다고 했는데. 그는 입술에 피를 머금고 죽어 가면서도 끝내 청년을 부르지 않았다.

"빌어먹을!"

그건 청년에게 배신이나 다름없었다. 기별도 예고도 없었던 이별! 유일했던 친구를 잃은 그날, 그의 산은 영원한 그림자 속으로 사라지고 말았다. 하여 청년의 이름도 함께 소멸하였다.

이후 다시는, 다시는 절대 산 아래 것들과 얽히지 않겠다고 다짐했는데, 그깟 소금 때문에 머릿속이 흔들린다. 청년은 딱딱하게 굳은 어깨를 돌려 소금 장수의 멱살을 쥐고 끌어 당겼다.

"소금!"

마치 짐승의 그것처럼 들리는 낮은 으르렁거림에 흠칫 놀란 소금 장수가 품에 안은 자루를 빼앗길세라 힘을 주며 물었다.

"예?"

"내게 소금을 주겠다고 했지?"

"예, 드리겠습니다. 얼마든지 드리겠습니다."

"매달 초하루에 가져오너라. 네 아들이 명을 다하고 죽을 때까지야. 배신하지 마. 그땐 너도 죽어!"

갑자기 싸늘해진 그를 보며 소금 장수는 바짝 얼어붙었다. 청년은 더 이상 다른 말을 덧붙이지 않았다. 그저 겁먹은 소금 장수의 머리가 위아래로 흔들리는 것을 보며 휘익 몸을 돌렸다.

그래! 이러면 되는 것이다. 실수를 했으면 바로잡으면 되는 것이지. 어차피 약속 따위 지킬 의지가 없는 저런 놈들 따위 힘으로 눌러서 누가 더 강한지 알려 주면 그뿐! 다시는 우습게 보지 못하도록. 다시는 나를 배반할 엄두도 내지 못하게, 아무도 나를 혼자 남기지 못하게. 그러면 되는 것이다.

누구와도 이어지지 말자. 봐, 저놈도 겁을 먹고 아까처럼 매달릴 생각도 못 하잖아!

청년은 점점 더 식어 가는 눈동자를 굳히며 발을 떼었다. 그런데 그 순간, 포기한 줄 알았던 소금 장수가 돌아서는 그의 발을 다시 잡았다.

"잠깐만요, 은인!"

청년의 의아한 눈빛이 돌아섰을 때, 소금 장수는 여전히 겁을 먹은 듯 고양이 앞의 쥐처럼 바들바들 떨면서도 용기를 내 그를 똑바로 바라보고 있었다.

"너, 내가 안 무서워?"

"무섭습니다. 겁이 납니다. 하지만 그래도 은혜를 입었으니 사람 된 도리로 어찌 그냥 보내 드리겠습니까?"

"어쭈? 김 서방치곤 제법인데? 그래서?"

"혹 저 그림자 산의 신, 신선이십니까?"

소금 장수의 말에 청년은 묘한 눈빛으로 웃었다. 짜증이 나는데 기분이 나쁘지 않았다. 겨우겨우 발에 힘을 주고 서 있는 소금 장수를 향해 다가가 고개를 숙이니 흠칫 놀라기는 해도 물러서지는 않는다. 그 용기가 아주 조금쯤 기특해졌다.

"열심히 머리는 굴렸다만, 내가 고작 그런 어설픈 존재일 리가 없잖아. 약속된 날짜에 소금이나 가져다 놓아라. 그리고 다시는 내 눈에 띄지 마. 니들 정말 너무 귀찮아!"

더는 잡을 엄두를 내지 못하는 소금 장수를 좁은 마당 안에 두고, 청년은 바람처럼 몸을 날려 그곳을 빠져나왔다.

오랜만이었다. 제법 괜찮은 냄새를 풍기는 김 서방은. 하지만 지금은 철석같은 저 약속도 어차피 지켜지지 않을 뜬구름인 것을 그는 너무나 잘 알고 있었다. 인간의 약속이란 부유하는 먼지보다 더 가벼우니까. 그에게 이름이 없듯 인간은 모두 다 김 서방이다. 알고 싶지도 않았다.

'아아, 다시는 낮에 돌아다니지 말아야지.'

발아래 지붕을 밟고 솟구치듯 뛰어오르며 청년은 속으로 다짐했다. 그때였다. 달빛이 그려 놓은 조영산을 향해 일직선으로 달려 나가던 그때, 바로 앞 길모퉁이 쪽에서 들리는 작은 소란스러움이 그의 다짐에 발을 걸었다.

"놓아. 이것 놓아. 도와주시오! 누가 나 좀 도와주오!"

"아하, 참 시끄럽네. 조용히 좀 하거라!"

"놓아. 놓으란 말이야!"

사내 여럿이 웬 뼈다귀 같은 놈 하나를 지고 가는데, 녀석이 지치지도 않고 빽빽 소리를 질러 대고 있었다. 그러나 그 간절한 외침을 듣고 달려 나오는 이는 아무도 없었다.
 혹시라도 누가 나와 저 뼈다귀를 도와줄까 싶어, 잠시 지붕 위에 쪼그리고 앉아 그 모습을 지켜보던 청년의 입가에 스산한 미소가 어렸다.
 그럼 그렇지! 조금이라도 해를 입을까 봐 저런 연약한 외침도 외면하는 것이 김 서방들의 본성이다.
 차갑게 돌리는 청년의 검은 머리카락이 어둠 속에 흩날렸다. 보고 들었지만, 그 역시 직접 관여하고 싶은 생각은 눈곱만큼도 없었다. 운이 좋은 놈이면 스스로 살아남을 것이고, 명이 다할 놈이면 죽겠지.
 "그나저나 그놈 참, 시커먼 것이 고약하게도 생겼다! 이매(魑魅)라고 해도 믿겠어. 사내야, 계집이야?"
 바동거리며 매달려 가는 쪼끄만 인영의 꺼먼 얼굴을 향해 혀를 차고 청년은 산을 향해 다시 달렸다.

六 步. 마주하는 인연

 바람이 건너오는 바위벽 언덕엔 수령이 오래되어 보이는 소나무 한 그루가 솟을 듯 하늘을 향해 서 있었다. 사철 푸르러야 할 나무는 쏟아지는 달빛을 오롯이 받으며 섰고, 서슴없이 은빛을 튕겨 내느라 희게 보였다. 바람이 불어 첨예한 이파리들을 건드리면 바르르 떨면서도 냉랭하고 창백하게, 나무는 수문장처럼 그 자리를 지켰다.

 그 곁에 한 사람이 서 있었다.

 밤보다 더 까만 머리카락을 흘러가는 바람에 맡기고 소나무에 등을 기댄 청년은 눈에 익었다. 한낮의 장거리에 홀연히 나타나 소금 장수의 어린 아들을 살려 놓고 사라진 조영산의 어둑시니였다.

무언가에 귀를 기울이는 듯 고개를 조금 꺾고 눈을 감은 청년은 밤 풍경에 섞여 있으면서도 누구보다 도드라지게 컸다. 앞으로 팔짱 낀 두툼한 팔뚝, 나른하게 뻗은 다리는 길고, 맨발 그대로 흙을 밟고 선 입술에선 바람 소리와 흡사한 한숨이 자꾸만 새어 나왔다.

"후우우! 무슨 오지랖이냐!"

감은 눈을 뜨지 않은 채 청년은 상체를 조금 움직여 더 깊이 나무에 기대섰다. 한 치 앞은 깎아지른 절벽이고 달빛을 제외하면 작은 불씨 하나 없는 어둠뿐인데도 그는 오히려 위태로움을 즐기는 듯 편해 보였다.

청년은 지금 소금 장수의 등에 업혀 있던 아이를 생각하고 있었다.

일곱이나 먹은 녀석이 아비의 등에 늘어져 힘없이 눈만 깜박이던 모습 말이다. 청년과 눈이 마주친 순간 본능적으로 알았는지, 간절하게 바라보던 그 어린 눈빛을 외면하지 못한 것을 후회했다.

"후우!"

아이에게 달라붙어 있던 것은 흔한 새타니였다. 아마도 아이가 태어난 순간 소금 장수가 너무 신나게 자랑을 하고 다녔거나, 아니면 태어나는 순간의 우렁찬 울음소리를 듣고 와서 들러붙은 듯한데, 부모에게 사랑받는 그 아이가 부러워서 떠나지 못한 것이 뻔했다.

처음엔 고작 새타니였어도 곧 꽤 센 놈들도 소식을 듣고 올지 모르니 일단 호랑이 똥을 대문에 묻으라 했다. 그래 봐야 아이가 스스로 힘을 내지 않으면 효과가 오래가지 못할 것이다.

"그럼 또 살려 달라고 들들 볶겠지."

그제야 눈을 뜨고 기댔던 나무에서 몸을 일으킨 청년은 아슬아슬할 때까지 절벽 끝으로 다가섰다.

여전히 온통 짓눌린 정적이 바람을 탔다. 절벽을 타고 올라와 날카롭게 머리 위를 스치는 바람 소리를 제외하면 사방을 압도하는 어둠 속은 고요하기만 했다.

그마저도 눈이 부신지 청년은 소매를 들어 쏟아지는 달빛을 가렸다. 마구잡이로 펄럭이는 검은 천 자락 사이로 새어 들어오는 달빛은 잊힌 그의 이름이었다.

'그래, 치월! 널 치월이라고 부르자!'
'뭐? 치월? 그게 뭔데?'
'어울리잖아, 겁게 물든 어둠 속에 홀연한 저 달. 그게 네 이름이야, 치월! 앞으론 내가 많이 불러 주마.'
'쳇! 마음대로 해. 어차피… 어차피 네가 부르지 않으면 사라질 이름이다.'

그 말이 진짜가 되어 버릴지 몰랐다. 오직 한 사람만 알고 있던 이름, 그 한 사람이 이승에 없으니 이제 없는 것이나 다름없는 이름이 되었다.

"아아, 빌어먹을!"

속삭이듯 욕지거리를 뱉어 내고 치월은 발을 튕겨 벼랑 아래로 몸을 날렸다. 범인이었다면 산산조각은 물론 가루가 되었을 높이건만 오히려 눈을 감고 솟구치는 바람을 가르는 그의 두 팔은 흡사 날개가 달린 새처럼 자유로웠다.

기다렸다는 듯 몰려와 거침없이 커다란 몸을 떠안은 시커먼 어둠 속, 하염없이 아래로 떨어지는 그의 눈가로 맑은 이슬 한 방울이 맺혔다가 쓸쓸하게 날아갔다.

밝고 호화로운 방 한가운데 무릎을 꿇고, 은이는 조심스럽게 눈동자를 굴렸다. 그러다가 맞은편에 앉은 중년의 부인과 눈길을 마주하고는 얼른 바닥에 이마를 박았다.

"네가 과부촌에서 바느질을 하는 아이냐?"

"예, 마님!"

"쯧쯧, 듣던 대로 인상이 괴이하구나."

"송구합니다."

잘못한 것이 없는데도 은이는 머리를 조아리며 흉한 용모를 감추었다.

엎드리는 그녀의 앞에서 혀를 차는 중년의 부인은 전 공조참판의 처, 정부인(貞夫人) 신 씨였다. 지난번 곧 시집을 가는 딸아이의 혼례복을 위해 은이를 불렀으나, 먼저 약속이 있다는 이유로 부름에 응답을 하지 않자 참다못해 아랫것들을 시켜 '잡아 오라'

이른 장본인이었다.

"후우, 네가 송구해할 일은 아니지."

얼굴을 들지 못하는 은이를 보며 신 씨 부인은 낮은 한숨을 내쉬었다. 사정은 급하고 딸아이가 오직 은이의 옷을 고집하기에 어쩔 수 없이 이런 방법을 택했지만, 사실 그녀는 꽤 계획적인 성품에 명화를 중요하게 여기는 사람이었다. 아랫것들을 보내 바느질아치를 데려오라 했을 뿐 이리 험하게 끌고 올 것도 짐작하지 못했다. 하여 두루두루 은이에게 미안하기도 했다.

머리가 조금 아파졌다. 참판을 지내다가 관직을 내려놓은 지아비의 명예와 곧 시집갈 딸아이의 순탄한 삶을 위해서, 그리고 그것이 아니더라도 그녀는 가급적 조용히 지내는 것을 원했다. 이런 식으로 은이를 데려온 것은 정말 마음에 들지 않았다.

"네 솜씨가 그리 좋다고?"

"미천한 솜씨입니다, 마님."

"그래도 딸아이가 네 손으로 지은 옷을 고집하는구나. 어찌, 아니 되겠느냐?"

"송구합니다."

은이는 다시 머리를 숙였다. 거절의 뜻을 이해한 신 씨 부인의 머리도 까닥까닥 위아래로 흔들렸다.

"안 되겠다는 말이냐?"

"보잘것없는 재주이오나, 제 손은 고작 한 쌍이고 먼저 약속하신 분이 계셔서요. 쇤네 아무리 배운 것은 없어도 먼저와 나중은 구별할 줄 알기에, 정말 송구합니다, 마님."

"고집이 세구나."

한사코 머리를 조아리면서도 뜻은 굽히지 않는 은이를 보며 신 씨 부인은 화를 내기는커녕 피식 웃고 말았다.

얼마 후면 혼인하여 곁을 떠나는 딸아이를 위해 가능하면 그 아이가 원하는 것은 다 해 주고 싶었지만, 은이가 하는 말은 사실 틀린 것이 없었다.

몰골도 흉한 천한 아이가 사시나무 떨듯이 바르르 떨면서도 신의를 지키겠다는데, 그런 아이를 밤중에 잡아다가 겁을 주는 자신의 낯이 오히려 화끈거릴 뿐이었다.

"이름이 무엇이냐?"

신 씨 부인의 질문이 다정해질수록 은이는 더욱 몸을 낮췄다. 다행히 저를 잡아 온 놈들은 그들과는 관계가 없는 모양이라 일단 안심은 되었지만, 그래도 경계를 풀 수는 없었다. 이미 관직에서 물러났다 해도 이 집의 주인은 공조참판을 지냈던 이형서! 분명 기억에 있는 이름이다.

바닥을 짚은 손가락이 쥐가 나도록 버티고, 입술을 힘차게 물며 은이는 두려움을 참았다. 더 이상 도망칠 기력도, 어디로 가야 할지도 몰랐다. 하지만! 누가 포기할 줄 알고? 절대로, 절대로 허망하게 죽지도 않겠다고 그 차가웠던 날에 했던 맹세는 머리에 새겨져 잊어지지 않았다.

"이름이 없느냐?"

부인이 다시 묻는 말에 은이는 고개를 들었다. 그러고는 흐트러짐 없이 바로 앉아 또박또박 대답했다.

"은이입니다, 마님. 쇤네는 은이입니다."

꼿꼿하게 고개를 든 은이를 바라보는 신 씨 부인의 눈빛에 언뜻 묘한 기색이 얽혔다. 등을 바로 세운 은이가 문득 천해 보이지 않아서였다. 잘 자란 규방의 처녀처럼 단정하게까지 보였다. 언뜻 해묵은 기억 하나가 떠올랐다. 아직 어렸음에도 당차고 해사했던 계집아이의 기억이었다. 혹시나 싶어서 무어라 입을 떼려는데, 마침 밖에서 누군가가 그녀를 불렀다.

"마님, 주인어른께서 돌아오셨습니다."

"그래. 알았다."

밖에서 고하는 소리에 마지못해 자리에서 일어난 신 씨 부인은 방을 나서기 전 한 번 더 은이를 돌아보았다. 왜 그 오래된 기억이 갑자기 떠올랐는지는 몰라도 어차피 그 계집아이와는 연관이 있을 수 없다.

"은이라 했지?"

"예, 마님."

"그럼 다음에 네 손이 비거든 그때 내 옷 한 벌 지어 주련?"

신 씨 부인의 말에 은이는 그제야 크게 고개를 끄덕였다.

"예, 그리하겠습니다."

다정한 부인의 말투가 기억 속의 어머니와 닮아서 문득 솟구치는 눈물을 참기가 힘들어졌다. 겨우 눈물을 추슬러 보퉁이를 챙겨서 방문을 나섰을 때 밖에는 부인이 남겨 둔 노복이 기다리고 있었다.

"어서 나오지 않고 뭐 해!"

"예, 나갑니다. 그런데 혹, 뒷문은 없나요?"

"뒷문은 왜?"

"제 몰골이 험하여, 다른 분들 보시기 꺼림칙할 것이라."

노복은 은이의 변명을 이해한 듯, 그녀를 뒷문으로 안내해서 집밖으로 내보냈다. 그런데, 그리 조심을 했는데도 하필 뒷문으로 나서는 그 모습이 집주인 이 대감의 이목을 끌었던 모양이었다.

"저기 나가는 건 누구요?"

"누구 말씀이십니까?"

이 대감의 말에 함께 고개를 돌린 신 씨 부인의 눈에도 막 문간을 넘어서는 은이의 뒷모습이 똑똑히 보였다. 작은 몸을 웅크려 허둥지둥 노복의 뒤를 따르는 천한 아이의 모습에서 왜 자꾸 다른 이의 모습이 겹쳐지는 것인지 알 수가 없었다.

"바늘질아치입니다. 삼사 년 전에 이 동리에 왔다는데, 솜씨가 좋다 해서 잠시 불렀어요."

"삼사 년?"

어째서인지, 신 씨 부인의 대답을 들은 이 대감은 바늘질아치가 집에 들른 이유보다 다른 것에 더 관심을 보였다.

"예. 대감께서 무슨 생각을 하시는지 압니다. 하지만 저 아이는 용모가 그분과는 전혀 다릅니다."

"시신을 찾지 못해 이리 흔들리나 보오."

"마음 가지런히 하시어요. 비록 힘이 끊어졌으나 그분께서 남기신 유지는 대감께서 받들어야 하지 않겠어요?"

"하하하, 내 오늘도 부인에게 한 수 배웠소. 날이 어두우니 이만 들어갑시다."

일상적인 대화를 주고받으며 안채로 들어가는 중에도 이 대감은 바느질아치가 사라진 쪽문을 두어 번 더 흘끔거렸다. 흉한 얼굴이라 하니 조건이 맞지 않지만, 시기와 나이대가 비슷했다. 공주가 사라진 그때와 말이다. 생각을 그리해서 그랬는지 단정한 걸음걸이의 뒷모습도 어쩐지 공주와 비슷한 것 같았다.

"허허, 참. 무슨 생각을. 이미 죽은 아이를 두고……."

아직도 뒤를 이를 후계를 생산하지 못한 왕실을 생각하며, 만약 공주가 살아 있다면… 하고 잠시 헛된 희망을 품었지만, 이 대감은 곧 허탈한 웃음을 흘리며 그런 생각을 지웠다. 공주가 살아 있다면, 그래서 만약 그분의 핏줄이 끊어지지 않았다면 그럼 남은 이들에게 꽤 힘이 되었을 것이다. 하지만 이제 와 가능하지 않았다.

"아 참! 낮에 한양에서 서신이 하나 왔습니다."

"한양에서?"

"예. 상방에 가져다 두었어요."

한양에서 온 서신이라는 말에 이형서는 곧 잠잠히 생각에 빠졌다. 낙향하여 조용히 살고 있으나 새로운 중전과 궐 이곳저곳에 아직 그가 심어 놓은 사람이 제법 있었다. 아마도 서신은 그들로부터 온 것이리라.

혹여 대비가 다시 움직이려 하는가? 지난 몇 년 공주의 흔적을 찾아 대비가 보낸 전국의 자객들을 가능한 한 최선을 다해 제거

해 왔다. 만에 하나 공주가 살아 있다면 그들의 손에 희생되게 두어서는 절대 안 되기 때문이었다. 동시에 이쪽의 흔적을 남겨서도 안 된다. 대비는 무서운 여인이었다.

'또 무슨 작당들을 하시려고…….'

이형서는 조용히 머리를 가로저었다. 따뜻한 바람에도 까닭 없이 몸이 떨렸다.

무슨 수를 써서라도 그때 공주를 보호했어야 하는데, 대비가 그리 쉽게 중전을 죽여 버릴 줄은 몰랐기에 기다리고 있었던 것이 화를 불렀다. 결국 박 상궁마저 공주와 함께 죽었고 동시에 남은 빛도 사라졌다. 이형서는 은이가 사라진 방향을 다시 한번 바라보았다.

"확인하여 나쁠 것은 없지."

사랑채로 들어서다 말고 몸을 돌리고 조용히 아랫놈 하나를 불렀다.

"곰보야, 곰보 게 있느냐?"

"예, 어르신."

아주 오래전부터 그를 모시던 곰보는 이름과 달리 체형이 왜소하고 잰 사내였다. 이형서는 그를 가까이 불러 은밀히 명을 전했다. 그리고 잠시 후 곰보는 아무도 모르게 대문을 나섰다.

"하아아암!"

길고 두툼한 팔을 한껏 뻗고 기지개를 켜던 치월은 언제 하품을 했냐는 듯 날렵하게 자리에서 일어났다. 어둠이 짙게 내린 산등성이 너머로 반도 남지 않은 달이 적요하게 아래를 비추고 있었다.

유독 조용한 밤이었다. 밤 사냥을 나서는 부엉이 날개 소리조차 들리지 않는 밤.

소금 장수의 어린 아들을 살려 주고 소금을 얻어 온 지도 벌써 보름이 훌쩍 지났다. 인간의 일에 끼어든 것이 스스로에게 화가 나 그간엔 한 번도 산 밖으로 나가지 않았던 터였다. 그래서 슬슬 짜증을 벗어 내던 중이었는데, 손톱처럼 가늘어진 오늘의 달을 보니 곧 때가 된 모양이었다.

"곧 달이 없어지겠군."

달이 형체를 감추는 그믐은 그에겐 가장 귀찮은 날이었다. 달은 사라지지만 대신 산이 그림자를 드러내기 때문이었다.

그런 날엔, 길 잃은 놈들, 용기랍시고 과욕을 부리는 어중이떠중이들, 그리고 가엾은 원혼들이 가끔 산으로 들어서기도 했다. 특히 어둑시니의 자리를 노리는 같잖은 것들이 제법 도전을 해 오는데, 다시 달이 나올 때까지 잠도 자지 못하고 그런 것들을 쫓아내야 하는 것이 여간 귀찮지 않았다. 물론 대부분 한 줌 거리도 안 되지만.

미물인 부엉이마저도 그날이 다가오니 몸을 사리는 듯, 바람만 싸하게 지나가는 숲엔 벌레 소리마저도 들리지 않았다.

그런데.

"응?"

아직 달이 사라지지도 않았는데 꽤 거슬리는 어떤 소리가 치월의 귀를 잡았다. 언뜻 노랫소리 같은 목소리는 한없이 가늘어서 사내의 것은 절대 아니었다. 그럼 계집? 치월은 짙은 눈썹을 험하게 구겼다. 계집이라면, 그건 더 싫다.

"쳇! 또 뭐야."

재바르게 몸을 돌려 곧 소리를 따라 발을 옮겼다. 달이 한껏 작아져서인가? 근처엔 키가 큰 나무도 없건만 적막한 길을 따라 움직이는 그의 발아래엔 희미한 그림자조차 없었다.

낯선 소리의 원인은 금세 알아낼 수 있었다.

산과 마을의 경계, 좁은 개울 하나를 사이에 둔 그 아슬아슬한 그루터기 위에 조그만 인영 하나가 올라앉아 웅크리고 청승을 떨고 있었기 때문이었다.

'하필 저기!'

눈에 익은 그루터기를 바라보는 그의 눈동자에 얼핏 옅은 살기가 어렸다.

그 그루터기는 이십 년 전 청설이 죽어 버리던 날 괴로운 마음을 이기지 못한 치월이 단칼에 잘라 내어 버린 나무의 밑동이었다. 꽤 신경질적으로 잘라 냈는데 생명이 다하지 않았던가? 용케도 잔약한 가지 하나를 짧게 세우며 버티고 있었다.

그 위에 앉은 작은 몸뚱이의 주인 역시 낯이 익었다.

'뭐야. 그때 그 녀석이잖아.'

언젠가의 밤, 김 서방에게 호랑이 똥을 던져 주고 돌아오던 길에 살려 달라고 소리치며 어디론가 잡혀가던 그 녀석이다. 저런 얼굴로 잘도 계집이었군. 웅크리고 앉은 은이를 단박에 알아본 치월이 속으로 혀를 찼다.

계집인 것도, 하필 이 자리인 것도 짜증이 났다. 어쨌거나 남은 기억이 있는 장소였기 때문이었다.

언제나 청설과 치월은 이곳에서 만나 밤이 가는 것도 모르고 이야기를 나누곤 했었다. 청설이 기억나서 오기 싫었다. 그런데 고작 저딴 녀석이 내는 소리에 이끌려 다시 왔다는 것도 싫었다.

그러나 그렇다고 쫓아낼 생각은 없었다. 아직 산의 영역으로 들어온 것이 아니니 굳이 건드려 부스럼을 만들 필요도 없었다.

"쳇!"

신경질적으로 몸을 돌리고 빠른 걸음으로 몇 발짝, 그리고 다음 순간 치월은 우뚝 발을 멈추고 말았다. 등 뒤에서 다시 소리가 들려왔기 때문이었다. 그를 이 자리까지 이끌어 왔던 그 소리는 역시나 그녀의 중얼거리는 입술에서 새어 나왔다.

"아이야, 함께 가련. 예쁜 꽃잎 따다가 화전 하고, 남은 잎으론 문틈을 막자. 못된 바람이 들어오지 못하게. 무서운 어둑시니가 엿보지 못하게."

가늘게 들리는 노랫소리 속엔 익숙한 이름도 있었다. 그렇게 무섭다는 어둑시니가 코앞에 있는데 알아보지 못하는 그녀가 우스웠다. 일말의 관심으로 다시 다가섰다. 실은 목소리가 너무 작아 잘 들리지 않았기 때문이었다. 가까이, 자꾸만 더 가까이 다가섰다. 제 이름이 나와서 그런가, 괜히 귀가 쫑긋해졌다.

"아이야, 함께 가련. 낮에 해를 잔뜩 담아다가 방 안에 늘어놓고 한가운데서 눈을 뜨고 있자. 눈을 뜨고 있자. 무서운 어둑시니가 잡아가지 않게."

이어지는 노래에 치월은 조금씩 더 귀를 세웠다. 은이의 노래 속에 어둑시니는 사납고 무서운 놈. 인간의 입장에선 그게 맞을 터이다. 헛웃음이 나면서도 그녀의 목소리에 마음이 노곤해졌다.

'그깟, 어린애 혼백 따위 관심도 없거든.'

슬쩍 눈을 감았다. 알지도 못하면서 지어 부르는 노래라고 생각했다. 그래도 요상하게 더 듣고 싶었다. 그런데 하필 딱 그 순간부터 그녀는 입을 꼭 다물고 앉아 노래를 부르지 않았다. 알고 싶은데, 그래서 그 아이는 어둑시니에게서 잘 도망쳤는지, 방문은 잘 막았는지 알고 싶은데, 노래를 부르지 않으면 그 뒤를 알 길이 없었다.

혹시 부르고 있는데 안 들리는 건가 싶어 주위에 불던 바람도 멀리 치우고 잔뜩 귀를 기울여도 봤다. 그러나 여전히 노랫소리는 들리지 않았다.

'갑자기 왜 부르다 마는 건데? 겁을 좀 줄까?'

기다리고 또 기다리다가 짜증을 부리며 머리를 굴려 보았다. 하지만 겁준다고 노래를 부를 놈은 없다.

그런 이야기도 있잖은가. 노래 주머니를 혹으로 만들어 턱에 달고 다닌 그놈. 도깨비들은 그놈에게 노래를 듣기 위해 금은보화를 가져다 바쳤다. 바다를 건너온 이야기라는데, 어쨌거나 미련한 놈들이다. 세상에 믿을 게 없어서 그걸 믿어?

그나저나 얘는 정말 이제 노래 안 하나?

한숨을 쉬며 다시 은이를 바라보았을 때 그녀는 가슴에 품은 보퉁이를 꼬옥 끌어안고 달랑달랑 다리를 흔들고 있었다. 풀썩이는 치맛자락 속으로, 걸려 있는 것이 용한 짚신을 신은 발이 보였다.

'꼬라지하고는.'

가만히 보니 생김도 고약하지만 차림도 말끔하지 못한 계집이었다. 낡은 보자기로 싼 보퉁이를 끌어안고 마치 금방이라도 울어 버릴 것 같은 처연한 얼굴로, 먼 하늘을 바라본다. 그래 봐야 온통 어둠이라 보이지도 않을 것인데.

'됐어. 노래 안 할 거면 나도 볼일 없지.'

더 듣고 싶었지만 치월은 삐죽거리며 몸을 돌렸다. 그런데 그 순간이었다.

"거기 누구 있어요?"

내내 조용하던 그녀가 갑자기 머리를 돌려 치월이 숨은 곳을 똑바로 바라보았다. 재빨리 다시 바위 아래로 주저앉은 치월은 반사적으로 숨을 멈췄다. 뭐야? 이럴 리가 없는데? 인간이 어둠 속에 숨은 어둑시니의 기척을 느낀다는 것은 말도 안 되는 일이었다.

'우연일 거야.'

치월은 두근거리는 가슴을 누르며 그렇게 중얼거렸다. 그런데도 바위 밖으로 나설 용기는 나지 않았다. 고작 인간 계집애 따위 겁날 것이야 없지만, 다시는 인간의 일에 끼어들지 않겠다고 다짐했으니까.

아주 조금 고개를 들어 확인하니 그녀는 아직도 똑바로 이쪽을 보고 있었다. 마치 다 보이는 것처럼. 겁먹은 노루 새끼처럼 반들거리는 눈으로 뚫어져라 본다.

'에이씨, 귀찮게.'

난감한 표정으로 입술을 씰룩거리던 치월은 허공으로 손을 뻗어 어둠 한 줌을 뜯어내었다. 주인의 부름에 달려오는 강아지처럼 한달음에 그의 손바닥으로 모여든 어둠은 손가락 한 마디 정도로 작았다. 치월은 그것을 그루터기에 앉은 은이에게로 후욱, 밀어 내었다.

명을 받은 어둠은 곧장 날아가 그녀의 가는 숨결 속으로 섞여 들었다. 그러자 빳빳하게 들고 있던 머리가 힘없이 아래로 수그러졌다. 잠들어 버린 것이었다.

"어둠을 쓰게 하다니. 뭐야, 이 녀석!"

그제야 치월은 소리 없이 일어서 그녀를 향해 다가갔다. 자력으로 잠든 것이 아니라, 강제로 재워진 것인데도 품에 안은 보퉁이를 놓칠세라 힘을 준 손마디는 작고 한껏 웅크린 어깨는 더 작았다. 앙상한 어깨, 앙상한 손목, 그리고 더 앙상한 발목. 손끝으로 건드리기만 해도 부러질 것 같은 쇠잔함은 어이가 없을 정도였다. 치월은 손가락을 뻗어 은이의 이마를 툭 건드렸다.

"노래 들은 대가로 한번 봐줬다. 다신 여기 오지 마."

건드려도 깨지 못하는 그녀를 보며 혀를 차다가 그는 소리 없이 사라졌다.

휘이이이!

바람이 혼자 남은 은이의 가는 머리카락을 스치며 다정하게 불었다. 애처로운 낡은 치맛자락이 낡은 짚신 코 위로 아슬아슬하게 흔들리고 슬픈 꿈이라도 꾸는지 눈물 한 줄기가 뺨으로 흘러 낡은 치마 위로 뚝 떨어졌다.

그리고 그가 다시 나타났다.

치월은 잠들어 있는 은이의 앞에 팔짱을 끼고 서서 한껏 못마땅한 표정을 지었다. 결국 한숨을 쉬며 투덜거렸다.

"거참, 쬐끄만 녀석이 더럽게 신경 쓰이네."

이래서 계집들이 싫었다. 말 많고, 툭하면 웃고, 별일 아닌데 울고, 그리고 턱없이 약해 빠져서 싫었다. 그에게서 청설을 앗아 간 것도 인간 계집이었다. 제 한 몸 스스로 지키지 못해, 청설에게 도움을 청한 약해 빠진 계집.

이 녀석도 그랬다. 슬쩍만 건드려도 부러질 것처럼 생긴 녀석이 하필 이런 곳에서 청승맞게 왜 노래는 부르고 난리냔 말이다. 여긴 어둑시니가 사는 산인데. 네 녀석들이 그렇게 무서워하는.

투덜거림과는 달리 더없이 조심스러운 손길로 그는 잠든 은이를 안아 들었다. 그러고는 나타났을 때처럼 소리 없이 그 자리를 비웠다.

七步. 다가오는 붉은 꽃의 계절

"잘 들으세요. 절대 잊으시면 안 됩니다."

"무섭게 왜 이래? 이러지 마. 자꾸 왜 손을 놓는 건데?"

울먹이며 달라붙는 은조의 애처로운 손을 유모는 억지로 밀어 내며 눈물을 닦았다. 때가 되었으니 더 이상 버티는 것은 무의미했다. 모든 것은 가야 할 때가 있는 법. 하늘이 정한 그녀의 때는 여기까지였다.

조금 두려웠지만 아쉽지는 않았다. 대신 귀한 목숨 하나를 살려 놓고 갈 수 있으니.

"제가 알고 있는 모든 것을 말씀드리겠습니다. 부디 기억하셔야 합니다."

"유모오!"

"공주님의 부친은 지금의 전하가 아니십니다."

놀란 은조의 눈을 보면서도 그녀는 단호했다. 지금이 아니면 아무것도 전하지 못한다. 곧 저들이 들이닥칠 것이고 남은 시간은 얼마 없었다.

"내가 지금 무슨 말을 들은 거야? 왜, 왜 그래?"

은조는 가슴이 이상한 간격으로 뛰는 것을 느꼈다. 두려움과 불안감으로 미칠 것만 같은데, 자꾸만 무서운 얼굴을 하는 유모는 내내 알아 온 그 사람이 아닌 것 같았다. 더듬거리며 연신 유모의 손을 찾았다.

"공주님은, 아니 아가씨께서는 신단의 딸입니다. 대대로 이 땅을 지켜 온 그들에게 유일한 희망이 되실 분입니다."

"난, 나는 대체 유모가 무슨 말을 하는 건지 모르겠어."

"대비가 아가씨를 쫓는 이유는 아가씨께서 신단의 힘을 가지셨기 때문입니다. '신단의 어린 딸을 가진 자는 대대로 왕을 낳고, 아들을 가진 자는 스스로 왕이 되어 천하를 가지리라.' 왕실에 은밀하게 전해 내려오는 이 말의 뜻을 대비가 알아 버렸어요."

"유모, 제발!"

기어이 다시 눈물을 흘리는 은조의 젖은 뺨을 다정히 쓸어 주는 박 상궁도 울고 있었다.

그 밤! 중전께서 단주님을 중궁전으로 들이신 그 밤. 단주를 따라왔던 그녀도 거기 있었다. 단주님은 망설임 없이 중전마마의 처소에 드셨다. 그러나 모두가 아는 그런 더럽고 추잡한 짓은 없었다. 청설 님은 그저 중전마마의 배에 손을 얹어 태를 넣어 주셨을 뿐이니까. 그건 그가 신단의 주인이기 때문에 가능한 일이었다. 남녀의 교접이 없이 태를 넣어 주는 것. 일생에 단 한 번, 모든 때가 맞아야 하고 또 주는 자의 마음에 한 점의 어룽도 없어야 한다.

그날 궐은 비어 있었다. 주상은 지병으로 피접을 나갔고, 대비도 불공을 위해 전각을 비웠다. 모든 것이 완벽했다. 마치 중전을 위해 자리를 비켜 준 것처럼 궐 안의 모든 것들이 스스로 입을 다물었다.
 중전마마의 곁에서 은조를 지키며 나중에야 알았다. 처음부터 모든 것이 대비의 계략이었다는 것을!
 대비는 주상이 여인을 회임시킬 수 없는 몸임을 알고 있었다. 만약 신료들이 알게 된다면 당연히 폐위가 거론될 것이고, 해서 증명해야 했다. 중전에게 회임을 시킨다면 주상에게 하자가 없다는 증좌가 된다. 주상이 다른 여인을 돌아봤다면 일이 쉬웠을 것이나, 오직 중전만 바라보던 사내라 다른 방법은 없었다.
 가엾은 중전은 다른 사내의 몸을 빌려서라도 회임하라는 무서운 대비의 명을 거역할 수 없었고 단주에게 도움을 청했다. 그리고 단주는 중전을 위해 기꺼이 움직였다. 그녀가 주상의 비가 될 운명이라는 것을 알면서도 평생을 사랑했기 때문이었다.
 식음을 전폐하며 태를 위해 기도하던 그 사흘이 지나고 중전께 자신의 씨가 옮아 간 것을 확인하자, 단주는 자신을 따라온 박 상궁에게 궐에 남을 것을 명했다. 하여 박 상궁은 그렇게 은조의 유모가 되었다.
 "신단의 힘은 대대로 단주에게만 발현이 됩니다. 아가씨의 부친께서는 선대의 단주셨지요. 하나 대비의 계략에 발이 묶여 돌아가셨습니다. 이제는 아가씨께서 그 힘의 중심이 되어 주셔야 합니다."
 "몰라. 난 그런 것 몰라."
 "정신 차리세요. 제 목숨을 아가씨의 구명에 걸었습니다. 제 평생을 아가씨를 보호하는 데 바쳤어요. 그런데 고작 겁이 나서, 모른 척하시겠다는 겁니까?"

"유, 유모."

"조영산으로 가세요. 그곳에서 어둑시니를 찾아 아가씨의 힘으로 만드셔야 합니다. 그것이 첫 번째입니다. 그리하면 그들이 움직일 겁니다. 신단의 장로들."

신단은 은밀하게 움직이는 조직이었다. 오랫동안 그 신단에 몸담았던 박 상궁도 그들이 어디에 숨어 있는지 알지 못했다. 다급한 상황이라 가능한 한 더 많은 것을 알려 주고 싶은데 목이 메어 자꾸만 말문이 막혔다. 그럴 때마다 그녀는 은조의 머리를 쓰다듬었다. 참을성 많은 이 소녀는 그동안 그녀의 자랑이며 긍지였다. 또한 기쁨이었다.

이제 살아 있을 시간이 얼마 남지 않았다. 두렵지는 않았다. 그보다 누구보다 영롱하게 피어날 은조의 그날에 함께하지 못한다는 슬픔이 더 컸다.

"알았어. 유모가 하는 말 다 믿을게. 믿을 테니 나 혼자 두려는 그 생각만 하지 마. 응?"

"우리 착한 공주님! 소중하고 귀한 아가씨, 두려워 마십시오. 그러지 않으셔도 돼요. 분명 잘 해내실 겁니다."

그제야 웃으며 고개를 끄덕이는 유모의 소매를 쥐고 은조는 크게 흐느껴 울었다. 이제 소용없다는 것을 알아 버렸다. 아무리 고집을 부려도 들어주지 않을 것임도. 더 이상 어린아이로 남아 있으면 안 된다고, 이제는 자라 제 몫을 해야 한다고 유모는 말하고 있었다. 덜 자란 새끼를 둥지에서 밀어 내는 독수리처럼 자상하고 단호하게.

그 얼굴이 마지막 인사를 하려 자리에서 일어섰다. 크게 팔을 둘러 절하는 유모를 향해 은조도 울며 고개를 숙였다.

"나의 사랑스러운 은조 아가씨, 잊지 마십시오. 그 고운 이름은 아버님께서 지어 주셨습니다. 갓 피어나는 아침 햇살처럼 눈부시게 자라라 하셨지요. 끝까지 곁을 지켜 드리지 못해 송구합니다. 부디 몸 건강하십시오."

그들이 숨은 동굴 밖으로 푸른 번개가 시시때때로 내려쳤다. 앞이 보이지도 않을 많은 거센 비가 내렸다. 그러나 그 모든 것을 개의치 않고 유모는 홀로 밖으로 나섰다.

날이 새고, 또 어두워지고, 또 새고, 어두워지고, 며칠을 그 안에 숨어 소리 죽여 울던 은조는 이미 유모가 저를 대신해 죽었다는 사실을 깨닫고 있었다. 밖으로 나오면서 동굴 안에 고여 있던 바위 흙을 온몸에 문질러 발라, 고운 낯을 감췄다.

그렇게 숨죽이고, 낮추어 기어 다니며 사 년을 버텼다.

바느질을 하는 재주 하나로 근근이 굶지 않고 떠돌다가, 조영산 이야기를 듣고 겨우 이곳에 자리를 잡았는데, 이대로 물러날 수는 없었다. 이렇게 죽어 버릴 수는 더더욱 없었다.

"흐읍, 흡흡! 안 죽을 거야. 꼭 살 거야. 약속해, 약속해."

벌써 사 년이나 이어지는 같은 꿈이다. 자꾸만 아련해져 가는 유모와의 기억이 온전히 꿈이라는 것을 알기에 은이는 조용히 눈을 떴다. 깜박깜박, 검은 얼굴에 어울리지 않는 풍성한 속눈썹이 들썩였다. 그러고는 다음 순간, 그녀는 새된 비명을 지르며 벌떡 몸을 일으켰다.

"꺄악!"

눈앞에, 그것도 조금만 부주의하게 움직여도 닿을 듯 가까운 거리에 낯선 사내의 두 눈이 말똥말똥 그녀를 내려다보고 있었기 때문이었다.

은이가 튕기듯 일어나는 순간, 치월도 타고난 재바름으로 몸을 물렸다. 그렇지 않았다면 틀림없이 두 이마가 호되게 부딪쳤을지도 모를 일이었다. 물론 그랬다 해도 다치는 것은 제 쪽은 아닐 테지만.

"누, 누구십니까?"

반사적으로 앞섶을 감싸 쥐고 더듬거리는 은이의 질문에 치월은 어깨를 으쓱거렸다.

"글쎄. 뭐로 보여?"

"…자객?"

짐작할 수 있는 대답 중 가장 그럴듯한 것을 꺼내 놓은 그녀였다. 당연히 치월은 고개를 저었다.

"아니! 물론 널 죽일까 생각을 안 한 건 아니지만 아쉽게도 자객 같은 건 아니야."

대답은 장난처럼 가벼웠다. 잘못 들었다고 생각할 만큼이나.

그는 좌우가 넓은 들창에 올라 앉아 있었다. 간당간당 다리를 흔드는 모습, 입술을 삐죽거리거나 호기심이 가득해서 상대를 빤히 바라보는 눈길이 마치 어린아이 같았다. 그러나 어린애라고 하기엔 그는 너무 컸다.

창밖에서 간간이 불어 들어오는 바람에 새카만 머리카락 끝은 가볍게 나풀거리고, 헐렁하게 내려 입은 소매 아래로 감춘 손이 창틀 위에서 꼬물락꼬물락 장난을 쳤다. 그저 창턱에 걸터앉았을 뿐인데 어쩐지 이질감이 느껴지는 그는 묘했다.

"말해 봐. 어째서 거기서 울고 있었는지!"

아직 당혹감을 지우지 못한 그녀에게 더럭 날아온 질문은 또한 당혹스러웠다.

"예?"

"아니야. 됐어. 말하지 마!"

기껏 물어 놓고 또 얼른 손을 내저으며 말하지 말라고 외치는 변덕이 흡사 아이 같았다. 순간 퍼뜩 기억이 났다.

자신이 분명 조영산 앞 개울가에 앉아 있었다는 것. 그런데 어째서 낯선 사내의 앞에서 잠이 깬 것일까? 그보다 이런 곳까지 옮겨지는 것도 모를 만큼 깊이 잠들었단 말이야?

영문을 모를 일이지만 일단 그는 위협적으로 보이지는 않았다. 죽일까 생각을 했었다는 그의 고백에도 불구하고, 커다란 덩치로 뿜고 있는 어두운 기운에도, 그는 오히려 순진해 보였다.

아직 꿈속에 있는 것처럼 다가오는 모든 감각이 둔해서일까? 은이는 그가 전혀 두렵지 않았다.

"아무 말 않겠습니다. 그런데 저는 왜 여기 있나요?"

"후우! 실은 그것도 문제야. 내가 왜 너를 여기 데려왔을까? 그걸 나도 모르겠어."

사내는 선이 굵직한 얼굴을 한쪽으로 기울이며 고민에 빠졌다. 긴 다리 한쪽을 창틀에 올려 그 위에 머리를 괸 표정마저 꽤나 곤혹스러워 보였다. 그러나 그러는 중에도 은이를 주시하는 눈동자만은 잠시도 방향을 비트는 적이 없었다.

마치 꼼짝하지 말라는 경고처럼!

"치마 입었으니 넌 분명 계집이지?"

"예?"

"아니야, 아니야. 알기 싫어. 그것도 대답하지 마!"

치월은 부산하게 소매를 펄렁거리며 흔들어 댔다. 그녀가 잠들어 있는 내내 생각하고 또 생각했다.

굳이 이딴 아이를, 그것도 계집아이를 산에 들여 놓은 이유를 알고 싶었다. 그딴 이상한 노래 때문만은 절대 아니었다. 그답지 않게 충동적이고 뜬금없는 행동이라 당황했기에, 얼굴에 열이 나도록 고민을 해 봐도 딱히 무언가가 떠오르질 않았다.

그냥 속편하게 도로 있던 자리에 가져다 놓을까도 생각했었다. 그녀가 잠결에 누군가를 부르며 내내 흐느끼던 것을 듣지 못했다면 틀림없이 그랬을지도 모른다.

그는 누군가가 우는 소리가 정말 싫었다. 애원하는 울음, 보채는 그 울음소리, 슬픔이 묻은 소리는 더더욱! 그런 소리를 들으면 자꾸만 화가 치밀었다. 그런데 이 아이의 소리 없는 눈물은 외면하려 하면 속을 긁었다. 자꾸만 보게 하고 또 보게 하고. 마치 지금처럼 말이다.

얼굴을 괴던 다리를 다른 쪽으로 바꾸고 치월은 얌전히 앉아 있는 은이를 빤히 바라보았다. 그러고는 아무것도 알기 싫다던 발버둥을 또 잊고 홀린 듯 물었다.

"그래서? 누가 죽었는데?"

"예?"

"자면서 내내 울었잖아. 죽지 않겠다고! 그래서 고민했어. 너를 어찌할지. 다시 가져다 놓으려니 궁금하고, 물어보려니 귀찮을 것 같고……."

울었다는 치월의 말에 은이는 더듬더듬 얼굴을 만져 보았다. 얼굴에 발라 놓은 흙이 지워졌다면 낭패다. 그 순간, 치월이 벌떡 몸을 일으키며 중얼거렸다.

"좋아! 결정했어."

은이가 채 고개를 들기도 전에 그는 발소리도 없이 다가왔다. 가까이 다가온 다음엔 더욱 실감할 수 있었다. 그가 얼마나 큰지. 그녀가 앉아 있어서가 아니라 저절로 고개를 올려 바라보아야 할 만큼 그는 턱없이 컸다. 머리 위로 다가선 사내의 어깨가 빛을 가리는 바람에 밝았던 방이 삽시간에 어두워진 것 같은 착각이 들었다. 실은 착각이 아니었다. 물이 아래로 흐르듯, 그를 따라 자연스럽게 어둠이 모여들었기 때문이었다.

은이는 마른침을 삼키며 저도 모르게 주춤주춤 뒤로 물러섰다. 기다란 손가락이 다가와 턱을 받쳐 올릴 때도, 숨소리마저 들릴 만큼 가까이 다가선 그가 두꺼운 가슴팍으로 밀어 누를 때도, 그저 입술만 달싹거릴 뿐 아무 말도 하지 못하던 은이는 결국 등 뒤로 느껴지는 차가운 벽을 손바닥으로 짚을 때까지 허둥거려야 했다.

"한 번 더 봐준다. 그냥 내 산에서 나가!"

순간, 망망하던 은이의 눈동자에 반짝 이채가 띠었다. 산? 조영산?

멍하던 머릿속이 밝아지고 무엇 때문에 산의 경계에 앉아 있었는지가 떠올랐다. 허둥지둥 손을 내밀어 치월의 앞섶에 매달리며 은이는 다급하게 물었다.

"혹, 여기에 사십니까?"

"그건 왜?"

"대답해 주세요. 부탁이에요. 제겐 중요합니다."

"그게 왜 궁금한데?"

"조영산엔 사람이 살지 못한다고 들었으니까요. 그러니, 그러니 어쩌면 당신은……."

희미하게 웃는 그의 입술 사이로 유독 하얀 치열이 빛났다. 흥미롭다는 듯 가늘어지는 눈길이 아주 느리게 은이를 위아래로 훑어 내렸다. 은이는 흠칫 몸을 떨었지만 그를 잡은 손을 물리지는 않았다. 그러자 조금 더 바싹 다가온 사내가 물었다.

"떨고 있네? 이제 내가 좀 무서운가?"

은이는 대답 대신 그를 올려다보았다. 그러곤 그가 그랬듯 찬찬히 그를 뜯어보았다. 머리 하나, 아니 그 이상 큰 키는 다분히 위협적이었다. 손의 크기도, 어깨도, 팔뚝도, 그녀의 힘으로 밀어내는 것은 어림도 없어 보였다.

어딘지도 모르는 낯선 곳에서 와 있는데, 그리고 지금 분명 겁박을 당하는 것 같은데! 스스로도 이상할 만큼 겁이 나지 않았다.

"아니요. 무섭지 않아요. 당신은 나쁜 사람 같지가 않은걸요."

"호오."

그때였다. 방황하던 은이의 시선이 등잔을 가린 그의 발아래로 날아들었다. 그리고 그의 눈과 당황한 시선을 마주했다.

"아아!"

이럴 수가! 그에겐 없는 것이 있었다. 그림자! 방 한구석엔 분명 등잔이 일렁이고 있고 그녀의 발아래엔 까만 그림자가 있었는데, 그는 그저 이 앞에 있을 뿐, 그림자를 갖지 못했다. 그림자뿐인 산속에 그림자는 없는 사내라니.

"지금 제가 조영산 안에 있는 건가요?"

"점점?"

"당신은 사람이 아닌가요?"

처음과 달리 조바심을 내는 은이를 향해 치월은 고개를 기울였다. 호기심은 가득하고 두려움은 없는 그녀의 눈망울은 험한 생김과 달리 맑았다.

"…역시, 생각보다 더 귀찮은 아이구나, 너. 이제 됐어. 뒷이야기가 궁금하긴 하지만 더는 안 돼."

끝까지 소매 끝을 잡고 매달리는 은이를 간단히 떼어 내고 치월은 이어 커다란 손바닥으로 그녀의 눈을 덮었다. 그리고 속삭였다.

"널 데려온 건 내 실수야. 그러니까 그냥 자!"

짧은 중얼거림이 채 끝이 나기도 전에 힘없이 늘어진 가벼운 몸은 치월이 내민 팔 안에 안착했다. 두 눈을 꼬옥 감고 고개를 모로 꺾은 은조를 바라보는 그의 눈엔 어쩐지 묘한 실망의 감정이 엉켜 있었다.

"후우!"

청설을 잃은 이후 처음이었다. 스스로의 의지로 누군가를 이 안에 들여 놓은 것은! 이 아이의 무엇이 심경을 건드린 것인지 몰라 잠시 당황했지만 늘 그렇듯 관여하지 않으면 될 일이다. 그것이 무엇이든, 알지 않으면 다치지도 않는다.

특이한 아이였다. 이렇게 열악하게 생긴 것도, 사람이 아니냐고 물어 놓고 겁을 내지 않는 것도 재미있었다. 그러나 알면 안 될 것 같았다. 그 바보 같은 청설처럼 인간에게 속아 죽지 않으려면 말이다. 그런 바보 같은 짓을 내가 할까 보냐.

치월은 잠든 은이를 안고 천천히 밖으로 나섰다. 바깥은 그의 마음을 진정시키는 까만 어둠으로 가득했다. 실수로 들여온 티끌은 버리고 나면 그만이다. 이런 식으로 묘하게 반짝이는 티끌이라면 더더욱 재빠르게 버리는 게 옳다. 돌이킬 수 없을 만큼 홀리기 전에.

"그딴 노래 때문에 다 잃을 순 없지."

벼랑 끝에 선 치월의 머리 위로 달이 조금씩 더 사라지고 있었다. 실낱같은 가는 빛만 겨우겨우 끌어안은 달은 유독 그 빛을 잃지 않으려 안간힘을 쓰는 듯 보였지만, 꽤 오랜만에 머릿속이 어수선한 치월은 그 달을 바라볼 여유가 없었다.

마주 닿은 조그만 가슴에서 맥이 뛰었다. 시끄러운 울음소리보다 더 귀를 건드리는 고동에 치월은 저도 모르게 제 가슴을 짚고 입술을 깨물었다.

'위험해.'

❖

"헉!"

 마치 누가 옆구리를 찔러 깨운 것처럼 발딱 일어나 앉은 은이는 습관처럼 손을 뻗어 보퉁이를 옆구리로 챙겼다. 부옇게 문밖이 밝은 것을 보니 이미 해가 뜬 것 같았다. 얼굴을 더듬거리며 무언가를 확인하는 손끝이 떨렸다.

"후우."

 어떻게 집으로 돌아왔는지 또 기억이 나지 않았다. 다만 그 사내만은 또렷하게 기억이 났다. 그림자가 없던 온통 새카만 그 사내! 그 사내가 흘려 내던 그 밤 같은 눈빛!

"조영산……. 설마 꿈인가?"

 벌렁이는 가슴을 두 손으로 끌어안고 부산하게 주변을 돌아보던 은이의 시선이 문득 문간에 멈추었다. 정확히는 문간에 놓인 이가 나간 사발에 멈춘 것이었다. 들여 놓은 기억이 없는 물건이다.

 무릎으로 걸어 문간으로 다가갔다. 낡아서 틀어진 문틈으로 바깥바람이 새어 들어와 말라 갈라진 그녀의 얼굴로 불어왔다.

 사발에 담긴 것은 그냥 물이었다. 생전 처음 보는 나무 이파리 하나가 둥둥 떠 있었지만 깨끗했다. 어찌 집으로 돌아왔는지도 기억이 안 나는데, 물을 떠 놓고 잠들 정신이 있었을 리 없었다.

"혹시?"

수순처럼 그 사내가 떠올랐다. 물론 꿈속의 그는 그리 체체한 성품을 지닌 사람처럼 보이지 않았다. 물은 아마도 뒷집의 장 소사가 떠 놓았을 것이다. 장 소사는 과부촌 사람들 중 가장 은이에게 신경을 많이 써 주는 이였다. 손재주가 없어서 일거리도 가장 못 얻어 겨우겨우 살아가던 그녀는 은이의 바느질 솜씨를 늘 부러워하며 곁을 맴돌곤 했다.

"수선스런 꿈이네."

한숨을 쉬고 물을 들이켰다. 말끔하게 비운 사발을 내려놓자 참을 수 없는 허기가 밀려왔다. 끼니를 굶는 것은 꽤 자주 있는 일이었지만 생각해 보니 어제부터 먹은 것이라고는 약간의 떡과 지금 마신 물뿐이었다. 허기짐을 느낀 동시에 아랫배가 싸르르 아파 왔다. 얼른 손가락을 꼽아 날짜를 셈하는 그녀의 얼굴엔 망연한 기색이 역력했다.

"벌써 달이 지는 날인가?"

어쩐지 이상한 꿈을 꾸었다 생각했더니 그때문인 모양이었다. 은이는 능숙하게 두 손으로 배를 감싸고 옆으로 누워 몸을 웅크렸다. 익숙하고 미약한 이 통증의 원인이 무엇인지 잘 알기 때문이었다.

벌써 스물이 되었지만 그녀는 아직도 첫 꽃을 보지 못한 상태였다. 이 년 전부터 꼬박꼬박 한두 달에 한 번씩 몸에 열이 오르고 약한 복통이 찾아오며 비슷한 증상을 보였지만, 꽃은 없었다.

이번에도 마찬가지였다. 이제는 참기 위해 약간의 땀이 날 정도로 통증이 심해졌는데도, 통증이 지난 후 확인하면 여전히 흔적은 없었다.

"어쩌면 잘된 건지 몰라."

여인이 되지 못했다는 건, 여인으로서 할 일을 하지 못한다는 뜻이기도 했다. 하지만 통증을 참느라 이마 위로 송골송골 맺힌 땀을 닦아 내는 그녀의 얼굴은 슬퍼 보였다.

문간에 웅크려 다시 잠이 들고 깨었을 때는 이미 서산으로 노을이 퍼지고 있었다. 한껏 웅크렸던 몸은 찬 바닥에 잠이 든 바람에 오싹오싹 떨렸다. 필사적으로 다시 눈을 감았다. 잠이 와서가 아니라 눈앞을 가득 채운 현실이 싫어서였다.

야옹! 야옹!

설핏 또 잠이 들었던가? 문밖에서 우는 고양이 소리에 억지로 눈을 뜨고 은이는 가장 먼저 손이 닿는 곳에 보퉁이를 두고 문을 열었다. 가끔 먹이를 챙겨 주는 고양이가 있는데 그녀석이 또 찾아왔나 싶었다. 그런데 이번엔 녀석 혼자가 아니었다.

"맙소사. 너희들 다 어디서 왔니?"

어디서 이렇게 많이 몰려왔는지 몰라도 방문 밖에 앉아 있는 고양이는 얼추 세어도 열 마리는 족히 되었다. 은이가 문을 열자 어슬렁어슬렁 낯가림 없이 다가와 그녀의 다리에 손등에 몸을 비비는 녀석들은 하나같이 덩치가 크고 날렵했다.

이상한 일이지만 가끔씩 복통이 찾아오는 날이면 이렇게 동물들이 그녀를 따르는 일이 종종 있었다. 얼마 전에는 동네 개들이 종일 따라다녀서 난처하게 했고 어떤 때는 새들이, 또 어떤 때는 나방들이 새하얗게 방문에 달라붙어 있은 적도 있었다.

오늘은 고양이였다. 적어도 벌레들이 모여드는 것보다는 낫다는 생각에 은이는 녀석을 향해 슬쩍 손을 내밀었다. 곧 다가와 그 손등에 등을 문지르고 고양이는 갸르릉! 기분 좋은 소리를 내며 길게 울었다.

"다들 배고픈 건가? 어쩌지. 우리 집엔 먹을 것이 없어!"

안쓰러운 얼굴로 녀석들을 밀어 내어 보지만 고양이들은 딱히 배가 고픈 것도 아닌 모양이었다. 그저 그녀의 곁을 떠날 생각이 없어 보였다. 가까운 곳에 배를 깔고 눕거나, 등을 대고 앉아 털 고르기를 하며 마치 제집인 듯 편안하게 방 안을 오갔다.

무릎을 차지하고 누운 어린 녀석의 등을 쓰다듬으며 은이도 오랜만에 희미한 미소를 지었다. 고작 미물이 주는 온기지만 따스했다.

"미안해. 대신 다음엔 뭐라도 사다 둘게."

은이가 건네는 다정한 마음을 녀석들도 알아들었는지 한 마리씩 곁으로 다가와 몸을 비비며 울었다.

그녀가 고양이들에게 온통 둘러싸여 희미하게 웃고 있던 그때, 헐거운 싸리담장 너머로 키가 큰 그림자 하나가 조용히 물러났다. 멀지 않은 곳에 고양이가 십여 마리나 있었는데 어느 놈도 그가 그토록 가까이 있었다는 것을 느끼지 못했다니. 기묘하기도 하지만 알고 보면 당연한 것이기도 했다.

"흐음!"

묘한 얼굴을 하고, 새카만 눈동자를 굴려 제 손바닥을 들여다보고 있는 그는, 달빛 아래 어둠의 주인이며, 태양 아래 그림자의 주인 어둑시니 치월이었다.

"깨어났네."

너무 마르고 작은 아이에게 어둠을 두 번이나 이용해 잠을 재운 터라 혹시나 싶어 지켜보고 있었다.

사라지기 전 치월은 다시 한번 그녀를 돌아보았다. 어째서 굳이 저 깡마른 아일 여기까지 데려다 놓는 수고로움을 무릅썼는지 모르지만 분명 신경 쓰이는 강한 눈이었다.

'조영산엔 사람이 살지 못한다고 들었습니다.'
'그럼 당신은 사람이 아닌가요?'

몸은 덜덜 떨면서 두려움이 없던 그 눈동자. 고약하게 생긴 얼굴에 그나마 봐 줄 만하던.

고양이 따위의 미물들이 주변에 들끓는 것을 보니 곧 이매나 망량도 잘 따를 상이다. 어떤 의미로든 꽤 신경이 쓰이는 계집이었다.

'에잇, 그래서 어쩌라고!'

괜히 발바닥에 고이는 어둠에 힘껏 화풀이를 하고 치월은 발을 떼었다. 그가 사라지던 순간, 유난히 털빛이 검은 고양이 한 마리가 은이의 품을 떠나 마당으로 뛰어내렸다. 그러고는 등을 한껏 부풀리고 빈 허공을 향해 한참이나 울었다.

八 步. 아득함의 끝에서 (1)

 고요한 정자를 등지고 선 등이 넓고 단단해 보였다. 정자 위로 그림자를 드리운 커다란 도토리나무 사이로 가는 바람이 오가며 부지런히 소리를 냈다.
 이형서는 흐리게 선 조영산을 보고 있었다. 지금은 아무도 들어갈 수 없는 산이지만, 한때 그는 그 산의 경계를 지키는 산지기였다. 물론 산에 발을 들일 수 있는 것은 그분뿐이었다. 그래서 그때의 신단은 강했다.
 "어찌 이어 온 것인데, 이리 허망하게……."
 뒷짐 진 손으로 주먹을 쥐는 그의 눈빛이 아련한 먼 기억을 더듬었다. 누구보다 강했던 단주 청설과 함께 조선을 누비던 기억. 세상이 뒤집어지지 않게, 어둠의 기운이 빛을 가두지 못하게 신단은 이 땅의 모든 것을 조율해 왔었다. 대비에게 붉은 혓바닥을 새살거리던 김보선을 단주가 묵인하기 전까지.

오랜 기억에 한숨을 쉬던 그때 조용히 그의 곁으로 다가온 이가 있었다. 신경 쓰이는 바늘질아치에 대해 알아보라고 심부름을 보냈던 곰보였다.

"어르신."

"어찌 되었느냐?"

"별다른 점은 찾지 못했습니다. 다만 기이한 점은 있었습니다."

"기이하다니 무엇이?"

뜸을 들이는 곰보에게 돌아선 이형서의 눈빛엔 희망이 가득했다. 곰보도 그것을 알기에 쉽게 고하지 못하는 것이었다.

"다른 집 마당과 달랐습니다."

"다르다?"

"주위가 너무 밝습니다. 그러니 자세한 말씀을 올리기 위해 소인, 조금 가까이 가겠습니다."

"오냐, 어서."

허락이 떨어지자 곰보는 상전의 귀에 입술을 가까이 붙였다. 조곤조곤 입술을 달싹이는 곰보의 이야기는 길지 않았으나 간결하지도 않았다. 가벼이 다룰 말이 아니기 때문에 한없이 조심스럽기도 했다. 곰보의 이야기를 들으며 이형서의 눈은 점점 커졌다. 처음엔 그저 놀라는가 싶었다가, 곰보가 다시 물러날 즈음엔 호흡마저 곤란한지 자꾸만 가슴을 짚으며 그는 격동하고 있었다.

"그 아이 내가 보아야겠다."

"가서 모셔 올까요?"

"아니, 아니다. 만약 그 아이가 그분의 소생이 맞다면, 다시 한 번 신단을 깨울 수 있을지 모르는데, 그럴 수야 없지."

"하지만 아닐 수도 있습니다."

흥분을 감추지 못하는 이형서에 비해 차분한 곰보는 실망할지도 모른다는 경우를 놓지 않았다.

오래전 단주 청설께서 대비에게 스스로 목숨을 내놓은 이후, 신단은 빠르게 쇠약의 길을 걸었다. 그분의 힘을 대신할 존재가 없었기 때문이었다.

대대로 신단에선 여인이 사내보다 강한 힘을 가지고 태어난다 했다. 여인들이 세상을 보는 측은지심이 사내의 그것보다 더 넓어서 그런 것은 아닐까 추측할 뿐 정설은 아니었다. 그래도 그들은 바랐다. 단주의 유언처럼 공주에게 신단의 힘이 깃들었기를.

그런데 마치 장난처럼 단주의 유일한 소생이었던 공주가 비명횡사했다는 소문이 퍼졌다. 당연히 대비의 짓이었다. 대비는 임금을 용상에서 끌어내릴 힘이 있는 신단을 두려워했고, 좌시하지도 않았다.

신단은 이후 뿔뿔이 흩어져 죽은 듯 숨을 죽였다. 어둠 속에서 날아다니는 부엉이처럼 밤에만 사냥을 했다. 대비의 눈에 띄지 않아야 훗날을 도모할 수 있기 때문이었다.

그러나 만약 그 아이가 공주가 맞다면, 유난히 생명력이 넘치던 그 마당의 모습이 만약, 그 힘이 원인이 되어 그런 것이라면.

그렇다면 총력을 다해서 그 아이를 지키는 것은 그들의 당연한 사명이었다.

"부디 마음을 차분히 하시는 것이 좋을 듯합니다. 다행히 그분께서 그리 잘 숨어 계시니."

"그래. 네 말이 맞다. 경거망동하여 일을 그르칠 수 없지."

곰보의 충언에 이형서는 가슴을 펴고 깊이 숨을 들이켰다. 희미하게 보이는 조영산이 문득 멀지 않아 보였다. 공주가 힘을 이어받았다면 조영산에 사는 그 영물, 어둑시니를 끌어들일 수도 있을 것이다. 어둑시니를 만질 수 있는 자, 만년설보다 차가운 어둑시니의 마음을 얻을 수 있는 자, 그자가 바로 신단의 주인이 될 테니. 이제 흩어진 신단을 다시 한자리로 모을 때가 되었다.

해가 서쪽으로 기울 무렵 장 소사가 은이를 찾아왔다.
"은이야, 은이 있니?"
"네, 있어요."

부르는 소리에 얼른 나가 보니 머리에 이었던 광주리를 바닥에 내려놓던 장 소사가 활짝 웃으며 손짓을 했다.

"얼른 이리 와. 너도 좀 나눠 줄게!"
"뭐예요? 그게?"
"개막골 편 씨네 일을 도와주고 얻어 온 거야. 낙과라 좀 멍들고 시들긴 했는데 그래도 먹을 만해!"

장 소사는 무언가를 나누어 줄 수 있는 것이 무척 기쁜 모양이었다. 아직 젊은 그녀는 하필 바느질에 영 재주가 없었다. 그래서 바느질보다는 다른 이런저런 일에 불려 가 이런 것들을 얻어 오곤 했다. 오늘은 배를 얻어 왔는지 주섬주섬 몇 개를 꺼내 툇마루에 올려 주며 내내 싱글벙글, 그녀는 진심으로 즐거워 보였다.

"매번 고맙습니다."

"으응, 아니야. 내가 고맙지. 은이 너 아니면 여기 사람들 나한테 절대 일감 안 나눠 줬을 거야. 다들 천 씨 할망구 눈치들 보느라."

과부촌의 터줏대감 천 소사의 흉을 보며 장 소사는 정말 재미있다는 듯 어깨를 움츠리고 킥킥거렸다. 천 소사의 고집스러운 얼굴을 떠올리며 은이도 조심스럽게 그녀를 따라 웃었다. 장 소사가 내준 배 세 개가 조르륵 툇마루에 놓여 있는데 안 그래도 시장하던 배 속에서 꼬르륵 천둥이 쳤다.

"하하, 얼른 하나 먹어. 배 속에 난리 났네. 난 갈게."

은이에게서 나는 소리에 크게 웃은 장 소사는 꺼내 놓은 배 하나를 얼른 손에 쥐여 주고 자리에서 일어났다.

"네!"

장 소사에게서 받은 배를 치마폭에 닦으며 은이도 꿀꺽 침을 삼켰다. 비록 낙과지만 그래도 지금의 그녀에게 과일은 귀한 것이었다. 멍이 심하게 들고 초라했던 것이 닦아 놓고 보니 꽤나 근사해 보이기까지 했다.

"맛있게 먹어!"

"예. 조심히 가세요."

정성스럽게 과일을 닦으며 손을 흔드는 은이를 향해 인사를 하고 돌아서던 장 소사는 문득 고개를 갸웃거리며 제 광주리를 들여다보았다. 개중 실한 것을 골라 은이에게 내어 주기는 했지만 한 발짝 떨어져서 보아 그런가? 광주리에 남아 있는 것들보다 은이의 것이 훨씬 크고 실해 보였다. 심지어 반짝반짝 윤이 나는 것이 낙과 같지 않았다.

"거참, 이상하다? 저런 것도 여기 들어 있었나?"

욕심 많은 편 씨가 몇 차례나 골라내고 또 골라낸 다음에야 겨우 남은 것을 가져온 것이었다. 그런데 은이의 손에 들린 것은 그런 편 씨가 놓쳤다고 하기엔 너무 컸다.

어깨를 으쓱거리며 돌아서던 순간 이번엔 무성한 마당의 잡초가 그녀의 발목을 걸었다.

"에구머니! 이놈의 잡초!"

넘어 질 뻔했던 몸을 바로 세운 장 소사는 좁은 은이의 앞마당과 싸리담장 언저리까지 가득 자란 잡초들을 보며 넘어지지 않았다는 안도의 한숨을 쉬었다. 유독 은이네 집에 볕이 잘 드는지, 붙어 있는 다른 집들엔 풀 한 포기 없는데 은이네만 이렇게 무성했다.

며칠 전에 끙끙거리며 잡초를 베는 것을 보았는데 또 이만큼이나 자란 거야? 아침저녁으로 이제 꽤 쌀쌀한 바람이 부는데, 꼭 한여름같이.

"내년엔 은이네 앞마당에 콩이라도 좀 심어 보자 할까? 애먼 잡초를 키우는 것보단 낫겠네."

❖

 날이 어두워지자, 디리링, 디리링! 섬섬옥수 끝에서 나는 가야금 소리와 함께 월정루의 밤은 무르익었다. 잘나간다는 기녀들만 벌써 다섯이나 든 큰 방에서는 끊임없는 웃음소리와 비싼 술향이 가득했다.
 하필 가장 작은 달이 뜬 그믐밤이라 다른 날보다 어두워서인가, 술을 나르는 종복들의 들락거림도 다른 날보다 부산했다.
 "자, 아아, 하십시오."
 기다란 젓가락 끝에 기름진 고기 전을 끼운 기녀가 곁에 앉은 중년의 사내에게 아양을 떨었다.
 나이답지 않은 우람한 어깨며 두툼한 턱과 부리부리한 눈을 가진 사내였다. 방 안을 가득 채운 이러저러한 인물들 중 인상만은 단연 돋보이는 사내, 정철은 그러한 기녀의 교태에도 한결같은 사양을 되돌릴 뿐이었다.
 "되었다. 신경 쓰지 말거라."
 "아앙, 그러지 마시고요."
 은근히 벗은 가슴을 그의 팔뚝에 기대며 고집을 부리는 기녀는 한때 월정루에서 제법 알아주는 일패였던 세화였다.
 꽃다운 나이였을 때는 '월정루' 하면 바로 세화의 이름을 떠올릴 정도로 불려 다녔으나, 그것도 오래전 이야기였다. 곧 있으면 퇴물이 될 나이에 이른 그녀는 이제라도 저를 받아 줄 돈 많은 남정네가 절실히 필요했다. 오늘 그녀의 목표가 된 자가 바로 곁에 앉은 정철이었다.

품이 높은 벼슬아치가 아닌 것은 조금 아쉽지만 대신 정철은 근자에서 알아주는 커다란 상단을 거느리고 있었다. 한마디로 수중에 지닌 것이 많은 자였다. 오늘의 큰 판도 그가 셈을 치를 것을 알기에 부엌에서 내오는 것들은 모두 기름진 상등품이었다.

"어허, 신경 쓰지 말래도!"

정철은 이전보다 더 강경하게 세화를 밀어내었다. 다른 때도 그다지 계집을 밝히지 않지만 오늘은 정말 그럴 기분이 전혀 아니었다.

겉으로는 번듯한 상단을 거느리는 상인으로 보여도 실상 그는 그리 반듯한 사람은 아니었다.

그가 상단에서 주로 하는 일은 청나라 왜와의 밀무역이 대부분이기 때문이었다. 그런데 오늘 낮, 꽤 중요한 거래를 망치고 돌아와 종일 비위가 좋지 않았다.

상거래의 기본은 믿음인데, 오늘 사소한 실수로 그 믿음에 구멍이 났다. 당장 구멍이 난 물건을 대신할 다른 것을 사흘 안에 저들의 손에 쥐여 주지 않으면 하루아침에 망해 버릴지도 모를 일이다. 물론 대신 줄 것이야 널리고 널렸지만 공으로 넘겨주려니 손가락 마디마디가 저릿하도록 아까웠다.

'빌어먹을 오랑캐 놈들. 어찌 모은 재물인데! 내가 어떤 대가를 치르고 얻은 상단인데!'

하여 그런 그의 마음을 풀어 주고자 근방의 비슷한 상인들이 모두 모여 마련한 자리였음에도 그의 머릿속에는 내내 오늘 거래를 망친 바람에 입은 손해만 가득할 뿐이었다.

"나으리, 그러지 마시고요. 이년 손이 부끄럽습니다. 한 입만이라도, 예?"

"어허! 치우라니까."

"한 입만요. 한 입만!"

정철의 거절에도 세화는 쉽게 물러서지 않았다.

오늘 그녀는 이 방에 불려 올 순번이 아니었다. 그녀보다 갑절은 어리고 고운 아이들이 줄줄이 대기를 하고 있었는데 나이 먹은 기녀가 발이나 뗄 수 있었겠는가? 하여 행수 해월의 배려로 마지막 기회를 얻은 참인데, 이렇게 허투루 시간을 보내고 나면 또 언제 이런 잘난 놈들의 방에 들어올 수 있을지 기약도 없었다.

이대로 물러나면 정말 퇴물이 될지 모른다는 생각에 초조해진 세화는 점점 더 과감해졌고, 점차 몸짓이 커진 실랑이는 기어이 정철이 버럭 화를 내고서야 끝이 났다.

"귀찮다. 저리 비키거라, 이년!"

자꾸만 엉겨 붙는 세화를 정철이 확 밀어낸 순간. 픽! 부우욱!

"에구머니."

제법 강하게 떠밀린 세화가 버티려 애를 쓰다가 그만 젓가락으로 정철의 바지를 뚫고 말았던 것이다. 그런데 뚫린 위치가 위험천만했다.

"너, 너 이년! 지금 뭐 하는 짓이냐!"

"나, 나으리! 살려 주십시오. 일부러 그런 것이 아니라!"

당황하여 납죽 엎드린 세화의 앞에서, 기다란 젓가락 두 개를 사타구니 언저리에 꽂은 정철은 노발대발 화를 냈다. 낮에 장사를 망친 것도 화가 나는데, 대책 없이 술이나 마시고 있는 상황도 탐탁지 않은데! 하마터면 소중한 아랫도리를 젓가락으로 쑤실 뻔하다니. 대경실색한 정철은 대번에 세화의 머리채를 쥐고 질질 끌어 방밖으로 내던졌다.

"이런 우라질!"

"꺄아악!"

같잖은 것들은 들락거릴 수조차 없는 월정루에서는 꽤 큰 소란이었다. 결국 행수 해월이 한달음에 달려 나와 정철에게 고개를 숙였다.

급한 김에 신발짝을 주워 든 정철이 그것으로 세화의 드러난 어깨에 분풀이를 하려던 때였다.

"고정하십시오, 나리. 그러다 저희 아이를 죽이시겠습니다."

"자네, 지금 이 꼴을 보고도 그런 말이 나오는가?"

정철의 고함에 고개를 든 해월은 아직 젓가락을 바짓가랑이에 꽂은 그의 모습에 웃음이 나는 것을 가까스로 참으며 소매로 입술을 가렸다.

"정말 큰일 날 뻔하셨습니다. 모습을 뵈니 백번 노하신들 당연합니다만, 하찮은 기녀 아이 하나 죽인들 나리께 무슨 득이 있겠습니까? 하니 부디 그 머리채라도 놓아주십시오."

"웃기는 소리. 하면 자네 말대로 이 아이를 놓아준들 내게 무슨 득이 있겠는가!"

 웬만한 일에는 절대 얼굴을 비치지 않는 해월이었다. 지체가 높은 벼슬아치들이 거드름을 피우며 찾아도 좋은 차 한 잔을 들여보내고 정중히 거절하며 술자리엔 나서지 않던 그녀. 한때 삼정승 모두를 직접 품었다는 그 소문이 실인지 허인지 확인할 길은 없으나, 그녀가 풍기는 기운은 결코 헤픈 것이 아니었다.

 그런 해월이 직접 나선 것만으로도 이미 화가 어느 정도 가라앉은 정철이었지만 그렇다고 그냥 물러서기엔 사내 체면이 서지 않았다. 해월도 그것을 아는지 한낱 상인인 그에게 단정한 예를 갖추며 흥정에 나섰다.

 "제가 그 아이를 나리께 드리면 어떻겠습니까?"

 "뭐라?"

 뜻밖의 제안이라 얼결에 세화의 머리채를 놓은 정철이 되물었다. 그때를 놓치지 않고 해월이 사뿐사뿐 그의 앞으로 걸어왔다. 희고 가는 손가락으로 남빛 치마를 가볍게 들어 쥐고 다가오는 그녀의 발걸음은 일순 고요하게 느껴질 만큼 사붓대며 정철의 시선을 홀렸다. 과연 이름난 기녀다웠다.

 "세화는 저희 집 일패 아이입니다. 당연히 큰 셈을 치르셔야 데려가실 수 있지만 오늘 저 아이가 나리께 큰 실수를 했으니, 기방의 주인으로서 제가 책임을 져야지요. 기꺼이 세화를 내어 드리겠습니다. 저년의 실수이니, 저년이 갚아야 하지 않겠어요? 어떠신가요? 이만하면 나리께 득이겠습니까?"

 "커허흠!"

나긋나긋 반짝이는 해월의 눈동자를 가까이서 마주한 정철이 고개를 돌려 큰기침을 해 댔다. 세화는 흐트러진 머리채를 가다듬으며 흐느끼고 있었다. 굉장한 미인은 아니었지만 상당히 그럴듯한 계집임은 틀림이 없었다. 딱히 첩을 들일 생각이 없었다 해도 거저 준다는데 마다할 리가.
"그냥 내어 준다고?"
"예, 데려가십시오, 다른 것은 몰라도 저 아이, 금을 뜯는 솜씨는 들어 줄 만합니다. 곁에 두고 예를 가르치시면 오늘같이 달 없는 밤에 덜 적적하실 테지요."
 은근 세화를 곁눈질하는 정철의 눈빛이 제안을 받아들이려는 모습을 보이자, 해월은 안타까운 듯 얼른 한마디를 더 곁들였다.
"그나저나 그 찢어진 것은 어찌하셔야겠습니다. 곧 솜씨 좋은 아이를 불러 말끔히 꿰매 드리겠습니다. 아니면 새 옷이라도 지어 드리리다. 방도 새로 내어 드리지요. 조용히 쉬실 수 있게 준비해 두겠습니다."
"자네가 그리 권하니, 그럼 그리하시게!"
 결국 못이기는 척, 그녀의 조건을 받아들인 정철은 해월의 인사를 받으며 다시 방 안으로 들어섰다. 그제야 나와 서서 소란을 구경하던 이들도 하나둘 사라졌다. 주변에 아무도 남지 않게 되었을 때 세화가 발소리를 내며 달려와 해월의 품에 얼굴을 묻었다.
"행수님!"
"쯧! 자중하지 않고, 그리 천둥벌거숭이처럼 달려들어서야 어떤 사내가 널 원하겠니?"

 마치 방 안의 풍경을 눈으로 보고 있었던 것처럼 조용히 이르는 해월의 품에서 세화는 결국 눈물을 터뜨렸다. 꼼짝없이 죽는 줄 알았는데, 소란을 무마하고 뒷방으로 물러날 처지인 자신의 뒷길도 마련해 준 해월이 그저 고마울 뿐이었다.

 "고맙습니다. 정말, 이 신세를 어찌 갚을지."

 "잘 살아라. 정실부인 심기 건드리지 말고, 아무것이나 덥석덥석 탐하지 말고, 쥐 죽은 듯이 살아. 신세 갚고 싶으면 이런 곳엔 다시 기어들어 오지 말고!"

 "예예!"

 세화가 고개를 끄덕이며 눈물을 닦자 해월은 그녀의 어깨를 제 품에서 밀어 내고 빙긋 웃었다.

 "그만 뚝 그치고, 너 얼른 과부촌에 가서 은이 좀 데려오너라. 저 양반 바지를 얼른 꿰매야 하지 않겠니? 별 볼 일 없는 물건 다 내놓고 다니기 전에."

 "푸흐흐. 예, 얼른 다녀올게요."

 그제야 벌어진 앞가슴을 추슬러 올리고 부리나케 뛰어나가는 세화의 뒷모습을 해월은 한숨으로 지켜보았다. 세화를 보내기에 정철은 그리 탐탁한 사내가 아니었다. 고요하게 떠다니다가 길 잃은 소문들이 마지막에 고이는 곳이 기방이라 하였다. 월정루의 주인인 그녀 역시 정철에 대해 얻어 들은 것이 있었다. 지금의 주상께서 보위에 오르시기 전, 정철이 대비의 측근이었다는 소문. 그리고 적어도 그녀가 알고 있는 대비는 어쩌면 임금보다 더 무서운 사람이었다.

"하아, 하여간 계집애. 왜 하필 그런 사내를."

세화가 그토록 원한다 하니 일단은 원을 들어주자 생각했지만 그래도 불안감은 지워지지 않았다.

행수 해월이 찾는다는 세화의 전언에 은이가 월정루로 불려 온 것은 자(子)시가 훌쩍 넘을 무렵이었다. 집 안팎을 가득 채운 고양이들은 달이 뜨자 하나둘씩 사라졌고, 다시 혼자 남아 멀거니 마당을 바라보던 때였다.

가늘게 남아 흐린 달빛 대신 화려한 청사초롱이 월정루의 너른 기와를 훤히 비췄다.

기녀들이 쉬는 방이 아니라 손님이 계신 방으로 들라기에 놀라기는 했으나 행수께서 직접 시킨 일이라 하기에 은이는 고분고분 그 앞에 섰다. 누가 뭐래도 해월은 은이가 이곳에 정착하고 살도록 도움을 준 은인이고, 그래서 은이는 늘 그녀에게 감사한 마음을 가지고 있었기에 기회가 되면 갚고 싶었다. 그리고 무엇보다 기방에 오가며 듣는 소식들 속에 혹시 신단을 알고 있는 자가 있을 수도 있기에 끈을 놓을 수는 없었다.

"나리, 바늘질아치입니다."

"오냐, 크흠!"

방 밖에서 세화가 부르자 안에서 곧 기침 소리가 났다. 세화는 얼른 문을 열고 은이만 홀랑 방 안으로 떠밀어 넣었다.

"어서 가서 네 일 해!"

"아씨는요? 아씨는 함께 안 계십니까?"

"얘, 저 바지 찢은 사람이 나거든? 괜히 알짱거리다가 또 화나게 할 일 있니? 가서 머리 좀 만지고 술이나 한 병 더 가져올 테니 얼른 꿰매 드려!"

"아아, 예. 하면 빨리 오셔야 해요?"

"왜? 겁나? 하여간 소심하긴. 걱정 마. 우리 행수가 아무나 손님으로 들이지 않는 것 알잖아. 저 양반 성질은 깔깔해도 이 근방에선 알아주는 상단의 주인이야. 설마 너 같은 아이를 욕심낼까?"

혼자는 절대 들어가고 싶지 않았지만 눈을 찡긋거리며 사라지는 세화의 뒷모습까지 보고 나니 더는 머뭇거릴 변명이 없었다.

은이는 불안한 얼굴로 하늘 한편에 아슬아슬하게 자리 잡은 달을 바라보았다. 하필 그믐의 달! 낮에 집 마당을 가득 채웠던 고양이들!

이런 날엔 가급적 집밖으로 나가지 않는 것이 최선인데……. 조금 망설였지만 은이는 할 수 없이 조심스럽게 방 안으로 발을 밀어 넣었다. 해월을 난처하게 만들 수는 없었다.

"나리, 들어가겠습니다."

"커흠!"

함께 술을 마시던 사람들은 모두 귀가하였는지 작은 술상 하나를 앞에 두고 보료 한가운데 올라앉은 정철은 혼자였다. 혼자 기다리는 동안 비운 빈 술병 하나가 방바닥에 세워져 있고, 그는 두 번째 병을 들어 잔을 채우던 중이었다.

"나, 나리."

기어들어 가는 작은 목소리로 은이가 부르니 고개를 드는데, 술에 취한 것인지 아니면 화에 취한 것인지 핏발이 선 눈빛이 서느랬다.

"알았으니 어여 하거라."

정철은 드르륵 술상을 밀어내고 은이를 향해 두 다리를 **활짝** 벌렸다. 벗어 주면 편한 것을 굳이 옷을 입은 채 꿰매겠다 하였다는데, 이유는 모르지만 술기운이 가득한 사내의 다리 사이에서 바느질을 하는 것은 은이에게도 쉬운 일이 아니었다.

"뭐 하느냐. 어서 하지 않고! 그나저나 계집년의 낯짝이 그게, 쯧쯧!"

"송구합니다."

흉한 얼굴에 혀를 차면서 버럭 지르는 정철의 고함에 얼른 고개를 숙인 은이는 짧은 걸음으로 그를 향해 다가갔다. 흉한 얼굴에 혀를 차는 것이 오히려 안심이 되었다.

재빨리 보퉁이에서 실과 바늘을 꺼내 뜯어진 정철의 바지자락을 잡았다. 일부러 슬쩍 열어 두고 들어온 문틈으로 흐린 달빛과 깊은 밤의 살바람이 방 안으로 스멀스멀 새어 들어왔다.

"시작하겠습니다."

정철은 뒤로 몸을 젖힌 채, 취기가 오른 눈으로 제 다리 사이에 웅크리고 앉은 은이의 작은 어깨를 멍하니 바라보고 있었다.

어깨로부터 아담한 등과 그리고 동그란 둔부까지. 생김은 고약한 아이가 바느질하는 손은 꽤나 빠르고 야무졌다. 바짝 마르긴 했지만 동글동글 물오른 엉덩이와 웅크린 탓에 슬쩍 드러난 발목이 간혹 낫낫하게 움직였다.

취기가 오른 탓인가? 눈요기를 하기에도 과히 나쁘지 않았다. 그러다 문득 생각이 들었다. 이렇게 흉한 얼굴이니 아직 사내 경험이 없을까.

"흐음!"

바느질이 시작된 방 안엔 술기운을 이기려는 정철이 뿜어내는 콧바람 소리와 사삭사삭 비단을 뚫고 지나가는 바늘과 실 소리뿐이었다.

은이는 꽤 솜씨가 좋은 바늘질아치지만 그래도 젓가락을 꽂고 함부로 움직인 탓에, 비단은 제각각 다른 결로 찢어져 쉽게 메워지지 않았다.

사삭사삭!

사악사악!

조금씩 그녀의 이마에 땀이 맺히고 찢어진 자리가 좁아질 즈음엔 그저 스치며 지나치던 정철의 붉은 시선은 거의 꼼짝 않고 그녀의 움직임을 바라보고 있었다.

실을 뽑아 올리며 이따금씩 허벅지를 스치는 손길이 기분 좋게 거슬렸다. 궁벽한 달이 요요한 탓인가? 아니면 술을 너무 비운 탓인가? 깡마른 계집의 몸에서 꽤 향기로운 냄새도 솔솔 올라와 후각을 건드렸다. 기녀들에게서 나는 지분 냄새와 다르고, 또 향주머니에서 나는 사향 냄새와도 달랐다. 슬쩍 무릎으로 둔부를 건드리니 움찔하고 놀라 몸을 비트는 처녀다운 모양이 더욱 목이 탔다. 오랜만에 느끼는 강한 욕구였다.

"다 되었느냐?"

"송구합니다. 조금 더 기다려 주세요."

"어, 오냐."

건성으로 대답을 하며 정철은 다시 한번 고개를 뺐다. 반쯤 뒤로 누웠던 눈길은 은이를 보느라 점점 더 세워지고 취기가 오른 흰자위가 벌겋게 달아올랐다.

가는 겨드랑이, 섬세하게 보이는 손가락, 솜털이 보송한 목덜미, 잔뜩 마른 몸인데 방긋하니 웅크린 둔부. 열여덟? 아홉은 되었을까?

정철은 술병으로 손을 뻗어 타는 목줄기에 남은 술을 부어 넣었다.

꿀꺽꿀꺽!

"허어!"

종일 계집 따위 안중에도 없었는데 고작 이딴 흉물스런 아이에게 몸이 동하는 이유는 모르겠지만 건드릴 때마다 바르르 떠는 모습이 닳고 닳은 기녀들과 너무 달라 침이 솟았다.

엎어 놓고 취하면 앵앵거리겠지? 바동거리면서 울겠지? 가끔은 펄떡이는 물고기를 잡아먹는 것이 죽은 고기를 먹는 것보다 즐거운 법!

욕심이 스멀거리자 혀를 내밀어 입술을 축이고 정철은 비스듬히 뒤로 젖혔던 몸을 세웠다. 저절로 입 안에 고이는 침과 함께

술 향을 삼키며 물었다.

"너 올해 나이가 몇이냐?"

"예?"

"나이가 몇이냔 말이다."

"그건, 어찌 물으십니까?"

"사내 경험은 있더냐?"

훅 끼치는 술 냄새와 함께 욕정으로 갈라진 나무뿌리 같은 목소리가 덮쳐 왔다. 은이는 문득 집 앞에 모여 있던 고양이들을 떠올리며 눈을 질끈 감았다.

아아! 기어이 그 그믐밤이 다시 오려는 모양이었다. 방문에 새카맣게 붙어 있는 벌레보다, 저절로 소름이 돋는 음산한 나방의 날개 소리보다 더 끔찍한 그 밤이.

九 步. 아득함의 끝에서 (2)

"하아!"

꾸욱 감았던 눈을 다시 뜨며 은이는 무릎을 모으고 고개를 들었다. 벌써 몇 번이나 이런 일을 겪은 그녀였다.

지금 정철이 내는 목소리는 그런 그놈들과 완전히 같았다. 한꺼번에 몰려왔던 미물들이 물러나는 밤이면 그 빈자리를 찾아 기어들어 오던 굶주린 사내들이 내던 소리 말이다.

불안하게 피어오르는 기시감은 그저 무시해서는 안 된다는 것을 알기에 바지를 기워 내던 손의 움직임을 멈추고 조용히 가장 길고 두꺼운 바늘을 찾아 틀어쥐었다. 바로 그 순간, 기다렸다는 듯 정철이 번개처럼 그녀에게 덤벼들었다.

"그럼 어디 보자. 네년에게 사내가 있었는지 없었는지 내가 보아 주마!"

"끄윽!"

 단번에 목덜미를 눌리며 정철의 몸뚱이에 깔린 은이의 잔약한 어깨가 비명도 지르지 못하고 버둥거렸다. 어딘가에 홀린 듯 초점을 잃은 사내의 눈이 붉었다. 짐승의 그것과 다름없는 헐떡거림이 귓가를 축축하게 적셨다. 귓바퀴를 핥아 내리는 젖은 혀가 진득한 침을 흘리고 험악한 손길이 저고리를 훑어 가슴을 쥐어와 은이는 진저리를 쳤다.

"너같이 흉물스러운 계집이 어찌 이리 단내를 풍기느냐. 허어 허어."

"으윽, 놓아. 이거 놓아!"

 정철은 물린 은이의 비명을 비웃었다. 삽시간에 해진 옷고름을 뜯어 내고 치마를 들어 올려 허벅다리를 더듬거리는 손길이 노련했다.

 숨도 쉬지 못하도록 어깨를 짓누르는 힘이 너무 무거웠다. 침이 고인 입술을 목덜미로 들이밀어 추잡한 숨소리로 헐떡거리는 정철에게 이미 남은 이성 따위는 없었다.

 먹이를 노리는 포식자처럼, 피를 본 독수리처럼 보이는 것을 움켜쥐고 발톱을 들이대는 본능뿐이다.

"단내가 나는구나. 단내가 나."

"놔. 놓으란 말이다."

 은이는 몸을 비틀며 비명을 지르지 않기 위해 이를 악물었다. 사내의 무릎에 깔린 다리의 뼈마디가 부서지는 것 같았다. 욕심에 젖은 손이 허벅지를 스치고, 종아리를 더듬으며 억지로 다리를 벌리려 힘을 줄 때마다 온몸에 소름이 돋았지만, 참고 참아야 기회가 온다는 것을 알기에 버텼다.

은이의 미약한 거부반응을 동의의 뜻으로 해석한 정철이 어깨를 누르던 손에 얼마간 힘을 빼고 히죽거렸다.

"오냐. 너도 싫지 않은 게로구나. 하긴 그런 몰골로 사내가 가당키나 하겠느냐. 기다리거라, 내 바지부터 좀!"

벌어진 저고리 앞섶 사이 흰 살결을 욕심껏 바라보며 정철은 몸을 세웠다. 자연히 은이의 하체를 누르던 그의 무릎도 얼마간 힘을 잃었다.

바로 그때, 그의 무게에서 자유로워진 은이가 벌떡 몸을 세우고 쥐고 있던 바늘을 그의 발등에 힘껏 꽂았다. 바늘귀가 동시에 그녀의 여린 살갗도 뚫었지만 고통을 느낄 새는 없었다. 은이는 저만치 밀린 보퉁이를 챙겨 들고 허둥지둥 몸을 일으켰다.

"으악!"

비명을 지르며 발등을 부여잡고 주저앉은 정철이 바닥으로 나뒹굴었다. 놈의 등을 떠밀고 은이는 무작정 방에서 뛰어나와 달렸다. 정신없이 들고 나온 보퉁이를 가슴에 끌어안고 신도 꿰어 신지 못한 맨발로 그녀는 멀리 희미하게 보이는 조영산을 향하고 있었다.

숨은 가빴다. 여과 없이 돌부리를 밟은 발바닥은 쓰라리고 아직도 정철이 지르는 고함 소리가 들리는 것 같아 겁이 났다.

그런데 이상하게 눈물은 나지 않았다. 처음 겪는 일이 아니어서? 아니면 눈물을 흘릴 여유도 없을 만큼 사는 것에 지쳤는지도 몰랐다.

어차피 달아날 곳도 없었다. 그녀가 과부촌에 살고 있다는 것은 이미 공공연한 일이고 이렇게 도망치다가 잡히면 그땐 더 험한 일이 생길 것이라는 것도 알았다.

"하아하아!"

가쁜 숨을 몰아쉬며 발을 세운 그녀의 앞에는 낮은 개울이 지나고 있었다. 그 뒤로 어룽어룽 조영산의 그림자가 보였다. 달이 없어서일까, 평소보다 선명한 산의 모습을 보면서도 은이는 얼른 개울을 건너지 못했다.

뒤에서 들리는 추적자들의 발소리는 조금씩 더 가까워지고 있었다.

기루에서 나왔을 때는 없던 저들의 소리는 은이가 마을을 벗어날 즈음부터 끈덕지게 달라붙었다. 아마 정철의 하수인들이겠지.

"저기 있다."

"게 섰거라! 이년."

기어이 발각이 된 모양이다. 누군가의 외침을 신호로 솔밭에서 우르르 몰려나온 사내들은 다섯이 넘었다. 전혀 웃음이 날 상황이 아닌데, 은이는 피식 실소를 지었다.

"후후."

누가 보아도 상대도 안 되는 저 하나를 잡으려고 저만한 사내들이 이 밤에 이렇게나 많이 왔다는 것이 너무나 우스웠다. 결국 이렇게 될 것을 지치도록 버텼다.

부스럭부스럭 보퉁이 안에서 작은 은장도를 꺼내 들었다. 저들에게 잡혀가면 어찌 되는지 알고 있는데 그렇게 치욕을 당하느니 여기서 모든 것을 끝내자. 그래, 어쩌면 한계에 다다랐는지도 모르는데.

그때였다. 그녀의 정면에서 부는 실바람에 어린 이파리 하나가 실려와 뺨을 건드리고 보퉁이로 내려앉았다.

망연히 그 어린잎을 바라보던 은이의 두 눈이 일렁일렁 커진 것은 다음 순간이었다.

"이, 이건?"

눈에 익었다. 희한하게 생긴 작은 이파리. 바로 얼마 전에도 본 기억이 있다. 묘한 꿈에서 깨어나 마셨던 물그릇 속에 들어 있던 것과 같은 것이었다.

장 소사가 떠 준 물이 아니야? 설마 그게 꿈이 아니야?

아아! 실낱같은 희망을 눈으로 본 은이는 즉시 치맛자락을 고쳐 쥐고 개울로 뛰어들었다.

"제발! 제발. 한 번만 더 날 받아 줘!"

한밤을 내달리는 발은 모두 다섯 쌍! 하나같이 날래게 달리는 그들은 어렵지 않게 구중궁궐(九重宮闕)의 담을 넘었다.

소리도 없이 한참을 달려 멈춰 선 곳에는 한 여인이 달빛도 없는 밤을 서성이고 있었다. 곱지 않은 긴 두상의 그녀는 대비전의 김 상궁이었다. 우두머리로 보이는 사내의 손짓에 따라 나머지 넷이 발을 멈추자, 김 상궁도 홀로 걸어오는 우두머리를 향해 다가섰다. 군더더기 없는 걸음걸음에 그림자마저 자유를 속박당한 듯 보였다.

"오랜만에 뵙습니다."

거리가 가까워지자 깍듯하게 고개를 숙이며 인사하는 사내는 체구가 작았지만 다부졌다. 두꺼운 어깨와 팔뚝 그리고 목덜미는 딱딱해 보였고, 입술 언저리엔 꽤 오래되어 보이는 검상이 남아 있었다. 굳이 묻지 않아도 검을 쓰는 자들이란 것을 알 수 있을 만큼, 흉은 험하고 고약하게 그의 뺨을 갈랐다.

"갑이 자네도 오랜만이로군."

"두령께서 비명횡사한 이후 처음입니다. 이제는 제가 무리를 거느립니다."

"자네가 갑의 이름을 받았다는 소식은 들어 알고 있네."

"어쩐 일로 부르셨습니까? 다시 뵈어 반갑기는 하나 이십오 년 만입니다."

"해서? 내 부름이 불편하신가?"

"그럴 리가요? 저희야 이득만 남으면 무엇이든 합니다."

엷은 미소를 띠는 갑의 서늘한 눈빛은 세상 두려울 것이 없어 보였다. 그도 그럴 것이 그는 조선 땅에서 제일가는 청부 조직의 우두머리이기 때문이었다. 남들이 꺼리는 험한 일, 궂은일, 피를 묻히는 그런 일들을 도맡아 하며 오랜 세월 역한 냄새를 맡고 살아온 그에겐 죽음조차 이미 두려운 일이 아니었다.

김 상궁은 처음 그자와 조우했던 그 비 오던 밤을 기억하고 있었다. 그때의 갑은 이런 모습이 아니었다. 선대의 갑이 죽으면 그 다음의 일인자가 갑의 이름을 이어받는다. 하여 지금의 갑은 그녀가 알던 그자와 다른 사람이었다.

"자네에게 의뢰할 것이 있네."

"아시겠지만 제 아이들을 움직이는 값은 녹록지 않습니다."

"의뢰자는 내가 아닐세."

비릿한 미소를 짓는 갑의 시선을 끌어, 김 상궁은 멀지 않은 화려한 기와를 바라보았다. 그녀의 시선이 닿아 있는 그 전각이 누구의 것인지 이미 알고 있는지 갑의 눈빛에 흥미로움이 얹혔다. 대비? 대비라……. 급하셨군! 단물 빼먹고 내던질 때는 언제고, 급해지니 이 몸이 생각나셨는가? 하면 이것은 그 달밤에 죽은 사내와 연관이 있는 일일지 모른다. 뜻밖의 길보(吉報)에 회가 동했다.

"의뢰를 듣지요."

"하면, 이리 가까이."

갑이 의뢰를 받을 의사를 보이자 김 상궁은 그의 널찍한 어깨를 당겨 귓가에 붉은 입술을 가까이했다. 그러고는 무언가를 속삭이기 시작했다. 가끔 고개를 끄덕이던 갑은 김 상궁의 말이 끝나자 이내 그녀에게서 크게 한 걸음을 물러났다.

"너무 오래되어 쉽게 찾지는 못할 겁니다."

"하여 자네를 부른 것이 아닌가, 이미 백방으로 수소문했지만 소용없었네."

"하지만 숨는다 하여 감춰질 용모가 아니시지요. 그분은."

웃고 있는 갑의 얼굴엔 여유와 자신감이 만연했다.

"한시가 급해. 그러니 자네들도 서둘러야 할 것이야."

"어째서 그분을 찾는 것인지는, 여쭈면 안 되겠지요?"

순간 김 상궁의 가는 눈가에 날카로운 노기가 어렸다. 이리 급하지 않았다면 절대 끌어들이지 않았을 인물을 꼽아 보라 한다면, 당연히 눈앞에 서 있는 사내도 다섯 손가락 안에 들어 있었다.

아침에 해가 뜨면 반드시 그 해를 잡아먹는 어둠이 있듯이, 세상의 다른 면에서 어둠에 종사하여 살아가는 그들에게 소식과 정보란 황금만큼이나 중한 것이었다. 하여 그 무엇보다 은밀하게 처리해야 하는 일에 그를 끌어들인 것은 도박에 가까운 위험한 짓이었다.

은조가 사라지지 않았다면, 박 상궁! 그 아이의 젖어멈을 자처한 그년이 그 아일 빼돌려 감추지만 않았다면, 굳이 이런 짐승을 끌어들여 위험을 자초할 필요는 없었다.

"그런 것, 따지는 자였던가? 자네?"

"물론 아닙니다. 개는 개답게 굴어야지요. 괜한 것을 여쭈었습니다. 부디 잊으십시오."

"얼마나 걸리겠는가?"

일단 바짝 낮추는 갑의 의도가 의뭉스러웠지만 다른 방도가 없기에 물러날 수도 없는 김 상궁의 비단 치마가 밤바람에 흐늘거렸다.

"정보가 없어서 드릴 말씀이 없습니다. 하지만 제 아이들이 찾지 못하는 물건은 없다는 것을 아실 테지요."

 자신만만한 갑의 태도엔 그만한 실력이 뒷받침되어 있다는 것을 김 상궁은 알고 있었다. 대단한 청부 실력만큼이나 그들은 무언가를 찾아내는 능력도 탁월했다. 정확히는 갑이 거느리는 그 짐승! 그놈은 지금껏 한 번도 청부된 일에 실수를 한 적이 없었다. 그렇기에 김 상궁은 더더욱 갑이 무서웠다. 갑은 마음만 먹으면 대비고 임금이고 아무도 모르게 죽일 수 있는 놈이었다. 그럼에도 고작 청부 일이나 하며 약한 피 냄새에 만족하고 사는 그의 정체가 무엇인지 알기에 가급적 만나고 싶지 않았었다. 과연 이놈에게 은조를 찾게 하는 것이 정말 옳은 결정일까. 조금은 후회가 되었지만 이제 와 다른 방법은 없다.

 "서둘러 주게."

 "그럽지요."

 김 상궁의 말에 갑은 옅게 웃으며 고개를 숙였다. 문득 그 입술 사이로 짐승의 그것과 같은 송곳니가 빛났다. 사람의 것이라기엔 너무 큰. 그러나 잘못 본 것이 아니었다.

 '역시 다시 부른 것은 실수였나?'

 저도 모르게 주춤거리며 한 걸음을 물러나는 김 상궁의 얼굴이 허옇게 질려 있다. 그 모습에 갑은 더욱 허리를 숙이고 웃으며 사라졌다. 그가 완전히 보이지 않게 된 후에야 김 상궁은 가두었던 숨을 텄다.

 "하아!"

 한 여인만을 욕심내는 주상의 집착이 정상이 아니란 것은 이미 궐 안의 모든 이들이 다 알았다. 밤이면 밤마다 죽어 버린 중전을 찾으며 광인처럼 돌아다니는데 모르는 것이 더 이상했다. 그러니 어쩌면 저 사내도 이미 알고 있을지 모른다.

지병을 핑계로 심신이 미약하시다 둘러대고 있지만 이대로라면 곧 온 나라 백성들이 다 알게 되는 것도 시간문제였다.

대비는 그 전에 은조를 찾으려고 혈안이 되어 있었다. 그 아이의 존재만이 모든 화를 막을 길이니까 말이다. 김 상궁은 기꺼이 그것을 도울 생각이었다.

대비를 향한 충심이 깊어서도 아니었다. 그 어린 계집과 그년의 어미, 그리고 그 사내가 제게 한 짓을 용서할 수 없었다. 그깟 신단이 얼마나 대단하고 신비로운지도 알 바 아니었다. 가장 아프게, 그 어떤 것보다 잔인하게 찢어 죽일 수만 있다면 기꺼이 남은 수족도 바칠 수 있었다.

시커먼 하늘 저편에서 우르릉 번개가 쳤다. 푸른 빛을 번뜩이며 검은 하늘을 가르는 우레를 보는 김 상궁의 뇌리에 맑은 눈매를 끔뻑이던 젊은 사내 하나가 함께 떠올랐다.

푸른 꽃잎을 가진 용담처럼 햇빛 아래 내놓으면 타 버릴 것 같은 섬약하고 아름다운 청설! 신단(晨旦)의 수장이며 중전을 위해 목숨도 아까워하지 않던! 그리고 한때는 김 상궁이 온 마음을 다 바쳐서 연모했던 이였다.

그들에게 복수하기 위해 스스로 대비의 곁으로 기어들었다. 대비에게 신단의 존재를 일깨운 것도, 그들을 이용해 주상의 병증을 감추게 도운 것도 그녀였다. 대비가 갑을 불러들여 신단의 사람들을 마구잡이로 죽였을 때, 상관없는 목숨이 희생되는 것을 보며 일순 후회한 적도 있었다.

하지만 이제는 물러날 수 없었다. 청설은 이미 죽었지만 돌이키기엔 늦었고 복수는 완성되지 않았으니까. 죽은 귀신에게라도 자식을 잃은 어미의 마음을 알게 할 것이다. 그것만이 그녀를 멈출 유일한 길이었다.

쏴아아아아!

얼마 지나지 않아, 김 상궁이 사라진 자리를 점점이 적시며 굵은 빗방울이 떨어져 내렸다. 화려한 기와도 구석진 곳에 쌓인 먼지도 남김없이 씻어 내는 비조차 어둠에 더러워진 김 상궁의 마음만은 정화하지 못했다.

심상치 않은 바람이 절벽을 타고 올라왔다. 노령의 소나무 위에 올라앉아 사라져 버린 달을 보고 있던 치월에게도 바람은 어김없이 불어 고요한 그의 심기를 건드렸다.

"또 누가 들어왔구만."

바람 소리에 실려 침입자들이 내는 소란이 고스란히 들렸다. 짜증이 가득한 얼굴을 돌린 치월은 가볍게 손바닥을 튕겨 나무 위에서 뛰어내렸다. 그러고는 검을 챙겨 들고 곧 어슬렁어슬렁 어둠 속으로 사라졌다.

그가 산 아래서 다시 모습을 드러낸 건 그로부터 얼마 지나지 않아서였다. 아직 어둠에 싸인 나무숲이 낯선 소음을 향해 온통 웅성거리고 있었다.

"아아, 시끄러워."

치월은 소란을 향해 빠르게 발을 옮겼다. 침입자를 쫓아내고 산을 지키는 것은 어차피 어둑시니로 태어난 그가 해야 할 몫이었다. 손에 들린 기다란 장검이 드르륵 소리를 내며 땅을 긁어 내렸다.

산으로 들어온 건 한두 명이 아니었다. 일단 맨 앞엔 치마 입은 쪼끄만 계집이 하나. 그리고 그 뒤로 줄줄이 시커먼 것들이 들어와 고요한 산을 더럽혔다. 치월은 놈들의 발아래 마구 밟히는 자주색 제비꽃들을 바라보았다. 사흘 전에 봉오리가 앉고 어제 새벽 첫 꽃잎을 피워 낸 아이들이었다.

바깥엔 흔해도 이 산에선 무척 예민한 아이들이라 그조차도 곁을 지날 때면 발소리를 죽이고 공을 들였었는데, 아직 다 피지도 않은 꽃들이 지금 맥없이 죽어 가고 있었다.

"삼 년 만에 핀 건데."

모두 다 밟혀 버리고, 가까스로 뭉개지는 것을 피한 꽃 몇 송이를 확인한 그의 검은 눈에 나직한 살기가 어렸다.

가만히 보아 하니 사내놈 여럿이 계집아이 하나를 쫓는 모양이었다. 앞선 계집은 또 눈에 익었다.

그 아이였다. 벌써 몇 번을 넘어진 것인지 사내들에 비해 보폭이 좁은 그녀는 지저분한 몰골이었다. 게다가 금방이라도 놈들의 수중으로 떨어질 것 같아서 화가 치밀었다.

'하아, 또 너냐?'

은이를 확인하자 여기저기 흩어진 어둠에 숨어 치월은 소리 없이 그들의 앞으로 다가갔다. 먼저 뒤를 따르는 놈들을 칠까 싶었는데, 그보다 그녀가 아슬아슬해서 속이 끓었다.

  마음에 결정을 내린 순간 치월은 미련 없이 땅을 차고 나무 위로 솟구쳐 올랐다. 그러고는 또다시 나무뿌리에 걸려 허공으로 발이 뜬 은이가 바닥으로 나뒹굴기 전에 그 허리를 강하게 감싸 안아 품으로 당겼다.

"어흑!"

  갑자기 나타난 사내의 존재에 놀란 은이의 두 눈이 치월을 향해 크게 벌어졌다. 그 사람이다. 그 사람이야. 꿈속에서 봤던 그 사람! 역시 그건 꿈이 아니었어.

"너 정말 귀찮은 애구나. 심지어 미련해."

  마음을 앞선 입술은 이미 벌어져 있었지만 은이는 대답 대신 끔뻑끔뻑 넋을 놓았다.

  어둠인 듯 어둠이 아닌 듯, 온통 새카만 사내는 그저 커다랬다. 눈동자도, 머리카락도, 심지어 입은 옷도, 검도 새카만 어둠. 분명 꿈에 보았던 그 사내인데, 치기 어린 모습은 온데간데없이 다른 사람 같았다. 마치 어둠 그 자체인 듯 흠뻑 짙다.

'살고 싶다면, 절대로 그와 눈을 마주치지 마십시오.'

'왜? 사람을 해치지 않는다며?'

'그렇습니다. 이유 없는 살인은 하지 않는답니다. 하지만 성안에 밤이 내리면 놈은 달라지지요. 그를 만나면 부디 눈을 마주쳐서는 안 됩니다.

그는 커지고, 커지고 또 커져서 반드시 공주님을 잡아먹을 테니까요.'

'그럼 얼른 도망가지!'

'그렇다고 등을 보이고 달아나서도 안 됩니다. 그가 가장 바라는 것이 인간이 제게서 등을 돌리는 그 순간이랍니다.'

'그럼 어찌해야 해? 깜깜한 어둠 속에서 그를 만나면?'

'내려다보셔야 합니다. 호령하십시오. 절대 겁을 먹지 말고, 달아나지 말고 똑바로 그 눈을 바라보시는 겁니다. 똑바로 눈을 보면서 호령하세요.'

'아하, 알았어. 불러서 네 이놈! 이러면 되지?'

달이 없어 밤은 정말 칠흑 같았다. 보고 있으면 빠져들 것 같아 겁이 나는 사내의 눈동자는 더욱 까맸다.

빛이라고는 새어들지 않는 깊은 숲 한가운데 우뚝 서서, 컴컴한 어둠을 거느리듯 휘감은 그의 두 눈을 마주하며 그녀는 저절로 오래된 기억 속의 이름을 떠올렸다.

'틀림없어. 이자가 어둑시니야.'

"어이, 설마 너무 무서워서 눈뜨고 혼절한 거야?"

다시금 재촉하는 치월의 목소리에 퍼뜩 상념에서 깨어난 은이는 저도 모르게 마른 손가락을 더듬더듬 뻗어 그의 멱살을 잡아쥐었다. 그러고는 뜻밖의 험악한 손길에 눈을 부릅뜬 치월에게 가까이 다가가 부름에 대답했다.

"네 이놈, 어서 무릎을 꿇어라!"

十 步. 꽃이 피었다

 어둠을 틈 타 달리는 말 한 마리가 빠르게 능선을 넘었다. 말 등에 앉은 이는 중년의 사내였다. 바람에 나부끼는 흰 도포의 소매는 낡았으나 청결했고, 정면을 응시하는 눈빛은 강직해 보였다.
 그의 품속엔 이형서가 보낸 답신이 들어 있었다. 얼마 전 먼저 보냈던 서신에 대한 답신이었다. 작지 않은 종이가 품은 글자는 단 두 개였다.

 회합(會合)!

 오랜만에 보는 힘찬 필체에 가슴이 뛰어 곧장 출발했다. 시답잖은 이유로 형제들을 모으진 않았을 것이다. 아직 하루하고도 반나절은 더 달려야 닿을 길. 마음이 자꾸만 산란했다.

 단주께서 돌아가신 이후, 회합은 단 세 번이었다. 첫 번째 회합에서 그들은 공주에게 힘이 있다는 것을 확인했다. 단주의 명으로 공주의 곁에 남아 있는 박 상궁의 보고에 의하면 다행히 그건 거의 확실했다.

두 번째는 과연 공주의 힘이 단주와 견줄 만한지를 확인하려 했었다. 대대로 신단의 힘은 여인에게서 더 크게 나타났다. 그러나 힘을 받을 수 있는 것은 한 세대에 오직 하나뿐이었다.

가령, 아비가 살아 있다면 그 자식은 힘을 받을 수 없다. 만약 자식에게 더 큰 힘이 나타난다면 아비가 힘을 잃는 식이었다.

그러나 그날 회합에서 공주에게 얼마만큼의 힘이 있는지는 확인하지 못했다. 하필 그 밤, 중전께서 돌아가셨기 때문이었다. 단주께서 돌아가시고 주축을 잃은 신단을 대비는 오래 두고 보지 않았다. 교묘히 살수를 보내 드러난 자들을 죽이고 경고했다.

'눈에 띄지 마라! 나서지 말고 없는 듯이 그리 살라!'

공주를 지키라는 명을 받았던 박 상궁은 공주와 함께 사라졌고 결국 마지막 세 번째 회합에서 그들은 일단 뿔뿔이 흩어지기로 결정했다. 그들이 뿌려 놓은 미약한 흔적을 따라 대비가 자객을 보내도록 유도한 것이었다.

얼마 지나지 않아 공주가 죽었다는 소문이 들려왔고, 기다렸다는 듯 대비는 자객들을 뿌리기 시작했다. 남은 형제들은 이형서를 중심으로 혹시 살아 있을 공주를 위해 기꺼이 그림자가 되었다. 대비가 자객을 보내며 베고, 베이며. 그렇게 비밀리에 유지되던 신단을 이형서는 다시 모으려 했다. 아직도 끊임없이 형제들을 찾아 암암리에 살(煞)을 뻗는 대비의 형형한 눈이 사방에 있는데, 그 모든 것을 알면서도 한곳에 모으는 위험한 짓을 하는 이유가 만약 공주라면?

바람에 쓸리는 흰 옷자락을 훑어 허벅지를 내놓은 사내의 허리춤에서 달빛을 받은 상아색 아패가 빛났다. 사내가 적어도 종이품 이상의 관리라는 것을 증명하는 것이었다.

"이랴!"

더욱 조급해진 그가 말을 독려하는 외침과 바람 소리만이 고요한 어둠을 갈랐다.

그렇게 얼마나 달렸을까. 말이 멈춰 선 곳엔 기묘한 전각 하나가 서 있었다. 대문도 담장도 없이 덜렁 서 있는 전각은 온통 흰색이었다. 반듯하고 높은 지붕으로 요요한 달빛이 물결처럼 흐르고 주변엔 계절을 잊은 매화나무가 흐드러진 꽃을 피워 냈다.

사내가 말에서 내리자 안에서 한 사람이 걸어 나오며 그를 반겼다. 서신을 보낸 자, 바로 이형서였다.

"오랜만입니다."

"여전하군요. 이곳은."

감회에 젖은 사내의 시선을 따라 이형서도 고개를 들었다. 이곳은 대대로 신단의 단주들이 기거하는 곳이며 신단의 형제들에겐 신당과 같은 곳이었다. 조영산의 뒤쪽, 그림자의 구역! 표식이 없는 자는 들어설 수 없는 곳!

"꽃이… 피어 있군요."

"저도 이렇게 만개한 것은 처음 봅니다."

조영산의 결계 안에 있는 이곳엔 언제나 매화꽃이 피어 있었다. 결계가 유지되는 힘의 크기와 비례해 꽃을 피우는 매화나무는 얼마 전까지는 작은 꽃송이나마 달린 가지가 손에 꼽을 만큼 적었다.

"하면 설마?"

"예. 아무래도 찾은 것 같습니다."

"그게 정말입니까?"

놀라는 사내의 얼굴을 보며 이형서는 기쁘게 고개를 끄덕였다.

"그러니 준비를 해 주셔야겠습니다. 이번엔 반드시 지켜 드려야지요."

결의를 다지는 두 사내의 머리 위로 난분분 흩날리던 매화 꽃잎이 어지러이 내려앉았다. 그들의 주위로 하나둘씩 이제 막 도착한 사내들이 모여들었다. 다시 열리는 신단의 힘이 될 사람들이었다.

"네 이놈!"

"어쭈, 이 녀석 봐라? 실성했냐?"

품 안에 안긴 앙상한 녀석을 향해 치월은 굵은 눈썹을 마구 꿈틀거렸다.

안 그래도 자꾸만 마음을 심란하게 하던 녀석이었다. 소금 장수의 어린 자식 놈을 구한 것도 얼마나 후회를 했는가. 그런데 또 덥석 이딴 녀석을 자신의 영역 안으로 들여 놓았던 것이, 그래서 고요하던 공간을 휘젓게 만든 것이 짜증이 났었다.

그런데, 사내인지 계집인지 분간도 안 되는 꼬락서니를 하고 또 남의 산으로 기어들어 오고. 거기다 쫓기기에 기껏 구해 주려 했더니, 네 이놈? 뼈다귀같이 바짝 마른 게 멱살은 또 야무지게 쥐었다.

"그년 이리 내놓거라. 너도 같이 죽고 싶지 않으면!"
"그래! 어서 내놔. 목을 떨어뜨리기 전에!"

여전히 이 녀석을 노리고 따라온 사내놈들의 고함 소리와 그들이 내는 발소리가 앵앵거리는 파리처럼 시끄러웠다. 그런데도 치월은 저를 올려다보는 은이의 눈에서 시선을 뗄 수가 없었다.

또 그 눈이었다. 세상은 두려워하면서도 저는 겁내지 않는 저 눈!

흉한 얼굴에 어울리지 않는 맑은 눈동자에 고인 것은 지독한 외로움과 삶에 대한 필사적인 의지였다. 그리고 그것은 치월의 그것과 너무나 많이 닮아 외면할 수 없게 했다. 한숨이 났다.

"일단 놔 봐!"

앞섶을 잡고 매달린 은이의 손을 쉽게 떼어 커다란 나무 아래에 덜렁 내려놓고 치월은 지금 당장 그녀를 죽이지 않아야 할 이유에 대해 고민했다. 따지고 보면 그녀 역시 저놈들과 마찬가지로 산의 경계를 파고든 침입자다. 그날엔 제 스스로 그녀를 들여놓았지만, 지금은 달랐다.

청설이 죽어 버린 그날 이후, 그는 단 한 번도 허락 없이 발을 들인 놈들을 용서한 적이 없으니까. 그것이 신단과 청설의 이름을 앞세운 놈이라도, 예외는 없었다.

스르릉!

눈앞에서 검을 뽑아도 은이는 여전히 겁을 내지 않았다. 흠뻑 젖은 몸을 바들바들 떨고, 새파랗게 질린 입술을 잔뜩 말아 물고, 금방이라도 엎어질 듯 힘겹게 버티고 서 있으면서도 의연하게 턱을 치켜들고 그를 노려보았다. 마치 오기를 부리는 장닭 같았다.

"다녀와서 보자. 여기서 딱 기다려!"

치월은 야무지게 주먹 쥔 은이의 손을 힐끔 보고 그녀에게서 등을 돌렸다. 그러고는 곧 닥쳐 올 죽음에 대해서는 아무것도 모르면서 꾸역꾸역 다가오는 놈들을 향해 천천히 발을 옮겼다.

"하아!"

치월의 시선이 정철의 수하들을 향해 돌아선 다음에야 은이는 보퉁이를 끌어안고 털썩 그 자리에 주저앉았다. 그녀가 무너지는 소리에 흘끔 뒤를 돌아본 치월은 그제야 그녀의 차림새가 그저 더러운 것이 아니라, 누군가의 험한 손길에 의해 단정하지도 못하다는 것을 알았다.

'쯧!'

저렇게 고약하게 생긴 계집 어디 볼 게 있다고, 쯧. 늘 이렇게 죽을 것 같은 위협 속에서 살고 있는 건가? 그래서 그날도 그렇게 울었나? 겁이 나서?

사실 잔뜩 마른 은이의 눈동자는 그날처럼 젖어 있지 않았다.

젖은 것은 오히려 개울물을 뒤집어쓴 치마뿐이었다. 하지만 어째서일까? 치월에게 그녀는 통곡을 하고 있는 것처럼 보였다. 그건 썩 기분이 좋지 않았다.

말했지만 누가 우는 것이 싫었다. 그게 계집인 건 더 싫었다. 그건 간만에 핀 작은 제비꽃이 밟혀서 죽어 버리는 것만큼이나 싫다. 그래서 버럭 소리를 질렀다.

"그만 울어! 너부터 베어 버리기 전에."

"안 울었는데요?"

"내가 울었다면 운 거야!"

"저를 도와…주실 건가요?"

정신을 차렸는지 더 이상 하대하지 않는 은이의 두 눈이 그를 향해 흔들렸다. 치월은 검을 든 채 어깨를 들썩 움직였다.

"글쎄. 일단 나는 내 산에 들어온 놈들을 살려 두진 않아!"

말을 마치자마자 휙 날아오른 치월이 눈앞에 보이는 나무 등걸을 가볍게 뛰어넘는 것을 은이는 망망하게 바라보다가 입을 벌렸다. 사람이 뛰어넘을 수 있는 높이가 아니거늘 그는 마치 문지방 하나 건너듯 쉽게 몸을 띄웠다.

그리고 다음 순간, 그의 움직임을 따라 크게 고개를 꺾던 은이가 비명을 지를 사이도 없이, 치월은 들고 있던 검으로 크게 호선을 그어 놈들을 쓰러뜨렸다. 단 일격! 아무런 망설임도 군더더기도 없었다. 어처구니가 없을 정도로 압도적인 강함에 그녀는 비명을 지르는 것도 잊었다.

"으악!"

대신 처절한 그들의 비명이 들려왔다. 그가 다시 검을 바닥으로 늘어뜨리고 또 한참이 지난 다음에야 들린 소리였다. 아마 베어져 나갔다는 사실조차 모르고 있다가 점차 찾아드는 고통에 못 이겨 그리되었을 것이다.

은이는 손으로 입을 틀어막고 그 광경을 똑바로 바라보았다. 자비라고는 없는 냉랭한 검광이 검의 주인을 닮아 섬뜩한 핏방울을 흘렸다.

"끄아아악!"

다섯이 지른 비명이 고요한 숲을 갈랐다. 그 소음에 주변의 날짐승들이 일제히 날아올랐다. 그 자리에 쓰러진 사내들은 모두 단칼에 목이 베어져 있었다. 한 치의 오차도 없었다.

"아아!"

망연한 은이의 눈빛이 그제야 겁에 질려 가는 것을 보며 치월은 천천히 그녀에게로 되돌아와 허리를 숙였다.

"자, 그럼 이제 네 이야기를 들어 볼까? 다시 말하지만 난 내 산에 들어온 것들을 그냥 두지 않아."

"다 죽일 필요는……."

"지금 네가 저놈들 걱정할 때냐? 내 산에 허락 없이 들어온 놈들이야. 어차피 동티가 나서 살려 주어도 곧 죽어!"

"하…지만!"

쓰러진 놈들을 등지고 선 치월의 눈빛이 일순 노랗게 보인다는 착각을 하며 은이는 느리게 눈을 깜박거렸다. 단번에 다섯이나 되는 놈들을 죽여 버린 위험한 사내가 바로 눈앞에 있는데, 이제는 눈을 감아도 될 것 같은 모순된 생각이 드는 이유에 반박할 여력이 실은 없었다.

시계(視界)가 무너지고 온통 무거운 감각이 손가락 끝까지 잠식했을 때쯤, 누군가가 혀를 차는 소리가 마지막으로 들려왔다. 그러곤 모든 것이 멀어졌다.

"어? 어라? 야, 눈 떠! 확실히 하자. 이번엔 내가 재운 거 아니야. 알았지?"

치월은 어쩔 수 없다는 듯 혀를 차며 혼절한 은이의 팔 하나를 당겼다. 지푸라기 인형처럼 맥없이 딸려 오는 가는 몸뚱이는 눈살이 찌푸려질 만큼 무게감이 없었다. 발아래로 마지막 순간까지도 애지중지 끌어안고 있던 그녀의 보퉁이가 떨어져 있었다.

"하아!"

왜 저딴 것까지 신경을 써야 하는 건지 도통 자신이 이해되지 않았지만 치월은 검끝으로 보퉁이마저 찍어 올려 은이의 품으로 넣어 주었다. 그러고는 그제야 몸을 돌려 너부러진 놈들의 시신과 은이를 번갈아 보았다.

달빛이 없어서 더 시커멓게 보이는 그녀의 얼굴은 주먹 크기보다 작았다. 그에겐 우습기 짝이 없는 상대라 해도 이 녀석에겐 버거웠을 것이다. 깡마른 몸은 아직 덜 자란 어린애 같고, 멱살을 틀어잡는 솜씨를 보니 성격도 나쁜 듯한데, 대체 왜 이렇게 쫓기는 건데?

그런 네 녀석이 나는 왜 신경 쓰이는 건데?

"으응?"

그런데 그때였다. 아래로 늘어진 은이의 팔목을 가슴으로 끌어올려 준 순간 심장을 두근거리게 하는 기묘한 향기가 치월의 코끝을 건드렸다.

이미 숲은 알고 있었다는 듯 잎사귀를 흔들어 바람을 일궈 내고, 바람이 재촉하듯 둥글게 그들의 주위를 돌았다. 발아래가 울렁거린다고 느꼈을 때 치월은 보았다.

"하!"

시야를 가득 채운 자주색 꽃들을!

햇빛 한 자락 새어들지 못하는 산이기에 나무는 무성해도 꽃은 귀한 조영산이었다. 특히나 키가 작은 이런 풀꽃은 더더욱 피기가 어려웠다.

그런데 귀한 그 꽃이 그의 주변으로 둥그렇게 자라 찬연한 향을 흘리고 있었다. 정확히는 그녀가 앉아 있던 자리로부터였다. 꽃 향에 섞여 강하고 달달한 피 냄새가 났다. 저절로 품 안의 그녀에게 시선이 돌아갔다. 아니나 다를까. 작은 손가락 끝에 피가 맺혀 있었다.

"피? 설마 이게 다 네 탓이야?"

조금쯤 다른 눈빛으로 그녀를 바라보고 있을 때 또 다른 소리가 들려왔다.

그녀의 향에 이끌린 새들과 벌레들이 내는 소리였다. 홀로 꽤 긴 시간을 이곳에 살았지만 평소엔 모두 겁을 먹고 그의 주변엔 얼씬도 않는 것들이었다. 그런데 그녀가 흘린 피 한 방울의 위력이 놈들에게 그런 두려움마저 잊게 만들고 있었다.

"뭐야, 너? 이런 냄새를 풍기면서 잘도 버텼다?"

치월은 인상을 찡그렸다. 고작 한 방울의 피에 녀석들이 이렇게 동요할 정도라면, 그럼 조금만 더 피가 많았다면 그땐 어떤 것들을 불러 모을 수 있게 되는 거지? 치월은 알 수 없는 눈으로 은이를 바라보다가 천천히 걸음을 옮겼다.

이런 상태의 아이를 산 밖으로 내쫓았다가는 금세 어떤 놈의 먹이가 될 것이 뻔했다. 그것이 혼이든 사람이든!

결국 다시 산꼭대기로 데려와 한쪽에 눕힐 때까지 은이는 눈을 뜨지 않았다. 미동 없이 잠든 은이의 옆에서 치월은 몇 번이나 그 손가락을 당겨 피 냄새를 맡았다. 오랫동안 코끝을 맴도는 그녀의 피에선 분명 묘한 향이 났다. 아직 덜 핀 꽃처럼 진하지 않지만 호기심을 자극하는 향.

꽃이 가득 피었던 그 자리엔 그녀의 피 한 방울이 떨어져 있었다. 정말 그 피 때문에 꽃이 피었다면 고작 어린 인간 계집아이의 힘치고는 꽤 강하다.

"너 정체가 뭐냐, 뼈다귀!"

몇 번 안면을 익혀서 그런가. 밝은 곳에서 가만히 보고 있자니 얼굴 생김도 처음보다 험하지 않게 보였다. 눈이 큰 것은 알고 있었지만, 턱이 갸름한 것 그리고 입술이 오밀조밀한 것은 이제야 보였다.

멧돼지 털 색깔처럼 검은 얼굴빛만 아니면, 어쩌면 그럭저럭 보암 직한 아이일지도 모른다. 그나저나 너무 말랐다.

은이의 손목 옆에 제 손가락 두 개를 가져다 대어 보며 치월은 쯧쯧 혀를 찼다.

"어린애 손목만도 못하네. 이런 팔로 굳이 저런 건 왜 안고 도망쳐."

눈을 뜨면 또 찾을까 봐, 옆에 가져다 둔 그녀의 보퉁이는 마른 팔에 비해 너무 컸다.

뭐가 들었기에, 그런 순간에도 이걸 그리 끌어안았을까. 궁금해진 치월은 고민 없이 보퉁이를 열었다.

안에 든 것은 흔한 바느질 도구들, 그리고 가장 깊숙한 곳에 낡은 주머니 하나뿐. 값나가는 것은 아무것도 없었다. 그나마 그 낡은 주머니에 매어진 구슬이 조금 별달라 보일까?

주머니 안에 든 것은 사주가 적힌 종이 하나였다. 얼마나 오랫동안 만지고 또 펼쳐 본 것인지 사방 귀퉁이가 야들야들 닳아 버린 종이엔 누구의 것인지 모를 생년월일이 적혀 있었다.

심드렁한 얼굴로 생각 없이 그 날짜들을 읽어 내린 치월의 눈빛이 변한 것은 다음 순간이었다.

"뭐야, 이거!"

〈을축년(乙丑年) 사월 셋째 날 묘시〉

정갈한 필체의 크지 않은 글자. 그건 청설을 잃은 그날과 완벽하게 일치했다.

'어째서 이런 아이가 청설이 죽은 날을 들고 다니는 거야?'

十一 步. 향기로운 아침, 은조 (1)

"얼굴도 흉한 년이 어째서 이리 단내를 풍기느냐. 이리 오너라, 이리 와!"

"저리 비키시오."

"고년 앙칼지기도 하구나. 하긴 그런 맛도 있어야지."

붉은 욕정에 사로잡힌 사내의 풀어진 앞섶에서 치렁치렁 흘러내린 고름이 바람에 나부꼈다. 은이는 그를 피해 뒤로, 뒤로 걸음을 물렸다. 사방은 어둡고, 거친 바람에 감긴 치맛자락 때문에 자꾸만 몸은 균형을 잃었다.

"이리 오래도? 더는 갈 곳도 없느니라!"

너울거리는 사내의 손짓에서 억지로 떼어 낸 시선이 불안하게 뒤를 돌아보았다. 더는 물러날 곳이 없었다. 조금만 발을 헛디뎌도 무너질 것 같은 천 길 낭떠러지가 시커먼 어둠을 품고 그녀가 떨어지기만을 기다리는 것 같았다.

"얘야, 어서. 이리 오래도? 그 자리는 너무 위험하구나."

은이에게 물러날 곳이 없다는 것을 먼저 본 사내가 주섬주섬 저고리를 벗어 던졌다. 희뿌옇게 추한 살덩이가 거센 바람에 출렁였다. 축축하게 젖은 입술에 그는 연신 침을 발랐다.

"싫어. 저리 가!"

은이는 머리를 저으며 발을 물렸다.

파스스! 여물지 못한 흙바닥이 그녀의 발길에 가루가 되어 낭떠러지로 사라졌다.

아무리 얼러도 은이가 말을 듣지 않자 슬슬 사내의 얼굴에도 조바심이 흘렀다. 히죽거리며 웃던 얼굴이 일그러지고! 험악하게 변하고! 그러고는 성큼성큼 다가왔다.

"어차피 네년같이 흉한 계집을 누가 안아 준다고? 나뿐이다. 내가 즐겁게 해 준대도?"

가까이 다가온 사내의 입술에서 번진 침이 바람을 타고 손등에 떨어졌다. 은이는 진저리를 치며 뒤로 물러났다. 그 순간, 버티지 못한 발아래가 요란한 소리를 내며 무너져 내렸다.

"꺄아악!"

그녀를 놓친 놈의 허탈한 얼굴이 절벽 위에서 멀어져 갔다. 하염없이 어둠으로 떨어져 내리며 은이는 허공으로 손을 내저었다. 뭐라도, 무엇이라도 잡히기를, 누가 잡아 주기를. 이렇게 저런 놈에게 밀려 죽고 싶지는 않다고 생각했다.

그때!

"어이, 뼈다귀!"

누군가가 그녀의 손을 잡아 주면서 속삭였다. 상냥한 말투와는 거리가 멀었지만 썩은 동아줄이라도 상관없었다. 은이는 필사적으로 그 손에 매달렸다. 제발, 제발! 놓지 말아 줘.

"이제 그만 눈 뜨라니까!"

연이어 들린 사나운 목소리에 놀라 번쩍 눈을 떴을 때, 눈앞에는 젊은 사내의 벗은 가슴이 닿을 듯 가까이 있었다. 은이는 다시 한번 비명을 질렀다.

"저, 저리 가!"

겁에 질린 얼굴로 발딱 일어나 한구석으로 물러앉은 그녀의 몸은 바싹 구겨져 한 줌도 안 될 듯 보였다. 두리번거리는 눈동자. 스스로 몸을 끌어안은 가는 팔이 가늘게 떨었다.

치월은 그녀가 조금 진정할 때까지 다가서지 않고 기다리는 쪽을 택했다.

기다리고 또 기다리고. 언젠가 청설이 그를 위해 그랬듯, 그렇게 기다렸다. 다행히 얼마 지나지 않아, 혼절하기 전의 상황을 기억했는지 꺼먼 얼굴에서 두려움이 걷혔다. 그제야 치월은 느리게 말을 건넸다.

"걱정 마. 너를 따라오던 놈들은 모두 죽여 버렸으니까."
"예?"
"죽었다고, 그놈들은!"

걱정을 하라는 건지, 하지 말라는 건지. 태연한 얼굴로 사람을 죽였다고 하는 그는 꿈속의 그날처럼 창틀에 올라앉아 있었다. 꼬물거리는 손가락은 소매에 가려 보이지 않고 까만 눈은 그녀를 응시했다. 역시나 두렵지는 않았다. 오히려 진한 안도감이 느껴졌다. 그래서 은이는 고개를 끄덕였다.

"예. 꿈이 아니어서 다행입니다."

"뭐가?"

"도와주셔서 고마워요."

인사를 하는 그녀의 앞섶이 불안하게 덜렁거렸다. 정철이 옷고름을 뜯어 낸 바람에 여밀 것이 없기 때문이었다. 두 손으로 가슴을 가리느라 불편해 보이는 은이에게 치월은 제 저고리를 벗어 던져 주었다.

"입어!"

"고맙습니다."

그 바람에 사내의 탄탄한 상체가 여과 없이 드러났다. 본래도 벌어져 속이 들여다보였지만 오롯이 벗은 몸은 빤히 보기 민망했다.

마다하지 않고 옷을 받으며 은이는 대신 그의 손을 보았다. 내내 가려져 있어서 궁금하던 손은 온통 흉으로 빼곡했다. 어떤 것은 아직 채 아물지도 않아 빨갛게 앓고 있고, 오래된 것은 희게 변해 있었다. 어쩐지 가볍지 않은 사연들이 보이는 것 같았다.

은이의 시선에 치월은 얼른 등 뒤로 손을 감췄다. 때때로 아무 잘못도 없는 목숨까지 거두며 얻은 흉이었다. 살려 달라 외치는 그 간절함을 외면하며 새긴. 하여 그에게 그것은 남에게 보이기 싫은 치부와 같았다.

은이도 얼른 시선을 돌려 치월이 준 저고리에 팔을 끼워 넣었다. 그녀에 비하면 한참이나 큰 사내의 옷은 소매의 입구를 찾는 것만도 한참이었다.

치월은 그런 그녀를 빤히 보며 쯧쯧 혀를 찼다. 그냥 옷 하나 덧입는 것조차 버거워 보일 정도로 약해 빠진 몸뚱이가 존재한다는 것이 어이가 없었다.

"후우!"

겨우 손을 꺼내고 앞을 여민 그녀의 입술에서 얕은 한숨이 나오는 순간 치월은 성큼성큼 다가가 그녀의 마른 겨드랑이 아래로 손을 넣어 번쩍 은이를 일으켜 세웠다.

"일어나 봐."

"아!"

놀란 듯 입술을 벙긋거리기는 했지만 대체로 얌전하게 그의 손길을 받아들인 그녀는 구석 자리에서 침상 위로 옮겨질 때까지도 아무런 말을 하지 않았다. 그보다 호기심이 가득한 눈길로 치월을 살피느라 바빴다.

"뭘 그렇게 봐?"

"죄송해요. 예의가 아닌 줄은 아는데, 알고 싶어서."

"뭐가 알고 싶은데?"

"물으면 대답해 주시나요?"

단순한 호기심을 넘어 그녀는 간절해 보였다. 치월도 피하지 않고 마주 보았다. 사실, 궁금한 것이 있는 것은 이쪽도 마찬가지였다.

"대답 안 하면 안 물어볼 거야?"

"아니요. 그래도 질문할 겁니다. 여기가 어딘지, 조영산이 맞는지. 이제 더는 달리 가 볼 곳도 없거든요."

그녀의 말에 치월이 자세를 고쳤다. 둘 사이의 거리는 조금 더 가까워졌다.

"너 말이야, 왜 자꾸 조영산에 집착하는데? 혹시 저것이랑 관계있어?"

치월의 손끝이 가리키는 곳에 펼쳐진 종이는 은이에게도 낯익은 것이었다. 그녀가 어찌 세상에 존재할 수 있었는지를 증명하는 단 하나였으니까.

"주인이 있는 물건을 허락도 없이 헤집으셨습니까?"

"말해 봐. 저게 뭔지. 그보다 넌 뭐야?"

조금 높아진 치월의 어조를 지나쳐 은이는 펼쳐진 종이를 향해 걸었다. 그러고는 그것을 다시 곱게 접어 주머니에 넣고 야무지게 매듭을 묶었다. 그것은 이제 하나뿐인 어머니의 흔적이었다. 다른 것은 지닌 것이 없기에 그녀에겐 더없이 소중한 것이었다.

"이것은 제가 태어난 날의 생시입니다. 그리고."

"그리고!"

"어쩌면 제 아버님께서 돌아가신 날이기도 하고요."

허공을 부유하던 눈빛이 방 한복판에서 또 만났다.

"누가 죽었다고?"

치월의 말에 대답하기 전 은이는 들고 있던 주머니를 야무지게 보통이에 넣어 여몄다.

눈앞의 사내는 낯설고 게다가 반쯤 벗은 몸이었다. 친절하지 않은 편이고, 또 소중한 물건도 마음대로 꺼내 보았다. 나무 베듯 사람을 죽이고, 무엇보다 그는 사람이 아닐지도 모른다.

하지만 무언가에 이끌리듯 차분해진 은이는 가슴을 폈다. 고개도 들었다. 그러곤 초조하게 그녀를 바라보는 치월의 눈빛을 피하지 않는 용기도 꺼냈다.

"제가 무어냐 물으셨지요? 그 전에 한 번 더 여쭙겠습니다. 사람이… 아니십니까? 아니시죠?"

아주 조금 머뭇거리기는 했지만 은이의 질문은 헛돌지 않고 곧장 치월을 향해 나아갔다. 그를 처음 보았을 땐 꿈이라 여겼고, 다시 보았을 땐 이유를 알 수 없는 안도감에 사로잡혔다.

그리고 지금은 거의 확신하고 있었다. 그의 존재. 유모가 해 주었던 그 이야기 속의 사내는 어쩌면 허상이 아닐지도 모른다고 말이다.

겁이 나지 않는 만큼, 정신은 또렷해졌다. 이 사내! 사람이라면 응당 있어야 하는 그림자를 갖지 못한 이 사내는 해답을 알고 있을 것이다.

"사람이 아니라면?"

그의 목소리도 떨리고 있다고 느낀 것은 착각이었을까? 이어지는 질문은 그가 또 먼저였다.

"나를 무엇이라 생각하는데?"

"조영산의 어둑시니! 나는 그대를 그리 생각합니다."
"하!"
참아지지 않는 숨을 바깥으로 토하고 치월은 두 손으로 제 머리를 감싸 쥐었다. 내내 불안했던 마음이 터질 듯이 빠르게 쿵쾅거렸다. 한껏 차올랐던 밀물이 한꺼번에 썰물처럼 빠져나가 빈 가슴을 드러낸 것 같았다.
"아닌가요?"
"그게 어떤 존재인지는 알고 하는 말이야?"
"아니요. 하지만 달리 생각할 수 있는 것이 없어요."
쥐방울만 한 계집아이가, 한 손으로 쥐어도 단숨에 죽어 버릴 약해 빠진 이 녀석이, 청설과 신단 외에는 아무도 모르던 그 존재를 어찌 알았을까? 그런데 왜지? 정체를 들켰는데 왜 속이 후련한 거야!

당황스러웠다. 그럼에도 눈앞의 작은 몸뚱어리만은 확실하고 또렷했다. 다소곳한 무릎 앞으로 모은 어깨만 눈에 고였다. 아니, 그녀의 입에서 어둑시니라는 말이 튀어나온 순간 주위의 모든 것이 흐려졌다.
"저는 은조라 합니다."
"은조?"
멍하게 되묻고 그녀를 주시하였다. 흘려들을 수 없는 그 이름 때문에 두근두근 가슴이 뛰었다. 무언가 알 수 없는 거대한 덩어리가 목구멍에 걸린 것처럼 침도 삼켜지지 않고 귀에서 요상한 소리가 들리는 것 같았다. 금세 무슨 일이 생길 것만 같았다. 하지만 그것도 다시 대답을 듣기 전까지였다.

"누구보다 향기로운 아침이 되어라. 아버님께서 지어 주셨다고 들었습니다."

"향기가 있는 아침… 은조!"

아아! 대답을 들어 버린 순간, 치월은 의지하듯 바닥을 짚은 손에 바득 힘을 주었다.

그렇구나. 알아 버렸다. 지금에야.

빌어먹을, 빌어먹을! 청설 놈아, 너의 아침은 이런 뜻이었나? 이것이 너의 아침이었어? 네 목숨을 거둬 간 이 아일 지키라고? 나더러.

'치월아, 신단이 무슨 의미인지 알아?'

'그걸 내가 알아서 뭘 하게. 난 관심 없어.'

'이른 아침이야. 누구보다 일찍 세상을 비추는 밝음이며 어둠이 지난 다음엔 반드시 찾아오는 빛. 그것이 신단이지.'

'그래서?'

'오늘의 해가 져도 내일의 신단은 다시 밝아.'

'대체 하고 싶은 말이 뭐야?'

'그러니까, 부디 지켜 줘. 내 보물. 나의 아침을. 해가 뜰 수 있게. 약속해 줄래? 너의 목숨을 바쳐서라도 지킨다고? 나의 치월아, 믿을 수 있는 건 너뿐이야. 부탁해!'

눈을 감으면, 아니 눈을 감지 않아도 아직 선명했다.

시퍼런 달을 등지고 앉아 검푸른 머리카락을 날리며 웃던 그날의 서늘한 눈빛과 담담했던 미소.

'하하, 만약 네가 죽는다면, 기꺼이 그 아일 맡아 주지. 하지만 걱정마. 그전에 아무도 널 죽이지 못하게, 내가 너부터 지킬 테니까.'

치월은 그날 그의 부탁을 농담처럼 여기며 웃어 넘겼었다. 그의 눈빛이 끝없는 심연처럼 간절해서 그러지 않으면 검을 휘두를 뻔했다. 그러니 영악한 그놈은 알았을 것이다. 결코 그날의 약속을 잊을 리 없다는 것을. 그런 식으로 웃으면서 그 고약한 놈이! 그렇게 떠날 거였으면서, 빌어먹을 그놈이!

"으아악!"

은조를 두고 밖으로 달려 나간 치월은 달을 향해 힘껏 고함을 질렀다. 치밀어 오르는 격동을 참을 길이 없었다.

청설이 남긴 약속은 언제나 뚜렷하게 기억했다. 잊은 척 살았지만 어쩌면 기다리고 있었는지도 몰랐다.

그가 없으면 그는 그저 그림자에 갇힌 가엾은 짐승일 뿐이었다. 인간도 아닌 것이 감히 이름을 가지고, 그 이름으로 불리며 인간의 삶에 기웃거렸다.

소금을 버리지 못한다는 핑계로 마을에 내려간 것도, 결국 스스로의 의지로 소금 장수 아들들의 삶에 개입한 것도 모두 다! 실은 어디선가 나타날 약속에 대한 실마리를 얻을까 싶어서!

"…청설!"

그는 알았을 것이다. 다가설수록 상처받고 결국은 혼자 그 외로움을 안고 살아갈 어둑시니의 운명을. 그래도 기다릴 멍청한 자신을!

하여 청설이 남긴 것은 배신이 아니라, 앞으로도 살아가라고, 살아 있으라고 남긴 의지였는데, 이제야 그것을 깨달은 어리석은 어둑시니라 그저 고함을 칠 수밖에, 다른 방법을 모르겠는 그였다.

"젠장할 청설! 이 망할 놈아!"

十二 步. 향기로운 아침, 은조 (2)

이십 년 전의 봄.

유난히 하늘이 파랗던 한낮! 화창하기 그지없는 날씨이건만 어쩐지 저자에 행인이 보이질 않았다.

가끔씩 조심스럽게 밖으로 나오는 이들도 있었으나 그도 잠시뿐, 그들은 다시 지붕 안으로 머리를 넣기 바빴다. 새파란 하늘에 어수선한 달이 떠 있었기 때문이었다. 그것도 벌써 칠 일이나 계속된 그믐의 달은 낮이 되어도 사라지지 않고 차갑게 떠 있었다.

사월의 초하루! 여전한 그믐달이 대낮의 하늘에서 태양과 공존할 때, 한 사내가 천천히 걸어 궐문을 향했다. 햇살 아래 언뜻언뜻 푸른빛을 띠는 머리카락을 단정하게 빗어 등 뒤로 늘어뜨린 그는 온통 흰옷을 입고 있었다.

사내의 이름은 청설이었다.

조영산 어둑시니의 하나뿐인 친우이며 중전의 정인이고, 지금 중전이 품은 새 생명의 친부. 그리고 신단이라 불리는 비밀스런 조직의 수장이기도 했다.

"잠깐. 거기 서시오."

가타부타 말도 없이 문을 통과하려는 그의 앞을 문지기가 막아섰다.

"신분패를 보이시오."

"여기, 나는 대비마마의 부름을 받고 왔네."

그의 앞을 막은 문지기에게 청설은 품 안에서 꺼낸 것을 내밀었다. 반들반들한 나무패에 적힌 이름을 본 문지기의 눈이 화등잔 만하게 커졌다. 기다리고 있었기 때문이었다. 어딘지도 모를 까마득한 위쪽에서 내려온 명으로, 그들은 이 사내를 기다리고 있었다. 잠시 후 허둥지둥 안으로 달려 들어간 문지기와 함께 나온 것은 날카로운 쇠붙이를 든 금군들이었다.

청설은 순순히 그들의 손에 이끌려 안으로 들어섰다. 아이를 살리고 싶으면 달이 지기 전에 오라는 대비의 부름에 응한 것이었다.

그리고 그 밤.

홀로 갇힌 청설에게 누군가가 찾아왔다. 해쓱한 얼굴이었으나 너무나 아름다운 여인! 당연히 올 것을 알고 있었지만 오지 않길 바라던 여인이었다. 안으로 들어서는 그녀를 본 청설이 가는 한숨을 내쉬며 자리에서 일어나 허리를 굽혔다.

"중전마마!"

"어째서 여기에 계십니까? 어째서요?"

그를 향해 달려간 중전의 고운 이마가 슬픔으로 구겨졌다. 청설이 가장 보고 싶지 않은 모습이었다.

"저는 괜찮습니다."

"여기서 나가세요. 차라리 제가 아이를 포기하겠습니다. 당신을 죽게 할 수는 없어요."

"쉬이! 아이가 듣습니다."

울먹이는 그녀의 손을 잡으며 청설은 그 어느 때보다 다정한 얼굴로 고개를 저었다. 만삭이 된 중전의 복부를 가만히 쓰다듬고 이어 그녀의 창백한 얼굴을 감쌌다.

"제가 일을 이렇게 만들었습니다. 다 이년이 부족한 탓에! 당신은 이런 곳에 이리 계실 분이 아닌데."

한사코 웃기만 하는 사내에게 중전은 발을 굴렀다. 이 사내는 죄가 없었다. 대비에게 몰려 겁에 질린 그녀의 부탁을 들어주었을 뿐이다. 그럼에도 모든 것을 책임지려 했다. 그것이 자신이 이 세상에 남아 있는 이유라고 했다.

"세상 어떤 아비가, 아이의 목숨을 놓고 자신의 목숨을 우선하겠습니까? 지키는 것이 당연합니다."

"제발요, 제발. 제가 대비께 간청을 드리겠습니다. 그러니 마음을 돌려 주십시오."

"울지 마십시오. 고운 얼굴이 망가집니다. 제가 사랑하는 얼굴은 이런 얼굴이 아닙니다."

청설은 울먹이는 그녀를 조심히 품에 안았다.

그녀를 만났던 그 어렸던 어느 날! 단 한 번의 눈인사로 사내는 그녀에게 빠져들었다. 그러나 사내는 세상에 없는 빛을 품은 존재였고, 그녀는 왕의 여인이 될 운명이었다. 귀하게 자란 여인이 국모가 되기 위해 그의 곁을 떠난다고 했을 때도 운명을 읽을 줄 알던 사내는 기꺼이 사랑하는 여인을 왕에게 보냈다. 그녀가 일국의 국모가 될 것을 알았듯이, 그들이 다시 만날 운명인 것도 알고 있었기 때문이었다.

점괘대로, 다른 사내의 여인이 된 그녀를 다시 찾던 날, 그들은 사흘의 밤과 낮을 오롯이 함께 보내고 소중한 존재를 얻었다.

비록 몸을 섞지 않고 잉태한 아이지만 아이는 분명 청설의 씨로 인해 세상에 생긴 존재였다. 하여 지금 청설이 내린 이 결정은 아이를 지키기 위한 아비로서의 당연한 선택이었다.

욕심에 눈이 먼 대비에게서 사랑하는 여인과 아이를 지키기 위한 선택! 대비의 제안은 그가 스스로를 놓는 대신 아이를 궐 안에서 키워 주겠다는 약속이었다.

그렇게 해서라도 단주 청설을 죽임으로 신단이 가진 힘의 싹을 자르면 아들의 왕권을 흔들 자가 없다고 생각했겠지. 하지만 그녀도 모르는 것이 있었다.

태어날 아이가 가진 힘은 아비인 자신보다 더 크다는 것을 말이다. 신단은 사라지지 않는다. 다만 다시 밝을 뿐. 단 하나만 욕심을 부리라 하면 멀리서라도 아이가 곱게 자라는 모습을 지켜보고 싶었다. 그러나 허락되지 않을 모양이었다.

청설은 중전에게서 몸을 물렸다.

"딸아이의 이름은 은조라 지어 두었습니다. 마음에 드십니까? 이 땅에서 가장 향기로운 아침이 될 것입니다. 우리 아이는!"

"딸…인가요? 이 아이가?"

"예. 마마를 닮아 붓꽃처럼 어여쁜 아이입니다."

"아흐흑!"

참았던 눈물을 다시 터뜨리는 중전을 청설은 더 안아 주지 않았다. 사랑했으나 운명의 끈이 닿지 않았으매 소유할 수 없는 여인이었다. 이렇게 죽어야 할 운명이라서 지난날 마음씨 고운 한 여인을 오래 울게도 만들었던 죄인이었다.

어둡고 좁은 옥사 안에서 청설은 한 나라의 달인 중전에게 예를 다해 고개를 숙였다. 그녀만을 위했던 사내이자, 한 아이의 아비로서 지금 해야 할 일을 미룰 수 없는 그였다.

"훗날, 위험한 일이 생기거든, 아이를 그림자 산으로 보내십시오. 뒤를 준비해 두었습니다."

"청설 님!"

"그 아이라면 날뛰는 어둠을 다스릴 수 있을 겁니다. 제가 하지 못한 많은 것을 해낼 아이입니다. 기억하세요. 가장 깊은 어둠이 지나야, 해가 뜬답니다."

"마음을 돌리실 순 없는 건가요?"

"제가 아비라는 사실이 변하지 않는 한, 다른 선택은 없음을 그대도 알고 있습니다. 울지 마십시오. 저는 아무렇지 않으니."

그로부터 이틀 후! 달빛조차 넉넉하지 못한 서러운 밤. 마치 그가 떠날 것을 준비하고 있었던 것처럼 땅 위에 어둠을 뿌리던 그날, 청설은 대비가 준비한 칼날을 향해 스스로 발을 내밀었다.

그리고 같은 시간, 준비된 산실에선 아기 울음소리가 요란하게 퍼져 나왔다.

을축년(乙丑年), 사월의 셋째 날 묘시! 새 아침이 태어나고, 딸을 위해 아비가 목숨을 버린 날이었다. 이튿날의 파란 하늘엔 더 이상 달이 없었다. 모든 것이 그대로인데 마치 그 부분만 누군가 도려내 버린 것처럼 선명한 그 자리엔 청명한 밝음만 남아 있을 뿐이었다.

날은 빠르게 밝고, 햇빛 아래 드러난 조영산은 다시 그림자 속으로 사라졌다. 하지만 산이 사라진다고 해서 그 안에 사는 모든 것이 다 사라지는 것은 아니었다.

새들이 짝을 찾아 노래하고, 아침 일찍 연못을 찾았던 고라니가 목을 축이고 총총 사라지던 시각, 은조도 잠에서 깨어났다. 이제 더 이상을 감출 필요가 없는 이름 그대로의 은조였다.

길게 기지개를 펴고 밖으로 나와 마치 처음 해를 본 사람처럼 헤 벌어진 입술을 감추지 않던 그녀의 뒤에는 작지만 정갈한 목옥(木屋)이 함께 햇살을 받고 있었다.

'일단 여기서 지내. 너를 어찌할지 내가 생각할 동안만이야.'

'그다음엔요?'

'나도 몰라. 네가 그 녀석의 딸이란 건 알겠어. 그러니까 기다려!'

그날 밤 실성한 것처럼 한참이나 고함을 지르던 치월이 착잡한 얼굴로 내준 집이었다.

아주 오래전에 누가 살았었는데 집주인이 누구였는지는 기억나지 않는다 했다. 하지만 내내 비워져 있었다는 집은 굳이 청소를 하지 않아도 될 만큼 깨끗했다.

벌써 사흘! 그녀를 이곳에 데려다 놓고 그는 코빼기도 보이지 않았다. 그래서 아직 물어보지도 못했다. 신단에 대한 것도, 아버지에 대한 것도. 박 상궁은 어둑시니를 찾으면 신단의 장로들이 올 것이라 했다. 그럼, 이제 기다리면 되는 건가? 아니면 어둑시니의 마음을 얻어야 하나?

머리가 멍했다. 손에 든 물을 쏟은 어린아이처럼 이제 무엇을 해야 하는 건지 결정할 수가 없었다. 갑작스레 바뀌어 버린 주변 환경이 익숙하지 않았다. 집이 어수선했으면 청소라도 하며 잡생각을 잊었을 텐데, 손댈 곳 없이 말끔하여 따로 할 일도 없었다. 하여 은조는 그저 마당에 내다보이는 마루 한쪽에 앉아 낯설게 주변을 두리번거릴 뿐이었다.

"배고파!"

며칠을 꼬박 거기 앉아 있은 다음에야 알았다. 배가 너무 고프다는 걸.

첫째 날엔 모든 것이 낯설고 가슴이 뛰어 아무것도 입에 넣지 못했다. 뭔가를 먹어야 한다는 의지도 없었다. 둘째 날 눈을 떴을 땐 쏟아지는 햇살 때문에 급기야 피잉, 눈앞이 돌았다. 그제야 며칠이나 아무것도 먹지 않았다는 것이 떠올라 멀지 않은 곳에서 발견한 산딸기를 따서 허기를 채웠다. 그런데 오늘은 대책이 없었다. 식욕이라도 있으니 다행인가?

'벌써 사흘인데, 혹시 오늘쯤엔 보러 와 줄지 몰라.'

그를 만나야, 마음을 구걸하든 신단에 대해 물어보든 할 테니 넋 놓고 있을 수는 없다.

산딸기를 먹은 지 하루 만에 생긴 의욕이었다. 며칠을 주린 배에서 요란한 소리가 났다. 힘이 빠져 작은 소쿠리 하나를 챙겨 드는 것이 고작이었다. 그래도 은조는 야금야금 숲으로 걸어 들어갔다. 산나물이나, 아니면 어제처럼 먹을 수 있는 열매라도 발견하길 바랐다.

그런 그녀의 모습을 멀지 않은 곳에서 치월도 지켜보고 있었다. 사실 그녀를 이곳에 데려다 놓은 이후 한시도 눈을 뗀 적이 없었다. 어제 그녀를 산딸기가 있는 곳으로 유도한 것도 실은 그였다.

딸기가 있는 쪽엔 나무를 걷어 내 햇살을 드리워 길을 열고 위험한 쪽엔 가시덤불을 움직여 놓아 돌아서게 하고. 먹을 것을 발견하고 신이 나서 열심히 따던 은조를 보면서 설핏 웃기도 했었다. 자유로이 드나드는 동물들을 제외하면 언제나 혼자였던 산속에, 그녀가 사부작사부작 내고 있는 작은 소음은 생각보다 기분 나쁘지 않았다.

언젠가 오래전, 다리를 다친 토끼 한 마리를 가두어 놓고 돌봐 주었던 적이 있었다. 처음엔 잔뜩 경계심만 보이던 녀석이 제법 풀을 받아먹고 마음을 열기에 아주 조금 들떴었다. 청설 그놈이 아니어도 이렇게 다른 녀석과 잘 지낼 수 있다고!

그런데 어느 날, 열린 문틈으로 토끼가 달아나 버렸다. 녀석을 위해 신선한 풀을 잔뜩 가져왔는데 말이다. 그때 밀려왔던 상실감을 떠올리며 치월은 지금 자신의 울타리 안에 들어와 있는 은조의 존재가 자꾸만 복잡해졌다.

"이미 죽어 버린 그놈과의 약속 따위 지키지 않아도 그만인데. 너를 어쩔까? 너는 토끼와 다를까?"

키가 큰 나무 위에 걸터앉아 조금씩 더 깊이 들어가는 그녀를 바라보던 그는 언제나처럼 가볍게 그 위에서 뛰어내려서는 반대쪽으로 사라졌다.

은조가 다시 돌아왔을 땐 해가 다시 서쪽으로 조금씩 기울기 시작한 후였다. 들고 갔던 소쿠리엔 버섯이며 산나물이 가득 담겨 있었다. 수확물에 만족하며 의기양양 걸어 들어오던 것도 잠시! 마당 한가운데 놓인 커다란 무언가에 놀란 그녀는 흠칫 발을 멈췄다.

"훗!"

놀란 마음을 추스르며 조심조심 다가가 확인한 그것은 죽은 멧돼지였다. 녀석이 제 발로 걸어와 굳이 남의 집 앞마당에서 죽었을 리는 없고. 그렇다면 누가 가져다 놓았는지 확인할 필요도 없을 터.

'그 사람이다!'

은조는 재빨리 몸을 돌려 여기저기를 돌아보았다. 혹시 아직 근처에 있다면 묻고 싶은 것이 많았다. 아니, 그보다 만나고 싶었다. 하지만 다녀간 지 오래되었는지 근방에 그의 흔적은 전혀 없었다.

"…가 버렸어."

실망감에 어깨가 늘어졌다. 다시 터덜터덜 툇마루로 걸어가 들고 있던 소쿠리를 툭 내려놓았다. 반동에 튀어나와 아무렇게나 굴러떨어진 그것들은, 보이는 대로 다 담아 온 바람에 은조가 혼자 먹기엔 너무 많았다. 누군가와 함께라면 좋았을 양이었다.

조금 전까지 몹시 돌던 시장기가, 지나가는 바람처럼 사라져 버렸다.

소쿠리를 한쪽에 밀어 놓고 그대로 툇마루에 누워 은조는 한쪽 팔로 머리를 받쳤다. 조금씩 시들어 가는 노을은 산속에서 보니 더없이 가까웠다. 탄성이 절로 나올 만큼 아름다웠지만 외로웠다.

"하아, 저걸 어쩌라고."

마당 한가운데를 덩그러니 차지한 멧돼지가 눈에 거슬렸다. 그래도 은조는 고집스럽게 눈을 감았다. 가져왔으면 좀 기다리지. 그냥 두고 가 버릴 건 뭐람.

멀지 않은 곳에서 그런 그녀를 바라보고 있던 치월도 나무에 기대 눈을 감아 버렸다. 그대로 조용히 두 사람은 미동이 없었다. 머리 위에 있던 해가 서편으로 더더욱 기울어지도록 같은 자리에서!

퍽, 퍽!

치월이 다시 눈을 뜬 것은 마당에서 들리는 기묘한 소리 때문이었다.

퍽, 퍽! 금방이라도 해가 질 듯 빽빽하게 붉어진 하늘을 등지고 마당 한쪽에 쪼그리고 앉은 그녀에게서 들리는 소리였다.

"하, 저 바보가!"

그녀가 무엇을 하고 있는지 금방 알아 버린 치월은 나무에서 벌떡 일어났다. 볼수록 어이가 없어서 한숨이 푹푹 났다.

며칠째 계속 보고 있었지만 그 며칠 동안 그녀가 먹은 것이라고는 약간의 산딸기와 물뿐이었다. 툭 건드리면 파삭하고 부서질 것 같은 마른 몸뚱이로 여기저기 쏘다니는 것이 안되어서 큰마음 먹고 멧돼지 한 마리를 잡아다 줬더니.

"멍청이! 먹으라고 가져다준 걸 묻으면 어떡해!"

고집스럽게 파 내려간 구덩이는 이제 겨우 그녀의 발목까지 올까 말까 한 깊이였다. 그대로 두었다간 해가 지고 날이 새도록 괭이질만 할지 몰랐다. 고작 산딸기 몇 개를 먹고 말이다.

"귀찮아, 귀찮아!"

치월은 투덜거리며 안절부절 다리를 떨었다. 내려가서 그만두라고 소리를 질러야 할지, 아니면 굶어 죽든 말든 그냥 두어야 할지. 아니, 그 전에 고됨을 견디지 못한 그녀가 죽을 것 같았다. 고민에 싸인 그의 이마에 굵은 주름 두어 개가 깊이 패어 있었다.

❖

"엿새하고 반나절입니다."
"벌써 그리되었나? 그럼 만났겠군. 어둑시니와."
"그냥 두어도 되겠습니까? 변덕이 심한 어둑시니입니다. 만에 하나 그분에게 무슨 해라도 생긴 건 아닐까요?"

곰보는 어느새 은조를 그분이라 칭하고 있었다. 정철에게 쫓기던 은조가 조영산 안으로 달려 들어갔을 때 그도 근처에 있었다. 이형서의 명으로 은조를 내내 지켜보던 중에 갑자기 생긴 일이었다.

하여 그림자가 출렁거리며 은조의 작은 몸을 휘감는 것도 똑똑히 보았다. 물론 정철의 부하들도 산으로 들어갔지만 달랐다. 그림자는 분명 기꺼이 은조를 받아 안았다. 그녀가 다치지 않도록 아기 다루듯 조심스러웠다.

"그 아이의 마당은 어떤가? 생명이 다했다면 그 힘으로 웃자란 것들도 스러졌을 터."
"그대로입니다."

곰보의 말에 이형서는 그럴 줄 알았다는 듯 기쁘게 무릎을 쳤다. 공주는 산속에 살아 있을 것이다. 분명 어둑시니도 만났겠지.

"그렇다면 그 아이는 엿새가 넘는 시간 동안 조영산 안에 머물고 있다는 게로군. 이보다 더 확실한 증좌는 없지."

어둑시니가 허락하지 않는 한 조영산에 머물 수 있는 사람은 없었다. 달 없는 밤이면 가끔 길 잃은 혼백이나 얼빠진 인간들이 산에 발을 들이기도 하지만, 어둑시니가 잠에서 깨면 모두 살아남지 못했다.

그 증거로 공주를 따라 산에 들어갔던 정철의 수하들은 이튿날 근처에서 시신으로 발견 되었다. 산이 그들의 시신마저 머무는 것을 허락하지 않은 것이다.

단 한 번, 단주를 따라 이형서도 산에 들어간 적이 있었다. 달이 없던 밤이었다. 칠흑처럼 어두운 그림자 속에서 모습을 드러낸 어둑시니도 본 적이 있다. 커다란 체구와 빛나는 검은 눈. 경계하며 으르렁거리는 소리는 사람의 형상을 한 짐승이었다.

그저 아주 잠깐 눈이 마주쳤을 뿐이었다. 그래도 살이 떨리도록 강하고 또 강해서 그날 이후 사흘이나 이형서는 같은 꿈에 시달려야 했다. 새까만 눈동자로 그를 응시하는 어둑시니의 꿈이었다.

"곰보야, 네가 한양에 다녀와야겠다."

"서신을 전하십니까?"

"오냐. 날이 밝기 전에 가거라. 가서 공주께서 살아 계심을 전하거라."

"예, 알겠습니다."

언제나처럼 침착한 곰보가 숙인 머리를 이형서는 한참이나 내려다보았다. 서신은 대비에게 가는 것이었다. 그간 그녀가 해 온 짓을 조금이라도 안다면, 이 심부름의 끝에 죽음이 도사리고 있다는 것도, 곰보는 이미 알 것이다.

그럼에도 그의 대답엔 조금의 머뭇거림도 없었다. 그게 고맙고 미안해서 시선을 돌릴 수가 없었다.

"미안하구나."

"그런 말씀 마십시오, 소인이 할 일이었습니다."

"그래. 머뭇거리지 말자꾸나."

오래 기다려 왔지만 이제 더 숙일 필요는 없다. 지금 대비에게 가장 필요한 것은 공주였다. 동시에 가장 겁을 내는 존재 역시 공주다. 아직 각성조차 안 한 아이가 이미 주변 것들에 영향을 주고 있었다. 자신도 모르게 새 나온 힘을 흘리고 있는 것이겠지.

신단의 힘은 태어난 지 스무 해면 각성하는 것이 보통이었다. 계산대로라면 공주는 이제 갓 스물이 되었다. 그날 온전히 각성한 새 단주를 맞은 신단은 부활할 것이다. 전과는 비교도 할 수 없는 신단의 커다란 힘 앞에서 대비는 버티지 못할 것이었다.

"어둑시니를 만나야겠다."

"그놈이 어르신을 만나 주겠습니까? 이전에도 몇 번이나 시도했지만 살아 돌아온 자가 없습니다."

"이번엔 다를 것이다. 공주가 그 안에 있다면 짐승의 습성을 가졌으니 지키려 할 것이고, 지키려면 날 만나야지."

반항할 수 없을 것이다. 일말이라도 공주에게 마음을 주었다면 더더욱, 맹목적으로 지키려 할 테니까.

十三 步. 너를 보았다

 일단은 지켜보자고 생각했다. 어쨌든 저 아인 청설의 딸이고, 이미 산에 들여 놓았으니 적어도 며칠은 그냥 두고 보는 것도 나쁘지 않을 것 같다고. 그게 어영부영 벌써 열흘이 되어 가고 있었다.

 멧돼지를 가져다주었더니 굳이 땅에 묻고 있기에, 고기를 싫어하나 싶어 그다음엔 약간의 곡식과 과일을 구해다 주었다. 냉큼 주워 들더니 지난번처럼 주변을 두리번거리며 흔적을 찾기에 더 꼭꼭 숨었다.

 어쨌거나 다행히도 새로 가져다준 건 입맛에 맞는 모양이었다. 야금야금 먹긴 하는데, 왜 자꾸 남이 먹는 모습을 그렇게 넋 빠지게 보고 있는지 영문을 알 수 없었다.

"쓰읍!"

치월은 저도 모르게 소맷자락으로 침을 닦았다. 처음이었다. 고기도 아닌 저딴 것이 먹고 싶어진 것은.

늘 바깥이 훤히 보이는 마루에 앉아 조그만 입술을 조심스럽게 벌려서 그녀는 음식을 먹었다. 한 번 먹고 밖을 쳐다보고 또 한 번 먹고 또 바라보고. 그녀가 그렇게 목을 빼며 기다리고 있는 것이 누구인지 알면서도 나서지지가 않았다. 또 토끼같이 되어 버릴까 봐.

밤이 되는 것도, 또 날이 밝은 것도 모른 채 치월은 그녀만 지켜보았다.

그런데 지금! 그녀는 또 그의 이마에 실핏줄을 도드라지게 하고 있었다. 잘 먹여 놨더니 쓸데없는 데다가 힘을 쓴다.

"왜 또 땅을 파는 건데, 대체!"

어제부터였다. 그녀가 또 마당 한쪽에서 괭이와 호미를 휘두르기 시작한 것이.

또 뭘 묻으려고?

지난번 멧돼지를 묻을 그 구덩이는 한밤중에 치월이 대신 깊이 파 두었었다. 결국 해결하지 못하고 지쳐 잠들어 버린 그녀가 눈을 뜨면 또 호미질을 할 것 같아서였다.

괭이질이든 호미질이든 그냥 두면 되는데 왜 자꾸 간섭을 하게 되는 것인지 모르겠다. 땅을 파면서도 내내 한숨이 났었다. 그날 구덩이를 발견한 은조가 종일 포기를 안 하고 그를 부르며 산을 헤집어서 숨어 다니느라 얼마나 고생을 했는가.

어쨌든 그 이후엔 짐승을 구해다 준 적이 없는데?

"하아!"

늘 앉아 있던 나무 위에 길게 올라앉은 그의 입술에선 오늘도 어김없이 한숨이 샜다. 누가 청설 그놈의 딸이 아니랄까 봐, 발발거리고 돌아다니며 한시도 가만히 있지 않는 것이 아주 똑같았다.

그놈도 그랬었다. 동에 번쩍 서에 번쩍, 여기저기 산을 누비고 다니며 그 뒤를 따르는 치월을 곤란하게 만들고는 허허 웃고 때우기가 일쑤였다.

치월이 한숨을 쉬는 중에도 은조는 쉼 없이 돌을 고르고 넓은 땅을 부드럽게 다졌다. 가만히 보면 전처럼 구덩이를 파는 것은 아니었다. 제법 넓은 터를 골고루 다지는데 도통 뭐 하는 짓인지. 힘겹게 터지는 숨소리와 햇살에 구르는 땀방울에 목깃이 속속 젖어 가는 것도 아랑곳없이 그녀는 거의 종일, 햇살 아래 쪼그리고 있었다.

한 줌도 안 되는 몸뚱이가 또 치월의 눈길을 불렀다.

"에잇!"

차라리 획 몸을 돌렸다. 안 보는 것이 속 편할 것 같아서. 그런데 그때였다. 호미를 내려놓은 그녀가 긴 한숨 끝에 흘린 작은 소망이 그의 발을 잡았다.

"후우, 덥다. 목욕이라도 하면 좋을 텐데. 옷도 갈아입고 싶은데……."

땀과 흙먼지로 더러워진 옷을 내려다보고 있는 그녀의 검은 얼굴엔 절박함이 가득했다. 정철이 찢어 놓은 옷은 가지고 있던 바늘과 실로 대충 엮어서 입고는 있지만 여벌이 없었다. 처음 치월이 벗어 준 저고리로 어찌 돌려 입고 있다 해도 여인의 몸으로 여간 불편한 것이 아니었다.

집 근처에 얕은 개울이 흐르고 있어서 간단한 소세와 빨래는 해결할 수 있었다. 그렇지만 그나마도 마음 놓고 씻기엔 적합하지 않았다. 사방이 너무 트였기 때문이었다.

'끄응!'

그런 그녀를 보고 있던 치월은 신음을 참으며 얼굴을 감싸 쥐었다. 못 들은 척 돌아서고 싶은데 의지를 배반하는 귀가 자꾸만 그녀의 목소리를 향해 곤두섰다.

그냥 내버려 두자! 이번까지만 도와주고 정말 그냥 두자고 몇 번이나 다짐을 했는지 모른다. 산에서 내보내든지, 아니면 늙어서 죽을 때까지 여기 두든지, 그렇게라도 약속을 지키는 것이 옳은지, 아니면 외면할지! 그 방법을 결정할 때까지만이라고 생각했었다.

그런데 정신을 차리고 보면 그녀를 지켜보고 있고, 당연히 잠을 자고 있을 낮 시간에도 늘 그는 이곳에 있었다.

지금도 고작 씻고 싶다는 사소하고, 사소하고, 사소한 바람에 발이 묶였다.

"…할 수 없지!"

한숨처럼 체념을 중얼거린 치월은 즉시 근방에서 팔락거리던 나비 한 마리를 손끝으로 불러들였다. 산 주인의 부름에 야살거리며 날아온 나비는 그의 손가락 끝에서 날개를 접었다. 치월은 그 나비에게 작은 명을 전달하고 다시 공중으로 띄웠다.

"가거라!"

나비는 팔랑팔랑 날아 마당에서 숨을 고르고 있는 은조에게 향했다.

"와! 예쁘다."

주위를 두어 번 돌며 시선을 끄는 나비의 날갯짓에 홀린 은조가 물끄러미 자리에서 일어났다. 그러고는 곧 나비가 이끄는 대로 발맘발맘 그 뒤를 따랐다. 그런 은조의 뒤를 치월도 천천히 따라갔다. 이젠 거의 습관이었다. 그런데 기분이 썩 나쁘지는 않았다.

"으아아아악!"

방 안에서 들리는 비명에 귀를 막은 상궁과 나인들이 종종걸음으로 뛰어다녔다. 화려한 전각의 주인은 하늘 아래 태양, 임금이었다.

"아악! 나 좀, 나 좀 어떻게 해 보거라! 여봐라! 밖에 아무도 없느냐? 으아아아악!"

어의가 들어 벌써부터 문밖에 서 있었지만 차마 안으로 발을 들일 생각도 못 하고 주춤거렸다.

육욕을 풀지 못한 임금의 광기는 날이 갈수록 심해지기만 했다. 처음엔 밤마다 발작을 하다가, 근래엔 낮이고 밤이고 광인이 되어 궐을 돌아다녔다. 보다 못한 대비가 명을 내려 지금의 전각에 그를 가두어 버릴 정도였다.

"아직 그 아이 소식은 없는가?"

아들의 발악을 지켜보던 대비가 물었다. 아들을 가둔 죄책감과 해결 방법을 찾지 못한 노기로, 평소 같으면 절대 발걸음하지 않았을 이곳에 그녀가 나타난 것은 꽤 이례적인 일이었다. 오늘로 벌써 서른 명이나, 대비는 곱고 앳된 아이들을 구해 아들의 전각으로 넣어 주었다. 하지만 그들 중 누구도 임금을 버티는 아이가 없었다. 더러 은조를 닮은 아이들이 하루 정도 더디게 쫓겨났을 뿐, 결과는 늘 같았다.

"송구하오나 아직입니다. 하나 그들에게 맡겼으니 곧 소식이 올 것입니다."

"그게, 그게 대체 언제란 말이냐. 저러다가 내 아들이 정말 실성이라도 하면? 그땐 어쩔 작정이야?"

대비의 역정엔 어폐가 있었다. 우습지만 임금이 실성한 것은 이미 오래였으니. 대비도 그것을 알고 있었다. 다만 그 아이, 은조를 데려왔을 때 생길 가능성 때문에 조바심도, 화도 내는 것이다.

지금의 임금을 그 자리에 올려놓기 위해 대비가 뿌린 피는 대동강을 붉게 채우고도 남았다. 그것이 대비의 미련이었다. 티끌에서 시작하여 태산을 이룬 욕심의 다른 말이었다.

김 상궁에게는 다행한 일이었다. 대비가 이성을 잃을수록 복수로 가는 길이 가까워지니까.

아침나절 대비에게 은밀한 서신 하나가 전해졌다. 겉에 아무것도 적혀 있지 않았지만 내용을 본 대비의 얼굴은 평온하지 못했다.

하얗게 질려 부들부들 떨면서도 차마 서신을 찢지 못하던 그녀는 김 상궁이 그 모든 것을 보고 있다는 사실도 인지하지 못했었다.

대비에게 그런 조급함을 안겨 줄 인물이라면 뻔했다. 신단이겠지. 그리고 그토록 숨죽이던 신단이 움직이기 시작했다는 건, 그들에게도 뭔가 기댈 구석이 생겼다는 뜻이다.

'공주 은조.'

김 상궁은 그 구석이 은조라고 생각했다. 푹푹 발이 빠지는 모래를 밟고 섰던 놈들이 작은 지지대 하나를 얻은 꼴이다. 그래 봐야 그 지지대 아래도 모래일 것인데.

"갑이 그놈에게 연통이 오면 곧장 고하거라."

"여부가 있겠습니까, 마마. 심려 놓으소서."

"그리고!"

"예, 마마."

고개를 숙이는 김 상궁의 귀에 바짝 다가선 대비는 또 다른 배신을 명하고 있었다.

"그리고 일이 끝나면 그놈 갑이를 없애거라. 두 번이나 써 먹었으면 오래 사용하였지."

대비의 그 마지막 말은 지나는 바람이라도 들을까 작고 작았다. 김 상궁은 동요 없이 머리를 숙였다. 갑을 없앤 다음 대비의 칼날이 어디로 향할지도 알고 있었다. 주인에게 충성스럽던 개도 한번 날고기 맛을 보면 이후 내내 다시 날고기를 먹을 기회만 엿보게 된다. 대비도 같았다. 피를 뿌려 아들에게 길을 내준 그녀에겐, 그 자리를 지켜 줄 힘도 결국 피로 해결하려는 것이다.

주상을 보위에 올린 다음 주변을 다 정리한 것처럼. 신단의 단주를 죽이고 남은 이들을 쫓아가 주살한 것처럼, 그녀는 마음에 걸리는 것을 남겨 두지 않았다.

하지만 상관없었다. 복수만 완성된다면 기꺼이 그 칼날에 가슴을 박아 줄 용의가 김 상궁에겐 있었다.

"예, 마마. 명하신 대로 하겠습니다."

김 상궁이 물러나 총총 사라진 후 대비는 창밖으로 보이는 전각에서 몸을 돌렸다.

"으아아아악!"

여전히 들려오는 비명 소리는 이제 처절하기까지 했다. 하나뿐인 아들을 그리 죽일 수는 없었다. 시간이 얼마 없다.

아침나절, 보낸 이의 이름도 없이 도착한 서신엔 자신감이 넘쳐흐르고 있었다.

언제 어디서든, 지켜보고 있다는 것을 명심하십시오. 안차지 못한 하늘은 더 이상 하늘일 필요가 없으니.

놈들도 알아 버린 것이다. 공주가 살아 있다는 것. 이제 이 이야기의 끝은 어느 쪽이 더 먼저 공주를 차지하는가에 달렸다. 신단이라면 왕실의 대는 끝이다.

"그럴 수는 없지."

대비는 입술을 고쳐 물었다. 통제할 수 없는 분노의 뒤로 모든 것을 망칠지도 모른다는 두려움이 솟았다. 솎아 내고 또 솎아 내도 어디선가 자라서 존재를 알려 오는 신단이란 이름이 내내 발끝에 들러붙어 떨어지지 않는다.

쭈뼛, 뒷목의 터럭들이 곤두섰다. 지금도 어디선가 보고 있는 것은 아닐까? 휘익, 몸을 돌려 아무도 없는 빈 공간을 바라보았다. 물어뜯던 입술에서 비릿한 혈향이 났다. 익숙하던 남의 것이 아니라, 그녀 자신의 피가 내는 향기는 낯설고 무서웠다.

무려 쨍쨍한 한낮의 햇살을 무릅쓰고 마을의 저자에 다녀온 치월의 양손에는 크기가 작지 않은 꾸러미가 들려 있었다.

"대체 하다하다 이게 뭐 하는 짓인지."

그가 들고 온 것은 여인들에게 필요한 이것저것이었다. 더러운 옷을 내려다보던 은조의 한숨에 달려 나가서는, 여벌의 옷 몇 벌과 빗, 댕기와 속곳까지, 한마디로 눈에 보이는 것들은 다 쓸어 담아 온 것이나 다름없었다.

그 바람에 그 귀찮은 김 서방 놈을 다시 찾아가야만 했다. 여인들에게 필요한 것이 무엇인지 전혀 모르는 그를 도와줄 사람이 필요했기 때문이었다.

'아이고 은인님!'

대낮에 나타난 치월의 앞에 넙죽 엎드렸던 소금 장수는 사정을 듣자 선뜻 제 부인을 떠밀어 주었다. 그래서 말 많은 그 부인이 손으로 가리키는 것은 무엇이든 모두 담아 온 참이었다.

"그것들은 정말 내가 안 무섭나? 하여간 특이한 김 서방들이야."

장거리를 돌아다니는 동안 한시도 입을 쉬지 않던 소금 장수의 부인을 생각하며 치월은 처음으로 사내로서의 김 서방이 가여워졌다. 어쨌든 덕분에 필요한 건 다 구한 것 같지만 말이다.

은조는 온천에 밀어 넣어 두었다. 나비를 쫓아가게 했더니 발아래는 살피지도 않고 무작정 걸어가기에 또 얼마나 진땀을 흘렸는지 모른다.

대체 조심성이라고는 없는 녀석이다. 아래도 살피지 않으니 그렇게 엎어지지!

괜히 생채기라도 나서 피를 흘리면 그 냄새를 맡고 산이 동요할까 봐, 그걸 또 일일이 다 잡아 주었다.

나비에 홀려 있는 상태라 그가 곁에 있다는 사실은 깨닫지 못하는 것은 다행이나, 그래도 조심하느라 숨소리까지 죽이며 뒤를 따르는 건 좀……. 하여간 계집이란 손도 많이 가고 귀찮기 짝이 없었다.

청설도 그랬었다.

여인이란 한시도 눈을 뗄 수가 없는 존재라고. 멀찍이 떨어지면 가슴이 아프고 가까이 다가서자니 인내심에 한계가 온다고 말이다. 그래서 그놈은 가슴에 품었던 여인의 청을 거절 못 하고 그렇게 죽었다.

은조가 딱 그랬다. 일단 안전한 곳에 두었으니 그냥 두어 보자 아무리 생각을 해도, 두고 보기 답답하고 손을 대자니 끝이 없었다.

"그냥 확, 어디 먼 데로 보내 버릴까?"

그렇게 중얼거리면서도 치월은 손에 든 보퉁이에 힘을 주고는 쉬지 않고 발을 놀렸다. 저자에 다녀오느라 은조를 혼자 둔 시간이 길어지는 것이 초조했다. 그사이 무슨 사고를 쳤거나, 아님 엎어져 다치기라도 했으면 낭패다.

온천이 가까워질수록 걸음은 빨라졌다.

그러나 정작 바로 앞에 도착한 다음엔 혹여 들킬까, 커다란 덩치를 숨기기에 급급한 그였다.

"휴우!"

다행히도 아직 물속에 있는 그녀를 보니 안도의 한숨이 나왔다. 은조가 벗어 놓은 옷가지 옆에 들고 온 보퉁이를 가만히 내려놓고 치월은 다시 그늘 속으로 몸을 숨겼다. 그러고는 아직도 근방에서 팔랑거리고 있는 나비를 불러들여 명을 거두어 날려 보내고 숨을 죽였다.

'저러다 또 픽! 하는 거 아니야?'

나비를 보내면 정신을 차리고 일어날 줄 알았는데, 오랜만의 따뜻한 목욕이 꽤나 마음에 드는지 그녀는 오히려 기뻐하며 밖으로 나올 생각이 없어 보였다.

이쪽에 등을 돌리고 앉아 있는 어깨가 동그랗게 물 밖으로 드러나 있었다. 훤한 어깨에 손으로 물을 퍼 올릴 때마다 함께 드러나는 가느다란 팔은 뜨거운 수면에 일어난 뽀얀 훈김처럼 흰빛이었다.

'얼굴은 시커먼 게……. 딴엔 계집이라고!'

드러난 살결에 공연히 가슴이 뛰었다. 꺼먼 얼굴 아래 저런 살빛이라니!

여인을 품어 보지 않은 것은 아니었다. 그도 수컷이기에 때때로 참을 수 없는 혈기가 치솟았고 그 뜨거움은 인간의 여인을 품어 해갈하곤 했으니까.

그녀들은 은조의 마른 몸에 비하면 대체로 풍만하고 넉넉한 몸뚱어리를 지니고 있어서 상당히 만족스러웠다. 그런데도 고작 어린애 같은 은조의 팔뚝 하나에 가슴 언저리가 수선스러웠다. 쿵, 쿵! 한참 전부터 요상한 소리가 난다.

치월은 얼른 그녀에게서 시선을 돌리고 앉아 마른 숨을 뱉어 내었다.

"훅, 후욱!"

너무 쉬지 않고 뛰어와서 아직 숨이 찬가? 그간 너무 오래 참았나? 변명거리를 찾아보았지만 이제껏 단 한 번도 산을 오르며 숨이 가빴던 적은 없었던 그였다.

촤르르르, 등 뒤에선 연신 은조가 흘리는 물소리가 났다. 동시에 즐거워하는 웃음소리도 들려왔다.

저도 모르게 또 시선이 돌아갔다. 꼼꼼하게 땋아 내린 새앙머리를 풀어 참방참방 물에 적시고 있는 그녀의 얼굴이 보일 듯 말 듯 했다. 아는 얼굴인데 새삼스럽게 궁금했다.

'조, 조금만 더.'

꿀꺽 목울대를 움직여 마른침을 넘기던 그때였다. 푸드득! 근처에서 날아오른 새의 날갯짓에 놀란 은조가 퍼뜩 얼굴을 돌려 이쪽을 바라보았다.

"엇?"

그 순간, 치월은 눈을 크게 뜨고 달라진 은조를 바라보았다. 백옥같이 흰 피부, 거기에 얹힌 붉고 수려한 입술? 알고 있던 얼굴과 전혀 다른 여인은 그러나 분명 은조의 몸뚱어리를 하고 있었다. 아니, 애당초 은조가 아닌 아이가 여기 있을 리가 없다.

'저게 그 아이라고?'

너무 다른 모습이 놀랍기도 했지만 그보다 닮았다. 제 아비 청설과.

치월은 이마를 싸잡고 주르륵 주저앉아 잘근잘근 입술을 씹었다. 잊을 만하면 한 번씩 가슴을 쑤석대는 청설의 흔적은 적절한 때를 몰랐다. 비로소 드러난 그녀의 얼굴은 내내 한편 부정하고 있었던 답이 진실이 되어 나타난 것과 같았다. 저렇게 닮았는데 어떻게 부정할까.

이제야 그녀의 아름다운 눈동자가 제자리를 찾은 듯 맞아 들어갔다. 이제야 어째서 그녀의 눈빛이 그렇게 신경이 쓰였는지 알 것 같았다.

까만 얼굴로도 감추지 못했던 그 눈. 처음부터 신경이 쓰였던 그 도전적인 눈! 그녀는 분명 청설의 딸이었다.

"거기 누구 있어요?"

은조가 부르는 소리에 치월은 입술을 꾸욱 다물고 더 깊은 그림자 속으로 몸을 숨겼다. 하지만 아무리 몸을 숨겨도, 온통 희게 피어난 훈김 속에서도 유독 도드라지는 그녀의 모습은 이미 뇌리에 박혀 버린 다음이었다.

그날 밤!

먹물을 뿌린 듯 새카만 하늘에 손톱처럼 가늘어진 달을 바라보고 누워 치월은 몸을 뒤척였다. 눈을 감으면 보얗게 어룽거리던 그녀가 떠오르고, 청설과의 약속 때문에 머리가 아팠다.

하지만 그 모든 순간에도 궁금해서 견딜 수가 없었다. 지금 은조는 무엇을 하고 있을까…….

다치거나 혹은 이 밤까지 땅을 파거나, 그도 아니면!

"은조……."

그녀는 잔잔한 호수에 던져진 작은 돌멩이였다. 그것도 하루에 수십 번씩 쉬지 않고 날아와 고요한 수면 위에 파동을 만드는 못된 돌멩이.

구름이 흐르면 그 흐름을 비추고, 바람이 불면 그 바람을 따라 애타게 흔들리다가, 결국 혼자 남아 고여 있는 호수에게 넘쳐서 흐르는 방법을 일깨우는 그런 존재였다.

청설을 닮은 얼굴? 아니면 먼저의 꺼먼 얼굴? 달라진 얼굴? 그 노랫소리? 수많은 이유를 만들었지만 무엇도 개운하지 않았다.

"에잇!"

결국 참지 못하고 나무에서 뛰어내린 치월은 오두막을 향했다.

'잠깐만! 아주 잠깐만 잘 자는지 그것만 보고 오자. 괜히 혼자 피를 흘리고 있으면 수습이 더 귀찮아지니까. 그래. 이건 감시와

같은 거야!'

같은 변명을 몇 번이나 되풀이해서 뇌까렸다.

처음엔 타박타박 걷다가, 그다음엔 조금 서둘렀다. 그리고 어느 순간 그는 바람을 가르며 달리고 있었다.

숨이 차도록, 심장이 거세게 박동하도록! 그리고 그녀가 잠든 오두막 앞에 도착을 하고서야 가둬 두어 날뛰던 숨을 토했다.

그는 산의 주인이고 그림자와 어둠의 주인. 누굴 달려오게 한 적은 있어도 누군가를 위해 달린 적은 없었다. 하지만 오늘만 벌써 두 번이나, 그를 달리게 만든 은조가 저 안에 있다.

"허억, 허억!"

난생처음 가슴이 뻐근하도록 숨이 가빴다. 하지만 본인에게 일어난 그런 격동조차 깨닫지 못할 만큼 흔들리는 눈으로 치월은 오두막을 노려볼 뿐이었다.

잘 먹지고 않으면서 가만히 있는 법이 없는 계집. 정작 본인이 어떤 힘을 가지고 있는지도 모르는 멍청한 계집. 그 피 때문에 혹 다칠까 봐 신경이 쓰이고, 혼자 또 뭘 하는지 궁금하고. 눈에 밟힌다. 아마 처음부터였을 것이다.

그날 하필 잡혀가는 녀석을 발견했던 것도, 남의 영역에서 노래를 하든 말든 내버려 뒀어야 하는데 그러지 못했던 것도 다! 긴 밤을 뚫고 아침이 다가오려 했던 것을.

어둠에 물든 구름이 희미한 달을 스치고 지나갔다. 오두막에게서 달빛을 앗아 가고 치월에게는 결심을 남긴 스침의 아래서 그는 그녀를 향해 내딛는 걸음을 멈추지 않았다.

치월은 은조가 잠든 방으로 저벅저벅 걸어 들어갔다. 애초에 잠겨 있지 않았던 문을 열고, 발을 들여 놓을 때도 거침이 없었다. 그러고는 스며든 달빛에 뒤척이는 은조의 곁에 허리를 숙였다.

잠깐만 보고 오겠다는 스스로의 다짐은 잊은 지 오래였다. 흐르기 시작한 물을 다시 가둘 수 없듯 그녀에게 향하는 감정이 막아지질 않았다. 늦어 버렸다.

"으응!"

그가 들어서는 기척에 잠이 깬 것일까? 아니면 낯선 곳이라 깊이 잠들지 못했을 수도 있었다. 고요히 내려앉았던 속눈썹을 움직이며 은조가 눈을 떴다.

"놀라지 마. 나야!"

혹 놀랄까 봐 얼른 존재를 밝혔지만, 그건 기우였다. 그녀는 전혀 놀라지 않았으니까.

그래. 너는 처음부터 이런 아이였다. 지금껏 단 한 번도 나를 겁낸 적이 없지.

마주치는 시선은 길을 잃지 않았다. 내려다보는 사내는 지독한 어둠을, 그리고 그를 올려다보는 여인의 얼굴은 배꽃 같은 흰빛. 너무나 성질이 다른 두 눈동자가 빤히 상대를 응시했다. 입을 다문 그를 대신해 차분히 몸을 일으킨 은조가 물었다.

"산지기님?"

"후."

역시 빤한 반응은 아니다. 헛웃음이 나서 한숨처럼 벌어진 입술을 치월은 굳이 다물지 않았다.

十四 步. 치월(緇月)

 달을 드러낸 방문이 활짝 열려 있었다. 눈앞에 웅크린 커다란 그림자가 그라는 것은 본능적으로 알아 버렸다. 스며든 어둠에 감춰진 그의 얼굴에서는 아무것도 읽을 수가 없었다. 그를 보기 위해 은조는 조금 더 몸을 일으켰다. 여전히 얼굴은 보이지 않고 대신 제법 거친 숨소리가 들렸다.

 내내 그가 나타나 주기를 기다렸다. 하루, 이틀, 사흘이 지나고 열흘과 또 며칠. 하루하루 해가 뜨고 달이 뜰 때마다, 오늘도 그를 만나지 못했다는 생각엔 외로워졌었다.

 늘 혼자였다. 어려서 쫓겨나 어미의 품을 잃었고, 그나마도 한밤중에 어머니께서 돌아가셨다는 비보를 들어야 했다. 단 하나 의지하던 유모도 그녀를 위해 목숨을 내어 놓았다. 그런 그녀를 버티게 한 것은 오직 유모가 남긴 전설 같은 이야기뿐이었다.

외롭고 또 외로웠지만, 그 외로움을 입 밖으로 꺼내 본 적은 없었다. 울지 않고 버티는 것만이 저를 위해 죽은 사람들에게 조금이라도 은혜를 갚는 것이라 여겼기 때문이었다.

그런데 이곳에 오고 난 이후엔 달랐다. 그를 기다리는 동안, 무엇이라도 하지 않으면 말라 죽을 것 같았다. 고작 서너 번 만난 이 사내, 사람인지 짐승인지 그도 아니면 도깨비인지도 모를 이 사내의 부재가 그녀를 서성이게 했고, 기다리게 했고, 벅차게도 만들었다.

그래서 지금 은조는 드디어 눈앞에 나타난 치월이 너무나도 반가웠다.

"산지기님이세요?"

가느다란 손을 뻗고 기다렸다. 가끔 툇마루에 나타났던 과일들, 그리고 온천에서 나왔을 때 거기 놓여 있던 꾸러미를 보고 확신했다. 그가 언제나 가까이에 있었으며 무엇이 필요한지 듣고 있었다는 것을. 지체 없이 문제를 해결해 주기도 했다. 그가 숨어 있는 어둠은 실은 차갑지 않을지도 모른다고 생각했다.

그래서 뻗을 수 있었던 손이었다. 하지만 떨렸다. 잡아 주지 않을까 봐.

"산…지기님!"

다시 한번 그를 부르고 기다리는 시간은 더디게 흘러갔다. 기다림과 초조함에 지쳐 자신감을 잃고 힘없이 손을 떨구던 그 순간, 그가 손을 내밀었다. 은조의 작은 손을 남김없이 감싸 안는 커다란 손이었다. 그리고 천천히, 더 가까이 고개를 숙이며 말했다.

"내게 물었지? 어둑시니냐고?"

"그 답을 주기 위해 오신 건가요?"

"그래. 내가 어둑시니야. 그래도 두렵지 않아?"

"두렵지 않아요. 내내 당신을 찾아 다녔으니까요. 고마워요. 날 외면하지 않아 주셔서."

"치월."

"……?"

"치월이야, 내 이름. 그러니까 이제 그렇게 불러."

아주 잠시 머뭇거렸지만 은조는 곧장 예쁘게 가르쳐 준 이름을 불렀다.

"네, 그럴게요. 치월!"

순간 치월은 한껏 숨을 들이켰다. 잊어도 좋다고 생각했던 이름이었다. 제 것이라는 느낌마저 모호하던. 그래서일까? 그녀가 부르는 이름은 청설과 전혀 다른 낯섦으로 그의 귀를 울렸다. 어딘가 촉촉하고 다정하다. 또 심장이 뛰었다. 어둠이 깃든 방 안을 가르며 참았던 숨결을 뱉었다. 밀물처럼 번진 숨결이 살아 있는 것처럼 번져 나갈 동안 내내 그녀를 바라보았다. 온통 까만 방 안에서 그녀만이 밝았다. 눈을 깜박이지 않으면 눈이 멀 것 같았다. 결국 고개를 비틀고 변명을 중얼거렸다.

"내내 고민했어. 청설의 어린 딸, 너를 어찌해야 할지. 그런데 아무래도 너를 지키는 것이 내게 남은 의무인 것 같아. 물론⋯ 네가 그것을 원한다면."

"원해요. 당신이 옆에 있어 주기를."

은조는 기쁘게 고개를 끄덕였다. 누군가에게 이름을 내어 준다는 것, 그것이 어떤 의미인지 알기에 더욱 기뻤다. 너는 나를 알고, 나도 너를 알고, 그렇게 우리가 되어 가는 느낌이 얼마나 따사로운지, 그건 그녀도 오랫동안 잊고 있었던 감정이었다.

마주 닿은 손가락이 주는 온기처럼, 그를 알게 되어 기뻤다. 우리가 되었다는 사실에 안도감이 번졌다.

"치월!"

"그래."

어린애처럼 반복해서 이름을 중얼거리는 은조의 머리로 손을 뻗어 머뭇거리다가 쓸어내렸다. 손바닥에 닿은 작은 머리통에 마음이 뻐근해졌다. 누군가를 지킨다는 것. 그게 가능한 결심인지 치월 자신도 몰랐다. 하지만 거짓말은 아니었다. 그 언젠가 청설이 그리했듯이, 그가 남긴 아침을 지키겠다는 다짐처럼, 제 손바닥보다 작고 연약한 머리통을 가진 이 아이를 지키고 싶었다. 그제야 가슴에서 나던 소리가 멎었다. 답을 알았으니 되었다는 듯.

언제 다시 잠이 들었는지는 깨닫지 못했다. 은조는 눈을 깜박였다. 새벽녘 잠시 눈을 떴을 때, 여전히 벽 한쪽에 앉아 있는 치월의 존재에 안심이 되어 스르륵 눈을 감았고, 또다시 눈을 떴을 땐 조금 더 가까워진 그를 보며 웃었던 기억이 났다.

그에게서 아스라이 바람과 비릿한 흙의 냄새가 났다. 눅눅한 밤이 내는 냄새도 났다. 싫지는 않았다. 은조가 빤히 보고 있는 것을 알았는지 치월이 손을 내밀었다.

"이리 올래?"

"그래도 되나요?"

"이리 와."

그는 고개를 끄덕이는 은조를 무릎으로 당겨 조심스럽게 끌어안았다. 파고들어 가슴에 머리를 얹는 그녀의 등을 받치고 작은 손을 찾아 쥐었다.

"이제 알겠어. 넌 토끼가 아니야."

"토끼?"

"더 자. 여기 있을 테니."

은조는 서슴없이 고개를 끄덕이고 눈을 감았다. 아주 당연한 듯이, 그는 사내이고 자신은 계집이라는 것이 전혀 아무렇지 않아졌다. 마치 언제나 그래 왔던 것처럼 낯설지 않은 그의 품은 기억조차 흐려진 먼 옛날처럼 따스했다. 금세 잠이 쏟아졌다.

아직 밝지 못한 동녘 너머로 뿌옇게 붉은 빛이 아른거렸다. 거대한 산짐승의 웅크린 등처럼 새까만 산등성이를 타고 말 여섯 마리가 힘차게 발굽 소리를 냈다.

길이 좁아 한 줄로 내달리는 그들 중에는 언젠가 궐 안에서 김 상궁과 조우했던 갑이란 사내도 섞여 있었다.

꽤 오래 달려왔는지 지친 말의 혀가 밖으로 길게 나올 즈음, 그들은 어느 집 대문 앞에서 말을 세웠다. 크지도 않지만 작지도 않은 솟을대문은 아직 어둠에 싸여 잠들어 있었다. 하지만 그들은 잠이 깨기를 기다릴 생각이 전혀 없었다.

삐익!

갑의 입술에서 얕게 떠난 휘파람 소리에 일행 중 하나가 가뿐히 담을 넘었다. 기다리고 있으니 곧 안에서 대문이 열렸다. 문을 열고 걸어 나온 수하가 고개를 숙이자 그제야 갑이 발을 떼어 안으로 들어섰다.

마치 제집으로 들어가듯 여유 있는 그가 안으로 사라진 후 남은 자들도 제각각 근방의 어둠 속으로 숨어들었다.

주저 없이 마당을 가로질러 갑이 선 곳은 커다란 밤나무가 그림같이 서 있는 사랑채 앞이었다. 댓돌에 놓인 한 쌍의 태사화가 방주인의 것임을 확인하자 갑은 또 서슴없이 사랑채 안으로 발을 옮겼다.

방 안에 잠든 이는 선이 굵은 노년의 사내였다. 갑은 한 손에 검을 쥐고, 잠든 사내의 앞에 자세를 낮췄다.

"여쭙습니다."

나직하지만 단호한 목소리. 그러나 깊이 잠든 노인은 미동이 없었다.

"여쭙습니다."

이번엔 조금 더 크게 불렀다. 다행히 노인의 짙은 눈썹이 움직였다.

"헛!"

노인은 벌떡 일어나 앉아 갑을 훑어 내렸다. 조금 놀라기는 했지만 겁먹은 기색은 아니었다. 오히려 자세를 고치고 호통을 쳤다.

"한밤에 이 무슨 짓인가?"

"송구합니다. 소인들에게는 밤이 더욱 익숙한지라."

꼬박꼬박 예를 갖추는 갑은 웃고 있었다. 언뜻 붉게 번뜩이는 눈빛은 달빛 탓일까?

"여쭐 것이 있어 무례를 무릅썼습니다. 질문에 답만 주시면 조용히 물러가겠습니다."

"왜? 이제 와 내 목이라도 가져오라, 대비께서 그리 명하셨는가?"

"후후후! 무언가 오해가 있으신 모양입니다. 대비께서는 대감의 목에 전혀 관심이 없으십니다. 다만 찾는 것이 있습니다."

노인의 반듯한 자세를 갑은 비웃고 있었다. 인간이란 얼마나 덧없는가. 그래 봐야 고작 백 년도 살지 못하는데, 그 짧은 시간에 지키고 감추고 이뤄야 할 것이 너무도 많다. 그래서 늘 치명적인 약점을 만든다.

"나는 모르네."

과연 노인은 고개를 돌려 버렸다. 하지만 그 정도 반응은 각오한 듯 갑은 동요가 없었다.

"어리석은 결론은 식솔들의 목숨을 위태롭게 합니다, 대감!"

"하여 나더러 손녀를 팔아 목숨을 연명하라는 것인가?"
"예, 그리하십시오."
"허어!"

한 치의 망설임도 없는 갑의 잔인한 대답에 노인은 반쯤 벌렸던 입술을 세차게 말아 물었다. 노인의 이름은 현석, 전 중전의 친부이며 현재는 유배 중인 몸이었다. 대비의 선처 아닌 선처로 고향땅에 본향안치(本鄕安置 본인의 고향에서만 유배 생활을 함)되어 있었지만 그나마도 이제 명이 다한 모양이었다.

하나뿐인 딸자식을 앞세워 보낸 못난 부모였다. 그런데 이제 그 손녀까지? 그럴 수는 없었다.

"하면 달리 여쭙지요. 박 상궁의 시신은 어찌 처리하셨습니까?"

"이노옴! 망자를 욕보이려는가."

"이미 죽은 자의 목숨으로 내 목숨을 지킬 수 있다면 당연히, 저는 그리합니다. 대감께서 입을 다무시면 안채의 마님을 찾아 뵈어야 하는데, 그편이 나으시겠습니까? 마님을 뵌 다음엔 어디로 갈지도 이미 아실 텐데요? 박 상궁의 묘를 찾지 못하면 다음은 중전마마의 묘지입니다."

"이 하찮은 놈이! 감히 누구를 입에 담느냐?"

그제야 파들파들 떨며 안색을 굳힌 현 대감의 앞으로 갑은 더 바싹 다가왔다. 눈빛이 점점 더 붉은빛을 띠었다. 꼭 짐승의 그것처럼 사납게 번뜩였다.

"이미 죽은 자가 아닙니까? 한 발 양보하여 그것만 알려 주시면 떠나겠습니다. 약조하지요."

복면에 가려져 드러난 것은 두 눈뿐이었다. 하지만 서슴없고 차가운 그 눈은 절대 허튼소리를 하고 있지 않았다. 결국 고개를 떨친 현 대감이 무릎 위에 얹힌 주먹에 바득 힘을 주었다. 힘든 결정이 목소리로 흘러나왔다.

"식솔들은 건드리지 마시게."

"여부가 있겠습니까."

"다시는 찾지도 말고!"

"그리하지요."

크게 고개를 끄덕인 갑의 대답이 멀어지자 현 대감은 조용히 시선을 꺾어 사랑채 밖에 선 밤나무를 바라보았다.

"저기입니까?"

대답은 들을 필요가 없었다. 눈을 부릅뜬 현 대감의 두 눈에 핏발이 가득 서 있었기 때문이었다. 갑은 곧 자리에서 일어났다. 그러고는 석상처럼 굳어 앉은 현 대감을 향해 깊이 고개를 숙였다.

"약속은 지킬 겁니다. 그럼!"

갑이 사라지고 방문이 닫힌 후, 현 대감은 그제야 눈을 감고 뜨거운 눈물을 쉼 없이 흘렸다. 세자비 간택령이 내려지던 그날, 기다렸다는 듯 바쁘게 사주단자를 준비하던 그에게 울며 간청하던 딸아이의 얼굴이 자꾸만 생각이 났다.

'아버님, 제발요. 저를 보내지 마세요. 싫습니다.'

꽃처럼 고운 아이였다. 달처럼 해사하고, 햇살처럼 영롱하던 아이!

마음에 둔 사내가 있다며 제발 보내지 말아 달라고 사정하던 그 아일 궐로 보낸 것은 오롯이 아비인 자신의 욕심 때문이었다. 집안을 위해 버티라고 했다. 반드시 대를 이을 후손을 생산하여 집안을 일으키라, 그 여린 아이에게 억지다짐을 받고 또 받았었다.

얼마나 혼자 울었을까. 뒤늦게 정신을 차리고 벌떡 일어나 방문을 연 현 대감은 이어 그 자리에 털썩 주저앉았다. 밤나무 아래가 난도질된 듯 엉망이 되어 있었다. 박 상궁의 시신을 이곳에 감춘 것은 그 아이의 마지막 부탁이었는데, 그마저도 또 지키지 못한 못난 아비가 되고 말았다.

하지만 남아 있는 식솔들을 지킬 책임도 그에게 있었다.

"어흐흑, 미안하다. 미안하다, 내 딸!"

한참이나 울던 그는 곧 자세를 고치고 앉아 급히 종이 한 장을 꺼내 들었다. 다시는 찾지 말라는 당부를 들었지만 알려야 했다. 그들에게.

오랜만의 개운한 잠이었다. 언제나 잠깐씩 눈을 붙이고 일어나 그들이 들이닥치지는 않았는지를 살펴야 했던 그녀에게 이토록 포근한 잠은 사치에 가까웠다.

한낮이 다 되어서야 눈을 뜬 은조는 옆자리가 비어 있는 것을 보고 벌떡 자리에서 일어났다.

설마 또 꿈을 꾼 것인가? 속삭이듯 알려 준 이름도, 말없이 품어 주던 따스한 가슴도 다? 또다시 혼자가 되었다는 공포가 단단했던 은조의 마음을 일렁일렁 풀어헤쳤다.

"아아, 제발……."

맨발로 부랴부랴 밖으로 뛰어나온 그녀는 비명 같은 속삭임을 내놓고 사방을 둘러보았다. 여전한 나무들과 여전히 고요한 바람뿐, 마당엔 아무도 없었다. 울음이 쏟아질 것 같았다. 입술을 꼬옥 깨물고 치맛자락을 쥐었다.

그녀가 마당 한가운데서 절망하고 있을 때, 치월은 마침 오두막으로 되돌아오는 중이었다.

두 손에 가득 과일을 챙기고 보아 두었던 석청도 따 가지고, 오늘은 무슨 일이 있어도 배부르다는 말이 나올 때까지 먹일 작정이었다. 하지만 맨발로 마당에 서 있는 은조의 움츠린 어깨에 가득 찬 두려움을 보는 순간, 치월은 머릿속으로 그렸던 모든 계획을 잊었다.

"은조!"

손에 든 것을 땅으로 내던지고 한달음에 달려와 그녀의 가는 어깨를 보듬은 손에 힘이 들어갔다.

"왜? 무슨 일인데?"

"치월?"

"어디 아파?"

대답을 들을 겨를도 없이 은조는 치월의 품으로 달려들었다.

마치 어린아이처럼, 부모를 잃었던 어린아이가 투정을 부리듯 허리를 부여잡은 손이 투덕거리다가 동동거렸다.

"또, 또 꿈인 줄 알았어요."

"아아, 미안!"

눈물이 가랑가랑 고인 눈으로 용케 울지 않는 은조의 어깨를 다독이며 치월은 저도 모르게 미안하다고 말했다. 전혀 깨닫지 못했지만 그건 그가 이 세상에 존재하기 시작한 이후 처음 뱉는 말이었다.

어린 치월을 품어 준 것은 청설이었다.

그는 치월이 치부한 인간의 전부였고, 세상과 소통하는 유일한 통로며 든든한 보호자이기도 했다. 입버릇처럼 '내가 청설, 너를 지키겠다.' 했지만 그건 혼자 남기 싫은 속마음을 꺼내는 그만의 방식이었는지도 모른다.

그래서 은조의 마음을 알 것 같았다. 그래서 무심코 뱉은 진심의 사과였다.

"다시는 혼자 안 둘게. 정말이야."

"정말?"

"말했잖아. 너를 지키는 것이 내게 남은 사명인 것 같다고."

허리를 숙여 은조의 발에서 흙을 털어 내고 치월은 떨고 있는 그녀를 간단히 들어 안았다. 익숙한 가벼움이 두 팔로 감겨 오자, 그제야 버리고 달려온 것들이 눈에 보였다.

"그 전에 뭐 좀 먹자."

함께인 시간은 평소보다 빨리 흘렀다. 그리고 종일 치월은 은조에게 했던 그 약속을 지켰다.

마당 한쪽에 은조가 땅을 파던 이유가 밭을 만들기 위함이라는 것도 알았고, '굳이 왜 필요하지?'라고 생각했지만 기꺼이 그녀를 대신해 땅을 골랐다.

치월이 손을 대자 밭은 삽시간에 형체를 갖췄다. 한쪽에 쪼그리고 앉아 밭이 완성되길 기다리던 은조가 기뻐하며 그곳에 이것저것 심고 싶은 것을 이야기했다. 그리고 그다음 날 눈을 떴을 때, 자잘한 그 소원들은 꿈처럼 이루어져 있었다.

"와아!"

"대체 그게 왜 좋아?"

은조가 탄성을 지르며 뛰어다니면, 툴툴거리면서도 한편 입술 끝을 올리고 치월도 웃었다. 얼마 만에 웃어 보는지 기억도 나지 않을 만큼 오래라, 웃고 있는 입술이 어색했다. 그래도 그녀를 보고 있으면 웃지 않는 것이 더 힘이 들었다.

하루 또 하루, 사흘과 나흘! 해가 뜨고 질 때까지 둘은 한 쌍의 젓가락처럼 붙어 다녔다.

원래 세상엔 이유를 짐작할 수 없는 것들이 많다지만, 그들의 모습은 더욱 그랬다. 고작 한 달도 안 되는 시간, 열 번도 되지 않는 만남일 뿐인데 거울을 들여다보듯 투명하게 서로를 닮아 갔다.

아침에 눈을 뜨면 늘 치월이 은조의 곁에 있었다.

혼자가 아닌 것이 조금씩 당연해지고 그저 이름을 부르는 것만으로도 서로가 웃음이 났다. 어린 강아지들처럼 서로의 체온에 의지해 잠을 자고 눈을 뜨면 가장 먼저 습관처럼 서로를 찾았다.

 다만 아직 청설과 신단에 대한 이야기만은 깨진 사기그릇처럼 조심스러웠다. 은조를 울리기 싫은 치월이 굳이 말을 꺼내지 않았고, 그가 슬퍼하는 것을 다시 보기 두려운 은조도 굳이 묻지 않았기 때문이었다. 유모는 신단이 그녀를 찾아올 것이라 했다. 혼자가 아닌 기다림이 전처럼 힘들지 않았기에 더더욱, 은조는 아무것도 묻지 않았다.

"여기서 보면 유난히 달이 밝은 것 같아요."

"달은 그냥 달이야."

 은조의 말에 대답하며 치월은 그녀의 허리 뒤를 받쳤다. 혹여 뒤로 넘어질까 봐. 언제나 홀로 앉아서 달을 바라보던 그 소나무에 지금 둘이 함께 앉아 있다는 것이 새삼 묘한 기분이었다.

 달보다 그녀의 얼굴이 더 하얗게 빛났다. 매일 보던 달보다 그녀의 얼굴이 더 보고 싶었다. 그건 그간의 여인들에게 품어 왔던 욕심과 전혀 달랐다.

 선이 가늘고 보얀 은조의 얼굴이 달을 향해 미소를 머금었다. 먹물 머금은 붓털처럼 짙은 속눈썹이 부드럽게 휘어진다. 무척이나 아름다웠다. 멍하니 그녀를 바라보다가 결심한 듯 치월은 시선을 비꼈다.

"그 사람 말이야."

"네?"

"네 아버지. 알고 싶어?"

"아아!"

은조는 고개를 끄덕이고 긴 대답은 않았다.

어젯밤 치월의 손을 잡고 잠들기 전, 그녀는 드디어 그에게 아버지와 신단에 대한 것을 물었다.

뭔가 아는 듯 모르는 듯, 한숨을 쉬던 치월은 하루만 기다려 달라고 부탁해 왔었다. 그러겠노라 했으니 대답을 재촉할 생각은 전혀 없었다.

아버지란 존재는 그녀에게 뜬구름과 같았다. 막연하고 불확실한 어떤 것. 간절했지만 한편 간절함과는 다른. 그저 박 상궁이 남긴 마지막 소원이었고, 달리 갈 곳도 해야 할 일도 알지 못한 어린 소녀의 동아줄이었다.

그런데도 생각하면 먹먹하게 가슴이 갑갑해졌다. 그것이 '아버지'란 그 말이 가진 힘인 것 같았다. 단 한 번도 만난 적이 없는데, 이름만으로 욱신거리게 하는.

"너는 그 사람을 닮았어. 그리고 나는 그를 오래 알았어."

치월에게도 청설은 그저 스치는 인연이 아니었다. 홀로 소멸하던 그를 구한 것이 바로 청설이었으니.

길고 긴 이야기를 시작하기 전 치월은 바람을 타고 가늘게 날리는 은조의 머리카락을 귀 뒤로 넘겨 주었다. 해가 질 무렵 온천에 다녀온 바람에 아직 젖어 있었다.

그래서 땋아 내리지 못한 머리카락이 달빛 아래 은은한 청색을 띠었다. 꼭 청설처럼!

눈매와 입술, 창백하리만큼 흰 살결과 달빛 아래 푸르스름한 머리카락, 그리고 꽃잎만큼 해사한 콧날까지 그녀는 완벽하게 청설과 닮아 있었다.

그러나…….

"후우!"

치월은 크게 숨을 들이쉬고 은조의 가는 턱 끝에 손가락을 댔다. 그러나 그녀가 주는 느낌은 청설과 달랐다. 청설이 온전히 의지되는 존재였다면 은조는 그저 바라보는 것만으로도 닳아 버릴까 봐 조바심이 나는 모래 산 같았다. 바람이 불면 깎여 날아갈까, 자꾸만 확인하고 또 확인하며 안달을 낸다.

힘주어 잡으면 부서질 것 같고, 항상 보고 싶고, 어디에도 보내고 싶지 않았다. 스스로도 놀랄 만큼 갑작스런 마음의 변화가 당황스럽지만 그래도 확실했다. 그녀를 지켜야겠다는 의지와 가장 안전한 곳에 두고 다치게 하고 싶지 않은 욕심은 분명 청설로부터 온 것이 아니었다.

아무도 모르는 이름을 기꺼이 그녀에게 내주었을 때 이미 정해진 운명이었다. 이제는 그녀에게 버려진다 해도 어쩔 수 없다. 생성되어 처음 느끼는 감정. 팔을 벌려 안아 주고 싶은 마음. 이렇게 눈을 마주치면 보란 듯이 또 가슴이 뛰었다.

턱에 닿은 손가락에 약간 힘을 주어 은조를 당겼다. 일순 눈동자가 크게 벌어지는 듯했지만 순순히 딸려 오는 그녀에게서 제비꽃 향기가 났다. 가장 좋아하는 꽃이었다. 그건 늘 연약하고 강하다.

허락을 구하듯 가만히, 아주 가만히 입술을 겹쳤다. 질끈 눈을 감아 버리는 은조의 등으로 팔을 둘러서 바스러지지 않게 끌어안았다. 한 번, 두 번, 스치듯 닿은 그녀의 입술은 벌어지는 법을 몰랐다. 아마도 그녀에겐 첫 입맞춤이겠지. 안달이 난 어린아이처럼 그 입술을 핥으며 물었다.

"처음이야? 싫어?"

어린아이처럼 세게 도리질을 치는 그녀의 얼굴은 부끄러움으로 붉어져 더욱 어여뻤다. 엄지손가락을 은조의 아랫입술에 지그시 눌러 틈을 조금 벌리고 치월이 속삭였다.

"그럼, 열어 줘."

"뭘? 어, 어떻게요?"

대답을 하느라 벌어진 입술에 치월은 깊숙이 입을 맞췄다. 파고드는 깊은 숨결에 당황했는지 팔에 매달리는 은조의 작은 손가락이 하나하나 다 다른 생명체처럼 생생하게 느껴졌다. 닿은 입술도, 잡힌 팔도 뜨거웠다.

"지금처럼!"

"…하아, 하아!"

숨 쉬는 것을 잊어 가쁘게 할딱이는 은조의 등을 쓸어내리며 치월은 씨익 웃었다. 기뻐서, 좋아서, 가슴이 뻐근해서 견딜 수가 없었다. 차가운 소나무도, 벼랑에서 치고 올라오는 바람도, 하나뿐인 달도 모두 여전했다. 하지만 이제 그는 혼자가 아니었다.

十五 步. 달과 꽃과 내 사람 (1)

그를 만난 건 혼자서 죽어 가고 있을 때였다.

이유는 없었다. 왜 죽어 가는지도, 왜 혼자 있는지도 모르던 때였으니까. 그냥 본능적으로 어두운 구석으로 파고들어 점차 가빠지는 숨을 들썩이며 눈을 감는 것이 할 수 있는 일의 전부였다.

"하아, 이 녀석. 이런 곳에 숨어 있었구나. 한참 찾았어."

그때 그가 나타났다. 온통 흰옷에 계집인지 사내인지 분간이 되지 않는 곱상한 외모를 하고 청설은 불쑥 그가 숨은 어둠 속으로 머리를 들이밀었다.

"누구야?"

간신히 그렇게 묻자 그는 대답했다.

"나는 신단의 청설이란다. 아이야, 이런 데 혼자 있지 말고, 나를 따라갈래? 이런 데 혼자 있으면 못된 두억시니가 될지도 몰라."

"갈래."

왜 그랬는지, 그 이유는 지금도 알 수가 없다. 죽음이 무엇인지 몰랐으니 딱히 그것이 두려워서도 아니었다. 그냥 너무 지쳤고 청설이 내민 손은 무척 따스해 보였다. 그래서였다.

"그래, 가자. 나와 함께."

소멸하는 어둠 덩어리에 불과한 어린 혼을 답삭 안아 올려 품에 넣고 청설은 오래도록 쓰다듬어 주었다. 그제야 알았다. 홀로 떠도는 동안 무척이나 외롭고 슬펐다는 것을. 만약 그에게 발견되지 않았다면 혼자 앵앵거리고 울다가 소멸하거나, 아니면 청설의 말대로 악을 품고 두억시니가 되었을 것이다.

따지고 보면 어둑시니도 두억시니도 결국 인간은 아니었다. 다만 어둑시니는 그림자의 주인이며 어둠을 조율하는 자, 그러나 그저 두억시니는 어둠에 기생해 인간의 목숨으로 장난을 치는 악귀 중의 악귀였다. 재물을 좋아하고, 계집을 좋아하고, 하여 가지지 못하는 모든 것을 욕심낸다. 고작 혼 덩어리였던 치월이 그 차이를 안 것은 그로도 한참이나 지난 후였다. 몇 번인가 청설에게 그 이야기를 한 적이 있었다. 두억시니가 되지 않아서 정말 다행이라고, 그딴 더러운 놈이 될 바엔 그때 소멸하는 게 낫다고 말이다.

청설은 어렸던 치월의 혼을 조영산으로 데려와 이름을 지어 주었다.

해가 바뀌며 조금씩 강해지고, 그저 조그만 덩어리였던 혼은 점차 형체를 갖추었다. 길게 자란 흑발에 달빛을 품고, 강한 어깨와 다리엔 그림자를 품고, 검은 눈동자엔 누구보다 멀리 보는 의지를 박았다.

가끔 발을 헛디뎌 산으로 들어온 인간들은 그를 만나면 혼비백산하여 달아나기 급했다. 그들이 흘린 두려움의 부스러기는 고스란히 양식이 되고 두꺼운 갑옷이 되어 그를 지켰다.

 그렇게 또 그렇게 어렸던 그 혼은 어느새 청설의 곁에서 치월이라 불리며 웃을 줄도 알았다. 산과 그림자를 지키고 어둠을 부리는 어둑시니가 되어 있었다.

"그 사람이 청설이야. 너의 아버지."

 치월은 달랑달랑 발을 흔들고 있는 은조의 뺨을 조심스럽게 받쳐서 제 어깨에 기대어 놓고 말을 이었다.

"더 듣고 싶어? 슬프거나 하진 않아?"

"아뇨. 어차피 아무런 기억이 없는걸요."

"나는… 나는 그날 청설이 죽어 가는 것을 지켜보았어. 내가 그를 여기로 데려와서 묻었어."

"아버지 곁에 사람들이 있었다고 들었어요. 치월도 그들을 아나요?"

"알아. 하지만 청설을 보낸 후로 만난 적 없어. 나는 사나웠거든. 누구도 내 산에 들어오는 것을 허용하지 않았으니까. 그들이 왔었다 해도 난 만나진 못했을 거야."

 치월의 고백에 은조가 가는 한숨을 쉬며 슬며시 고개를 끄덕였다.

"그렇군요."

 기억이 없기에 슬프지 않다는 말은 진심이었다. 막연히 생각은 했고, 들어 알고도 있었다. 아버지께서 돌아가셨다는 것은 이미 오래전에 말이다. 그런데 왜일까? 누구보다 아버지를 잘 알고 있는 치월의 입으로 직접 들은 죽음이라는 말에 자꾸만 목구멍이 막혀 왔다.

어깨를 안아 주는 치월의 손길을 느끼며 은조는 멍하게 앞을 바라보았다. 아팠다. 목 아래 어딘가, 명치 가운데 어딘가, 자꾸만 아팠다.

"후우, 후우!"

조금씩 더 크게 넘실거리는 격동에 가슴을 쥐고 크게 숨을 뱉었다.

"괜찮아?"

그녀에게로 옮겨 간 치월의 시선이 미세하게 떨렸다. 기울어지는 은조의 머리에 어깨를 내주고 흔들리는 등을 받아 주었다. 그녀는 저 먼 곳을 보고 있었다. 지나가는 바람밖에 아무것도 없는데, 꼭 무언가를 발견해야 할 것처럼 힘을 다해 눈을 크게 떴다.

"알고 있었는데 그래도 기분이 이상해요. 이제 정말 아무도 남지 않았다는 생각?"

"나는?"

"네?"

"나는 너의 그 '아무도'에 포함이 안 돼?"

서운한 표정이었지만 은조는 대답하지 못했다. 애써 괜찮아지려고 해도 가슴이 웅웅거리며 낯선 소리를 냈다.

다른 이들의 세상은 가만히 있는데 어째서 그녀의 세상만 이렇게 벌써 여러 번이나 바뀌는 것인지. 적응하려 하면 또 흔들리고, 참아 보려고 하니 벼랑 끝으로 몰았다.

"왜 말을 안 해?"

대답에 조바심을 내는 그에게 은조는 희미하게 웃어 주었다. 이런 때의 그는 처음 꿈에서 보았던 그때처럼 어린아이 같았다. 조르고, 떼 쓰고, 손을 뻗는다. 잡아 주고 싶은데 이상하게도 자꾸만 숨이 가빴다.

"추워요. 이제 그만 집에 가면 안 돼요?"

"추워?"

득달같이 팔을 뻗어 안아 올려 주는 가슴에 풀썩 기대어 은조는 뻑뻑해진 눈을 깜박였다. 분명 그다지 슬프지 않다고 생각했는데 조금씩 눈물이 났다. 이제 정말 아무도 남지 않았다는 사실이 그녀를 두렵게 만들었다.

손을 내밀어 치월의 앞섶을 잡고 울음소리를 참았다. 손가락 마디마디가 하얗게 바래도록 힘껏 잡은 그 손을 흘끔 내려다본 치월은 아무 말을 하지 않았다. 그제야 알 것 같았다. 어둠 속에서 무얼 찾으려는 것이 아니라 눈물을 참기 위해 눈을 뜨고 있어야 했던 그녀를.

"끅끅!"

안으로 삼키려던 소리가 밖으로 새자 은조는 얼른 다른 손으로 입을 틀어막았다.

"그냥 울어."

보다 못한 치월이 속삭여도 은조는 입술을 물고 한사코 도리질을 쳤다. 정말 이상했다. 하나도 슬프지 않은데, 알고 있었단 말이다. 얼굴도 모르는 아버지였다. 돌아가셨다는 것도 알고 있었다. 그런데 눈물이 멈추질 않았다. 마치 지금 막 알아 버린 것처럼, 도저히 멈출 수가 없었다.

가슴 저 안쪽에서 무언가가 생살을 긁어 내는 것처럼 아팠다.

"으흑, 흑흑!"

기어이 터진 눈물은 쉽게 멈출 생각을 안 했다. 치월은 말없이 손을 들어 은조의 눈을 가렸다. 그제야 눈을 감는 그녀의 긴 속눈썹이 아릿하게 손바닥을 스쳤다.

치월은 다소 심각한 표정을 하고 앞마당에 서 있었다. 은조와 함께 오두막에 머무는 것은 이제 당연한 일이었다. 그녀의 밤이 그의 밤이 되었고, 그녀의 낮이 바로 그의 낮이었다.

지금 치월이 바라보고 있는 것은 얼마 전 앞마당에 만든 밭이었다.

"피가 문제가 아니었나?"

작물을 심고 싶다기에 씨를 구해다 주었고, 그 씨를 뿌린 지 얼마 지나지 않았는데 벌써 무릎 높이까지 자랐다. 그저 그녀가 존재하는 것만으로 이렇게 된다는 건가?

"거기서 뭐 해요?"

어느새 따라 나온 은조가 그의 등 뒤에서 얼굴을 내밀었다. 치월은 자연스럽게 그녀에게 손을 내밀고 딸려 오는 작은 손을 조심스럽게 잡아당겨 곁에 세웠다.

"왜 벌써 일어났어?"

보드라운 뺨이 그의 단단한 어깨에 닿아 몸을 의지해 왔다. 아주 조금이지만 생기가 살아나고 살이 붙은 그녀의 뺨은 붉은 홍조를 그렸다. 어색하게 웃었다.

"후후."

왜 벌써 일어났냐는 인사를 받기엔 해가 너무 높이 떴기 때문이었다. 하지만 밤새 울던 그녀를 지켜보았던 치월은 그 홍조 속에서 다른 것을 보고 있었다.

부어서 발갛게 된 눈언저리와 아직도 아파하는 미소!

지난밤, 숨을 쉬지 못할 정도로 울던 은조는 기어이 청설을 묻은 곳에 다녀와서야 잠이 들었다. 야트막한 봉분만 겨우 남아 있는 묘는 오랫동안 아무도 돌보지 않아 잡풀들이 무성했다. 은조는 그곳에 주저앉아 맨손으로 그 모든 풀들을 뜯어 내었다. 다칠까 봐 몇 번이나 말리던 치월에게 화를 내며 절대 그가 돕는 것도 허락하지 않았다.

"아직 눈이 빨간데? 좀 더 자지 않고!"

"배가 고파서 더 못 자겠는걸요."

"듣던 중 반가운 소리네. 더 이상 마르면 안 돼. 그럼 다시는 팔베개 따위 안 해 줄 거니까."

"뭐, 뭐예요. 그게!"

"뭐긴, 안아 주는 맛이라는 게 있잖아. 넌 너무 말랐어. 어딘가는 좀 말랑말랑해야지. 나도 사내라고!"

은조는 새빨개지고 말았지만 정작 말을 한 그는 아무렇지 않은 듯 진지하기만 했다. 붉어진 은조의 뺨을 쓰다듬으며 치월은 등 뒤의 밭을 또 흘끔거렸다.

은조는 작물이 빨리 자라는 것이 본인의 힘인 줄 몰랐다. 그저 조영산이 가진 신비로움의 하나일 것이라 생각하는 것 같았다.

하지만 치월의 마음은 조금 심란했다. 평범하지 않다는 것이 어떤 것인지 누구보다 잘 아는 그라서, 그녀가 남다른 것은 분명 염려가 되는 일이었다.

역시 신단 놈들을 찾아봐야 하는 걸까? 이럴 줄 알았으면 어디 처박혀 있는지, 그 정도는 알아 둘걸.

은조를 지키기로 결심한 이후 내내 머릿속을 떠도는 고민이었다. 누구보다 안전하게 지킬 자신은 있지만, 청설이 남긴 그 신단이라면 그녀에게 더 많은 것을 알려 줄 수 있을지도 모르는데, 정말 이대로 두어도 되는지.

"오늘은 뭘 할래?"

질문하며 은조의 손을 끌어 잡았다. 풀물이 퍼렇게 남은 손가락이 그의 손바닥 안에서 부끄럽게 꼬물거리다가 움츠리며 웃었다.

"후훗!"

"뭐야? 왜 웃어?"

"그냥, 어둑시니에게 그런 질문을 받게 될 줄은 몰랐어서요. 어릴 때 유모가 당신 이야기를 해 주었다고 내가 말했죠?"

치월이 고개를 끄덕이자 은조는 말을 이었다.

"굉장히 무섭게 표현했거든요. 절대 눈을 바라보지 말고 어둠 속에서 만나면 큰일 난다고. 막 잡아먹는다고!"

"그런데?"

"그런데, 진짜 어둑시니는 이런 걸 묻잖아요. 오늘은 뭘 하고 싶은지, 잠은 잘 잤는지."

"딱히 틀린 말은 아닌데? 그 유모의 말?"

치월은 웃고 있는 은조의 손가락을 제 옷에 조심스럽게 문질러 닦으며 무심하게 대답했다. 틀리지 않았다. 어둑시니는 인간의 두려움과 함께 공존하는 존재! 물론 잡아먹는다니, 그딴 짓은 하지 않지만, 그들에게 두려운 마음이 없다면 그도 존재할 수 없었다. 하여 어둠과 그림자 속에서는 그 무엇보다 강해도 이렇게 햇살이 떨어지는 한낮엔 범부와 다름없는 그저 사내일 뿐이었다.

"정말 사람을 잡아먹었어요?"

"어이, 대체 날 뭘로 보는 거야?"

"당연히, 무시무시한 어둑시니요."

눈이 동그래진 은조가 장난처럼 그의 손을 휙 놓고 뒤로 물러나며 킥킥 웃었다. 깨끗하지 못한 손이 내내 부끄러워서 시작한 장난이었다. 그러나 그 순간 치월의 눈은 무겁게 짙어지고 말았다.

"지금 뭐 하는 거야?"

비어 버린 제 손을 내려다보며 중얼거리는 눈빛이 점점 어둠을 닮아 갔다. 그 짧은 순간에 그는, 죽음을 선택한 청설을 떠올렸고, 열린 문으로 도망한 토끼도 떠올렸다. 은조의 손이 떠난 빈손에 찾아온 상실감은 그것들보다 훨씬 강하고 컸다.

"뭐가요?"

지독하게 낮아진 그의 어조를 은조는 얼른 깨닫지 못했다. 상상할 수 없었다. 사람에게 함부로 굴고 겁을 주는 치월이라니. 지금까지의 그는 다소 엉뚱하고 가끔씩 어리광을 부리긴 해도, 유모가 말하던 그런 짐승처럼 보이지 않았으니까.

아침이면 그가 남긴 체취에 눈을 뜨고, 밤이면 그가 내어 주는 팔에 안겨 잠을 잤다. 그 품에서 그녀는 누구보다 안전하고 안락했다. 남녀가 유별하고 그녀는 왕실의 법도를 몸에 익히며 자란 공주의 몸이었음에도, 그건 어떤 일보다 당연한 것처럼 느껴졌다.

"당장 이리 와!"

조바심으로 인한 치월의 목소리는 점점 더 갈라지고 있었다. 그래도 은조는 손을 감추며 전혀 모르는 얼굴로 웃었다.

"싫어요. 잡아먹는다며?"

"이리 오라니까!"

"싫다니까요. 어휴, 무서워!"

그저 웃으며 자꾸만 더 뒤로 물러났다. 햇살 아래 까르르 웃는 그녀의 고운 목소리가 넓은 앞마당을 청아하게 메워 갔다. 어쩐지 눈이 부셔서 치월은 그늘 속에 가만히 서 있었다. 햇살이? 아니면 은조가? 어느 쪽이든 너무 반짝거려서 마음에 들지 않았다.

어둠에 사는 그는 인간도 아니었다. 그녀는 그 어둠을 걷어 내는 가장 밝은 존재다. 어울리지 않았다. 가까울 수도 없었다.

그래도 놓을 수 없다. 절대로.

주섬주섬 물러나던 그녀가 기어이 몸을 돌린 순간, 번개처럼 달려 나가 치월은 은조의 가는 몸을 품에 안았다.

"꺄아악!"

즐거운 비명을 지르는 어깨에 이마를 묻고 한동안 거친 숨을 몰아쉬었다. 그는 집중하고 있었지만 은조는 여전히 장난인 듯 웃을 뿐이었다.

"가지 마."

그녀의 허리를 안은 팔에 힘을 주고 그 여린 등에 속삭이는 치월의 입술은 딱할 만큼 깊이 물려 있었다.

"치월?"

"가지 마. 부탁이야!"

그제야 웃는 것을 멈춘 은조가 치월의 손등에 제 손을 얹었다. 아주 잠깐이었지만 그가 떠는 듯 느껴졌다.

품에서 벗어나려 바동거리는 은조를 치월은 더욱 강하게 품어 안았다.

인간이 싫었다. 생각하면 화가 나는 그들이 싫었다. 그러나 정말로 싫은 것은 아무도 없는 이 산에 혼자 남겨지는 것이었다. 버려지는 것! 모두 가 버리는 것! 혼자 울게 내버려 두는 것! 아무도 돌보지 않는 것! 누구에게도 의미가 되지 못하는 그것!

"치월……."

"가지 마. 아무리 너라도 배신하면 죽여 버릴 거야. 아무 데도 못 가게 할 거야. 그러니까 다시는 함부로 내 손 놓지 마!"

몇 번이나 그의 손을 다독이고서야 겨우 벗어난 은조는 재빨리 몸을 돌려 치월의 얼굴을 마주 보았다. 지독한 외로움과 상처가 오롯이 드러난 어둠은 강하고 차가운 것이 아니라 너무나 슬퍼 보였다.

그 누구보다 강한 존재라고 여겼는데, 순간순간 어린아이처럼 변하는 그의 모습은 어쩌면 외로움 때문일지 모른다. 누그러뜨린 눈동자가 너무 가련하고 허망해서 마음을 다해 안아 주고 싶었다.

"안 갈게요. 약속해. 그냥 내 손이 너무 더러워서 그랬어요."
"내 손은 더 더러워. 살아 있는 것의 생명을 빼앗는 동안 점점 더 더러워졌어. 그래도 난 너를 잡고 싶어. 놓기 싫어! 너를 안아야, 내가 깨끗해질 것 같아."
"…하지만, 그 손으로 날 살려 줬잖아요. 날 지켜 줬잖아요."

언제나 치렁치렁한 소매 속에 손을 감추는 그를 은조도 알고 있었다. 빤히 보거나 만져 보려 하면 딴소리를 하며 치우곤 했었다. 하지만 그것이 상처를 감추기 위함이란 것을 그녀도 이제야 알았다.

"널 살려야, 나도 살 것 같아서!"

들릴 듯 말 듯 고백하는 치월의 얼굴을 두 손으로 싸잡고 작은 키를 발돋움해 은조는 그의 뺨에 입을 맞췄다. 촉촉한 입술이 가볍게 뺨에 닿았다가 떠나는 순간, 그녀의 허리를 감아 안은 치월이 고개를 숙여 은조의 입술을 물어 왔다.

얕은 한숨을 흘리던 은조의 입술이 바르르 떨며 벌어진 찰나엔 더 깊이 파고들어 남은 숨결까지 몽땅 들이마셨다. 그래도 부족했다. 더 강하고 더 깊숙한 것을 원했다. 그녀를 갖고 싶었다.

"은조야!"

다급함이 묻어나는 이름에 은조는 그에게 몸을 기대고 바들바들 떨었다. 허리를 감은 팔이 너무 셌다. 입술에 닿아 있던 숨결이 목덜미로 찾아들고 팔딱이는 맥을 따라 천천히 움직일 때도 그저 손으로 짚은 치월의 가슴에 힘을 주고 버틸 뿐이었다.

그가 절대 자신을 다치게 하지 않을 것을 알아도 사내가 된 치월은 겁이 났다. 지금을 묵과하면 나중엔 그저 깊은 입맞춤이 주는 그런 떨림과는 다르다는 것을 알기에 속절없이 몸이 굳었다.

치월도 곧 그것을 알아챘다. 사내인 그의 몸은 뜨겁게 은조를 원했지만 그래도 은조가 두려워한다면 참을 수 있었다. 힘겹게 떼어 낸 입술을 그녀의 손등에 대신 누르고 밝게 물었다.

"마을에 내려가 볼래?"

"가도 돼요?"

뜻밖의 제안에 놀란 은조가 반색을 하자 치월은 피식 웃었다. 조금 전까지 그렇게 덜덜 떨어 대더니 나가자는 말을 이렇게 좋아할 줄이야. 문득 이것저것 다 사야 한다면서 고집을 부리던 말 많은 소금 장수의 부인이 생각났다.

'자고로 패물 싫어하는 계집은 없습니다. 그러니까 저것도 하나 집으시라니까요. 어서요. 어서.'

하물며 저 예쁜 입술로 은조가 부탁한다면 고개를 저을 수 있을까. 벌써부터 자신이 없었다. 다행히도 그녀의 바람을 들어줄 재물은 얼마든지 있었다. 길 잃은 도깨비 놈들에게 빼앗아 놓은 것들이 작은 동산 하나만큼 쌓여 있는데, 어차피 쓸 곳도 없었다.

"네가 원하는 건 뭐든 다 해도 돼. 대신 내 옆에서 떨어지지 마. 하필 오늘부터 삭(朔)이니까, 며칠 후에 새 달이 뜨면 가자!"

"네!"

이어 들리는 대답도 밝았다. 그녀가 지나왔던 시간들과 그녀가 잃었던 사람들을 생각하며 치월은 그녀가 더 많이 웃길 바랐다.

十六 步. 달과 꽃과 내 사람 (2)

"아직 남아 있다."
"아직 남아 있다."
마치 한 명이 이야기한 것처럼 동시에 울리는 같은 말은 분명 두 사람의 것이었다.

목소리가 들리는 동굴은 자세히 눈여겨보지 않으면 발견하기 어려웠다. 지면을 뚫고 튀어나와 얽힌 나무뿌리들의 틈에, 겨우 사람 하나가 드나들 만큼의 작은 구멍이었기 때문이었다.

안에서 들리는 한 쌍의 목소리는 귀에 익은 듯, 한편 생경했다.
다만 그 밖에 서 있는 사내들의 얼굴은 꽤 낯이 익었다. 그들은 김 상궁을 만나러 나타났던 갑의 등 뒤에 숨죽여 서 있던 자들이었다. 그럼 갑은?

의문은 동굴 안에서 걸어 나온 자의 얼굴을 보는 순간에 풀렸다. 어째서 부하들을 물리치고 우두머리가 직접 동굴로 들어갔는지는 모르지만 좁은 틈으로 나오느라 구부렸던 어깨를 펴는 그는 분명 갑이었다.

더 이상 안에서 나오는 사람은 없었다. 이상했다. 목소리는 두 사람의 것이었는데 안에서 나온 것은 어째서 하나뿐일까.

"찾으셨습니까?"

그의 수하들은 별달리 놀라는 표정이 아니었다. 익숙한 듯 다가서서 묻는 말에 갑은 고개를 끄덕였다.

"여기 머물렀다가 떠난 모양이다."

"여기 머물렀다가 떠난 모양이다."

아아! 또다.

말을 하는 것은 갑 하나뿐인데 또다시 두 명의 목소리가 동시에 들려왔다.

그러고 보니 그의 모습도 조금 달랐다. 그간의 갑이 상당히 침착한 모습이었다면 지금의 그는 자꾸만 손톱을 씹으며 어딘가 불안해 보였다. 이상하리만큼 눈동자가 맑았다. 너무 맑아서 얼핏 냉랭하기까지 한 눈은 감정이 없어 보였다.

"손에 그건 뭡니까?"

무언가를 들고 있는 갑의 손을 본 수하가 다시 물었다. 주먹을 오므려 꽉 쥐었는데 겉으로 봐서는 무엇인지 짐작할 수가 없었다.

"염혼토(殮昏土)다."

"예? 그게 뭡니까?"

"영리한 공주께서 용모를 바꾸셨구나. 과연 염혼토라면 알아보기 어렵지!"

"그건 또 어째서요?"

갑은 대답을 하는 대신 히죽 짧은 미소를 지었다. 순간 가늘게 벌어진 잇새로 날카로운 송곳니가 살천스럽게 빛났다. 사람의 것이라 하기엔 너무 커다랗고 도드라진 이였다. 그러나 짐승 같은 그 모습에도 역시 갑의 수하들은 놀라지 않았다. 오히려 고집 세고 변덕 심한 어린아이를 어르듯 살살 그의 비위를 맞추며 자세를 낮췄다.

"하면 방향을 잡아 주십시오."

갑은 형형한 눈동자를 남으로 돌렸다.

"저쪽! 틀림없어. 저쪽에서 공주의 냄새가 난다."

결국 저곳인가? 박 상궁의 시신이 가진 냄새를 좇아 이곳까지 달려왔다. 차차 확연해져 가던 의심은 동굴에 들어갔다 나온 순간 답이 되어 있었다. 아아! 꽤 오랜만이다. 그림자 산의 영역에 발을 들여놓는 것은 말이다. 지금은 새파랗게 어린 놈이 그 땅을 지키고 있다지.

'청설······.'

잊었던 이름을 중얼거리는 입술이 어린아이처럼 웃고 있었다. 앞으로 시작될 놀이가 즐거워 견딜 수가 없는 얼굴이었다.

"공주를 찾았다고 궐로 전갈을 보낼까요?"

그 말에 고개를 돌린 갑은 천천히 고개를 가로저었다. 생각해 보니 대비의 명에 따라야 할 이유가 없다. 그딴 재물이야 인간에게나 가치가 있는 것. 그에겐 공주의 몸뚱어리가 더 필요했다.

그런데 왜, 공주를 대비에게 넘겨줘야 하지? 만약 대비가 공주의 껍데기가 아니라 그 속에 든 알맹이를 원하는 것이라면 더더욱, 넘겨선 안 된다. 안 되고말고. 그 몸이야말로 이딴 인간에게 기생하는 삶에서 그를 건져 줄 유일한 동아줄이니까 말이다.

"그건 나중에."

"예, 알겠습니다."

대답하고 물러나는 수하의 등을 밀치고, 갑은 서슴없이 남쪽으로 발을 뗴었다. 바람이 등 뒤에서 불고 있었다. 예민한 후각을 가진 사냥개들도 같이 부는 바람 속에선 올바른 방향을 잡지 못한다. 하지만 등을 때리는 바람을 맞으면서도 그는 확신에 차 있었다.

발목을 스치는 잡풀들이 일제히 그의 손끝을 따라 고개를 숙이며 바람을 탔다. 바람이 가는 길을 바라보며 갑은 스르륵 쥔 손을 풀었다. 까맣고 고운 염혼토가 그의 미소처럼 스산하게 허공으로 흩어졌다.

"제가 배가 좀 고픕니다. 하니 곧 뵙지요, 공주님!"

아직 앳된 여인의 맑은 웃음소리가 신비스런 산자락을 마닐마닐하게 울렸다. 햇살이 고르게 떨어지는 야트막한 개울에 두 사람이 앉아 있었다. 한쪽은 바위 위에, 또 한쪽은 물속에 발을 담그고.

"이제, 이제 그만요."

한사코 발가락을 움츠리며 괴롭게 고개를 저어도 치월은 은조의 발을 놓아주지 않았다. 붉게 상기되다 못해 빨갛게 달아오른 얼굴엔 홧홧한 열기가 느껴졌다.

"그러게, 누가 다 벗고 걸으래?"

"버, 벗긴 누가 다 벗었다고!"

"물론 난 네가 더 벗어도 괜찮아."

"제발 좀, 그런 말! 하지 말라니까요!"

오해의 소지가 다분한 치월의 말에 당황한 은조의 손이 그의 얼굴 앞에서 파닥파닥 저어졌다. 그런 은조를 사랑스럽게 바라보던 치월이 또 얼른 그 손가락을 잡아끌어 검지 하나를 입에 넣고 쪼옥 빨아 당겼다.

"꺄악!"

"아직도 풀물이 덜 빠졌다."

은조의 비명에 한쪽 귀를 막고, 치월은 진지하게 그 손가락을 들여다보았다. 가는 손가락은 조금만 힘을 주어도 부러질 것처럼 하얗고 연약했다. 그 손가락의 끝에 푸르게 남은 흔적은 오래되지 않아 보였다.

새벽녘 또 청설의 묘에 다녀온 것이 뻔했다. 알면서도 아무 말 없이 보내 준 건 은조가 더 이상 울지 않기 때문이었다.

더구나 그 일이 있은 후 그녀는 부쩍 먹었다. 특히 단향이 물씬 풍기는 과일은 눈을 떼지 못하고 시시때때로 찾았다. 마음의 짐을 덜어 낸 영향인 것 같았다.

덕분에 보드랍게 밤볼 진 얼굴은 전보다 훨씬 더 사랑스러웠다. 아니, 어쩌면 그녀를 보는 치월의 시선이 이미 경계를 넘었는지도 모른다.

"이제 정말 그만해요."

치월의 무릎에 얹힌 발을 어떻게든 회수하려 은조는 안간힘을 썼다. 아침나절 그와 산보를 나섰다가 꽤 너른 풀밭을 발견하고 은조는 지체 없이 발에서 신을 벗었다. 그러고는 잠시 후 그의 눈치를 보다가 버선도 벗었다.

푹신한 풀밭을 맨발로 걸으며 내내 웃다 보니 발바닥이 시커멓게 더러워지는 것도 몰랐다.

더러운 발에 새 버선을 신기 아까워하는 그녀를 위해 치월은 은조를 답삭 업었다. 그러고는 근처의 개울을 찾아와 대신 닦아주기를 자청했다.

하여 지금 그녀의 발은 그의 무릎 위에서 물기를 말리는 중이었다. 그가 꼬물꼬물 움직이는 발가락과 가는 발목을 쥐고 신기한 듯 중얼거렸다.

"이런 발목으로 어떻게 걷는 거지?"

"걸으라고 있는 발인데 당연하잖아요."

뽀로통하게 대꾸하는 은조의 볼은 점점 더 붉어졌다. 커다란 손으로 발목을 쓰다듬는 손길을 피하고 싶은데, 치월은 정말 신기한 물건에 기연이 닿은 것처럼 신중하게 그녀의 발가락을 건드리고 발바닥을 쓸고 또 발목을 천천히 어루만졌다. 그럴 때마다 간지럽고 또 낯선 느낌에 은조는 입술을 감쳐물었다.

"하앗!"

기다란 손가락의 끝이 슬쩍 치마 끝으로 파고들어 종아리 안쪽에 닿았을 때는 결국 저도 모르게 묘한 소리를 내고 말았다.

"그만요, 그만!"

"이상해. 널 만지고 있으면 내가!"

순간 마주 닿은 시선 속의 치월은 노을처럼 타고 있었다.

손을 내밀어 은조를 당겨서 엉덩이를 무릎으로 끌어 올리고 허리를 단단히 안았다. 돌처럼 단단한 그의 허벅지 위에서 긴장한 은조가 단숨에 얼어붙었다. 치월은 개의치 않았다. 그녀의 목덜미를 쓸어 올리고, 이어 손바닥을 펼쳐 머리 뒤를 받쳤다.

"어떻게, 어떻게 이상한데요?"

은조가 더듬더듬 물었다. 아직 그의 손이 닿아 있는 여린 살갗이 저릿저릿하게 느껴졌다. 이상해지는 쪽은 오히려 그녀였다.

"내 손이 내 말을 안 들어!"

젖은 발을 당겨 발등에 입 맞추는 그 때문에 너무 놀란 은조가 허둥지둥 그 어깨를 짚고 얕은 비명을 질렀다.

"하훗, 치, 치월!"

"네가 내 이름을 부르는 게 좋아!"

다른 손으로 여전히 종아리를 쓰다듬으며 치월은 우물쭈물 이름을 부르는 은조의 입술을 머금었다. 아스라이 제비꽃 향이 났다. 언제나 느껴지던 꽃 향은 오늘따라 유독 진했다.

마을에서 인간의 사내들에게 그녀가 입은 상처를 알기에 매번 조심스러웠다. 하지만 이제는 제법 숨길을 트며 열심히 입술을 받아 내는 은조는 가끔씩 입맞춤이 끝난 뒤에도 멍한 표정으로 그를 기쁘게 만들었다.

조금 더 대범하게 손을 넣어 무릎 뒤 말랑말랑한 살결을 건드리며 치월은 부드러운 그녀의 턱을 핥았다.

"하아!"

저도 모르게 뒤로 고개를 넘기는 가는 목덜미를 받아 주고 희게 드러난 살결에도 입을 맞췄다.

앞섶을 잡고 매달리는 은조의 손가락이 바들바들 떨고 있었다. 하지만 아직 밀어내지 않는다. 괜찮으냐고 묻지 않기로 했다. 대신 더 욕심껏 그녀의 다리에 손바닥을 문댔다. 발목을 지나, 무릎을 지나 조금 더 깊고 무른 곳에 닿은 치월도 밭은 숨을 내쉬었다. 안고 싶었다. 이대로! 지금 당장!

짧은 입맞춤과 깊은 입맞춤을 반복하며, 여인다운 열기로 일렁거리는 은조의 눈을 바라보았다. 서로의 타액에 젖은 입술, 흔들리는 눈동자는 당황과 호기심에 차 있었다. 지나치게 아름다워서 이성을 놓을 것 같았다.

"치월, 치월! 아무래도 나……."

"알아. 괜찮아. 다치게 안 할게. 이제 그만 집에 가자."

앞섶을 잡고 잔뜩 힘을 준 은조의 손을 떼어 목을 감게 하고 치월은 그대로 그녀를 안고 일어섰다. 조금만 더 늦게 은조가 제지를 했더라면 그대로 안아 버렸을지도 모른다고 생각했다.

은조는 점점 더 여인이 되어 가고 있었다. 적어도 그것만은 분명했다. 하지만 안아도 될까? 욕심내도 될까? 어쩌면 곧, 더는 참을 수 없는 날이 올지도 모른다는 생각에 치월은 은조를 안은 팔에 힘을 주었다.

그날 밤!

잠든 은조를 두고 잠시 나와 치월은 아직 나오지 않은 달을 바라보고 있었다. 곁에 있으면 만지고 싶고, 품고 싶었다. 그러나 그녀의 의지와 상관없이 상처를 입힐까 봐 조심스러웠다.

아까 낮엔 정말 하마터면 그 자리에서 은조를 눕힐 뻔했었다. 갑작스럽지는 않았지만 꽤 참기 힘든 유혹이었다. 은조의 눈빛에서 느껴졌던 열화가 그와 같은 종류의 것이었다면 그녀 역시 오래 거절하지 않았을지 모른다.

그러고 보니, 처음 은조가 산으로 뛰어들었던 그날도 달이 없었다. 유독 진하던 꽃 향! 그리고 달!

치월은 고개를 돌려 은조가 잠든 방을 바라보았다.

"이러다간, 내가 널 아프게 하겠어."

뜨거워진 가슴을 식혀 줄 요량인지 산바람이 길게 불어와 그가 앉은 언저리를 빙빙 돌았다. 그런데 그때였다. 꽤 기묘한 기운이 바람에 섞여 들어와 그의 신경을 건드렸다.

"뭐지?"

치월은 눈썹을 구기며 북쪽 하늘로 시선을 돌렸다.

꽤 익숙하고 묘한 느낌. 차갑고, 어둡고 그리고 축축한. 아직 상당히 멀지만 분명 조금씩 가까워지고 있는 그 기운은 분명 사람의 것이라 하기엔 너무 습하고 컸다.

"시답잖은 이매나 망량은 아닌 것 같은데?"

근방에서 가장 강한 것은 그 자신이었다. 청설도 그랬다. 이제 이 땅에 남은 어둑시니는 단 하나뿐이라고! 청설이 어떤 존재인지 알기에 그가 한 말에 대한 믿음은 흔들리지 않았다. 그렇다면 뭐지 저건? 어둑시니와 비슷한 기운을 뿌리는 저건?

은조가 잠든 방을 다시금 돌아보고 치월은 망설였다. 지금은 밤이고 그의 속도라면 해가 뜨기 전에 다녀올 수 있었다. 가서 보고 아무것도 아니라는 것을 확인하고 싶었다. 하지만 은조를 혼자 두고 다녀올 수는 없었다. 어떤 경우에라도 혼자 두지 않겠다고 약속을 했으니까.

결국 몸을 돌린 치월은 은조가 있는 방으로 돌아갔다.

그러고는 자고 있는 작은 머리를 당겨 팔 안에 끌어안고 눈을 감았다.

"달이 나오면, 그때 다녀오자. 지금은 혼자 둘 수 없어."

사흘이 지났다.

매일 아침마다 오늘은 마을에 내려가도 되는지를 묻던 은조가 방문을 열고 마당으로 내려서더니 역시나 치월에게 달려와 물었다. 진하던 꽃 향은 가라앉아 있었다. 역시 달이 그녀를 변하게 하는 건가?

"오늘은……."

"그래. 오늘은 가 보자!"

"정말, 정말요?"

"그래. 그런데 대체 왜 그렇게 가고 싶은데? 저 아랜 너한테 해코지한 놈들도 있잖아."

"맞아요. 그런데, 그동안 도와준 사람들도 있어서. 특히 월정루 행수님은 혹시 나 때문에 난처해졌을 수도 있잖아요. 그리고 머물던 곳에도 고마운 사람이 있어요. 괜찮은지 알고 싶어요."

허락을 구하는 눈길에 치월은 그저 손을 뻗어 은조의 머리꼭지를 부드럽게 쓰다듬었다. 여전히 은조는 귀찮고 손이 많이 갔다. 하지만 그건 그녀가 눈에서 멀어지면 오히려 불안해지는 그의 마음 변화 탓이었다.

"잠깐 준비하고 올게요."

"왜? 설마 그 보통일 또 들고 가려고?"

농으로 한 말에 흘깃 그녀가 눈을 흘겼다. 그러고는 작은 손으로 주먹을 쥐어 치월의 가슴팍을 툭 하고 때렸다. 치월은 얻어맞은 가슴을 문지르며 쿡쿡 웃었다.

아프지 않은데, 아픈 이유는 뭘까? 그것이 무엇이든 그녀가 주는 것은 굉장히 확실하게 느껴졌다.

방으로 달려 들어간 그녀를 기다리며 치월은 은조의 밭에 물을 뿌렸다. 또 성큼 자라 버린 줄기에 더러 꽃봉오리가 맺히고 있었다. 비단 밭뿐만이 아니라 오두막을 둘러싼 숲에서도 심심치 않게 꽃을 발견할 수 있었다. 그녀가 머물며 생긴 변화였다.

며칠 전 은조에게 새 버선을 사 주기 위해 마을에 갔을 때, 잠시 그녀가 살던 과부촌에 들렀었다. 과연 다른 집 마당에 비해 그녀의 집 마당의 잡초가 훨씬 키가 크고 굵었다. 그저 피가 원인은 아니었다.

"설마 그건 아니겠지?"

짐작 가는 것이 하나 있었지만, 치월은 후두둑 고개를 저었다. 아무리 그녀가 청설의 딸이라 해도 그건 가능하지 않은 일이었다. 신단에서도 그런 능력을 지닌 자는 꽤 오랫동안 태어나지 않았다고 했으니. 그러나 고개를 저으면서도 치월은 신단을 생각하고 있었다. 며칠 전 그 수상한 기운도 그렇고, 여차하면 그들을 찾아볼 생각이었다.

마을로 내려간다는 말에 신이 나서 방으로 들어간 은조는 쉽게 나오질 않았다. 기다리다가 따라 들어온 치월은 방 한구석에 등을 돌리고 앉은 그녀를 금세 발견할 수 있었다.

작은 등을 한쪽에 웅크리고 앉아 아까부터 무언가를 꼬물거리는데, 아무리 기다려도 한참이나 일어날 생각을 안 했다.

"지금 뭐 하는 거야?"

"잠깐만 기다려요. 그냥은 못 가요."

설마 야용이라도 하는 것인가 싶었다. 그녀를 온천에 들이던 날, 이것저것 사 온 것들 중에 분명 그런 도구도 있었던 것 같았다. 안 그래도 너무나 고운 얼굴인데 굳이 왜? 치월은 그녀가 본 모습을 감추는 것이 싫었다.

기다리다 못해 막 다가서려는 순간, 꼬물거리던 그녀가 돌아섰다.

"다 됐어요."

"너, 너 그게 얼굴이!"

단박에 눈썹을 찡그린 치월은 한숨처럼 버럭 소리를 지르고 고개를 절레절레 저었다.

살구 같던 그녀의 얼굴이 시커멓게 변해 있었다. 방 안이 어두워서가 아니었다. 감쪽같이 예전의 시커먼 얼굴로 돌아간 은조의 눈언저리엔 심지어 흉물스럽던 혹까지 도로 붙어 있었다.

그러고 보니 그랬었다. 아주 깜박 속았더랬다.

"이제 가요."

"하아!"

부리나케 일어나 곁으로 바짝 다가선 은조의 턱을 들어 올리며 치월은 연거푸 한숨을 쉬었다. 정말 어울리지 않았다. 눈부신 은조와 이 검은색은.

"왜요?"

"이제 보니 이거 염혼토구나? 대체 어디서 났어?"

조금이라도 실력이 있는 도자기공들이 보았다면 무릎이라도 꿇으며 매달렸을 것이다. 염혼토는 그만큼 귀한 흙이었다. 사람의 발길이 닿지 않는 동굴 속으로 바람이 가는 흙을 날라 오면 동굴은 깊은 어둠을 품고 그 흙을 썩히고 또 썩혔다. 그렇게 여러 번 죽고 또 죽은 흙이 바로 염혼토였다.

염혼토로 빚어서 구운 도자기는 철보다 강하다고 했다. 그뿐만이 아니었다. 만약 검을 단련할 때 염혼토를 사용했다면 부러지지 않는 명검이 나온다. 하지만 그런 것이 존재한다는 것을 알아도 누구에게나 연이 닿는 것은 아니었다. 평생을 찾아 헤맨 이들도 죽기 전에 한 번 볼까 말까?

그런데 그런 흙을 얼굴 감추는 데 쓰다니. 한편 웃음이 나면서도 기특했다.

"유모가 숨겨 준 동굴에 있었어요. 그렇게 귀한 거예요? 이제 얼마 안 남았어요."

얼굴을 한 번 건드려 보고 은조가 물었다. 지난 세월 그녀에게는 꽤 유용했던 흙이었다. 여간해서는 잘 지워지지도 않고 만들어 붙인 혹도 떨어지지 않았으니까. 용모를 감추기에 더할 나위 없이 좋았다.

"당연하지. 사람으로 치면 같은 사람이 계속 환생해서 늘 같은 장소에서 죽는 것과 같은 거야. 그런데 그걸 왜 도로 바른 거야?"

"그야, 마을에선 숨어 다녀야 하잖아요."

"쯧, 바보냐?"

또박또박한 그녀의 대답에 어이가 없는 치월이 가볍게 주먹을 쥐고 은조의 머리꼭지를 콩! 내려쳤다.

"아야!"

반사적으로 머리를 감싸 쥔 은조의 눈이 명확한 원망을 담아 그를 노려보았다. 이곳이야 아무도 함부로 들어올 수 없는 산이라 괜찮다지만, 밖으로 나가려면 당연히 신분을 감출 것이 필요했다. 그래서 오랜만에 꾸민 건데 바보라니. 지금껏 이 흙 덕분에 들키지 않고 숨어 지낼 수 있었는데!

"이 바보야. 그러고 나가면 그 상인인지 뭔지 하는 놈이 널 알아볼 거 아니야!"

"아 참."

그제야 은조는 무슨 일 때문에 이곳으로 달아났었는지를 상기했다.

아니, 그보다는 그간 치월의 곁에 머무르나 잊었다는 편이 옳았다. 그냥 뭐든 괜찮을 것 같은 막연한 느낌에 취해 있었던 모양이었다.

그의 말대로 이런 얼굴로 산에서 나갔다가는 놈들의 눈에 금방 띌 것이 자명했다. 우울해진 표정으로 눈썹을 늘어뜨린 은조의 어깨를 한 팔로 답삭 끌어안고 치월은 씨익 웃었다.

"그런 얼굴 하지 마. 내가 옆에 있는데 무슨 걱정이야."

의기양양하게 벙긋 웃어 버리는 치월은 또 어린아이 같았다. 입맞춤을 나눌 때, 혹은 자신을 안고 산을 이리저리 뛰어다닐 때, 그리고 짙어진 눈빛에 사내로서의 욕심이 느껴지던 그런 때의 강함과는 전혀 달랐다.

별수 없이 따라 웃어 버린 은조도 고개를 끄덕였다. 그가 강해서가 아니었다. 물론 그는 누구보다 강했다. 그래도 그가 사람이 아니라 신수(神獸)와 같은 존재라서 안심이 되는 것이 아니었다. 그냥 누군가가 옆에 있다는 것이, 혼자가 아니라는 것이 불안감을 상쇄시켰다.

"응. 그래요."

치월이 내민 커다란 손을 잡으며 은조는 밝게 웃었다. 다 괜찮을 것 같았다. 함께 있다면.

十七 步. 재넘이가 분다 (1)

 다시 얼굴을 씻어 내고 산을 내려왔을 때 서쪽으로 넘실넘실 노을이 분칠을 하고 있었다. 두 사람은 저자를 돌아다니는 보통의 한 쌍처럼 서로의 얼굴만 보면서 웃으며 그렇게 천천히 길을 걸었다.
 하지만 그들을 보는 행인들의 시선은 그렇게 단순하지가 않았다.
 월궁의 항아라도 내려온 듯 말갛게 고운 여인과, 그녀의 곁에 붙어 있는 커다란 사내. 너무나 그림같이 어울리는 한 쌍의 모습에 오가는 사람들의 발걸음이 저절로 멈추는 일이 허다했다.
 "기분이 이상해요."
 "왜? 뭐가?"

"이렇게 제 얼굴로 다녀 본 것이 너무 오랜만이라서. 나 혹시 엄청 이상하게 생겼어요?"

사람들이 흘끔거리는 것이 민망한 은조가 자꾸만 치월의 어깨에 얼굴을 감추며 물었다. 본인이 얼마나 예쁜지 설마 정말 모르는 건가? 두고 보자니 점점 더 등으로 숨어 들어가는 은조의 손을 당겨 꼬옥 쥐고 치월이 말했다.

"기다려 봐. 네가 어떻게 생겼는지 알게 해 줄 테니까."

"오라는 손님은 안 오고 웬 놈의 파리가 이렇게 들끓어!"

커다란 파리채를 손에 들고 연신 휘두르는 소금 장수의 입술이 끊임없이 투덜거렸다. 칠 년이나 누워 지내던 아들이 일어나, 요즘 그의 하루는 웃는 얼굴에서 시작해 웃는 얼굴로 끝나는 것이 대다수였다.

그런데 오늘은 좀 아침부터 일진이 사나웠다. 동네 비렁뱅이들을 내쫓다가 소금 한 되를 바닥에 쏟은 것도 화가 나는데, 사정도 모르는 마누라가 그 위에 찬물을 쏟아 도로 줍지도 못하게 되었기 때문이었다.

"어이구, 그만큼이면 대체 얼마야!"

아까운 소금을 날린 것도 내내 속이 쓰린데 오늘따라 손님도 없었다. 해가 꾸물꾸물 지는 것이 아무래도 결국 마수걸이조차 못 하고 문을 닫아야 할 판이었다. 더 기다려 봐야 시간만 아까울 것 같아 눌러 붙은 엉덩이를 떼어 내려던 때였다.

"어이, 김 서방!"

익숙한 목소리가 그를 불러 세웠다. 화들짝 놀란 소금 장수가 냉큼 돌아서며 대답했다.

"은인님!"

"잘 지냈어?"

"아무렴요. 아들놈이 일어났는데 소인이 무슨 시름이 있겠습니까. 종일 손님이 없더니 이리 반가운 분이 오시려고 그랬나 봅니다."

소금 장수는 진심으로 반가운 표정을 하며 치월을 맞았다. 애지중지 아끼는 소금들까지 한쪽으로 우르르 치워 내고 치월이 앉을 자리까지 마련하며 지극정성이었다. 그러다가 문득 치월의 등 뒤에서 나온 조그만 인영을 보고는 하던 일을 우뚝 멈추고 물었다.

"저분 아씨는 누구십니까?"

"내 아침이야."

"예?"

아침이라니? 하늘에 노을이 걸리고 있구만 무슨 아침? 도통 무슨 소리인지 몰라 고개를 갸웃거리던 소금 장수는 다음 순간 삐죽삐죽 웃었다. 일전에 갑자기 나타나서는 여인들이 쓸 물건을 사야 한다며 재촉하던 그의 모습이 생각났기 때문이었다.

머리를 막 이렇게 헝클었다가, 저렇게 헝클었다가! 마당을 이쪽으로 걸었다가, 저쪽으로 걸었다가! 초조해 보이던 그는 누가 보아도 연심에 빠진 사내의 모습이었다.

"어때? 네 아침보다 예쁘지?"

소금 장수가 내어 준 자리에 앉아 은조의 손을 쥐고 조물조물 거리던 치월이 물었다. 그제야 아침의 의미를 이해한 소금 장수가 웃는 얼굴로 고개를 끄덕였다.

"예. 난생처음 봅니다. 이리 고운 아씨는."

곱기도 곱지만 어울리는 한 쌍이었다. 치월이 뒷산의 산신바위같이 우람한 모습이라면 그녀는 작은 풀꽃같이 어울렸다.

너무도 여리고 작아서 건드리는 것조차 불안하지만 든든한 바위 옆에 있으니 비바람 걱정은 없는 그런 꽃이다. 게다가 눈을 뗄 수 없을 만큼 곱다는 것도 인정하지 않을 수 없다. 월정루의 기녀들도 이 여인에 비하면 잡초나 다름없었다.

치월의 너스레에 붉어진 얼굴로 은조는 괜히 그의 팔뚝을 꾹꾹 눌렀다.

"거봐, 예쁘다잖아!"

팔불출처럼 허허 웃으며 기꺼이 팔을 내준 치월의 시선은 해바라기처럼 그녀를 향해 있었다. 그 모습을 보는 소금 장수도 괜히 웃었다.

그간 무슨 일이 있었는지 서릿발 같은 모습이 사라진 치월은 전보다 편해 보였다.

"그나저나 어쩐 일로 오셨습니까? 소금 드릴까요?"

"아니, 소금은 됐고. 한 번 더 빌려줘, 네 처!"

"소인의 마누라를요? 그야 어렵지 않지만, 왜요?"

"아직 더 필요한 게 있어서."

싱글거리는 치월의 부탁에 소금 장수는 얼른 집으로 기별을 했다. 잠시 후 헐레벌떡 달려온 소금 장수의 부인은 푸근하고 넉넉한 몸집의 아낙이었다. 치월을 보자 반가운 체를 하며 깔깔거리는데, 수다가 여전해서 치월은 저도 모르게 은조를 당겨 귀를 막아 주었다.

들어도, 들어도 끝나지 않을 것 같은 그녀의 수다가 다행히도 끝을 향할 때쯤, 치월이 은조의 등을 밀어 그녀에게 보냈다.

"부탁해."

당부의 말은 이미 건넨 후였다.

"예, 그럼요. 누구의 부탁인데요. 제가 다 알아서 하겠습니다. 또 뭐 필요한 것은 없으십니까? 제가 또 이 지역 토박이라 말씀만 하시면 다 구할 수 있습니다. 지난번에 뭐냐? 옳거니. 우리 집 뒤에! 젊은 새댁이 새로 왔는데, 아 글쎄, 그치가 생전 들어 본 적도 없는 것이 먹고 싶다면서 부엌에서 혼자 울고 있지 뭡니까요? 그래서 제가 그랬지요? 대체 왜 우느냐! 그랬더니 그치가 겡인가 뭔가가 먹고 싶다는데, 당최 그 겡인지 뭔지를 알아야 말입죠. 닭똥 같은 눈물은 후두두둑 떨어지고, 어찌나 안쓰러운지. 그래 가지고 제가……."

"어이, 어이!"

"왜요? 뭐 하실 말씀 있으십니까? 그러니까 말씀만 하십시오. 금쪽같은 우리 아들이 살아났는데 소인이 뭔들 못 들어 드리겠습니까? 그래서 무슨 말씀인데요. 아무튼 그 새댁이……."

도무지 끝이 보이지 않는 아낙의 수다에 소금 장수는 이미 저만치 떨어져 섰고, 두어 번인가 말을 끊어 보던 치월도 은조와 얼굴을 마주하며 웃었다.

"좋은 분들 같아요."

"내가 아무한테나 널 맡길까 봐? 함께 다녀와. 보고 싶은 사람들 있댔지? 나도 그동안 할 일이 좀 있어."

"나만? 혼자요?"

"미안. 금방 다녀올게. 걱정 말고 필요한 게 있으면 얼마든지 사. 그리고 무슨 일이 있으면 불러. 알지? 내 이름?"

웃으며 말해도 은조는 좀처럼 발을 떼지 못했다. 잡고 있는 소매 끝을 놓지 못하고 불안해하는 은조의 뺨을 치월은 조심스럽게 쓸어내렸다.

떨어뜨리기 싫고, 곁에서 떨어지지 말라고 당부한 것도 자신이지만 그녀를 보내고 잠시 다녀올 곳이 생겼다.

지금 확인해 두지 않으면 언젠가 찝찝할 것 같아서 자꾸 신경이 쓰이는데, 은조를 산에 혼자 두는 것보다는 이게 더 나을 것 같았다.

"부르면 금방 와야 해요!"

"부르고 셋만 세. 그럼 눈 깜짝할 사이에 갈게."

"네, 알았어요."

마지못해 손을 놓은 은조는 머뭇거리며 소금 장수 부인을 따라나섰다. 치월은 그제야 표정을 바꾸고 해가 넘어가는 서쪽을 바라보았다.

"왜 그러십니까?"

무언가 달라졌다는 것을 소금 장수도 느낀 모양이었다. 얼른 곁으로 다가와 묻는 말에 치월은 시선을 고정한 채 고개를 갸웃거렸다.

"이상하단 말이야. 나 말고 더는 없는 줄 알았는데? 기운이 느껴져. 사흘 전부턴 점점 가깝게."

"뭐가요? 뭐가 없는데, 또 있습니까?"

"부탁 하나만 더 하자!"

묻는 말에는 대답 않고 갑자기 돌아선 치월이 어깨를 턱 짚자, 깜짝 놀란 소금 장수는 작은 눈을 힘껏 끔뻑였다.

"예, 말씀하십시오."

"혹시라도 내가 좀 늦으면 저 아이 좀 부탁해. 자네 집에 데리고 있어 줘. 내가 준 똥! 사방에 묻었지?"

"예, 그럼요. 이사하고 바로 묻었습니다."

"좋아. 잘했어. 아 참! 가능하면 밥도 좀 먹이고. 많이 먹이면 더 좋고."

"그것이 뭐가 어렵겠습니까. 분부대로 하겠습니다."

"분부 아니고 부탁!"

아직도 어리둥절한 소금 장수의 어깨를 두어 번 주물거리고 치월은 씨익 웃었다. 그러고는 미련 없이 몸을 돌려 바라보던 서쪽을 향해 달려 나갔다. 단숨에 지붕을 뛰어넘어 사라진 치월의 모습은 멀리 길 끝에서 다시 한번 더 나타났다가 또 사라져서는 다시는 보이지 않았다.

"역시……."

 보통 사람은 아니다. 소금 장수는 고개를 절레절레 저으며 치월이 사라진 방향을 한참이나 바라보았다.

❖

"어디 따로 보고 싶은 것이 있으십니까? 나리께서는 아씨가 필요한 것을 다 준비해 주라고 하시던데. 그나저나, 참으로 번듯한 양반 아니십니까? 듬직한 용모에 이런 재력에!"

 아낙은 치월이 은조를 부탁하며 쥐여 준 주머니를 쩔렁쩔렁 흔들며 헤살거렸다. 지난번에도 보았지만 이번엔 더 묵직한 주머니였다.

"그런데 뭐 하는 분이랍니까? 하긴 이렇게 두둑한 분이면 뭘 하든 무슨 상관이겠소마는, 그래도 이리 고운 아씨를 모셔 온 것을 보니 또 보통 양반은 아닌 것 같은데. 예? 말씀 좀 해 보십시오. 제가 이래 봬도 엄청나게 입이 무겁습니다."

 아낙의 수다가 끝없이 홀로 이어지는 동안 은조는 내내 한곳을 바라보고 있었다. 과부촌이 있는 방향이었다.

 그러다가 용기를 내어 아낙의 팔을 잡고 물었다.

"저기요."

"예, 아씨!"

"저 어디 좀 다녀오고 싶은데, 마을 밖으로 나가야 해서요. 곤란하시면 혼자 다녀올게요."

은조의 말에 아낙은 펄쩍뛰며 손사래를 쳤다. 무슨 일이 있어도 절대 혼자 두지 말라는 당부를 받았는데 그럴 수는 없었다.

"안 될 말씀입니다. 거기가 어딘지 몰라도 쉰네도 같이 가겠습니다."

"싫어하실 텐데……."

은조는 말꼬리를 흐렸다. 지아비가 있는 여인들은 과부촌에 발길을 하는 것을 대체로 좋아하지 않았다. 그녀들이 임자 있는 남의 사내들을 과하게 기웃거린다고 생각하기 때문이었다.

"왜요? 가시려는 곳이 과부촌이라도 됩니까?"

"예. 거기예요."

"예?"

"어렵겠죠?"

혹시나 싶어 던진 말을 야무지게 잡아채는 은조의 말간 얼굴에 아낙은 아주 잠시 난처한 표정을 지었다. 그러나 곧 힘차게 고개를 끄덕이고 야무지게 치맛자락을 올려 잡았다.

"아닙니다. 가십시다요."

"괜찮으시겠어요?"

"암요. 과부촌 아니라 과부촌 할아버지라도 제가 모시겠습니다. 나리께서 우리 애한테 베풀어 주신 은혜를 생각하면 당연히 제가 모셔야지요."

"그 사람이 아주머니 댁 아이를 도와주었어요?"

생각지도 못한 말에 호기심이 생긴 은조가 묻자 아낙의 얼굴이 금세 밝아졌다. 그러고는 먼저 척척 발걸음을 떼며 동시에 입을 열었다.

"그 이야기를 모르십니까?"

"네. 전혀요."

"아이고, 나리께서 이렇게 인품이 좋으십니다. 어찌 그런 일을 감추셨을까? 그럼 제가 이야기해 드리겠습니다. 그날이 어떤 날이었냐 하면 말씀입니다."

"네. 어떤 날이었는데요?"

고분고분 고개를 끄덕이며 생글거리는 은조의 모습에 신이 난 아낙은 한풀이라도 하듯 장황한 이야기를 뽑아내기 시작했다. 다소 시끄럽고 조금 정신이 없기는 했지만, 은조에겐 오랜만이었다. 이렇게 정감 넘치는 대화를 누군가와 주고받는 것은.

저절로 유모 생각이 나서 눈물이 날 것 같았다.

"그날 바깥양반이 한사코 애를 업고 나가겠다기에 제가 막 반대를 했습지요. 우리 애가 태어난 지는 일곱 해가 지났는데 걷지도 못하고 말도 못 해서……."

아낙이 아이 이야기를 해 주는 사이 해가 지고 좁게 난 길에는 서서히 어둠이 내렸다. 그 역시 대비를 하고 있던 아낙이 어렵지 않게 들고 온 등롱에 불을 밝혀 길을 인도했다. 이야기도 다시 이어졌.

그렇게 한참을 시끄럽게 대화를 주고받으며 그녀들은 마을 밖으로 나서고 있었다. 그리고 그런 그녀들의 뒤를 한 무리의 사내들이 조용히 따랐다. 그들은 마을의 시답잖은 왈패들이었다. 처음엔 은조의 미색에 홀려 따라오다가 아낙이 흔드는 전낭에 희번득거리며 누런 이를 빛내는. 마을 밖으로 나서는 여인들이라면 그들에겐 식은 죽 먹기보다 쉬운 먹잇감이었다.

같은 시각, 치월은 은조가 염혼토를 찾았다는 동굴의 근처까지 닿아 있었다. 사람이라면 열흘은 족히 걸리는 거리지만 어둠이 내리는 시간 속에서 치월은 그 누구보다 자유로웠다.
"짐승 냄새다."
동굴은 입구에서부터 기괴한 냄새를 풍겼다. 살이 썩은 냄새와 더불어 살아 있는 인간의 냄새, 그리고 은조가 얼굴에 바르고 나섰던 염혼토의 흔적도 발견할 수 있었다. 아마도 이곳에서 박 상궁이란 유모와 헤어진 모양이었다.

며칠 전 밤에 느꼈던 그 강한 기운은 이미 사라지고 없었다.
"어디로 간 거지?"
사방을 둘러보았지만 남은 흔적은 아무것도 없었다. 눈을 감고 놈이 흘리는 기운을 맡아 보려 했다. 하지만 그 역시 실패였다. 마치 어딘가로 숨어 버린 것처럼 멀리서도 느껴지던 기운은 말끔하게 사라져 버린 후였다.
"괜한 걱정인가? 은조가 목적이 아닐 수도 있어."
그렇게 마음을 다잡아도 쉽게 발이 떨어지지는 않았다. 설사 놈의 목적이 은조가 아니라 해도, 그럼 놈은 누구지? 갑자기 자신의 영역 가까운 곳에 나타난 이유가 뭘까.

치월은 일단 동굴 주변에서 나는 냄새를 기억해 두기로 했다. 이 근방은 모두 조영산 어둑시니인 그의 영역이었다. 알량한 것들이라면 오히려 꼬리를 접고 살금살금 돌아다니지만, 이 정도로 강한 무언가가 발을 들여놓은 일은 없었다. 치월에게 도전하여 좋을 것이 없기 때문이었다. 아무리 대단한 이매망량이라도 어둠의 권위를 가진 그에게 이길 수는 없었다. 그런데 하필 이런 시기에? 마음 한구석이 개운하지 않았다.

'은조.'

입술 끝으로 가만히 그녀의 이름을 되새겼다. 그러고는 그녀에게 돌아가기 위해 다시 어둠 속으로 사라졌다.

十八 步 재넘이가 분다 (2)

"계세요? 장 씨 아주머니, 안에 안 계세요?"

밖에서 부르는 소리에 문을 열고 나온 장 소사는 처음 보는 규수의 방문에 어리둥절한 표정이었다.

"무슨 일이십니까? 혹 일감을 맡기러 오셨으면 저어기 저 뒷집으로 가셔야 합니다."

"아니요. 저는 그러니까… 심부름을 왔어요."

"심부름요?"

아직도 명병한 얼굴로 고개를 갸우뚱거리는 장 소사에게 은조는 오는 길에 장에 들러 사들고 온 이것저것을 넘겨주었다. 고기와 생선, 그리고 과일 같은 먹을거리들. 평소엔 너무 비싸 장 소사는 눈여겨보지도 못했던 것들이었다.

"아이고, 아이고. 누가 이런 귀한 걸."

"은이의 심부름입니다. 그간 돌봐 주어 감사했다고 전해 달라 했습니다."

은조는 장 소사에게 깊이 머리를 숙였다. 여기 머무는 동안 자주 들여다봐 주고 말을 걸어 주고 먹을 것을 나눠 준 그녀 덕분에 겨울을 버티고, 외로움을 버티고 치월을 만날 수 있었다.

"우리 은이를 아십니까?"

은이의 이름에 반색을 하는 장 소사가 받은 것을 툇마루에 내려 두고 덥석 은조의 손을 잡았다. 망설임 없는 손속엔 다급함과 반가움이 가득했다.

"예. 은이를 잘 압니다."

"그 아이 괜찮은가요? 그 썩을 놈 때문에 어디 상한 곳은 없고요?"

이미 정철과 있었던 일까지 아는 듯, 진심을 다하는 장 소사의 걱정에 일순 콧날이 시큰해진 은조는 그녀의 손을 마주 잡고 크게 고개를 끄덕였다.

"무사합니다. 안전한 곳에서 잘 지내고 있어요. 인사를 드리지 못하고 떠나게 되어 죄송하다고, 그렇게도 전해 달라 했습니다."

"아이고, 다행입니다. 다행이에요."

어느새 흐르는 눈물을 닦아 내고 장 소사는 그제야 삐뚤빼뚤 웃었다. 그러다가 부리나케 방으로 달려 들어가 작은 보퉁이 하나를 들고 다시 나와서는 은조에게 건네주었다.

"워낙 가진 것 없이 살던 아이라, 집 안에 남은 것이 하나도 없었습니다. 놈들이 찾아와 어수선한 집을 쑥대밭으로 만들고, 그나마 입던 옷가지가 있기에 챙겨 뒀는데, 좀 전해 주세요."

"여전하시네요."

단단하지 못한 보퉁이의 매듭을 보며 은조는 작게 미소를 지었다. 손이 야물지 못해서 언제나 일감을 배분받지 못하고 떠밀리던 장 소사답게 헐거운 매듭이었다.

"뭐가 여전합니까?"

"아니요. 아니에요. 그럼 저는 이만 가 보겠습니다. 부디 건강하게 지내세요."

더 머물며 이야기를 나누고 싶었지만 은조는 자리에서 일어났다. 눈썰미 없는 장 소사가 눈치를 챌 리 없지만 그래도 들켜 좋을 것이 없었다. 아직도 대비에게 쫓기는 몸이라 화가 미칠 수도 있었다.

일어나는 은조의 손을 장 소사는 몇 번이나 꼬옥 쥐고 또 쥐었다.

"은이에게 안부 전해 주십시오. 잠 잘 자고, 잘 먹고, 잘 살라고!"

"예. 그리 전하겠습니다."

눈물이 핑 돌았지만 은조는 밝게 웃으며 돌아섰다. 그런 은조에게 장 소사도 손을 흔들어 주었다. 그 모습을 끝까지 보고 발길을 돌리려던 그때였다. 투박하고 거친 발소리와 함께 갑자기 나타난 사내 여럿이 장 소사의 좁은 마당 안으로 꾸역꾸역 밀고 들어왔다. 흐트러진 행색과 더러운 꼬락서니. 한눈에 보아도 행패를 부리려고 들어선 놈들이었다. 그런 놈들의 눈길이 은조를 향해 히죽거렸다.

"에, 에구머니!"

깜짝 놀란 장 소사가 겨를이 없는 중에도 은조의 손을 잡아 제 쪽으로 당기고 앞으로 나섰다.

"뉘십니까? 이 밤에! 여기는 과부촌입니다. 사내들이 발길해서는 안 되는 곳이라 이거요."

"시끄럽다. 그 계집을 이리 보내거라!"

그들은 하나같이 우락부락하고 입이 걸었다. 하긴 몸을 써서 입에 풀칠을 하는 왈짜에게 예의를 바라는 것도 우스운 일이다. 하지만 은조에겐 행색이 그런 그들도 의심스러웠다. 혹, 대비가 보낸 사람들은 아닌가? 그러고 보니 함께 온 아낙도 보이질 않았다.

은조는 입술을 깨물었다. 그들이 누군지는 모르지만 목적은 그녀였다. 이대로라면 장 소사까지 봉변을 당할 것이 뻔했다. 은조는 장 소사를 제치고 앞으로 나서려 했다. 괜한 사람까지 얽히게 할 수는 없었다.

그런데 뜻밖에도 장 소사가 그런 은조의 손목을 잡더니 힘을 주며 버텼다. 그러고는 조용히 속삭였다.

"쉿! 가만히 있어, 은이야!"

"으, 은이라니요? 저는 그 아이가 아닙니다."

당황한 은조의 목소리에 가는 흔들림이 있었다. 그 순간 장 소사가 뒤를 돌아보며 확신에 찬 얼굴로 고개를 끄덕였다.

"내가 아무리 모지리라도 어찌 너의 목소리까지 잊겠니. 어느 것이 본모습인지는 모르겠지만, 저들은 내가 쫓을 테니 너는 뒤로 달아나거라. 알지? 우리 집 뒷마당 싸리가 작년 태풍에 망가진 것?"

"그럴 수는 없어요."

울먹이는 은조를 향하는 조용한 목소리는 다정하고 한없이 따스했다. 슬며시 쥐었던 손목을 놓고 대신 장 소사는 은조의 뺨을 쓰다듬었다.

"널 보면 꼭 내 동생 같았어. 너같이 야물고 속 깊은 아이였는데, 부잣집에 첩으로 간다고 그리도 좋아했었다."

"아주머니!"

"그런데 그리 시집을 가서는 이듬해에 죽었어. 서방한테 매를 맞아서. 애 낳고 몸도 풀지 못한 애를… 아들이 아니라 딸을 낳았다고, 그 죽일 놈이. 얼른 가! 은이야, 내 걱정은 말고!"

"혼자서는 절대 안 가요. 아아, 정말 죄송해요. 이렇게 찾아오는 것이 아닌데!"

한사코 밀어내는 장 소사의 손길을 버티며 은조는 금방이라도 울 것 같은 얼굴로 고개를 저었다. 왈짜들은 점점 더 가까이 다가왔다. 그들에게 과부 하나와 어린 계집아이 하나쯤 전혀 문젯거리가 되지 않았다.

"어서 보내래도? 네년까지 다치기 싫으면!"

"냉큼 나가지 못하겠소? 어디 사내들이 과부촌에 와서 행패요, 행패가!"

"거참, 말귀 못 알아듣네! 거기 그 계집만 이리 보내면 끝난다니까 왜 고집이야! 아니면 네년에게도 맛을 보여 줘?"

와장창! 왈짜 하나가 본보기를 보이겠다며 발로 찬 장독이 요란한 소리를 내며 깨졌다.

"헉, 허억!"

날카로운 소리에 놀란 장 소사는 다급하게 숨을 들이쉬면서도 끝까지 은조의 앞을 막아섰다.

이어 또 하나를 발로 차서 깨뜨리고야 돌아선 놈이 씩씩거리며 그녀들에게 눈을 부라렸다. 그들과의 거리는 고작 두어 걸음뿐, 놈들의 거친 호흡 소리마저 생생하게 들리는 거리였다.

"진짜 말 안 들어?"

장독을 깬 놈이 기어이 주먹을 치켜들었다. 자칫 정말 해코지라도 당할 것 같아, 은조는 얼른 장 소사를 부둥켜안고 몸을 웅크렸다. 만나서 인사를 하고 싶은 욕심에 찾아온 것이 실수였다. 자신 때문에 죽거나 다친 사람들이 떠올랐다. 장 소사까지 그렇게 만들 수는 없었다. 이제 누군가가 제 눈앞에서 피를 흘리는 것은 두 번 다시 보고 싶지 않았다.

"죄송해요."

있는 힘껏 장 소사를 감싸 안고 은조는 눈을 감았다.

그 순간!

휘이이잉!

어디선가 불어온 왜바람이 뿌연 먼지를 까부르며 그들의 시야를 가렸다. 눈을 뜰 수 없을 정도로 강한 바람은 오로지 사내들만을 몰며 붙었다. 할 수 없이 그들이 뒤로 물러난 그때, 누군가 은조의 머리 위에 턱 손을 얹고 억세게 그녀를 끌어안았다.

"바보야, 이름 부르랬지. 이름!"

"치월?"

바람이 지난 후 모두가 눈을 떠 본 것은 커다랗고 어두운 눈을 한 치월이었다. 너풀거리는 소맷자락과 아무렇게나 묶어 놓은 흑발, 두툼한 팔로 은조를 끌어안고 서서 그 머리 위에 자연스럽게 턱을 얹은 그는 존재만으로 좁은 마당을 더욱더 좁게 만들고 있었다.

'이건 또 사람인가, 도깨빈가?'

장 소사는 꿈을 꾸는 듯 눈을 끔뻑이며 자꾸만 침을 삼켰다. 사람은 이런 식으로 나타날 수 없었다. 오히려 그의 팔 안에 갇혀 있는 은조가 불안하다 느낀 순간, 장 소사는 앞뒤 가리지 않고 달려들어 치월의 정강이를 발로 찼다.

"우리 은이를 내놓아라, 이놈!"

"아야! 아프잖아!"

경황이 없어 얻어맞고 화들짝 뒤로 물러난 치월은 그 와중에도 살뜰하게 은조를 끌어당겨 더 깊숙이 품에 넣었다. 그러고는 은조에게 물었다.

"어느 쪽이 나쁜 놈이야? 저쪽? 아니면 이쪽?"

치월이 말하는 이쪽과 저쪽이란, 장 소사의 집에 들이닥친 왈짜들과 장 소사였다. 그 말에 그만 푸흡! 웃음을 터뜨린 은조가 장 소사의 팔을 당겨 곁에 세우고 말했다.

"저쪽이요. 그런데 부탁이에요. 이번엔 죽이지 말아요. 제발!"
"그건 왜?"

치월은 영 마뜩지 않은 표정으로 눈썹을 씰룩거렸다. 놈들이 은조를 향해 돌 같은 주먹을 치켜든 것을 똑똑히 봤는데, 살려 둬야 하는 이유를 찾을 수가 없었다. 조금만 늦었어도 은조가 맞았을 것이라 생각하면 화르르 불길이 솟았다. 그런데도 은조는 자꾸만 저들을 살려 달라고 고약한 부탁을 했다.

"제발요."
"쳇! 대충 하는 게 더 귀찮은데."

입술로는 그렇게 투덜거리면서 치월은 일단 은조와 장 소사를 번쩍 들어 멀찍이 떼어 놓았다. 그러고는 늘 들고 다니던 커다란 검을 은조에게 내밀었다. 은조의 부탁을 들어주겠다는 뜻이었다.

"자, 가지고 있어. 그리고 눈 감아, 둘 다."

겁을 먹고 순순히 질끈 눈을 감은 장 소사와 달리 은조는 망설이다가 눈을 감았다. 그래서 이후의 일은 알지 못했다. 간간이 그들의 비명이 들려왔고, 그럴 때마다 치월은 따박따박 눈을 뜨지 말라고 소리를 쳤다.

그리고 얼마 후 눈을 떴을 때, 마당은 마치 아무 일도 없었다는 듯 고요했다. 사내들의 흔적은 어디에서도 찾을 수가 없고, 깨진 장독 두 개와 어지러이 날린 흙먼지만이 그들이 다녀간 증좌처럼 남아 있었다.

"그 사람들은요?"

"죽이지 말라며? 그냥 멀리 보냈어. 몇 대 쥐어박아서."

치월은 별것 아니라는 듯 어깨를 으쓱거렸다. 어둠으로 놈들을 감은 다음 여기서 꽤 떨어진 산속으로 보내 버렸다. 사람들이 흔히 도깨비에 홀렸다는 둥, 그래서 길을 잃었다는 둥, 하는 이야기들의 맥락도 비슷한 것이다. 길을 잃은 것이 아니라, 멀리 보낸 것이니까. 얼마큼 화가 났느냐에 따라 거리가 정해지는데, 지금 이놈들은 아마 살아 있는 동안엔 이곳으로 돌아오지 못할 것이다.

"보냈다고요? 멀리?"

"그래. 살리라고 해서 그랬어. 그럼 됐지? 시킨 대로 했으니까 이제 이리 와!"

치월은 칭찬받고 싶은 강아지처럼 신이 나서 은조를 향해 팔을 벌렸다. 달려와 꼭 안길 그녀를 잔뜩 기대하는 눈빛이었다. 하지만 은조는 그에게 뛰어드는 대신 장 소사에게 달려가 그녀의 손을 잡았다. 허탈해진 치월이 어깨를 늘어뜨렸다.

"어어?"

은조는 개의치 않고 장 소사에게 정말 마지막 인사를 했다. 울어 버릴 것 같은 얼굴이 애써 웃었다.

"마당을 망가뜨려서 죄송해요. 저는 이제 가야 할 것 같아요."

"괜찮은 거니. 저, 저 사람?"

사람이라는 말이 덥석 나오지 않는지 더듬거리는 장 소사에게 은조는 힘껏 고개를 끄덕였다. 그리고 그녀의 마른 몸을 꼭 안아 주었다. 장 소사도 마찬가지였다. 은조의 손을 마주 잡은 얼굴이 갖가지 감정에 젖어 있었다.

"네. 지금까지 저를 지켜 준 사람이에요. 그동안 감사했어요."

"…잘 가, 은이야. 잘 살고, 잘 먹고. 응?"

"네. 걱정 마세요. 저 괜찮아요."

인사를 모두 마친 다음에야 은조는 자박자박 걸어 치월의 손을 잡았다. 그러고는 곧 장 소사의 시야에서 사라져 버렸다.

그들이 사라진 후, 깨진 장독을 정리하던 장 소사는 한참 후에야 싸리문 밖에 혼절해 있는 소금 장수의 부인을 발견했다. 기억을 더듬어 보니 처음 은이가 마당에 서 있는 것을 보았을 때 그 옆에 있었던 것도 같았다. 아마 놈들이 들이닥친 순간에 이미 놀라 혼절한 모양이었다.

조금 전에 있었던 일들이 꿈인 듯 멍하지만 그래도 그대로 두자니 밤이슬을 맞을 것은 뻔하고, 결국 늘어진 그녀를 집 안으로 끌어당기며 투덜거렸다.

"아이고, 덩치는 또 왜 이리 커!"

소금 장수 부인의 두툼한 체구를 감당하기에 장 소사는 턱없이 말랐지만, 어쩌면 그것은 또 다른 인연의 시작일지 몰랐다.

새벽녘, 잠든 은조를 두고 나와 치월은 아무 흔적도 찾지 못한 북쪽의 그 동굴을 생각했다. 익숙한 듯 다른 기운! 고약한 썩은 냄새만 빼면, 아무리 고쳐 생각해도 자신이 가진 것과 비슷했다.

"뭐지. 누굴까?"

지금은 사라졌지만 사라지기 전 놈의 방향은 일정한 속도로 이곳을 향하고 있었다. 마당 한편에 자라고 있는 작물들을 바라보았다. 은조의 피 냄새라도 맡은 것일까? 아닐 것이다!

하지만 그렇게 커다란 기운을 감추고 감쪽같이 사라진 것은 신경에 거슬렸다. 인간의 몸에 빙의라도 한 것이 아니라면 그렇게 사라질 수 없었다.

"하지만 인간의 몸에선 몇 년도 못 버틸 텐데……."

어둠에 감싸인 조영산은 완벽한 결계에 감춰져 있었다. 은조를 위해 어느 때보다 더 신경을 쓰고 있으니, 삭일(朔日)이 아니면 누구도 자신의 허락 없이 발을 들여 놓지 못했다.

설사 놈들이 근처까지 온다 해도, 이곳에 들어서는 것은 어림없었다. 하지만 정말 은조에게 신단의 힘이 있다면, 청설조차 가지지 못했던 그 힘이 은조에게 깃들었다면 문제는 조금 달랐다. 놈들은 무슨 수를 써서든, 그 힘을 손에 넣으려 할 것이다. 영생을 위해.

"치월?"

잠이 깼는지 은조가 부르는 소리가 났다. 치월은 지체 없이 몸을 돌려 방문 앞에 서 있는 은조를 향해 달려갔다.

"왜 깼어?"

"잠이 안 와요."

"왜? 아까 그일 때문에 놀라서 그래? 어디 다친 건 아니지?"

"아니요. 그냥 지금은 잠들고 싶지 않아요."

"그럼 잠깐 달을 보러 갈래?"

손을 내민 치월의 품으로 은조는 저항 없이 안겨 들었다. 바람이 솟구치는 그 절벽은 치월과 함께하지 않으면 닿을 수 없었다. 아무도 닿을 수 없는 조영산, 그중에서도 가장 은밀한 그곳이야말로 치월의 은신처였다.

은조는 그곳에서 달을 보는 것을 좋아했다. 이제는 혼자만의 장소가 아니게 되어 버렸지만 그래서 치월은 더욱 그곳이 좋았다.

"잠깐 눈 감아. 빨리 갈 테니까!"

치월의 당부에 곧 눈을 감고 바람 소리를 들으며 아주 잠시, 그리고 감은 눈을 떴을 땐 이미 그 소나무 위였다. 허리를 감은 팔이 주는 안정감이 이제 당연한 듯 익숙해지려고 했다. 강한 어깨에 기대어 눈을 감는 버릇도 언젠가부터 당연했다. 애써 달을 보러 왔지만 그보다 치월이 주는 안락함에 취한 은조가 나른히 눈을 감고 물었다.

"아깐 어디 갔었어요?"

"그냥, 잠깐 할 일이 있어서. 다음부턴 바로 이름 불러. 하마터면 다칠 뻔했잖아."

희미한 바람에 뺨으로 달라붙는 머리카락을 떼어 주며 치월이 한숨을 쉬었다.

"생각이 안 났어요."

"뭐? 잊어 먹었다고, 나를?"

버럭 큰 소리를 내는 그는 정말 서운한 눈빛이었다. 덜컥 은조를 품에서 밀어 내기까지 했다. 물론 나무에서 떨어질까 봐 세게 밀어 내지도 못했지만 흔들리는 눈빛만은 진심이었다. 그녀에게 지워지는 것만큼은 절대 싫었다.

"미안해요."

"하!"

"그런데 되지가 않았어요. 뭐든 혼자 하는 것이 버릇처럼 몸에 익어서, 그냥 어떻게든 해야겠다고 생각하느라 아무것도 떠오르지 않았어요."

미안한 얼굴로 배시시 웃는 은조가 팔을 당기자 치월은 할 수 없다는 듯 다시 어깨를 내주고 그녀의 허리를 안았다. 조심스럽게 파고들어 뺨을 얹는 그녀의 입술에서 가는 한숨이 샜다.

"왜?"

한숨의 이유를 물었다. 잠들지 못하는 이유가 달리 있는 건가 싶어서.

"아깐 구해 줘서 고마웠어요."

"그런 당연한 말 하지 마."

"사실은 조금 많이 무서웠거든요. 자꾸만 주변 사람들이 다치는 게 내 탓인 것 같아요. 어머니도, 아버지도, 박 상궁도 그리고 처음 이곳으로 뛰어들던 날에 당신이 죽인 그 사내들도!"

"그건 네 탓이 아니야. 그들의 욕심이 지나친 탓이지."

"날 만나지 않았다면 죽지도 않았겠죠."

치맛자락을 쥔 손에 바득 힘을 주고 은조는 와락 아랫입술도 베어 물었다. 이제 곁에 남은 것은 치월, 그 하나뿐이었다.

실은 조금 전, 홀로 잠들어 있던 중에 꿈을 꾸었다. 치월이 너무 진한 피를 흘리며 쓰러져 있는 꿈! 피로 만든 웅덩이 한가운데 그는 미동 없이 누워 있었다. 굳게 감은 눈을 전혀 뜨지 못하고, 아무리 이름을 불러도 깨어나지 않고, 흘러넘친 피는 너무나 현실 같아서 몸이 덜덜 떨리도록 두려웠다. 얼음장처럼 차가운 손엔 이전 같은 온기가 없고 당연히 그녀를 바라봐 주지도 못했다.

습관처럼 비명을 삼키며 눈을 뜨고, 곧장 치월을 찾아 일어났었다. 마당에 서 있는 그의 등을 보며 얼마나 안심을 했는지. 돌아보고 웃어 주는 눈을 보고 있음에도 보고 싶었다. 달려와 손을 잡아 주고 안아 주는 품에 온기가 있어서 눈물이 날 것 같았다. 그마저 없어지는 세상을 감당할 준비가 그녀는 전혀 되어 있지 않았다.

"난 안 죽어. 절대로. 네 곁에 있어 줄게."

치월의 말에 은조는 대답 대신 고개를 들어 그의 입술을 훔쳤다. 꿈속처럼 차가운 입술이 아니라 온기를 지닌 다정함이 입맞춤을 되돌려 왔다. 곁에 있겠다는 그의 약속이 제발 이루어지길 바랐다. 이제 다시 누굴 잃는다면 버틸 수 없을 것 같았다.

목을 끌어안고 매달리는 은조를 안고 치월도 그녀의 입술에 고개를 숙였다. 다디달고 부드러운, 그녀와의 입맞춤은 아무리 길어도 늘 그에겐 나무말미처럼 짧게만 느껴졌다.

"하아!"

숨을 트러 입술이 잠시 떨어질 때마다, 평소와 달리 은조는 한사코 그에게 더욱 매달렸다. 어느새 그녀의 몸뚱어리를 무릎으로 끌어 올린 치월도 마찬가지였다. 손톱 같은 달이 밝지 않아서인가. 아니면 바람마저 오늘은 조용해서인지도 몰랐다.

그녀를 타고 흐르는 제비꽃 향이 마치 그믐의 밤처럼 짙어져 그를 홀렸다. 밭은 호흡이 귀를 홀리고, 뻗어 오는 가는 팔이 심장을 홀렸다.

넘어지지 않게 작은 등을 받치고 다른 한 손으로는 본능처럼 치마를 걷어 올렸다.

"핫!"

흠칫 놀라던 은조는 아주 조금 어깨를 움츠렸지만 이내 다시 그의 입술로 달려들었다. 멈출 의지가 없는 치월의 손도 조금씩 더 깊이 그녀의 다리를 타고 올랐다. 종아리 아래를 지나 무릎의 여린 살을 쓰다듬었다. 그리고 더 욕심껏, 더 깊은 곳을 더듬었다.

그녀는 저항하지 않았고 그래서 치월이 다소 거칠게 속곳을 벗겨 내는 것도 막지 않았다. 벗겨 내던진 속곳이 바람을 타고 떨어지는 소리가 났다. 그러나 아무도 신경 쓰지 않았다. 간혹 입술을 떼어 내고 죽을 것처럼 두 사람은 숨을 토했다.

"여기선 안 돼!"

"제발요. 아무 데도 가지 마요."

도리질을 치며 매달리는 은조를 안고 나무에서 내려와 치월은 급한 대로 제 겉옷을 나무 아래 깔았다. 그리고 그 위에 은조를 눕혔다. 부족한 달빛 아래 청초한 얼굴이 그로 인해 상기되어 있었다. 거친 입맞춤에 부푼 입술과 흐트러진 머리카락이 흰 얼굴 여기저기에 흩어졌다. 조심스럽게 그 머리카락을 걷어 주며 치월은 호흡을 가다듬었다.

"정말 괜찮아?"

어쩌면 방금 그 질문은 그녀가 아니라 자신을 향한 것인지도 몰랐다. 그녀를 다치게 하기 싫은 마음은 부정할 수 없는 진심이었다. 그런데 사내로서의 욕망 속에서 그는 지금이라도 당장 은조의 하얀 얼굴을 흐트러뜨리고 싶어 안달을 냈다. 이 작은 몸을 마음껏 끌어안고 헤집고서 그녀의 안에 깊이 머물고 싶어 자꾸만 숨결이 갈라졌다.

"괜찮아요."

간절한 대답은 그를 오래 기다리게 하지 않았다. 허락이 그녀의 입술을 떠난 순간, 치월은 즉시 은조를 향해 기울어졌다. 재빠르게 옷고름을 끌어당기고 동시에 치마를 걷어 달빛에 그녀의 다리를 내놓았다.

"아앗!"

헛헛한 느낌에 바르작거리며 다리를 젓던 은조가 다급하게 그의 가슴을 짚어 왔다. 그 손을 잡아 떼어 내며 치월은 치달아 오르는 숨을 헉헉 내쉬었다.

"이제 못 멈춰. 안 된다고 하지 마!"

대답 대신 팔을 당기고 고개를 끄덕이는 은조의 입술은 촉촉이 젖어 꽃잎처럼 열려 있었다.

"떼어 놓지 마세요. 멈추지도 말아요."

"그래."

그 입술을 머금고 치월은 그녀의 몸을 바싹 끌어안았다. 바람이 윙윙 머리 위를 지났다. 달이 흘리는 달빛과 그 달빛을 가리는 구름 때문에 그녀의 얼굴이 자꾸만 흐려졌다가 보이길 반복했다.

十九 步. 어머니의 선물

 옥신각신 오가는 손길은 누가 먼저라고 할 것 없이 서로가 다급했다. 치월의 단단한 팔뚝을 끌어안고 여린 숨소리를 토하는 은조의 가는 팔엔 이미 거치적거리는 것이 남아 있지 않았다. 본능적으로 그의 저고리 안쪽을 더듬는 은조의 손을 걷어 그 손등에 입을 맞추며 치월이 속삭였다.
"서두르지 마."
"어째서?"
 그녀의 질문에 치월은 가볍게 웃었다. 굳이 더 다급한 쪽을 고르라면 그건 역시 그였다. 밤마다, 아무것도 모르는 얼굴로 잠든 은조의 옆을 지키며 차마 건드리지도 못한 그 여러 날들. 참고 또 참은 숫자를 헤아려 보라 하면 화를 낼 만큼, 그는 은조를 참았다.

여윈 얼굴에 살이 오르고, 마른 팔다리가 낫낫해지는 만큼 은조는 여인의 향을 품어 갔다. 그 모든 것을 지켜보는 치월의 숨은 막히고, 뜨거워진 가슴은 매일 그녀를 내놓으라고 고동쳤다.

그래도 급하게 안고 싶지는 않았다. 입맞춤조차 서툴렀던 그녀였다. 처음으로 사내를 겪는 그녀에게 이 밤은 그 어느 때보다 귀해야 하니까. 몸은 아파도 마음은 아프지 않아야 한다.

"네가 너무 예뻐서 아까부터 숨이 안 쉬어지지만, 오늘은 다시 오지 않으니까."

은조의 머리 아래 팔을 받쳐 주고 그 옆에 누워 치월은 그녀에게 자잘한 입맞춤을 비처럼 퍼부었다. 그러다 또 참을 수 없이 그녀가 예뻐 보일 때면 숨도 쉬지 못하도록 깊이 입 맞추고 헐떡이는 등을 쓸어 주었다.

둥글게 솟은 젖무덤이 그녀의 숨결을 따라 오르내리면 홀린 듯 바라보다가 슬쩍 쥐고 쓰다듬은 다음 새빨갛게 달아오른 고운 뺨을 감싸 안고 웃었다.

하나씩 또 하나씩 그녀를 벗겨 나가는 가슴이 이미 한계치까지 부풀어 터질 것 같았다. 그래도 참았다. 아직 열심히 웃고 있는 은조를 위해서.

"치, 치월!"

마지막 옷가지를 그녀에게서 걷어 냈을 때, 부끄러워하며 고개를 돌리는 은조의 턱을 잡고 치월은 부드럽게 입을 맞췄다. 제법 능숙하게 입술을 벌리고 그의 혀를 받는 은조의 손이 바들바들 떨고 있었다.

미약한 달빛과 달빛보다 아름다운 은조의 나신! 청색인 듯 까만 머릿결을 함함하게 펼치고 한사코 팔을 뻗는 그녀의 눈빛도 분명 그를 원했다.

"그래서 천천히 밤새 널 안을 거야. 울어도 안 놔줄 거야. 각오해!"
"안 울 거예요."
"좀 울어도 괜찮아. 울어도 이미 넌 나의 아침이니까. 내가 다 감당할게."

빙그레 지어 주는 미소와 가벼운 말장난에 피식 웃어 버리는 은조였다. 대답하듯 해사하게 웃어 주는 그녀 때문에 치월은 또 숨이 턱턱 막혀 왔다. 보란 듯 말장난을 하고 있어도 사실 여유라고는 손톱만큼도 남아 있지 않았다. 지금 당장 여린 살갗을 뚫고 안으로 들어가고 싶었다. 깊이, 더 깊이, 가장 내밀한 속에 닿고 싶어 죽을 것만 같았다.

만지면 묻어날 것 같은 흰 살결이 제 몸뚱어리 아래서 수줍게 움직일 때마다, 서툰 손짓으로 등을 안고 매달릴 때마다 누르고 누른 사내의 본성이 내면에서 고성을 질렀다.

"정말이야. 울어도 돼."

의미 없는 말을 되풀이하며 말랑말랑한 은조의 엉덩이를 매만졌다. 붉어진 얼굴로 이리저리 몸을 뒤틀며 긴장이 풀어졌는지 키득거리는 그녀가 무릎을 세우고 옅은 신음을 뱉었다. 더 바짝 엉덩이를 끌어안고 치월은 조심스럽게 그녀의 위로 몸을 세웠다.

"하흡!"

생경한 느낌에 급한 숨을 들이쉬며 은조는 이미 예쁜 달 따위

보고 있지 않았다. 달이 어떻게 예뻤는지 기억조차 못 하리라.

거칠고 큰 치월의 손바닥, 그 손이 건드리는 모든 곳이 화끈거렸다. 평소에는 얼마든지 잡고 매달렸던 손, 밤마다 안아 주던 품이었는데 지금의 그는 다른 사람 같았다.

사내들과의 교합이라는 것이 어떤 것인지는 이미 열네 살 때부터 유모에게 배워 알고 있었지만 그동안 그녀가 겪은 사내들은 단 한 명도 친절하지 않았다. 빼앗기지 않으려 안간힘을 써야 했고 그 마지막은 늘 지독한 외로움과 이가 맞도록 떨리는 두려움을 마주해야 했었다.

"긴장하지 마."

"괜찮아요. 치월이니까."

진심이었다. 그에게 다 주고 싶었다. 주어도 좋다고 생각했다. 아니, 반드시 그이길 바랐다.

바람이 식혀 놓은 벗은 몸은 서로의 살갗에 마찰할 때마다 뜨거운 열꽃을 피웠다. 그래서 추운 줄도 몰랐다. 손으로 건드리던 귓불을 혀로 핥으며 치월이 내놓는 숨소리. 그 혀끝이 목덜미를 물고 이어 분홍빛 열매를 머금었을 때, 은조는 저도 모르게 몸을 뒤틀며 묘한 소리를 냈다.

"하아웅!"

젖은 피부를 스치는 바람마저도 그의 편이었다. 반드시 치월의 입술이 지난 자리, 그가 흥건하게 적셔 놓은 곳으로 골라 불며 바람은 몰랐던 감각을 깨우쳤다.

"네가 너무 달아."

"치월!"

"참기가 힘들어! 아무래도 울게 할 것 같아."

집착하듯 가슴을 물고 있는 그의 혀 때문에 아득해진 은조는 힘껏 발가락 끝을 모으고 힘을 주어 비명을 삼켰다. 속삭이는 그 목소리마저 아찔해서 눈이 떠지질 않았다. 그의 손바닥과 숨결을 타고 스며드는 체온이 좋았다. 더, 더, 더욱 닿고 싶어서 몸이 움찔거렸다.

"아앗! 나, 너무 이상해!"

"나도 그래. 다리 벌려 봐, 은조야. 더 가까이 가게."

"으, 응!"

발목을 쓰다듬던 치월의 말에 열심히 고개를 끄덕였지만 속절없이 떨리는 몸은 그녀의 의지를 이행하지 못했다. 기다리던 그가 도움의 손길을 뻗었다. 부드럽게 종아리를 감아 그녀를 열며 치월도 거친 숨을 연신 내쉬었다.

"힘을 빼."

"하아, 하아."

"그래, 그렇게."

버티느라 구겨진 그의 미간에 굵은 땀이 배어났다. 저에 비하면 턱없이 작은 은조가 견딜 수 있을지 조바심이 났지만 더는 참을 힘이 남아 있지 않았다. 집중하고 또 집중했다. 조금이라도 고통을 줄여 주고 싶어서.

그녀가 작은 입술로 이름을 불러 줄 때마다 팔뚝에 핏줄이 섰다. 가쁜 숨을 헐떡이고 고개를 저으며 손길에 반응하는 것이 너무 뿌듯해서 참아지지가 않았다.

결국 한계에 도달했을 때, 팔을 뻗어 은조의 머리를 감싸 안고 치월은 깊숙이 그녀에게 자신을 묻었다.

"아아홋!"

입술을 물며 고통을 참는 작은 머리가 치월의 팔 안에서 턱을 치켜들었다. 파고드는 뜨거움에 동참하는 고통이 머리를 울렸다. 더 세게 입술을 물지 않으면 흉한 소리를 지를 것 같았다. 그래도 멈추지 않길 바랐다. 손을 뻗어 필사적으로 단단한 어깨를 끌어안고 은조는 그에게 매달렸다.

"치월, 치월!"

"그래. 여기 있어."

그가 움직일 때마다 매달리듯 닿아 있는 다리가 같이 떨렸다. 묵직한 감각이 안으로 밀려들 때, 끝을 모르고 딸려 오는 것은 오직 통증만은 아니었다. 기묘한 열통에 사로잡혀 몇 번이나 그의 이름을 부르다가 은조는 사르르 눈을 감았다.

익숙하고 다정한 따스함, 그리고 그 뒤에 얼굴 여기저기에 마구 내려앉는 그의 입술을 느낀 것 같았다.

'은조!'

'은조야!'

기분 좋은 목소리가 들렸다. 막 자아서 풀어 놓은 실무더기처럼 폭신한 목소리는 한없이 다정해서 그냥 눈물이 났다.

'은조야. 우리 아가, 어째 이리 늦잠을 자누!'

토닥토닥 가슴께를 두드려 주고 이마를 쓰다듬어 주는 손길에는 담뿍, 또 울컥울컥 눈물이 나게 만드는 무언가가 담겨 있었다. 목소리는 은조가 잠을 깨길 바랐지만 은조는 고집스럽게 눈을 감고 버텼다.

다독여 주는 손길을 더 느끼고 싶었다. 쓰다듬어 주는 손길에 자꾸만 욕심이 나서 눈을 뜰 수 없었다. 눈을 뜨면 햇살 아래 연약한 눈처럼 다 사라질 것 같았다.

그 손의 주인이 누구인지 알 것 같아서 참고 또 참았다.

'아가. 내 어여쁜 은조!'

'아아! 어머니!'

'늦었지만 선물을 하나 주마. 태어나 주어서, 내 딸이 되어 주어서 정말 고맙구나.'

'어머니, 어머니!'

'고운 내 딸, 우리 은조. 어미가, 어미가 많이 미안하다.'

스르륵 눈을 뜨며 은조는 이미 그 모든 것이 짧은 꿈인 것을 알고 있었다. 서러운 눈물이 소리 없이 눈꼬리를 타고 흘러 귀엣머리를 적셨다.

어느새 투박하고 커다란 손이 다가와 그 눈물을 천천히 걷어 냈다. 고개를 돌려 걱정하는 치월을 마주하고 은조는 그에게 팔을 뻗었다.

"흐윽… 나 좀… 안아 줘요."

"그래!"

즉시 품을 내어 그녀를 품어 주는 치월의 손바닥이 천천히 은조의 머리를 쓰다듬었다. 아무 말이 없어도, 괜찮냐는 흔한 위로조차 없었지만 괜찮을 것 같았다. 그냥 그의 품에서 처음으로 소리를 높여 은조는 어린아이처럼 울었다.

"미안해. 많이 아팠어?"

"아니, 아니요."

"그럼 왜 이렇게 울어?"

"어머니가, 어머니가 다녀가셨어요."

치월은 은조가 아직 꿈을 꾼다고 생각했다. 그래서 그냥 토닥토닥 그녀를 다시 재우려 애썼다. 하지만 은조는 잠들지 못했다. 바투 안아 주는 치월의 팔과 품으로 자꾸만 더 파고들 뿐이었다.

"하아아!"

얼마나 그의 품에서 울었을까? 아직 창밖에 어둠이 녹아 있을 때쯤, 아랫배를 타고 익숙하고 묘한 고통이 찾아왔다. 은조도 알고 있는 통증은 전보다 훨씬 미약하게 지속되다가 곧 사라졌다. 하지만 이제야 그녀는 때가 되었음을 알았다. 어머니가 주신 선물이 무엇인도 확실해졌다. 꿈이었지만, 어쩌면 꿈이 아닐지도 모른다. 달이 지면 이제야말로 온전히 여인이 될 수 있을 것 같았다.

"치월?"

"응!"

"자요?"

"아니!"

꼼지락거리며 고개를 드는 그녀를 반사적으로 끌어안고 치월이 얼른 대답했다. 울음은 그쳤지만 발갛게 부은 눈으로 그녀가 올려다보고 있었다.

"부탁이 있는데……."

"뭔데, 말해 봐!"

"나 아무래도 한 번 더 마을에 내려가야 할 것 같아요."

"왜? 어디 아파?"

한참을 울다가 느닷없이 고개를 들고 마을에 가고 싶다는 은조의 이마를 짚으며 치월은 혹 그녀가 감모에 든 것은 아닌가 생각했다. 너무 오래 잠들어 있는 은조를 지켜보며 바람이 부는 절벽 위에서 그녀를 안은 것을 내내 후회하던 중이었다. 꼼꼼하게 감싸 안고 집으로 돌아와서도 내내 그녀가 깨지 않을까 봐 걱정이 되고, 안달이 났다.

멍청한 실수로 그녀를 잃었을까 봐.

그러나 그의 그런 걱정을 단숨에 날려 보내듯 지금 그녀는 너무나 환하게 웃고 있었다.

"아뇨. 며칠 내로 필요한 게 있을 것 같아서요."

"그게 뭔데? 지금 내가 다녀올까?"

"아뇨. 그건 안 돼요."

고개를 젓는 그녀의 얼굴엔 영문 모를 부끄러움도 가득했다.

"그게 뭔지는 모르겠지만, 울다가 웃으면 너!"

"아하하하! 그렇게 되면 나 버리게요?"

생글거리는 볼에 입 맞추고 치월은 한숨을 쉬었다. 비로소 안심이 되어서.

"바보야! 그럴 리가 없잖아. 설사 네가 까마귀나 벌레나 심지어 사내가 된다 해도 난 절대 널 못 보내."

"그럼 같이 가 줘요?"

"내 부탁도 들어주면!"

"뭔데요?"

순진하게 되묻는 그녀의 손을 당겨 손목 안쪽의 여린 살갗을 할짝이며 치월은 짓궂게 웃었다. 잠들었다가 깨어 갑자기 울어 버리는 바람에 참고 있었는데, 이제 말해도 될 것 같았다.

"아직 날이 안 밝았어."

속이는 그의 손이 가슴을 스치자 미약한 은조의 비명이 따라왔다.

"꺄악!"

"내가 말했잖아. 밤새 안을 거라고. 봐. 아직 달이 떠 있어."

발을 쭉 뻗어 쿵! 방문을 열어젖히고 달을 보여 주는 치월에게 은조는 빠닥빠닥 고개를 저었다.

"시, 싫어요."

"부드러워, 네 살갗."

바르작거리는 은조를 안고, 둥글게 솟은 언덕으로 치월은 혀를 굴렸다.

"치, 훗! 치월."

아득한 바위산, 그 산자락 깊숙한 곳에 자리 잡은 조그만 목옥! 방은 고작 세 칸이고 대신 마당은 꽤 넓고 근사한 그곳에서 어린 여인의 비명이 길게 뻗어 나와 깊은 밤을 수선스럽게 했다.

"잠깐, 잠깐요. 할 이야기가 더 있다니까요?"

"해. 들을게."

"흐웃. 그 그렇게 하면 내, 하앗! 내가 어떻게… 치월!"

정확히 그날부터였다.

월정루에서 그 계집을 놓친 날! 그날부터 잠이 오질 않았다. 계집의 몸뚱이에 그다지 관심이 없었건만, 밤이고 낮이고 몸이 더운 것도 그날부터였다.

한밤을 지나는 바람은 제법 서늘했다. 그럼에도 정철은 속적삼까지 벗어 던지고 방문을 활짝 열었다.

"잠이 오지 않으십니까?"

그의 몸부림에 함께 잠에서 깬 세화가 부스스 일어나 사내의 너른 등을 짚었다.

은이가 사라지던 밤, 해월은 세화에게 정철과의 약속을 지키지 않아도 된다고 했다. 자신이 모든 방패가 되어 주겠다며 그런 작자에게 보낼 수는 없다고!

하지만 고집을 부려 기어이 정철에게 온 세화였다. 그날 밤부터 세화는 정철과 함께 잠자리에 들었다.

처음 며칠은 행복했다. 본처는 바라보지도 않고 매번 그녀를 찾아오는 그가 반갑기도 했다. 그러나 서서히 알게 되었다. 아무리 몸을 섞어도 정철이 그녀를 진심으로 안아 주는 일은 없을 것이란 것! 그에게 세화는 그저 편하게 욕정을 풀 수 있는 계집, 그 이상도 이하도 아니었다.

오늘도 한 마리 야수처럼 달려드는 그를 몇 번이나 감당하고 겨우 잠이 든 터였다.

"옷이나 벗어라!"

"예? 또요?"

"싫으면 내 집에서 나가. 네년이 이 집에 와 할 일이란 뻔하지 않으냐?"

전혀 상냥하지 않은 정철의 말에 상처를 입었지만 세화는 입을 다물었다.

기녀의 삶이란 그의 말대로 뻔하고 뻔했다. 사내들은 그녀들을 여인이 아니라 계집으로 보았고, 밤이면 그들을 위해 웃음과 아랫도리를 함께 팔아 삶을 연명하는 것이 그녀들의 일이었다.

하지만 그들도 사랑을 꿈꾸었다. 그저 욕정을 쏟아 내는 도구가 아니라 진심으로 아껴 줄 사내를 만나는 꿈을.

그런 의미에서 세화의 삶은 이미 망가진 것이나 다름없었다. 그것도 모르고 바보처럼 정철이 가진 재물에 욕심을 내었었다.

뒷방 퇴기로 죽어 가는 것이 싫어서.

바스락바스락 옷을 벗고 천장을 향해 반듯이 누워 있는 그녀에게 꾸물꾸물 올라탄 정철은 어떤 유희도 없이 단번에 그녀를 뚫고 들어왔다.

"아흑!"

입술을 눌러 받은 비명을 삼키는 그녀의 벗은 몸이 이내 사납게 들썩거렸다. 홀로 씨근덕거리다가 금세 몸을 굴려 떨어져 나간 정철이 바지를 주워 입고 바깥으로 나가 버리는 것도 그저 지켜만 볼 뿐, 세화는 옆으로 누워 아무 말도 하지 않았다.

옷을 벗은 그녀를 위해 문을 닫아 주는 배려조차 그에겐 찾아볼 수 없었다. 활짝 열린 방문 안에서, 화려하고 두툼한 이부자리 위에서 세화는 벌거벗고 한참이나 울었다.

마당으로 나온 정철은 괜히 땅바닥에 화풀이를 했다.

"빌어먹을. 천하의 이 정철이!"

금방 세화에게 한 번 풀고 나왔는데, 그 계집아이를 생각하니 또 아래가 묵직해졌다. 세화로는 해갈이 되지 않는 것이었다. 고 어린년이 뿌리던 그 기묘한 단향이 아니면 아마 영원히 풀리지 않을지도 모른다.

"끄응!"

그년에게 뚫린 발등이 아직 저릿저릿 아파 왔다. 아마도 그년을 죽이지 못하면 계속될 고통일 터! 정철은 시커먼 하늘을 향해 이를 갈았다. 그때였다.

"크크크!"

누군가 웃는 소리가 들려왔다.

"누구냐? 어떤 놈이야?"

정철은 벌어진 가슴팍을 너풀거리며 이리저리 몸을 돌렸다. 그러다가 보았다. 담장 위에 올라앉은 시커먼 그림자를.

그림자는 이내 담장에서 내려와 정철을 향해 걸어왔다.

"오랜만이요, 정 형."

"누, 누구?"

온통 시커먼 사위에서 어떻게든 놈을 알아보려 가늘게 뜬 정철의 눈매가 이내 바르르 떨었다. 겉모습은 달라졌지만 이런 기운을 풍기던 놈을 기억하고 있었다.

"너, 너는?"

벌써 이십 년도 지난 일이지만 선명했다. 정철의 기억 속에서 이놈은 분명 대비의 곁에 있었다. 모습이 달라졌다고 못 알아볼 리 없다. 피에 젖은 살기가 이렇게 지독하니.

"갑?"

"이야, 기억력이 좋으십니다."

그날 놈은 대비를 위해 주상의 적들을 베어 넘기고 있었다. 말이 베어 넘기는 것이지 거의 대부분은 손으로 찢어서 죽였다. 지금의 왕이 용상에 오를 때 정철은 대비의 곁에서 허드렛일을 맡아 했었다. 고결하신 그녀 대신 온갖 구역질나는 일들을 처리하는 것이 그의 역할이었다.

마지막으로 갑이 사람을 죽이던 날에 결심했다. 대충 재물이나 좀 챙겨서 대비의 곁에서 멀리 떨어지자고. 하여 적당히 상인 짓이나 하고 살았단 말이다.

"어떻게 나를 찾았지?"

"실은 정 형을 찾아온 것이 아닙니다. 그런데 마침 정 형이 여기 계셨군요. 그러니 좀 도와주시겠습니까?"

웃으며 혀로 입술을 핥는 갑의 시선은 열린 방문 안의 세화를 보고 있었다. 그때나 지금이나 계집을 밝히는 놈이었다. 잠시 두려움도 잊고 혀를 차는데, 놈이 그랬다.

"공주를 찾았거든."

"뭐?"

정신이 번쩍 났다. 멀리 떨어져 있다고 모를까? 대비가 혈안이 되어 공주를 찾고 있다는 것쯤.

"이런, 나이 들더니 귀가 잡수셨소? 공주 말이요, 청설의 딸!"

그 순간, 정철은 저도 모르게 그 꺼먼 계집아이를 떠올렸다. 이어지는 것이 하나도 없었는데도, 단지 느낌일 뿐인데도, 틀리지 않을 것 같았다. 그럼 이야기가 좀 달라진다. 청나라 놈들과의 교역에 약간의 문제가 생긴 지금, 다시 생긴 대비라는 끈은 꽤 달콤한 유혹이었다.

그가 마른침을 두어 번 삼키고 물었다.

"도와주면 내가 얻는 것은 뭔가?"

"물론 셈을 치러 드려야지요. 그러나 그 이야길 하기 전에 일단 갈증을 좀 풀고 싶은데. 정 형의 물건, 내가 좀 빌려도 되겠소?"

갑의 시선은 아직 세화가 든 방문 쪽에 있었다. 정철은 어깨를 으쓱거렸다. 어차피 공으로 얻어 온 계집, 이만하면 거나하게 사용하였다.

 허락이 떨어지자 갑은 삽시간에 정철의 앞에서 모습을 감췄다. 어지간히 계집에 목말랐던 모양이었다. 하긴 예전에도 저놈은 거사를 치르기 전 계집의 몸에 육욕을 풀었었다. 시간이 지나도 변하지 않은 것은 그 지독한 살기만은 아닌 모양이었다.

 세화가 든 방에서 몸을 돌리고 서서 은조를 떠올렸다. 대비와 공주, 그리고 저 짐승 놈이라!

 위험한 것은 알고 있었다. 대비도 사람 축에 끼우기엔 무리가 있으니. 하지만……. 정철은 혀로 입술을 핥았다. 찾아온 기회를 발로 차 버리기에 그 역시 사람보단 짐승에 가까웠다.

 "이른 아침부터 또 어쩐 일이십니까?"

 눈을 비비며 아직 잠을 덜어 내지 못한 소금 장수의 얼굴에 멀건 침 자국도 길게 남아 있었다. 그 뒤를 따라 나온 그의 부인이 치월의 옆에 선 은조를 보고 맨발로 달려 나와 덥석 손을 잡았다.

 "아이고, 아씨, 괜찮으십니까?"

 "죄송해요, 그날은 갑자기 놀라셨죠? 염치없지만 한 번 더 도와주셨으면 해서 왔어요."

 "무슨 말씀이십니까? 그날 아씨만 두고 이년이 혼절을 해서는……. 뭐든 말씀만 하십시오. 무조건 도와드리겠습니다."

 흥분을 감추지 못하며 손사래를 치는 그녀에게 은조는 배시시 웃었다.

"그럼 잠깐 귀 좀."

당연하단 듯 고개를 끄덕이는 아낙의 손을 잡고 한쪽으로 데려간 은조가 무언가를 속삭이자 아낙은 곧 호들갑을 떨며 깔깔 웃었다. 지난날 위험했던 순간 같은 건 안중에도 없는지 은조의 손을 잡더니, 겸연쩍은 얼굴로 멀거니 서 있는 사내들을 제쳐 두고 서둘러 밖으로 나섰다.

"어, 어디 가는데? 나도 가면 안 돼?"

은조를 혼자 보내기 불안한 치월이 졸래졸래 따라붙자 아낙은 매섭게 그의 어깨를 찰싹 때리고 눈을 치떴다. 어찌나 차지게 때렸는지 치월이 맞은 자리를 부둥켜안고 짧은 신음을 흘릴 정도였다.

"어헉!"

"사내가 어딜 따라오십니까. 부정 탑니다. 휘이휘이, 저리 가십시오. 정 무료하시면 우리 애나 좀 봐주시든가요."

"뭐? 날더러 애를 보라고?"

어이가 없어 버럭 소리를 지르던 치월은 아낙의 뒤에서 간절한 눈빛을 보내는 은조와 눈이 마주치자 곧 꼬리를 내렸다.

"알았어. 기, 기다릴게. 그런데, 애는 안 봐!"

어린애 따위 질색이었다. 징징거리며 울고, 떼쓰고, 매달리고, 더러운 콧물을 질질 흘리는 꼬맹이 따위, 내가 왜!

차마 사립문 밖까지는 나서지 못하고 그 안에 서서 치월은 은조가 사라지는 것을 지켜보았다. 그리고 돌아섰을 때 김 서방은 이미 장사를 핑계 삼아 내빼고 남은 것은 말간 콧물을 소맷부리에 쓰윽 닦고 있는 꼬맹이 하나뿐이었다.

"아찌?"

"얌마, 너, 가, 가까이 오지 마!"

손사래를 치며 뒤로 물러나는 치월의 타박에도 아랑곳없이 녀석은 타박타박 걸어와 턱하니 바짓가랑이를 붙잡고 헤실헤실 웃었다.

"아찌!"

"하아!"

치월은 한숨을 쉬며 푸욱 고개를 꺾었다. 아이는 그를 빤히 올려다보고 있었다. 제 아비에 비하면 갑절은 큰 사람을 보면서도 용케 울지 않고 방글방글 웃었다. 녀석에게 잡힌 바지를 빼내려고 쪼끄만 손을 잡은 순간, 아이가 다른 손을 내밀어 그의 손가락 끝을 잡아 왔다.

말랑말랑하고 작은 손이었다. 너무 연약해서 금방이라도 망가질 것 같은 작은 손가락이 매달리려고 애를 쓰고 있었다. 혹을 떼려다가 붙인 격이라 짜증이 나는데 기분이 요상했다.

"야, 이거 놔!"

치월은 가급적 험한 얼굴로 아이에게 겁을 주었다. 그래도 녀석은 그를 빤히 바라볼 뿐 손을 놓지도, 달아나지도, 울지도 않았다.

"너도 내가 안 무서워?"

아이는 대답 대신 치월의 손을 더욱 꼬옥 쥐었다. 두려워하는 기색은 어디에도 없었다. 치월이 어이가 없어 한숨을 쉬는 동안 녀석은 그저 맑은 눈동자를 이리저리 굴리며 마당 안에서 날고 있는 나비를 좇았다.

"아찌, 아찌, 저거 봐."

겁을 내기는커녕 팔랑거리는 나비를 가리키느라 아이의 손은 바빴다. 어서 저것 좀 보라는 듯 다급하고 앙증맞은 손길에 헛웃음이 났다. 그렇게 궁금하면 손을 놓고 가까이 가서 보면 될 걸, 굳이 잡고 서서 이리저리 고개만 빼는 녀석에게 치월은 저도 모르게 허리를 숙였다.

"저건 나비야!"

"나비?"

일곱 살이나 되었지만 아이의 말투는 아직 어눌했다. 하긴 말을 하기 시작한 것도, 걸어 다니기 시작한 것도 치월이 녀석에게 붙어 있던 새타니를 떼어 준 다음부터였으니까. 하지만 소금 장수와 그 부인의 천성을 닮아서 그런가? 아직 어린 녀석인데도 너울가지가 좋았다.

"너 저기 올라가 봤어?"

높은 곳으로 팔랑팔랑 날아가 버린 나비를 아쉬운 얼굴로 바라보는 아이에게 치월이 지붕을 가리키며 물었다.

"아니이!"

그냥 물어봤을 뿐인데 영리한 녀석은 이미 신이 나 있었다. 한 번도 경험해 보지 못한 일이 지금부터 벌어질 것이란 걸 알아 버린 듯 눈동자가 반짝반짝했다.

"이봐, 꼬맹이, 내가 널 올려 주긴 할 건데, 이건 알아 둬. 이건 어차피 내가 지금 할 일이 없어서야. 절대 널 돌봐 주는 게 아니야. 알겠어?"

"응, 알겠어."

정말 알아들은 것인지, 아이가 발을 구르며 신나게 고개를 끄덕인 순간 치월은 아이를 안고 힘껏 발을 굴러 지붕으로 올라섰다.

"우아하!"

휘둥그레진 눈으로 연신 알아들을 수도 없는 소리를 지르는 아이의 손가락은 아직도 치월의 손을 꼬옥 잡아 의지하고 있었다.

"쳇, 귀찮아."

아무리 떼어 내도 한사코 들러붙는 아이에게 결국 한 손을 내어 주고 치월은 벌렁 지붕 위에 누웠다. 꼬물꼬물 다가와 기어이 옆에 누운 아이와 바짝 닿은 옆구리에 따끈따끈한 온기가 번져 왔다. 제법 은조처럼 따스한 녀석이었다. 쪼끄만 녀석이 열도 많다. 슬쩍 나비를 불러 아이의 눈앞에서 날게 했다. 숨넘어가는 소리를 하며 그를 부르는 목소리에 기쁨이 가득했다.

"우와아. 아찌, 나비이."

"또 왜?"

"꺄하하하!"

잠깐만 놀아 주라고 명을 했을 뿐인데, 눈앞으로 날아온 나비를 보며 손뼉을 치는 아이의 웃음소리가 너무 맑았다. 고작 나비 따위가 뭐가 좋다고. 마당에 밭을 만들어 놓고 신나서 뛰어다니던 은조의 미소 같았다. 때문에 치월은 나비를 차마 멀리 보내지 못했다.

"순진한 놈. 저건 그냥 나비라니까. 고작 나비 따위를 좋아하면 안 되는 거야. 사내는 강해야 해. 적어도 토끼 정도는 되는 놈을 봤을 때나 좋아하란 말이야."

二十 步. 강하게, 따스하게

"월경에 필요한 것들은 이만하면 된 것 같은데, 그건 뭐에 쓰시려고 고르십니까?"

소금 장수 부인의 말에 퍼뜩 들고 있던 비단을 내려놓은 은조는 부끄러운 얼굴로 웃었다. 이제야 초경을 준비한다는 말에 팔을 걷어붙이고 도와준 소금 장수 부인에게 너무나 고마웠다. 무심코 집어 든 비단은 진한 남빛이었다. 아주 비싼 것은 아니지만 여인들이 쓰기엔 적당하지 않은 묵직한 색깔이었다.

"아니요. 그냥……"

"그러지 마시고, 얼른 사십시오."

"네?"

"나리께 옷 한 벌 지어 드리고 싶어 그러시는 거 아닙니까? 아씨께서 손수 지어 주시면 두말 않고 입으실 겁니다. 안 그래도 그리 인물이 번듯한데 어찌 몸에 맞지도 않는 옷을 입고 다니시는지 궁금했습니다."

"그럴까요?"

배시시 웃으며 결국 고른 비단을 다시 만져 보는 은조를 아낙은 흐뭇한 얼굴로 바라보았다. 그들과 엮이며 그녀의 삶이 많이 달라진 것은 사실이었다. 죽을 날만 기다리던 아들이 마당을 뛰는 모습을 보게 되고, 몹쓸 것들에게 휩쓸리기도 했고, 사람인지 아닌지 구분이 되지 않는 사내가 자꾸만 집에 들락거리고, 알고 싶지 않은 과부 하나를 만나 어쩌다 보니 형님 아우 하는 사이가 되었다. 하지만 그래도 그녀는 이제야 사람이 사는 것같이 사는구나, 하고 생각했다.

"그럼 이제 가십시다. 우리 집 애 때문에 나리께서 도망가시기 전에."

걱실걱실 웃어 주는 아낙을 따라 막 면포전 밖으로 발을 내디디려는 찰나였다. 어디선가 쏜살같이 달려오던 아이들이 그들이 들고 있던 비단 꾸러미에 발이 걸려 우르르 넘어지고 말았다.

우당탕!

"아얏, 아야!"

뒤쪽에서 오던 아이들은 괜찮으나 맨 앞의 아이가 무릎을 감싸 쥐고 울상이 되어 비명을 질렀다. 찢어진 바지를 금세 적시는 피에 놀란 은조가 얼른 아이의 곁에 앉아 상처를 손으로 덮었다.

"이런, 괜찮니? 미안해."

"아아아앙, 아파요."

피가 나자 더욱 놀란 아이가 대성통곡을 하며 울었다. 얼른 치마 한쪽을 찢어 아이의 상처를 눌러 주며 은조는 놀란 아이를 달랬다. 지체 않고 상처를 덮은 덕분인가? 아니면 상처가 크지 않았는가? 다행히도 피는 금세 멈췄다.

"울지 마. 뚝! 그만 울면 내가 저어기 엿을 사 줄게."

"저, 정말요?"

"그럼, 정말이지. 대신 울지 않아야 해. 사내대장부가 고작 이런 상처에 울면 못써?"

"사내대장부도 아프면 어쩔 수 없잖아요, 뭐."

엿을 사 준다는 말에 이미 울음은 그쳤지만 그래도 아이는 입술을 삐죽거렸다. 보고 있던 소금 장수의 부인이 아이의 동글동글한 머리에 콩! 하고 알밤을 먹였다.

"이놈아, 엄살 그만 부리거라. 피도 벌써 멎었구만."

"아야, 아프다구요."

벌떡 일어난 아이가 얼른 은조의 뒤로 숨으며 소리쳤다. 따라 웃으며 일어난 은조가 아이의 손을 잡으며 물었다. 아픈 것을 잊었는지 아이는 다리를 절지 않았다.

"이름이 뭐니?"

"개아무개요. 이제 엿 사 줘요?"

"그래. 울음 그쳤으니 약속대로 사 줄게."

같이 넘어진 아이들까지 죄 데리고 가서 하나씩 엿을 들려 보내고 그제야 은조와 아낙은 웃으며 집으로 발길을 돌렸다.

은조와 아낙이 사라진 후, 개아무개와 동무들은 멀지 않은 개울가에서 공짜로 얻은 엿을 야금야금 먹었다. 하지만 아무리 아껴 먹어도 하나뿐인 엿은 금방 동이 났다. 아쉬운 얼굴로 쩝쩝거리다가 한 아이가 말했다.

"개아무개 너, 집에 가서 혼나기 전에 개울에서 피 닦아."

"그래. 그게 좋겠다."

동무의 말에 손가락을 빨고 있던 개아무개가 발딱 일어났다. 그러고는 살금살금 개울가로 내려가 피가 잔뜩 묻은 다리에 깨작깨작 물을 떠 얹었다. 엿이 너무 맛있어서 그런가? 꽤 험하게 넘어진 상처가 전혀 아프지 않았다. 그때였다. 개아무개가 하는 양을 뒤에서 지켜보고 있는 동무들이 저들끼리 무언가 신호를 주고받더니 우르르 달려와 냅다 녀석을 개울로 떠밀었다.

"우아악!"

"와하하하하하!"

꼼짝없이 물속으로 밀려 들어간 개아무개가 홀딱 젖어서는 물을 먹고 푸푸거리는 꼴을 보며 아이들은 신나게 웃었다. 잠깐은 화를 내던 개아무개까지도 배를 잡고 한참이나 웃다가 터벅터벅 물가로 걸어 나왔다.

그때, 아이 하나가 고개를 갸우뚱거리며 물었다.

"어라? 이상하다?"

"뭐가?"

"그 다리 말이야. 피는 있는데 왜 상처가 없는 것 같지."

"뭐? 그럴 리가 없잖아."

아이의 말에 놀란 다른 녀석들이 얼른 달려들어 개아무개의 다리를 잡아 올렸다. 그런데 정말이었다. 아직 말끔하게 씻겨 나가지 못한 바지엔 분명 피가 묻어 있는데, 개아무개의 다리는 흉조차 없이 말짱했다.

"뭐, 뭐지?"

"야, 너 작년에 나무 타다가 찢어진 흉! 그것도 없어졌어!"

"우, 우왁!"

사색이 된 아이들은 덜덜 떨며 조금 전 개아무개를 빠뜨렸던 개울을 바라보았다. 상처를 눌러 주었던 은조가 원인이라는 생각은 전혀 하지 못하고 갑자기 없어진 상처가 개울물 탓이라고 생각하는 것이었다. 조금씩 뒷걸음질을 치던 아이들은 거의 동시에 집을 향해 달리며 소리쳤다.

"물귀신이다. 물귀신이야!"

아이들이 모두 사라진 후, 고요해진 그 자리에 한 사내가 조용히 나타났다. 단정한 흰 도포에 형형한 눈빛을 가진 사내는 조금 전 아이들에게 생긴 기적을 모두 보고 있던 터였다.

"역시 그 힘인가?"

알 수 없는 말을 가만히 흘린 그는 나타났을 때처럼 조용히 그 자리에서 사라졌다.

사내가 다시 모습을 보인 건 소금 장수의 집 근처였다. 조심스럽게 사립문 안으로 발을 들였는데도 안에서 아이와 놀고 있던 치월이 그 기척에 번뜩 뒤를 돌아보았다.

"들어오라고 허락한 기억이 없는데?"

"오랜만일세."

치월의 험한 인사에도 그는 개의치 않는 눈치였다. 다만 더 이상 다가오지는 않고 그 자리에 서서 치월이 돌보는 아이를 향해 웃어 주었다.

"이리 와."

치월은 얼른 아이를 제 등으로 숨겼다. 처음엔 알아보지 못했는데 웃고 있는 얼굴을 보니 기억이 났다. 언젠가 청설의 뒤를 따라 조영산에 들어왔던 치였다. 그럼 신단과 연관이 있는 자겠지. 안 그래도 은조를 위해 찾아볼까 싶었지만, 먼저 찾아온 그를 보니 심보가 뒤틀렸다. 뭔가 똥줄이 탄 모양인데, 은조를 원하는 것이라면 어림없다.

치월은 조심스럽게 소금 장수의 아들을 마루 위에 올려놓고 등을 돌려 아이를 막아섰다.

"경계하지 말게. 그저 제안할 것이 있어서 왔으니."

"간 볼 생각 하지 마라, 인간."

"혹 나를 기억하는가?"

"여기가 조영산이 아닌 것을 고맙게 여겨라."

시종일관 차가운 치월의 반응에도 그는 여전히 여유가 있었다. 마치 화가 난 어린아이를 달래듯, 친근하게 짓고 있는 미소가 노련했다.

"알고 있네. 그래서 기다렸다네. 자네가 산에서 나와야 내 이야기를 들어 줄 것 같아서."

잔뜩 바늘을 세운 치월을 달래며 거리를 유지하고 있는 그는 바로 이형서였다. 이미 개울가에서 공주가 발현한 힘의 효과를 확인하고 오는 길이라 물러설 생각도 없었다.

조영산의 어둑시니가 얼마나 강한지는 익히 알고 있었다. 선대 단주께서 입버릇처럼 자랑을 하셨거니와 절대 노염을 타지 않도록 조심하라는 경고도 들었기 때문이었다. 이형서는 언제나 청설의 곁에서 그 뿌듯한 자랑을 모두 들었다. 하여 어쩌면 치월보다 더 많이 그에 대한 것을 알고 있었다.

사람의 형상을 하고 있으나 그는 사람이 아니었다. 그러니 사람과 같은 방법으로 다뤄서도 안 된다.

"그냥 꺼져."

"이보게, 어둑시니."

"꺼지랬지? 내가 화를 내기 전에 땅에 떨어진 먼지까지 주워서 사라져라."

더 들을 가치도 없다는 듯, 치월은 이형서에게서 등을 돌렸다. 그때였다. 옅은 한숨 뒤로 이형서가 담담하게 질문을 던졌다.

"이대로 공주님을 죽일 셈인가?"

"뭐? 너 이놈, 지금 뭐랬어?"

다시 몸을 돌린 치월이 한 걸음을 크게 다가오는 것을 보며 이형서는 그제야 가볍게 웃었다. 외면하기 어려운 미끼를 던져 놓으니 겨우 들을 준비가 된 모양이었다. 역시나 짐승에 가깝다.

"다시 말해 봐!"

"자네가 몰랐을 리 없을 텐데. 무언가가 오고 있다는 것을?"

그의 말에 치월은 얼굴을 굳혔다. 무언가가 오고 있다니? 얼마 전 그 요상한 기운을 말하는 건가?

"뭐야? 너 뭔가 알아?"

"그놈이 공주님의 외조부를 만났다더군. 이쪽으로 올 것이란 경고를 받았네, 이래도 내 제안이 궁금하지 않은가?"

"더 말해 봐."

"놈이 박 상궁의 시신을 파내 갔다네. 시신에 남은 염을 읽을 줄 아는 놈들이 사용하는 수법이지. 놈은 공주님을 찾고 있어."

대답이 없는 치월에게 시선을 고정한 채 이형서는 말을 이었다. 어둑시니가 얼마나 강한지 모르지 않았다. 하지만 그녀가 잠재된 힘을 스스로 깨우칠 때까지 기다릴 여유가 그들에겐 없었다. 현 대감에게 찾아갔다는 그 짐승은 분명 대비의 사주를 받았을 터. 서두르지 않으면 늦어 버린다.

"공주께서 힘을 각성하셨더군. 자네도 알았겠지?"

"각성이라니?"

아주 잠깐이었지만 노랗게 변했던 치월의 눈이 당황하는 것을 보며 이형서는 고개를 저었다.

"이런, 몰랐던 모양이구만. 그 힘 말일세. 그분이 머물던 곳에 풀과 나무가 어찌 되었는지 보았잖은가? 설마 짐작도 못 하였나? 그분께 신단의 힘이 내려졌네."

"아아, 빌어먹을!"

치월은 본능적으로 아이의 귀를 막고, 욕을 뱉었다. 알고 있었다. 그러지 않길 간절히 바랐지만 이미 알고 있었단 말이다. 은조가 평범하지 않다는 것쯤.

"자네도 짐작은 했던 모양이군. 그럼 이후 어찌해야 하는지도 알겠지?"

"몰라, 그딴 것."

"외면하지 말게. 단주께서 자네에게 공주님을 부탁하였을 땐, 이런 식으로 주먹구구 하라는 뜻이 아니셨잖은가. 그분은 신단의 주인이 되실 몸일세. 그러니 자네가 설득하게. 놀라시지 않도록."

뭐야, 이놈? 청설이 내게 은조를 부탁한 것을 어떻게 알고 있어?

"모른다고 했지? 당장 꺼져, 영감탱이!"

"이런, 쯧쯧! 지금은 치기를 부릴 때가 아닐세. 열이 식으면 내 이야길 다시 생각해 보게. 나 역시 공주님이 다치시는 것을 원치 않아. 자네 역시 그렇다고 믿네. 그러니 신당으로 모셔 오게. 그분이 계실 곳은 그곳이야."

"마지막 경고다. 꺼져."

치월의 손에 어둠이 맺히는 것을 흘끔 바라본 후, 이형서는 빠르게 몸을 돌렸다. 그나마 이렇게까지 대화를 할 수 있었던 것도, 공주를 거론한 덕분이었다. 보통의 어둑시니였다면 벌써 그에게 손을 썼을 것이니.

화를 내기는 했지만 분명 동요하고 있었다. 그러니 데려올 것이다. 청설의 말이라면 죽는 시늉까지 하던 아이였다. 비록 산을 지키는 짐승이지만 그것 하나만큼은 절대적이었다. 그러니 분명

했다. 공주를 지키기 위해서라도 놈은 자신의 제안을 거절하지 못할 것이었다.

 실은 아직 어둑시니를 만날 생각은 없었다. 은조가 스스로 힘을 깨우칠 수 있다면 더 천천히 해도 상관없었을 일이다. 하지만 어제 낮, 현 대감에게 온 서신을 본 이후 생각이 바뀌었다. 갑! 그놈이 움직였다면 어둑시니도 위험할지 모르니까.

 한시라도 더 빨리 공주가 힘을 얻는 것만이 대비에게 유일한 위협일 것이다.

 소금 장수의 부인과 은조가 돌아왔을 때, 치월은 홀로 지붕 위에 앉아 있었다. 바람이 없는 하늘에 구름이 아주 천천히 흐르고 있었다. 갑갑해서 무거운 그의 마음같이 느렸다.

 '은조.'

 이형서가 던져 놓은 미끼에서 빠져나오려 노력했지만 그럴수록 그 동굴에서 놓친 힘의 정체가 불안했다. 놈은 그것이 무엇인지 아는 모양이었다. 대단치 않은 것이라면 경고하러 왔을 리 없다. 은조를 신단으로 보낼 생각은 없었다. 청설은 분명 자신에게 그녀를 부탁했고 지킬 생각이었다. 이형서가 무엇을 알고 있든 그건 스스로의 다짐에 아무런 영향도 주지 못했다.

 하지만 인간에게 붙어 떨어지지 않는 그림자처럼 솟아나는 의문과 두려움도 어쩔 수 없었다. 불안했다. 제 고집으로 그녀를 다치게 할까 봐.

 "치월, 거기서 뭐 해요?"

"곧 내려갈게."

은조가 부르는 소리에 천천히 일어나 치월은 평소처럼 웃어 주었다. 그녀가 불안하지 않길 바랐다.

이형서가 돌아간 뒤에도 나비를 따라다니며 신나게 뛰던 아이는 치월이 벗어 준 저고리를 덮고 툇마루에 색색 잠들어 있었다. 나비 꿈이라도 꾸는지 콧물이 흘러내린 입가에 미소가 엿혀, 녀석은 평화로워 보였다.

"이 녀석이 손에 쥐고 놓질 않아서 할 수 없이 벗은 거야!"

"나리께서 이리 애를 잘 보실 줄 알았으면 자주 맡길 것을 그랬습니다."

"쓰, 쓸데없는 소리 마. 내가 왜?"

잔잔하게 감동하고 있는 두 여인의 눈빛에 머쓱해진 치월이 에둘러 변명했지만 그녀들은 이미 듣고 있지 않았다. 그가 허둥지둥 은조에게 손을 뻗으며 소리쳤다.

"이제 볼일 다 끝났지? 얼른 집에 가자!"

"네."

치월이 손을 뻗자 은조는 얼른 그 손을 잡고 고개를 끄덕였다. 집이라는 그 말이 당연한데 잔잔하게 가슴 안쪽을 건드렸다. 함께 돌아갈 이가 있다는 것도, 당연히 돌아갈 장소가 있다는 것도 설레었다.

"그럼 살펴 가십시오."

"네. 고마웠어요."

배웅을 받으며 조영산으로 돌아가는 길, 서서히 짙어진 노을이 지나가고 어둑어둑한 밤이 내렸다.

"뭘 산 거야?"

"안 가르쳐 줘요."

"왜?"

치월은 이형서와의 대화를 떠올리며 조금 서운한 표정을 지었다. 물 위에 떠 있는 기름처럼 자꾸만 고여 드는 생각은 집요했다. 그래서 지우기가 어려웠다. 그런 치월의 팔에 매달려 은조는 자꾸만 웃었다. 그의 손을 잡고 집으로 돌아가고, 함께하는 이 시간 시간들이 소중해서 마음이 간지러웠다. 남빛 비단은 치월에게 잘 어울릴 것이다. 새삼스럽지 않은 모든 것들이 새삼스러워지는 기적. 하필 은조는 지금 순간 그것을 느끼고 있었다.

"왜 자꾸 혼자 웃어?"

툴툴거리는 그의 말에 은조는 공연히 그의 팔을 앞뒤로 흔들었다. 그럴수록 더 웃고 싶은 입술에서 웃음소리가 새어 나가지 않게 꼬옥 잘근거렸다. 팔을 내어 준 치월이 그녀가 흔드는 대로 흔들리며 웃고 있는 은조를 내려다보았다. 다행이었다. 그녀가 웃어서.

돌아가는 길을 서둘지 않은 탓에 길은 점점 더 어두워지고 기어이 달이 훤한 얼굴을 내놨다. 멀지 않은 곳에 드디어 일렁거리는 조영산이 보이자 치월은 일단 발을 멈추고 그녀에게 팔을 벌렸다.

"안아 줄까? 아니면 좀 더 걸을래?"

그런데 그때였다. 은조가 입술을 오물거리며 그의 질문에 대답하려던 때, 어룽거리는 조영산 자락 아래서 누군가가 그들을 향해 똑바로 걸어왔다. 익숙한 기운을 풍기는 그는 아직 꽤 먼 곳에 있음에도 지독한 악취를 풍겼다. 크지 않은 체구지만 다부지고, 손에 든 검은 검집도 없이 날이 드러나 있었다.

"젠장!"

"왜요?"

아직 아무것도 모르는 얼굴로 그를 올려다보는 은조가 불안해할까 봐, 치월은 얼른 빙긋 웃었다. 놈을 보지 못하게 재빨리 몸을 틀고 덥석 은조를 안아 올렸다.

"아무것도 아니야. 빨리 가자."

고개를 끄덕인 은조가 목에 감은 팔에 힘을 준 순간, 치월은 정말 단숨에 하늘로 뛰어올랐다.

"호읍!"

미처 눈을 감지 못한 은조가 가슴팍에 이마를 대며 호흡을 버티는 소리가 들렸다. 속도를 늦춰 주고 싶었지만 지금은 어쩔 수 없었다. 무엇인지 정체는 모르겠으나 놈은 분명 사람은 아니었다. 사람이라면 이런 썩은 냄새가 날 리가 없다. 게다가 익숙한 이 냄새는 그날 그 동굴 앞에서 풍기던 악취와 같은 것이었다.

'뭐지? 지금껏 어떤 혼도 저런 냄새를 풍기는 놈은 없었는데? 곧장 여기까지 온 건가?'

무작정 결계가 쳐진 산의 안쪽으로 달리며 치월은 처음으로 손을 떨었다. 놈이 두려워서가 아니라 은조를 지키지 못하게 될까 봐서 그랬다. 정체가 무엇이든 어둑시니인 치월을 긴장하게 할 정도의 힘. 놈은 그와 비슷했다.

 힘껏 도약한 후 아래를 내려다보았다. 놈은 그 자리에 서 있을 뿐 따라올 생각은 없어 보였다. 하지만 웃고 있었다.

 짐승 같은 어금니를 드러내고 달아나는 치월을 향해 곧장! 살천스럽게 드러난 이만 아니라면 맑다고 느꼈을지도 모를 미소였다. 치월이 저를 보는 것을 알았는지 놈은 속삭이듯 이렇게 물었다.

 "네가 조영산의 어둑시니냐?"

 은조에게는 들리지 않았겠지만, 치월의 두 귀에 그 목소리는 너무나 확실하게 들려왔다. 그리고 다시 한번 더!

 "그렇다면 네 녀석의 품에 안긴 그 아이는 틀림없이 은조 공주겠군."

二十一 步. 결심의 밤

"크으으."

지끈거리는 머리를 쥐고 새어 나오는 신음을 흘려보낸 갑은 우수수 떨어져 나온 머리카락을 발끝으로 밀어 내고 손바닥을 들여다보았다.

놈의 몸으로 조영산으로 찾아가 어둑시니와 공주를 확인했던 것이 기억났다. 하지만 언제 정철의 집으로 돌아왔는지가 떠오르질 않았다. 모양이 변한 손바닥을 보니 또 그놈이 날뛴 모양이었다. 놈이 장시간 빙의한 다음 날이면 어김없이 손금의 모양이 달랐다. 오늘도 마찬가지였다.

전보다 짧아진 생명선, 그리고 어린아이같이 부드러워진 살갗! 이런 모습은 거의 사나흘씩 지속되곤 했다. 시간이 지나면 젊어졌던 외모는 다시 되돌아가도 줄어든 생명선은 다시 길어지지 않았다.

"쳇!"

체념처럼 짧은 신음을 내뱉고 뻑뻑해진 눈언저리를 눌렀다. 그는 죽어 가고 있었다. 정확히는 놈을 몸 안에 받아들인 다음부터 생명을 그놈과 나누어 쓰고 있다는 말이 맞았다. 그런데 얼마 전 그 동굴 안에서 놈이 요상한 말을 했다.

"네놈이 잃은 생명을 다시 찾을 방법이 있다면 하겠는가?"

"그게 무슨 말이야?"

"말 그대로 잃어버린 생명줄을 다시 원래대로 돌릴 수 있다면? 아니, 그보다 갑절은 더 살게 해 줄 수 있다면?"

"수작 부리지 마라. 내가 죽어도 네놈은 자유가 되지 못해. 영원히 인간의 몸속에서 생명을 구걸해야 한다."

갑의 말에 놈은 스슷거리며 웃었다. 마치 뱀이 목덜미로 기어가는 소리 같아서 소름이 돋았다.

"자유 따위 관심 없다. 네놈들같이 하찮은 인간의 몸을 이용하자고 마음먹은 건 이 몸의 선택이야. 내가 지금 말하는 것은 네놈의 목숨이다. 알잖느냐. 고작 두어 달. 네게 남은 건 그뿐이다."

그것은 갑도 알고 있는 이야기였다. 선대의 우두머리도 이놈을 몸에 빙의시켜 힘을 얻은 대신 마흔도 안 되는 나이에 죽었다. 그리고 그 업보를 이어받으며 '갑'이라는 이름도 받은 것이 바로 자신이었다. 강한 힘을 얻은 대신 죽음이 가까이 있음도 전보다 확연하게 느껴졌다.

"관심 없느냐? 네놈의 목숨인데?"

"말해 봐, 그 방법!"

결국 돌아선 갑의 대답에 다시 한번 그 기괴한 웃음소리가 들렸다. 놈은 갑에게 잠시 숨을 고를 틈을 허락했다. 그러곤 곧 전보다 신중해진 목소리가 방법을 일러 왔다.

"대비에게 가져가기 전에 먼저, 그 계집을 내게 바쳐라."

"뭐?"

"그럼 돌려주마, 네놈의 생명! 그 아이가 가진 힘은 그 모든 것을 가능하게 해."

바치라는 것이 무슨 뜻인지 물으려 했지만 놈은 더 이상 아무런 대답도 하지 않았다.

"후우!"

발아래 흩어진 머리카락을 한 줌 쥐어 올렸다. 반 이상이나 백색이 되어 버린 머리카락은 마치 노인의 것 같았다. 놈의 힘을 사용하면 일순 어려지지만 어려진 만큼 착실하게 생명을 빼앗긴다. 굳이 그 계집을 바치라는 둥, 약속을 받아 낸 건 빙의가 풀렸을 때 딴마음을 품지 못하게 하려는 수작일 것이다.

강하게 빙의하고 나면 적어도 반나절은 이 몸에 다시 돌아올 수 없기 때문이다. 벌써 시간이 다 되었나? 놈이 돌아오는 것이 느껴졌다. 속이 울렁거렸다, 토악질을 할 것처럼 찐득하고 냄새 나는 침이 입 안을 맴돌았다. 창밖으로 침을 뱉으며 갑은 손에 쥔 머리카락도 함께 버렸다. 놈의 제안은 위험했다. 하지만 아직 죽고 싶지 않았다.

"심지가 도착했습니다."

정철에게 일러 고래의 기름을 먹인 심지를 준비하라고 일렀다. 사흘 밤낮을 태워도 꺼지지 않을 심지는 착실하게 어둑시니를 산에 가두어 줄 것이다. 산의 사방을 불로 밝히면 그놈이 좋아하는 그림자 따위 생기지 않을 테니, 낮에 놈을 치면 그만이다. 준비는 착착 진행되고 있었다.

산이 타면 신단의 성지도 힘을 잃을 것이다. 신단 놈들은 모르고 있지만 그 신당의 계절을 유지하는 것은 바로 조영산의 힘이었다. 조영산이 어둠을 삼킬수록 신당은 따스한 계절을 띠며 살아나는 것.

'크크크! 이런 것을 두고 일거양득이라 하지. 산 하나를 태워 두 가지를 얻는 것이다.'

아직 빙의되지 않았는데도 낄낄거리며 좋아하는 놈의 목소리가 들리는 것 같았다. 갑은 이를 악물었다. 그 모든 과정을 버티려면 적어도 한 번은 더 이 몸을 그놈에게 내어 주어야 한다. 버틸 수 있을까. 놈은 두어 달이라고 했지만 느껴졌다. 남은 생명이 얼마 없다는 것이.

"무슨 생각을 그렇게 해요? 아까부터."
"응? 뭐라고?"

깜짝 놀란 치월의 얼굴이 뒤를 돌아보자, 은조가 걱정스런 표정으로 다가와 그의 곁에 앉았다. 반사적으로 몸을 물려 그녀가 앉을 자리를 만들고 치월은 은조에게 손을 뻗었다.

"몇 번이나 불렀는데."

"아, 미안! 그냥 좀 졸려서."

"어디 아픈 건 아니고요?"

"아니, 그냥 졸린 거야."

이마를 짚어 보는 은조를 끌어당겨 품에 안으며 치월은 그녀의 가는 목덜미에 얼굴을 묻었다. 아직 이마에 닿은 손이 너무 작았다. 익숙한 체향에 마음이 가라앉는 동시에 그놈의 목소리가 떠올랐다.

'네가 조영산의 어둑시니냐?'

어둑시니의 기운을 풍기는 놈의 정체를 짐작할 수가 없었다. 육체는 분명 인간인 것 같은데 그런 존재를 몸으로 받아들일 수 있는 인간이라니. 애당초 그것은 가능하지가 않았다. 인간의 나약한 몸으로 그런 혼을 받아들이면 그 인간은 반드시 얼마 못 가 죽는다.

문제는 그렇게 숙주가 죽어 버리면 깃들었던 혼도 고스란히 영향을 받는다는 것이었다.

그 전에 다른 인간의 몸을 찾아야 하는데, 거대한 혼을 받아들일 수 있는 인간을 찾는 일도 쉬운 것이 아니었다. 해서 어느 쪽에도 이득이 되지 못했다. 그런데도 놈이 인간의 몸을 이용해야 하는 이유가 뭘까?

"치월?"

저도 모르게 팔에 힘을 주었는지 갑갑해하는 은조가 가슴을 밀어 내며 그를 불렀다. 그녀를 위해 조금 힘을 풀었지만 치월은 그래도 은조를 놓아주지는 않았다. 보고 있어도 아슬아슬했다. 안고 있어도 신기루 같았다. 마치 손에 쥔 가루처럼 손을 놓으면 날아갈 것 같았다. 은조의 허리를 안고 그녀의 가슴에 뺨을 기대며 치월은 아이처럼 칭얼거렸다.

"졸려. 졸려서 그래!"

"그럼 좀 자요. 나는 아버지 묘에 다녀올까 하는데, 혼자 다녀올 수 있어요."

적어도 이틀에 한 번은 청설의 묘에 다녀오는 그녀였다. 마을에 다녀오느라 어제 하루를 걸렀으니 오늘 가려고 이미 채비를 마친 후였다.

"싫어. 그건 안 돼. 나랑 같이 자고 조금 있다가 함께 가자."

"그러지 말고 한숨 자고 있어요. 난 할 일이 많아요. 저자에서 사 온 것들도 정리해야 하고, 그리고 꼭 하고 싶은 일도 있고."

사붓이 웃는 은조는 마을에서 사 온 옷감을 생각하고 있었다. 익숙하고 손에 익은 방법으로 치월에게 선물을 하고 싶었다. 늘 받기만 하고 무엇도 주지 못했는데, 치월은 다른 이들보다 체구가 크기에 부지런히 하지 않으면 더 오래 걸릴 것이다. 돌아오는 삭일이 지나고 새달이 뜨기 전에 완성해서 선물하고 싶었다. 그리고 어머니가 주신 선물이 무엇인지도 말하고 싶었다. 내려뜨는 속눈썹 아래로 산드러진 눈동자가 나름의 꿍꿍이를 감추며 반짝거렸다. 맑은 물속에서 햇살에 빛나는 조약돌 같았다.

은조가 예쁘게 웃을수록 치월의 마음은 타들어 갔다.

그런 놈이 왜 갑자기 여기에 나타났을까? 죽어 가는 놈이 지금 가장 간절한 것이 뭘까? 역시 목숨이겠지. 목숨이 갈급한 놈이 은조를 알고 있다? 왜? 생각할 수 있는 모든 이유들이 다 은조에게 너무 위험했다.

밭에 작물들은 이제 허리까지 웃자라 있었다. 은조의 힘이 그냥 저런 것들이나 자라게 하는 것에 그쳤으면 좋겠다고 생각했다. 하지만 이형서는 청설조차 갖지 못한 그 힘이 은조에게 있다고 했다. 남들에겐 고작 치유의 힘으로 보일 수 있으나 그건 위험한 힘이었다.

산 자를 죽일 수도, 죽은 자를 살릴 수도 있는 힘. 없는 자를 만들 수도 있는 힘. 그것이 바로 신단에서 태어나 선택받은 여인이 갖는 힘이었다. 조금이라도 마음에 티끌이 있다면, 힘은 그녀를 좀먹어 어둠으로 물들일 것이다. 그리고 그 과정에 가장 위해가 되는 존재는 바로 자신, 어둠의 힘을 지닌 어둑시니였다.

치월은 은조를 안은 팔에 더욱 힘을 주었다.

"절대 안 돼. 너 혼자는 어디에도 안 보낼 거야."

가슴을 밀고 일어서려는 은조를 더 바짝 끌어안고 치월은 다급하게 그녀의 입술을 찾았다. 조그맣게 한숨을 쉬던 입술이 기꺼이 그를 향해 열려 꽃 향을 불어 내었다. 촉촉하게 벌어진 입술을 한참이나 괴롭히다가 그녀를 안고 일어서서 치월은 그대로 오두막을 향했다.

놈의 정체가 무엇이든 은조에게 손을 뻗게 두지는 않을 것이다. 가슴에 벌써 몇 번이나 그렇게 결심했다. 놈이 은조를 위험하게 만들기 전에 먼저 없애자. 그리고 그때까지만 은조를 신단에 맡기자.

"잠깐. 잠까안!"

당황하는 그녀를 이불도 없이 방 한가운데 눕히고 조급하게 치마를 걷어 올렸다. 같이 딸려 올라간 속곳 아래로 하얀 발목이 미약하게 버둥거렸다. 아프도록 입술을 물고 새하얀 어깨가 드러날 때까지 저고리를 끌어 내렸다. 어린아이같이 말랑말랑한 살결에 속절없이 피가 뜨거워졌다.

더 가까이 닿고 싶었다. 지금보다 더 가까이 입술을 맞대고, 새근거리는 숨소리를 듣고 싶었다. 작은 입술을 벌려 그를 원하는 목소리를 내게 하고 싶었다. 버둥거리던 다리가 얌전히 제게 기대는 것을 느끼고 싶었다.

"치, 치월!"

"절대 나만 믿어."

그녀가 흘리는 신음을 남김없이 삼키며 치월은 유영하는 물고기처럼 은조의 목덜미를 핥았다. 옴폭한 쇄골을 마시고 함함한 가슴을 더듬어 감아쥐었다.

더운 숨결이 쏟아져 은조는 부르르 몸을 떨었다. 들릴 듯 말 듯 속삭이는 목소리가 너무 뜨거워서 허공을 허우적거리던 손으로 은조는 그의 팔에 매달렸다. 그럴수록 치월은 집요하게 그녀를 요구하고 또 요구했다.

"하웃!"

그녀의 잇새로 앓는 소리가 흘러나올 때까지 살살이 달래고 또 달랬다. 온몸이 고통으로 욱신거렸다. 지금 당장 그녀에게 들어가지 않으면 부러질 것 같았다. 나날이 강해지던 은조의 향기는 이제 너무 치명적이었다. 하지만 가장 참기 힘든 것은 그녀의 목소리였다.

가쁜 숨을 몰아쉬던 은조가 이름을 부르기 전에 그 입술을 덮었다. 한 번만 더 부르는 소리를 들으면 이성이 완전히 끊어질 것이다.

뜨거운 손길에 느슨해진 시야로 은조는 제게 열중하는 치월을 바라보았다. 강한 어깨와 바짝 일어선 목의 선. 여인의 것과 확연히 다른 강인함에 눈앞이 아찔해졌다.

천천히 그러나 단호하게 다리 사이를 비집고 들어오는 치월의 무릎이 반쯤 벗겨진 치마를 깊숙하게 스치며 바스락 묘한 소리를 냈다.

"흐읏!"

부끄러운 마음에 버텨 보았지만 여린 안쪽의 살갗에 닿은 두툼한 무릎은 고집스럽게 힘을 주어 그녀를 벌렸다. 저도 모르게 목을 비틀고 은조는 그의 팔을 잡은 손에 힘을 주었다. 벌써 몇 번이나 안겼는데도 여전히 익숙해지지 않는 동통이 등허리를 지났다.

"이제 못 참아. 힘들면 말해!"

다정하게 이마를 쓰다듬으며 잔뜩 갈라진 목소리로 속삭이는 그에게 고개를 끄덕이고 은조는 눈을 감았다. 순간, 마치 시작을 알리는 의식처럼 남아 있던 치맛자락이 몸에서 걷어졌다. 부드럽지만 단호한 그 손길이 지난 다음 그가 움직였다. 파도처럼 일렁이는 단단한 등을 끌어안고 은조는 가쁜 숨을 거듭 뱉었다.

그의 품에 안기면 늘 하려고 했던 일들이 하나도 기억이 나질 않았다. 지금처럼!

결국 아버지의 묘에는 가지 못했다. 치월의 품에 안긴 채 방 안에 누워 떠오른 달을 보며 은조는 제게 둘러진 그의 팔을 조금씩 쓰다듬었다.

머리 위에서 들리는 일정한 숨소리로 보아 치월은 잠이 든 것 같았다. 열린 방문 밖으로 뜬 달은 반쪽이 한참 되지 못했다. 그믐까지는 딱 하루가 남아 있었다.

이번에 달이 지면, 어쩌면 달이 지기도 전에 진짜 여인이 될지 모른다. 아니, 확실했다.

"좋아해 주면 좋겠는데……."

등에 닿은 그의 온기를 느끼며 굳이 손가락 두 개를 손에 꼬옥 쥐고 은조는 눈을 감았다. 완전한 여인이 된 자신을 그가 기뻐해 주었으면 좋겠다고 생각했다. 생각만으로도 자꾸만 웃음이 났다.

다음 날, 평소보다 소란한 새들의 울음소리에 눈을 떴을 때, 치월은 어딜 갔는지 보이지 않았다. 새벽녘 한 번 더 욕심을 부리던 그에게 안기고 늦잠을 자 버린 것 같았다. 댓돌에 올려진 그녀의 신발이 반듯하게 반대쪽을 향해 돌려져 있었다. 어제 치월이 마구 벗겨서 밖으로 던진 이후 신어 보지 못한 신이었다.

아마도 치월은 오늘 먹을 끼니를 구하러 나간 모양이었다. 다른 것은 몰라도 그녀가 좋아하는 과일만큼은 꼭 챙겨 주던 그였다. 얌전히 툇마루에 앉아 은조는 그를 기다렸다.

짹짹, 짹짹짹!

새들이 집 가까이에서 울었다.

"새들이 시끄럽네?"

안 그래도 새들이 부쩍 소란스럽다고 느끼던 차라 조금 둘러보려고 자리에서 일어나는데 문득 그 새들의 소리에 섞여 누군가가 그녀를 부르는 소리가 들려왔다. 처음엔 잘못 들었다고 생각했다. 하지만 귀를 기울일수록 조금씩 선명해지는 목소리는 분명 은조를 부르고 있었다.

아가씨, 아가씨! 이리 오세요. 어서요.

"으응?"

앉아 있던 마루에서 천천히 일어나 은조는 소리가 나는 쪽으로 한 발을 내디뎠다. 아직 그믐이 되지 않았는데 누군가 산에 들어오기라도 한 건가?

무엇에 홀린 것처럼 대문 밖으로 나서는 그녀의 앞을 스르륵 찔레나무가 가지를 뻗어 가로막았다. 그것도 모르고 몸을 내밀던 은조의 손에 기어이 가시가 닿아 피를 냈다.

"아야!"

가시에 찔려 피가 나는 손가락을 입에 물고 퍼뜩 정신이 돌아온 은조는 미약한 비명을 질렀다. 제법 깊이 찔린 상처는 쉽게 피가 멈추지 않았다. 어째서 눈앞에 이런 것이 있는 것도 몰랐을까. 속상한 마음에 툭 발을 구르고 돌아서려는데 멀지 않은 곳에서 치월이 부르는 소리가 들렸다.

"은조!"

얼른 다친 손가락을 뒤로 감추고 은조는 그를 향해 웃었다.

"나만 두고 어딜 다녀와요?"

"다쳤어?"

"아니요?"

"거짓말! 피 냄새가 나잖아."

들고 왔던 나무 열매들을 바닥에 던지듯 내려놓은 치월의 눈빛은 잔뜩 화가 나 있었다. 딱딱하게 굳은 어조에 민망해진 은조가 손을 내놓자 치월은 다급하게 그 상처를 손으로 덮고 절벽의 바람을 불러 집 주위를 막았다.

주인의 명을 받고 몰려온 바람이 구름까지 끌어와 해를 가리자 삽시간에 어두워진 산은 온통 그림자에 묻혔다. 은조가 당황하는 것을 알았지만 그래도 치월은 마음을 가라앉힐 수가 없었다. 놈이 가까이에 있었다면 분명 피 냄새를 맡았을 것이다.

"치월?"

"지금은 아무 말 하지 마."

그저 가시에 찔렸을 뿐, 큰 상처가 아닌데도 쉽게 멈추지 않는 피는 치월이 손을 떼면 다시 주르륵 흘렀다. 그녀의 피를 원하는 것들이 아직도 멀지 않은 곳에 있다는 뜻이었다. 나무가 길을 막아선 것을 보니 알량한 꼬대각시 같은 원혼일 것이다. 은조처럼 영혼이 맑을수록 쉽게 홀린다.

감히 어둑시니의 영역을 뚫고 들어오지는 못하겠지만 은조의 피 냄새는 고작 염에 불과한 미약한 혼들도 느낄 정도로 강했다.

"젠장!"

부우욱 제 옷을 찢어 손가락에 감으며 중얼거리는 치월의 험한 말에 은조는 입을 다물었다. 무슨 이유에서인지 화가 난 그에게는 아무 말도 건넬 수가 없었다. 저 때문에 찢어져 버린 치월의 옷이 눈에 밟혔다.

二十二 步. 너의 이름과 그날의 약속

 쉽게 화를 풀지 않던 치월은 날이 어두워지자 또 그녀를 두고 혼자 나갔다가 곧 돌아왔다. 낮에 은조가 흘린 피 때문에 술렁이는 산의 결계를 더 단단히 하기 위함이었다. 싸움이 일어나면 이곳은 아비규환이 될 것이다. 아직 놈의 정체가 무엇인지도 명확하게 모르는데 역시 이곳은 위험했다. 그 전에 은조를 이형서에게 보내야 한다.
"할 말이 있어."
"뭔데요?"
"잠시 어딜 좀 가야 할 것 같아."
 담담하게 보이려 애썼지만 일순 입을 다문 은조의 안색은 점차 하얗게 식어 갔다. 치월이 은조의 눈을 피하고 있기 때문이었다.

그날부터였다. 남빛 비단을 사서 집으로 돌아오던 날, 그날부터 치월은 묘하게 그녀를 피하고 사소한 일에도 화를 냈다.

"오래 걸려요? 나도 같이 가면……."

"내가 아니라, 은조 네가 가는 거야!"

벼락같은 고함으로 은조의 말을 막은 치월은 여전히 그녀의 얼굴을 바로 보지 못했다.

"치월?"

"미안해. 소리칠 생각은 아니었어."

치월은 초조하게 머리를 쓸어 올렸다. 입술도 물어뜯었다. 놈에게 질 생각은 없었다. 그놈이 어떤 놈이건, 해치우고 은조를 다시 데려올 생각이었다. 그러나 만에 하나, 또 만의 하나를 생각하지 않을 수는 없었다. 더 이상 그녀의 곁에 머물 수 없게 되는 그 경우의 수 말이다. 어제오늘 내내 그 생각뿐이었다. 그래서 똑바로 볼 수가 없었다.

만약 무슨 일이 생긴다면, 그땐 그를 대신에 은조를 지킬 누군가가 필요하다. 그 알량한 이유가 그녀를 슬프게 하고 있는데 다른 방법이 떠오르지 않았다.

"그래도 지금은 널 보내야 해. 어쩔 수 없어."

"아! 나는, 그러니까 나는……."

갑작스런 그 말에 그녀의 얼굴은 얼어 버린 듯했다. 무언가를 말하려 몇 번이고 입술을 벙긋거리다가 다물기를 반복하더니 이내 또르르 눈물 한 줄기를 뺨으로 흘렸다.

"으, 은조야."

부르는 소리를 듣지 못했는지 세차게 머리를 흔들었다. 손이 닿는 것도 허락하지 않았다. 한사코 뿌리치는 손이 떨고 있었다. 아직 아무런 변명도 하지 않았는데 그 변명마저 듣기를 거부하는 그녀는 자꾸만 그에게서 물러섰다.

"은조야, 내 말 좀 들어."

"하지 마세요."

"아니야. 들어야 해."

은조는 대답 대신 아주 잠깐 치월의 소매를 쥐었다가 놓았다. 열심히 참고 있던 눈물이 다시 떨어져 작은 턱을 적셨다.

"나한테 약속했잖아요. 곁에 있어 준다고."

"지킬 거야."

"거짓말. 그런데 왜 버리려고 해요."

"뭐? 이 바보가! 누가 널 버려?"

"……."

"하아!"

한숨을 쉬며 뻗은 팔 안으로 치월은 은조를 잡아당겼다. 이 조그만 머리통으로 대체 무슨 생각을 하고 있었던 건지. 긴장한 손이 그의 허리에 매달리면서 바르르 떨었다.

잊었다. 어떻게든 지켜야 한다는 생각에 급급해서, 그녀가 이제껏 무엇을 두려워했었는지, 어떤 상처를 가졌었는지 잊었었다. 은조는 자신과 같았다. 아무도 없는 외로움 속에서 혼자 무엇이든 해야 했던 지난날이.

그런 아이에게 자신의 갑작스럽고 조심성 없는 그 말은, 이제 그만 내 산에서 나가라는 것처럼 들렸을지 모른다.

"네가 만나야 할 사람이 있어. 어쩌면 너에 대해 더 많이 알려 줄 사람."

"치월은요?"

눈물이 고인 눈으로 은조는 다급하게 그의 옷자락을 쥐었다.

"청설이 남긴 또 다른 사람들. 네가 기다리던 신단 말이야."

"치월은요?"

어떤 말을 해도 그녀의 질문은 같았다. 대답을 하기 전 치월은 숨을 고르고 은조의 머리꼭지를 쓰다듬었다. 불안함에 젖은 동그란 눈동자가 아직 흠뻑 젖어 있었다.

"난 함께 못 가. 그쪽은 너무 밝아서."

"그럼 나도 안 가면……."

"그건 안 돼. 그래야 네가 안전해. 하지만 금방 데리러 갈게. 약속해."

달래듯 다정한 약속이었다. 곧장 봐 주는 눈동자에도 거짓은 보이지 않았다. 하지만 은조는 그 틈에 생긴 조그만 균열을 놓치지 않았다.

"내가 거기 가야 안전하다는 건, 그럼 치월은 여기서 위험하다는 말인가요?"

그는 밝게 웃었다.

"바보냐? 세상천지에 날 위험하게 만들 존재는 없어."

"그럼 내가 위험해져요? 아니면 나 때문에 그렇게 되는 건가요?"

"……."

"그거구나."

 연약하게 차오른 슬픔이 그녀의 눈동자 안에서 다시 흔들렸다. 수없이 겪었을 그 지독함이 다시 되풀이되려 했다. 누군가를 만나고 마음을 주면 그녀로 인해 위험해진다. 은조는 먼저 잡고 있던 치월의 옷자락을 놓았다.

"갈게요. 지금 당장."

"당장은 괜찮아."

"지금 갈래요. 귀찮게 안 할게요."

 그녀가 어떤 식으로 이해했는지 치월은 알 수 없었다. 이해가 아니라 체념이라도 어쩔 수 없다고 생각했다. 하지만 투욱, 은조가 손을 놓은 순간, 돌덩이에 맞은 듯 앉은 자리가 무거웠다. 치월은 그녀가 놓은 옷자락에 시선을 주었다가 애써 웃었다.

"그래, 가자."

 일어서서 몸을 돌린 것도 은조가 먼저였다. 그녀를 향해 뻗었던 손을 치월은 빈 채로 회수해야 했다. 마음이 이상했다. 이렇게 보내는 것이 분명 맞는데, 그래야 그녀가 안전한데 묘하게 기분 나쁜 무언가가 자꾸만 마음 한구석을 건드렸다.

 이미 밖으로 나간 듯, 열린 문밖에도 그녀는 보이지 않았다. 치월은 허둥지둥 밖으로 달려 나갔다. 마당 한쪽에 서서 그를 기다리는 은조가 달빛 아래 부서질 것처럼 하얗게 보였다.

 먹물을 쏟은 듯한 밤의 풍경 속에 하얗게 도드라지는 그녀의 날리는 치맛자락조차 적막했다. 어둠이 술렁거리고 있었다. 주인인 어둑시니의 동요를 느끼는 것이리라. 처음 느끼는 두려움이었다. 이런 두근거림을 두려움이라 하는구나. 이제야 인간들의 그것이 무엇인지 명확하게 알 것 같았다.

❖

"어서 오십시오, 공주님. 이리 모시게 되어 감개가 무량합니다."
은조는 자신의 앞에 엎드린 수십의 사람들 앞에 가만히 서 있었다. 가장 앞선 이는 아는 얼굴이었다.
"이형서 대감님."
"저를 기억하십니까?"
"네."
짧게 대답한 은조는 뒤를 돌아보고 있었다. 여기까지 그녀를 데려온 치월은 이미 사라지고 보이지 않았다. 그래도 은조는 한참이나 뒤쪽의 나무 그림자를 바라보았다.
설사 그가 그곳에 있었다 해도 인간의 눈으로는 찾을 수 없을 것인데, 포기가 안 됐다.
"안으로 드시지요."
대답하며 고개는 끄덕였지만 발은 떨어지지 않았다. 여전히 망부석처럼 서 있는 그녀의 시선 앞을 결국 사내들 몇이 막아선 후에야 은조는 억지로 몸을 돌렸다.
은조가 안으로 사라진 후, 치월은 정말 그림자 속에서 모습을 드러냈다. 한참이나 이쪽을 바라보던 은조의 눈동자를 기억하며 그는 오랫동안 그림자 속에 서 있었다.

바람이 신당 근처에 피어난 매화나무를 흔들었다. 여전히 기묘한 광경이었다. 아름답지만 현실이 아닌 것 같아 치월은 늘 그 나무가 싫었다.

"금방 올게."

중얼거리며 주먹을 쥐었다. 예쁘게 웃으며 대답해 줄 은조는 거기 없었다. 그러나 더 이상 머뭇거리지 않고 그는 몸을 날려 다시 그림자 속으로 들어섰다. 그리고 곧 사라졌다.

"아름답네요. 이곳."

"선대의 단주께서도 늘 그렇게 말씀하셨습니다. 무릉도원이 있다면 이곳이겠다, 하셨지요. 마음에 드신다니 다행입니다."

은조를 위해 준비한 방은 크지는 않았다. 붉은 잉어가 그려진 여덟 폭의 병풍과 작은 서안, 한쪽에 놓인 머릿장, 옷장이 가구의 전부였다.

그녀를 위해 준비한 방이 작은 것을 이형서는 미안하게 생각했지만 은조는 아무렇지도 않았다. 공주로 궐에 머물렀던 시간은 고작 몇 년뿐이었고, 나머지는 유모와 사가에서 검소하게 지냈다. 전하의 핏줄이 아니니 따지고 보면 공주도 아니다. 들어오며 둘러본 신당은 자체의 규모가 크지 않았고, 그간 치월과 머물던 방은 이보다 더 작았기에 더더욱 아담한 방이 마음에 들었다.

전각은 커다란 'ㅁ(입 구)' 자 모양이었다. 한가운데 넓은 정원을 두고 사방에 건물이 들어선 형태였다.

은조가 머무는 전각은 그중 가장 지붕이 높은 곳이었다. 대대로 단주들만 사용하던 곳이라고 이형서가 설명했다.

"아버님을 기억하십니까?"

"아니요. 한 번도 뵌 적이 없어요. 그분을 아시나요?"

"오랫동안 제가 곁에서 모셨습니다. 내내 공주님의 곁에 있던 박 상궁도 실은 이곳 출신이지요."

"아!"

그는 직접 단주를 모셨다는 사실을 꽤나 뿌듯하게 생각하는 모양이었다. 하지만 은조는 박 상궁이 이곳 출신이라는 말이 더 놀라울 뿐이었다.

작은 연꽃무늬가 새겨진 잔에 이형서는 데워진 차를 따랐다. 가늘게 피어나는 훈김 사이로 달달한 연꽃 향이 났다.

"드십시오. 몸을 데워 줄 겁니다. 연꽃 차입니다."

"박 상궁, 그러니까 유모가 이야기한 적 있어요. 조영산을 찾고 어둑시니를 만나면 그대들이 나타날 것이라고."

"송구합니다. 너무 늦게 공주님을 알아보았습니다."

"아니에요. 저도 잊고 있었어요. 실은 이제 상관없다고 생각했는지도 모르겠네요."

내리깐 그녀의 긴 속눈썹 아래로 찻잔에서 올라온 훈김이 어른거렸다. 그 아래 연한 노란색 찻물 속에서 은조는 이지러지는 자신의 모습을 보고 있었다. 멍청하고 힘없는 못난 계집이 보였다.

아직 굳어 있는 그녀를 보고 있던 이형서가 부드럽게 물었다.

"보여 드릴 것이 있습니다. 함께 가시겠습니까?"

고개를 끄덕이는 작은 여인은 신단이라는 커다란 조직을 다스리기엔 아직 어려 보였다. 연약한 여인의 살갗 위로 청설을 그대로 닮은 외모가 신비함을 더했지만, 그래도 안쓰러웠다.

실은 이리 한가하게 옛이야기나 나누고 있을 시간은 없었다. 대비가 갑이라는 살수 집단을 움직였고, 그 집단이 어떤 실력을 가졌는지는 이미 뼈가 아프도록 알고 있었다. 그의 손에 대다수의 형제들을 잃었으니 말이다.

그래도 이 여인에게는 아직 시간이 필요해 보였다. 하루라도 빨리 신단을 일으키고 싶지만, 그럴 힘이 그녀에게 충분하다는 것도 알지만, 인간이기에, 인간이라는 것을 잊어선 안 된다는 선대 단주의 유지를 그는 기억하고 있었다.

"뭘 보여 주실 건데요?"

"아마 좋아하실 겁니다. 공주님의 부친께서도 무척 그러하셨지요."

다정하고 사려 깊은 이형서의 배려에 은조는 조금씩 마음을 열었다. 잠시 후 방문이 열리고 또 눈에 익은 사람이 안으로 들어섰다. 이형서의 처, 신 씨 부인이었다. 여인인 공주를 보필하기엔 같은 여인이 나을 것 같아 이형서가 부른 것이었다.

"오랜만입니다."

"아!"

은조의 얼굴에 반가움 가득한 이채가 어리는 것을 보며 이형서는 자신의 결정이 잘못되지 않았음을 확인했다. 앞으로 해야 할 이야기가 많을 것이었다.

각성하였으나 제대로 사용하지 못하는 그녀에게 가르쳐야 할 것도 많았다. 그 역할을 수행하기에 사내인 자신은 역시 적당하지 않았다. 여인은 여인이 더 잘 아는 법.

"제가 앞으로 공주님을 모시겠습니다. 박 상궁만은 못할 것이나 성심을 다할 것이니, 무엇이든 제게 말씀하시면 됩니다."

"고마워요."

"그럼 일단 정원부터 살펴보실까요? 그곳에 아주 좋은 것이 있답니다. 단주께서도 즐기셨지요."

신 씨 부인은 곱게 웃으며 아주 조심스럽게 은조의 손을 잡았다. 잠깐 움찔하고 놀랐으나 은조는 곧 그녀의 손에 순순히 이끌렸다. 사내의 단단한 손과 다른 신 씨 부인의 손은 어머니와 박 상궁을 떠올리게 했다. 하여 조금쯤 따스해졌다.

정원에 있다는 좋은 것은 작고 예쁜 못이었다. 한쪽에 소담하게 자라난 연잎 사이로 붉은 점을 가진 잉어들이 시원하게 노닐고 있었다.

"잉어가 있네요?"

"저기 보이는 저 커다란 아이는 홍백이라 합니다."

"홍백?"

"온통 희고, 붉다 하여 그리 부르지요. 원래는 왜 나라에 살던 것인데, 단주께서 어느 날 데려와 이 못에 풀어 놓았답니다."

"예뻐요. 저토록 붉은색이라니."

"자, 가만히 보고 계세요. 그럼 홍백의 뒤로 다른 작은 것들이 또 보일 터이니?"

"네, 보여요. 저기 끝에, 그리고 저쪽에도."

어린아이처럼 즐거워하는 은조를 보며 신 씨 부인은 그럴 줄 알았다는 듯 웃었다.

"홍백이가 홀로 너무 외로워한다며 다른 한 마리를 더 데려오셨는데, 두 녀석이 그만 서로를 연모하게 되었지 뭡니까. 하여 저렇게 식구가 늘었지요. 아비인 홍백을 닮은 녀석들은 붉은 점이 많고, 어미인 황백을 닮은 아이들은 붉은 점 위에 또 노란 점이 있지요. 찾으셨습니까?"

"네, 찾았어요."

처음과 달리 차분하게 가라앉은 은조는 가만히 서서 잉어들의 동선만 좇을 뿐이었다. 무슨 생각을 하는지 고운 눈동자가 깊어져 있었다. 그 곁에서 은조를 지켜보던 신 씨 부인이 물었다.

"공주께선 혹시 어둑시니를 연모하시는 건가요?"

"네?"

깜짝 놀란 은조의 두 뺨은 어느새 홍백만큼이나 달아올라 있었다. 신 씨 부인은 귀엽다는 듯 은조의 머리를 쓸어내렸다. 어찌 모를까. 연모하는 마음은 죄가 아니었다. 감춘다고 감춰지는 것도 아니었다.

사내들이야 둔하고 또 둔해서 그것이 얼마나 강한 마음인지 모르지만, 여인의 눈은 그렇지 않았다. 은조는 그리워하고 있었다. 고작 하루도 안 되는 짧은 시간을 떨어져 있었을 뿐인데 벌써 이렇게 일렁이는 눈으로 그를 그리워한다.

"보고 싶어요. 저 때문에 위험하지 않았으면 좋겠고. 저 때문에 아프지 않았으면 하고 바라요."

"그리 고개를 숙이지 마세요. 공주님의 마음은 죄가 아니랍니다. 여인이 사내를 마음에 품는 것, 온 마음을 다해 그의 안전을 바라는 것은 그리 고개를 숙이고, 힘겹게 꺼내실 것이 아니에요."

"하지만 저 때문에 위험해지면······."

"그럼 공주님이 강해지시면 됩니다. 사내만 여인을 보호하라는 법이 있나요? 물론 어둑시니는 그 이름만큼이나 강한 존재이지만, 공주님은 그보다 더 강한 분입니다."

"제가요?"

"강해지세요. 그래서 그를 지켜 주세요."

연못에서 마침 홍백이 뛰어오르는 소리가 났다. 날렵한 유선형의 몸체가 다시 물속으로 떨어지며 던진 물방울이 두꺼운 연잎 위로 후드득 떨어졌다. 단조롭지 않은 그 소음에 소리에 홀려 고개를 비튼 은조의 턱을 신 씨 부인은 조심스럽게 잡아 돌려놓았다.

"신단은 오래전부터 이어져 온 곳이랍니다. 공주님의 선한 마음도 그 일부인걸요. 다친 아이를 가엾이 여기는 마음, 소외되는 과부에게 손을 내미는 마음, 그것들이 모두 신단의 힘이랍니다."

"무슨 말씀인지 모르겠어요."

신 씨 부인의 담담한 설명을 은조는 전혀 이해하지 못하고 있었다. 다친 아이를 도와준 일을 어찌 아는지? 장 소사와 가까이 지낸 것은 또 어찌 아는지, 머리가 혼란했다. 그리고 저보다 못한 사람을 가엾게 여기는 마음은 인간이라면 당연한 것이 아닌가? 그게 무슨 힘이 된다는 것이지?

은조가 이해를 하지 못하자, 신 씨 부인은 연못 너머 누군가에게 눈짓을 했다. 기다리고 있다가 명을 받은 사내는 즉시 연못으로 뛰어들어 홍백의 어린 새끼 한 마리를 잡아 은조의 앞으로 들고 왔다. 펄떡이며 살고자 몸부림치는 잉어의 딱한 모습에 놀란 은조가 소리쳤다.

"무슨 짓이죠? 놔주세요. 이러면 죽잖아요."
"그냥 두세요. 그것이 저 어린 잉어의 운명일지 모릅니다."
부인과 사내는 잉어의 몸부림이 잠잠해질 때까지 우악스럽게 그 몸뚱이를 방치했다. 결국 힘없이 아가미를 들썩이며 풀밭에 늘어진 잉어의 앞으로 신 씨 부인은 은조의 손을 끌었다.

"놔요. 이런 짓! 너무해요."
"그럼 살리세요."
"……?"
"그리 화가 나신다면, 안쓰러우시면 공주께서 살리면 됩니다."
신 씨 부인은 끝까지 담담했고, 미소도 잃지 않았다. 떨고 있는 은조의 손을 단호히 끌어 젖은 잉어의 몸을 덮고 속삭였다.

"이 아이를 살리고 싶다고, 생각해 보세요. 염원해 보세요."
"지금, 지금 대체 무슨?"
"해 보세요. 지체하면 정말 죽어 버린답니다. 그리되면 홍백이 슬퍼할 거예요. 자, 어서요."
당황한 은조의 가는 얼굴로 눈물이 흘렀다. 그 눈물을 신 씨 부인은 기쁘게 바라보았다.

공주를 찾았다는 지아비의 말을 전해 들었을 때, 처음엔 믿지 않았다. 그 흉하던 바느질아치가 신단의 공주님이라는 말을 들었을 때도 그랬다.

하지만 지금 이 아이의 눈물을 보니 이제야 믿어졌다. 겉으로 흘리는 눈물이 아니었다. 진심으로 미물 한 마리를 위해 울어 줄 수 있는 아이였다. 그 마음을 읽어 준다면 홍백의 새끼는 살아날 것이다.

어느새 잉어의 몸에 손을 대고 눈을 감은 은조는 시키지 않은 기도를 하고 있었다. 눈물에 젖은 붉은 입술이 홍백의 새끼를 살려 달라고 빌고 또 빌었다. 그러던 어느 순간, 늘어졌던 잉어의 아가미가 다시 뻐끔거리기 시작했다.

말라 가던 지느러미가 날갯짓을 하고 힘차게 몸을 버둥거렸다.

"사, 살아났어!"

은조는 허둥지둥 잉어를 들고 연못으로 달려갔다. 그리고 늦기 전에 잉어를 풀어 놓고야 털썩 주저앉았다.

"괜찮으십니까?"

달려온 신 씨 부인이 은조의 가는 팔을 부축하며 물었다. 은조는 떨리는 자신의 손과 물속에서 놀고 있는 홍백의 새끼를 번갈아 보며 일순 대답을 잇지 못했다. 불현듯 치월의 마당에서 자라던 작물들이 생각났다. 그리고 과부촌 자신의 집 마당의 잡초들도 떠올랐다.

"이게 대체 어떻게 된 건지 모르겠어요."

"차차 알게 되실 겁니다. 그 전에 한 가지만 더 알려 드릴까요?"

"또요?"

"이번엔 무섭지 않으실 겁니다. 연못 속에 손을 넣어 보세요."

아직 조금 전의 일도 적응이 되지 않지만 은조는 다정한 부인의 말에 의지해 물속으로 손을 넣었다.

"이제 불러 보세요."

"누굴요?"

"후훗! 공주님 연못 속에 누가 살겠어요?"

"아!"

은조는 눈을 빛내며 살랑 물을 저었다. 그러고는 마음속으로 천천히 그들을 불렀다. 이리 와 줄래? 그러자 놀라운 일이 일어났다. 천천히 물살을 가르고 다가온 잉어들이 그녀의 손에 몸을 비비며 장난을 치는 것이다.

"단주께서는 이걸 가장 좋아하셨답니다. 이렇게 홍백과 놀고 있으면 정말 신선이 된 것 같다고 하셨지요. 공주님께 그걸 알려 드리고 싶었어요."

은조는 오랫동안 물속에서 손을 빼내지 않았다. 잉어들은 한가롭게 헤엄쳐 와 그녀의 손을 건드리고 놀거나 또는 반대쪽까지 쏜살같이 갔다가 득달같이 되돌아와 물을 튕기곤 했다.

"아하, 차가워!"

이곳에 온 이후 처음으로 밝게 웃는 은조를 보며 신 씨 부인은 가만히 가슴을 짚었다. 홍백의 새끼를 이용해 힘을 끌어낸 것은 그녀로서도 도박이었다. 은조가 가진 신단의 힘, 범인의 눈에는 그저 사물을 살리고 키우는 치유의 힘으로 보일지 모르나, 실은 참으로 무서운 힘이었다.

만약 홍백의 새끼에게 이승에 남아야 할 이유가 없었다면 은조가 아무리 염원했어도 죽었을 것이다. 다시 살아난 것은 그 녀석에게 남아야 할 이유가 있기 때문이었다. 살아나는 편이 조금이라도 세상에 이롭기 때문이었다.

'언제나 옳은 결정을 내리는 마음. 그것이 그 아이가 가질 진짜 힘입니다.'
'옳은 결정이라는 것이 무슨 뜻입니까?'
'말 그대로 옳은 결정이지요. 간단합니다. 가령 이 몸이 도공이라면 말입니다. 지금 막 구워 낸 두 개의 그릇 중 어떤 것이 더 쓸모가 있을까 하는 결정. 다시 말해 구워 낸 두 그릇 중 어떤 것을 깨 버리는 것이 이득일까? 그런 사소한 결정 말이지요.'
'그런 것이 세상을 흔들 수 있단 말씀이십니까?'
'당연히 그렇습니다. 그것이 사람이라면 어떻겠습니까? 그릇처럼 간단히 사람을 깨거나 붙일 수 있다면요.'

선대 단주인 청설 님은 힘을 의지와 결정이라 설명했었다. 다정하고 편안한 설명이었지만 그날 이후 신 씨 부인은 사흘이 넘도록 깊은 잠에 들지 못했다. 한마디로 누굴 살릴 수도 혹은 죽일 수도 있는 그 거대한 힘이 사리 분별도 못 할 어린 여자아이에게 깃들었다는 것이 너무나 두려워서였다.
그러나 대비가 공주에게 준 시련이 약이 되었을까. 천방지축 어렸던 계집아이는 심성이 고운 여인으로 자랐고, 남을 살피는 마음을 지녔으며 결정을 가지기에 더없이 맑은 눈을 가졌다. 하여 오늘 밤은 전보다 더 깊이 잠들 수 있을 것 같은 신 씨 부인이었다.

사흘이 지났을 때, 은조는 어느 정도 치유의 힘을 자유롭게 사용할 수 있었다. 그녀의 손끝에서 어떤 것들은 살아 맥동하였지만 또 어떤 것들은 존재할 이유를 갖지 못해 사라져 갔다. 그리고 여전히 은조는 사라져야 하는 미물들을 위해 기꺼이 울었다. 그간의 걱정을 말끔하게 치워 내는 맑은 영혼이었다.

그렇게 느리지만 은조는 차차 신단과 자신의 존재에 대해 이해하고 있었다. 그 모든 시간과 시간들엔 언제나 신 씨 부인이 함께 있었다. 어미에게 미처 배우지 못한 것들, 도망치는 삶을 견디느라 돌아보지 못했던 모든 것들을, 신 씨 부인은 차근차근 일러 주며 곁을 지켰다.

그러나 사흘에 또 사흘이 지나도록 치월은 돌아오지 않았다. 반드시 데리러 오겠다는 약속을 믿고 기다렸지만 매일 저녁 홀로 앉아 지는 해를 보는 은조도 조금쯤 지쳐 가고 있었다.

열흘이 지난 어느 날 밤, 하늘엔 예고도 없이 그믐달이 떴다. 바로 어제까지도 선명한 운월(雲月)이었는데, 심술궂은 천제가 갈아서 쏟아 놓은 먹물처럼 온통 캄캄했다.

"치월."

은조는 평소처럼 창밖으로 달을 바라보다가 홀로 침소에 들었다. 그리고 그 밤, 그녀는 꿈을 꾸었다. 언젠가 조영산에서 꾸었던 꿈. 피에 젖은 치월이 새빨간 웅덩이 속에 홀로 누워 있는 꿈이었다.

 불러도 대답하지 않고, 만져도 움직이지 않는 치월은 다시 그녀를 위해 눈뜨지 않았다.

"이보시오, 좀 일어나시라니까. 이보시오들!"

 문밖에서 나는 소리에 부스스 눈을 뜬 소금 장수는 짜증을 부리며 방문을 밀어 열었다. 한창 말을 배우기 시작한 아이가 늦게까지 재잘거리며 눈을 말똥거리고 있는 바람에 조금 전에야 겨우 잠이 든 차였다.

 옆에서 코를 고는 여편네는 아직도 잠에 빠져 부르는 소리도 듣지 못한 모양이었다.

"으이구!"

 확 코를 쥐어 잠을 깨울까 하다가, 어미의 품으로 파고들어 새근새근 잠든 제 새끼를 보며 소금 장수는 주먹 쥔 손을 내렸다. 하필 어미를 꼭 닮은 외양이었지만 눈에 넣어도 안 아플 제 새끼였다. 밖에선 조급증을 내며 부르는 소리가 거푸 들려왔다.

"이보시오? 이보시오?"

"나가요. 나가! 이 새벽에 대체 누구요?"

 주섬주섬 앞섶을 여미며 밖으로 나온 문밖엔 웬 아낙이 하나 서 있었다. 소금 장수는 저를 부른 여인의 얼굴을 기억하려 애를 썼다. 분명 어디서 본 얼굴인데 잠결에 얼른 기억이 나질 않았다.

"잠 좀 깨시오. 좀!"

"아아!"

사납게 달려드는 목소리에 그제야 장 소사를 알아본 소금 장수가 딱 하고 손뼉을 치고 고개를 끄덕였다. 과부라면 질색을 하던 마누라가 언제부턴가 가끔 데리고 와서 밥도 먹이고 하던 장 소사였다. 말을 들어 보니 은인과 함께 왔던 아씨와 연이 있다는 것도 알고 있다.

"장 소사? 그런데 대체 무슨 일이요? 이 새벽에?"

"저것 좀 보시오. 저기, 저것 말이요."

장 소사는 가타부타 얼른 소금 장수의 팔을 당겨 그의 몸을 뒤로 돌려세웠다. 잠시 끔뻑끔뻑 장 소사가 하라는 대로 먼 곳을 보다가 그는 퍼뜩 정신을 차렸다.

"저, 저게 뭐야?"

조영산이 타고 있었다. 아니, 형체가 없는 산이 타는 것이 가능한가 싶은데, 멀리서도 보이는 시뻘건 불은 분명 조영산을 둘러싸고 이글거렸다. 몸이 단 장 소사가 그의 팔을 잡아끌며 안달을 냈다.

"이보시오, 저기. 저기에 우리 은이가 있다고 안 했소? 그때 그랬잖소. 그 커다란 사내가 저기 사는 사내라고!"

"마, 맞소, 저기에 살지."

"그럼, 지금 저 안에 우리 은이도 타고 있단 말이요? 그 말이요?"

"아이고, 아이고. 이럴 때가 아니지. 임자, 임자!"

소금 장수는 냅다 소리를 지르며 부랴부랴 안으로 달려 들어갔다. 그림자뿐인 산이 타고 있다니 이건 보통 일이 아니었다.

二十三 步. 두억시니와 새타니

 새빨갛게 타오르는 화염 한가운데 치월은 우뚝 서 있었다. 높은 나무를 타고 뜨거운 불꽃이 쳐 오를 때마다 묵직한 그의 흑발도 함께 흩어 날렸다. 은조가 여기 없다는 것이 다행이었다. 그녀를 지켜 줄 누군가와 함께 있다는 것도 안심이 되었다.
 그건 그나마 다행이긴 한데, 문제는 자신이 밖으로 나갈 수가 없다는 것이었다.
 산을 빙 두르고 일어난 불길은 빈틈이 없었다. 마치 누가 일부러 피워 놓은 것처럼 며칠째 온 산의 경계를 에워쌌다. 첫날엔 사소한 불씨였었다. 하지만 점점 커진 불씨가 산을 점령하는 것은 고작 사흘밖에 걸리지 않았다. 매캐한 연기 사이로 물짐승의 기름이 타는 냄새가 났다.

"고래 기름인가?"

심증을 증명하듯 불은 어떤 방법으로도 꺼지지 않았다. 하늘엔 갑작스런 그믐달이 떠올라 있었다. 마치 불길이 산을 삼키기를 기다리고 있었다는 듯, 떠오른 검은 달 아래서 영험한 산은 더 이상 그림자를 만들지 못했다.

이쯤 되면 인간들의 눈에도 산이 타고 있는 것이 보일 것이다. 은조도 보겠지.

"쳇! 또 울리겠군."

며칠을 불타는 산에 갇혀 있었던 것보다, 은조가 우는 모습을 떠올리는 것이 그를 더 조급하게 했다.

시험 삼아 나무 하나를 통째로 베어서 밖으로 던져 보았다. 저항 없이 경계 밖으로 떨어진 나무가 반쪽으로 쪼개지며 엄청난 소리를 냈다. 나무가 통과한 방향으로 몸을 던졌지만 촘촘한 그물로 사방을 뒤덮어 놓은 것처럼 불꽃은 득달같이 그의 몸을 막아섰다. 역시나 그냥 불이 아니라 결계였다.

"여기서 나갈 수 없는 건 나뿐인가? 꽤 치밀하게 준비했는걸?"

치월은 이를 물었다. 은조에게 곧 돌아가겠다고 약속했는데 아무래도 조금쯤은 시간이 걸릴 모양이었다. 괜찮으니 기다리라는 말 한마디만 전할 수 있다면 숨이라도 좀 틀 것 같았다. 울지 말고 기다리고 있으라고. 하지만 빌어먹을 불길은 사소한 숨결 하나도 밖으로 새지 못하게 했다.

"후우······."

"<u>호호호</u>."

저절로 터진 한숨의 뒤로 누군가 작게 웃는 소리가 들렸다. 사흘 만에 자신을 제외한 다른 누군가의 기척이었다. 동시에 풍기는 익숙한 악취! 그놈이다. 드디어 놈이 왔다.

"나와라."

기다림에 지친 치월의 일갈은 너무 낮아서 짐승의 으르렁거림 같았다. 주먹을 틀어쥔 팔뚝엔 힘줄이 불거지고 가늘게 뜬 눈동자에 흉흉한 야성이 여과 없이 번뜩였다. 먹이를 노리는 야수처럼 빈 공간을 응시하는 눈동자엔 살기 외엔 다른 감정이 없어서 더욱 섬뜩했다.

그야말로 인간의 두려움을 먹고 사는 어둑시니의 모습 그대로였다.

대답하듯 붉은 화염 속에서 누군가가 걸어 나왔다. 겉으로 인간의 모습을 두르고 속에는 알 수 없는 짐승을 기르는 갑이었다.

"오랜만이구나, 꼬맹이."

치졸한 놈의 인사에 치월은 피식 웃었다. 지난번의 인사로 이미 짐작했지만 아무래도 저쪽이 일방적으로 이쪽을 알고 있는 모양이었다. 꼬맹이라 부르는 것을 보니 아주 오래전부터!

쥐고 있던 주먹을 바드득 펴서 지면의 그림자를 불러 모았다. 그럼 이제 이쪽에서 놈의 정체가 무엇인지 알아볼 차례다. 그게 무엇이든, 산에서 나가는 건 하나뿐일 것이다.

❖

"공주님. 공주님!"

흔들어 깨우는 소리에 부스스 눈을 뜬 은조의 앞에서 긴장한 얼굴의 신 씨 부인이 앉아 있었다.

"무슨 일이세요? 혹시 그가 왔나요?"

치월이 데리러 온 건가 싶어 반색을 하고 일어나는 그녀를 신 씨 부인은 차분하게 잡아 다시 앉혔다. 단아하지만 힘이 깃든 손길이었다.

"아닙니다. 어둑시니가 온 것이 아니에요."

"그럼요?"

"잠시 나와 보시겠어요?"

은조는 고개를 끄덕이며 곧 잠자리를 박차고 일어섰다. 그리고 믿을 수 없는 광경을 목도하고 망연해졌다. 허공을 휘저어 신 씨 부인의 팔을 찾아 잡는 손이 떨렸.

"저게, 저게 뭐예요? 저기 타고 있는 것이 혹시 조영산인 건가요?"

"그런 것 같습니다. 공주님 놀라지 마시고 혹시 모르니 채비를 하세요."

"무슨 채비요? 설마 그를 두고 도망이라도 하라는 건가요?"

신 씨 부인은 아무런 대답도 하지 않았다. 그러니 잔뜩 슬퍼진 그녀의 눈빛은 이미 대답한 것과 진배없었다. 잔혹한 그들의 결정에 은조는 뒷걸음질을 치며 고개를 저었다. 그럴 수는 없었다.

화르르!

바람에 날아오는 불씨들을 견디지 못한 매화나무가 삽시간에 타올랐다. 평범한 불씨가 아니라는 뜻이었다.

"뒤로 물러서요!"

어느새 나타났는지 그녀들의 앞을 가리고 선 이형서가 소리를 질렀다.

"맙소사!"

비명을 지르며 물러나는 은조의 옆에서 신 씨 부인도 망연자실한 얼굴이었다. 매화나무는 신당의 결계와 같은 존재였다. 언제나 같은 계절을 유지하며 신당의 모습을 범인들에게 감추는 것, 그것이 매화나무가 가진 역할이었다.

타고 있는 나무는 이제 더는 이곳을 지키지 못했다. 너울너울 눈앞을 날아다니는 허망한 잿개비들이 흰 눈처럼 보였다.

"어서요. 이리 오세요, 공주님."

놀라서 얼어붙은 은조의 손을 당겨 잡은 신 씨 부인이 은조의 머리 위로 들고 있던 장옷을 씌웠다. 그 뒤로 이형서가 검을 뽑아 들었다. 신단을 지키는 싸울아비들은 이미 모두 준비가 되어 있었다. 아직도 불꽃의 씨를 날리는 신당을 버리고 은조를 둥그렇게 둘러싸는 그들의 눈빛은 하나같이 날이 서 있었다.

호위되어 문밖을 나서며 은조는 어째서 그들이 그렇게 비장하게 신당을 나서야 했는지 알게 되었다.

"아아! 당신은?"

"이 몸을 알아보시는군요. 오랜만입니다, 공주님. 아니, 그 모습으론 처음이신가?"

뱅실뱅실 기름지게 웃으며 그들을 가로막은 이는 정철이었다.

새카맣게 주변을 둘러싼 그의 사병들은 이쪽의 수를 가볍게 넘어설 만큼 많았다. 뒤가 보이지 않을 만큼, 바람도 새어들지 못할 만큼. 놀라는 은조의 앞에서 정철은 연신 거들먹거렸다.

"얌전히 이리 오시겠습니까? 아니면 이들을 풀어 공주님의 사람들을 모두 벨까요?"

"그대를 보낸 것이 대비마마십니까?"

"뭐, 따지고 보면 그렇다고 할 수 있겠지요."

한껏 입을 벌린 정철의 치아가 화염의 붉은 빛깔에 젖어 있었다. 처음부터 놓칠 생각이 없는 것이다. 이 기회도, 은조도 그리고 신단의 사람들까지.

"저자의 혀에 현혹되지 마십시오."

은조의 앞을 막아서는 이형서가 강하게 속삭였다. 그의 명을 받아 척척 앞으로 나서는 싸울아비들은 모두 죽기를 각오하고 있었다.

와르르! 대들보가 무너지며 가루 같은 불씨들이 사방으로 피어올랐다. 붉게 빛나는 꽃잎처럼, 잔인하도록 아름다운 광경이었다. 이제 물러설 곳은 없다. 그리고 앞으로 나갈 방법도 없었다. 물론 싸울아비들이 버텨 준다면 그녀와 이형서 내외 정도는 빠져나갈 수도 있을 것이다. 하지만 너무 많은 사람이 희생된다. 대답은 하나뿐이었다.

"그럼 너무 많은 사람들이 희생돼요. 우리도 다치겠지만 저자의 사람들도 죽겠죠. 더는 누가 저 때문에 죽는 것을 보고 싶지 않아요."

은조는 이형서의 어깨를 힘주어 옆으로 밀어 냈다.

"고, 공주님?"

물러나며 더듬거리는 그의 얼굴은 보지 않았다. 결심이 흩어지기 전에 할 일을 하자고 생각했다. 그녀에게 개입되지 않았다면 더 많은 생을 살고, 더 많은 일을 할 수도 있는 사람들이었다. 목소리에 힘을 주어 은조는 정철을 바라보았다.

"내가 그리 간다면, 이들의 앞길을 터 주겠다 약조할 수 있습니까?"

"안 됩니다!"

비명 같은 신 씨 부인의 외침이 들려왔다. 한사코 앞을 막는 이형서의 제지에도 은조는 고집스럽게 한 걸음을 앞으로 나섰다. 돌이켜 생각해 보면 늘 남의 희생으로 이제껏 살아왔다. 언제까지 이렇게 살 수는 없었다. 저들에게 그들의 삶을 살 기회를 주고 싶은 마음처럼, 그녀 역시 이제 불안하지 않은 삶을 살고 싶었다. 그러기 위해선 대비를 만나야 했다. 시작도 끝도 모두 자신에게 있음을 알면서 도망만 다닐 수는 없었다.

"물었습니다. 이들에게 손대지 않겠다, 약조할 수 있느냔 말입니다."

조그만 계집의 입에서 나오는 목소리는 제법 당찼다. 지난날 제 몸뚱이 아래 깔려 울부짖던 그 계집과는 천양지차로 다르다. 같은 계집이라는 것이 믿어지지 않을 만큼의 위엄을 은조는 갖추고 있었다. 물론 그러한 결심을 정철은 기쁘게 반겼다.

"그러지요. 어차피 다른 사람들에겐 관심 없으니."

"나 혼자 그쪽으로 갈 것입니다. 그러니 그대도 나를 호위할 사람을 하나만 이쪽으로 보내시오."

은조의 가벼운 요구를 정철은 곧 들어주었다. 정철의 눈짓을 받은 무사 하나가 다가오는 것을 보며 은조는 신 씨 부인의 손을 놓았다.

"공주님!"

"괜찮아요. 걱정 마세요."

가볍게 안심시키고 천천히 발을 떼어 정철을 향해 걸었다. 신 씨 부인의 울음소리가 들렸다. 걱정이 된 은조가 발을 멈추고 돌아서자, 무사가 재촉하듯 그녀의 팔을 잡았다.

"어서 갑시다."

그때였다. 무사의 재촉에 은조가 눈을 홉떴다.

"나를 놓거라."

"흐으윽!"

멀쩡하게 서 있던 그가 갑자기 검을 떨구며 바닥으로 힘없이 무너져 내린 것은 순간이었다. 정철의 수하들 중 가장 강했던 그가 이유도 없이 쓰러지자, 다들 흠칫거리는 눈치였다. 정철도 마찬가지였다. 공주가 범인(凡人)이 아니라는 것을 알기에 그의 동요는 더 컸다.

"무, 무슨 짓입니까? 공주!"

"나는 당신을 믿지 않아요. 가벼운 혀에 담은 그 약속은 내가 그대의 수중으로 들어가는 순간 거짓말이 되겠죠. 당신에게 이들은 필요 없기도 하지만, 방해가 되기도 할 테니까."

정철은 인상을 찡그렸다. 그날 기방에서 그가 범하려던 계집은 초라하고 허술한 천한 아이였을 뿐이었다. 그런데 이것 봐라? 역시 피가 다르다는 건가?

수세에 몰려 있는 이런 상황에도 그녀는 본능적으로 기품을 잃지 않고 상대의 의중을 읽었다.

"해서 내 수하를 죽이신 겁니까? 직접 보았지만 역시나 대단하고 무서운 힘이군요."

"나를 가지고 이들을 보내세요. 지금 보아 알겠지만 다른 마음을 품는다면 나는 얼마든지 그대의 수중에서 벗어날 수 있습니다."

"사람을 가까이 두지 않는 방법도 있습니다. 사방이 막힌 가마에 가두어 두면 그 힘 또한 소용이 없지 않겠습니까?"

정철이 세 치 혀를 놀려 그녀의 능력을 시험하고 있다는 것을 알면서도 은조는 순순히 땅에 손을 짚었다. 그녀의 손이 닿은 주변의 풀들이 삽시간에 파스스 말라 바람에 흩어졌다. 정철도 웃는 얼굴을 지웠다.

"사람에게만 쓰는 힘은 아닙니다. 이제 결정하세요."

"공주의 약속은 어찌 믿습니까? 저들을 놓아주었는데 공주께서 달아나시면, 그럼 이 몸은 빈손으로 대비마마를 뵈어야 합니다."

"사람이 모두 그대와 같이 악한 것은 아닙니다. 약조는 지킬 겁니다. 믿지 못하겠다 해도 증명할 방도가 내겐 없어요."

망설이던 정철은 이내 결심했는지 제 수하들을 뒤로 물렸다.

그것을 신호로 은조도 차분차분 그를 향해 걸었다.

"공주님!"

"괜찮아요. 저 산에 있을 그에게 전해 주세요. 기다리고 있겠다고. 데리러 와 달라고요."

주먹을 쥐며 신음을 참는 이형서에게 은조는 가볍게 웃었다. 그리고 잠시 눈을 굴려 조금 전에 쓰러진 정철의 수하를 시야에 담았다. 눈치 빠른 이형서가 신 씨 부인을 부축하며 작게 고개를 끄덕였다.

은조가 다가오자 정철은 마치 맹독이라도 만난 듯 그녀의 몸에 닿지 않으려 뒤로 물러섰다. 방금 수하가 죽는 것을 보았으니 혹여 건드렸다가 같은 꼴이 될까, 겁을 먹은 것이었다.

"가시죠."

대신 앞을 열어 길을 트며 준비한 가마로 그녀를 이끌었다. 사방이 막힌 특이한 가마엔 열여섯 명이나 되는 가마꾼이 있었다. 보통의 가마는 아닐 것이다.

잠시 후 산엔 정말 신단의 사람들만 남겨졌다. 정철이 일단은 약속을 지켰으나 오래가지 않을 것이었다.

이형서는 재빨리 은조에게 쓰러진 사내의 목에 손가락을 대고는 그를 일으켜 부축했다. 은조의 시선이 이자에게 닿았던 이유는 이자가 아직 살아 있기 때문이었다. 하나 이 산을 빠져나가기 전에 정철에게 들켜서는 안 된다.

"잠시 혼절한 것이니, 데려가자. 한시바삐 이곳에서 벗어나야 한다."

"어디로 갑니까?"

싸울아비 하나가 물었다. 이형서는 몸을 돌려 불타고 있는 조영산을 바라보았다.

"명을 받았으니 이행해야지. 조영산으로 간다."

그의 말에 싸울아비들은 지체 없이 길을 열었다. 그들도 모두 같은 자리에서 들었다. 은조의 마지막 부탁. 그에게 기다리겠다, 전해 달라는 그 명을.

그녀를 빼앗긴 이 순간에도 조영산은 여전히 타고 있었다. 만약 그 안에 어둑시니가 갇혀 있다면?

"소인의 목숨을 바쳐서라도 명을 받들겠습니다, 공주님."

"누구냐? 말하는 꼴을 보니 나를 아는 모양이구나."

치월의 말에 갑은 잠시 미간을 찌푸렸다. 온통 붉은 화염 속에서도 핏기라고는 없는 파리한 안색에 붉은 입술이 유난히 도드라졌다. 뚱한 표정에 약간의 실망감이 느껴졌다.

"나를 몰라보느냐? 꼬맹이?"

"너 같은 허접 쓰레기를 굳이 기억할 필요를 못 느껴서."

"흐음, 저런. 아쉽구나. 나는 너를 아주 잘 아는데. 어쩌면 네놈이 아는 것보다 더 많이 알지. 알려 줄까?"

놈의 자신감은 근거가 없어 보이지 않았다. 무엇보다 놈이 두르고 있는 껍데기인 인간! 이런 불길에서 인간이 어떻게 버틸 수 있는지 그것도 이상했다. 벌써 불길에 탔어야 하는데 용케 서 있다.

"그럴 필요 없어. 어차피 넌 여기서 바로 죽을 테니까."

너풀거리던 소매를 찢어 불 속으로 던지고 치월은 검을 들었다. 애초에 달아날 생각이 없는 놈의 입가에 미소가 맺혔다. 붉은 입술 사이로 가늘고 긴 혀가 나와 마른 입술을 축였다. 흰자위가 가득한 눈에 유독 작은 동공이, 느루 껌뻑이는 눈꺼풀에 나타났다 사라지기를 즐겁게 반복했다.

놈은 즐기고 있었다. 치월의 조바심과 그가 은연중에 뿜어내는 두려움을 마시면서 등을 편다.

"이 몸에게 그리 검을 세우면 안 될 텐데?"

"잡설 집어치우고 이리 와. 바로 죽여 줄 테니."

"아직 시간이 많은데 왜? 나는 오랜만에 너를 만나 아주 반갑다. 그러지 말고 내가 아는 재미있는 이야기 한번 들어 볼래?"

"시끄럽고, 덤비라니까. 너랑 노닥거릴 시간 없어!"

산 밖에 있는 은조가 어찌 되었는지 알아야 했다. 그래서 치월은 초조했다. 그러나 갑은 시종일관 웃기만 했다. 불길 따위 아랑곳없이 산보하듯 배회하는 걸음에도 여유가 넘쳤다.

"굉장히 재미있는 이야기야. 나와 너와 그리고 청설의 이야기!"

"청설?"

일순, 검끝을 떠는 치월을 갑은 놓치지 않았다. 번쩍! 믿을 수 없는 속도로 다가와 짧은 팔을 뻗어 치월의 뺨을 쓰다듬었다. 어린아이 어르듯 손끝만 내밀어 부드럽게.

"놀랐느냐? 하지만 당연하지 않아? 어린 너를 아는데, 청설을 모를 리가 없잖느냐. 어때? 이제는 내 이야기가 듣고 싶은가? 어린 어둑시니야."

"저리 비켜. 냄새나."

"저런, 가능하면 아프지 않게 하려고 이렇게 노력을 하는 나에게, 언사가 거칠구나. 그렇다면 할 수 없지."

갑은 다가왔을 때와 같은 속도로 치월에게서 멀어졌다. 그러고는 어린아이 같은 입술을 오물오물 움직였다. 시간이 지날수록 인간의 몸이 젊어지고 있었다. 단순한 빙의로는 그리되지 않는다. 치월은 서서히 그의 정체가 무엇인지 알아 갔다. 어째서 이토록 어둑시니와 비슷한 기운을 풍기는 것인지도, 이제는 알 것 같았다. 그렇다면 잡을 방법은 하나뿐이다.

치월은 발검하려던 검을 늘어뜨렸다. 그런 치월의 변화에도 갑은 아랑곳없이 제 이야기를 늘어놓고 있었다.

"비슷하지 않은가? 나와 너?"

"우스운 소리를 하는구나. 너와 나는 비슷한 곳이 손톱만큼도 없어."

"조급하기는? 들어 보아라. 예전에 말이다. 그러니까 이십오 년쯤 전인가? 네가 어둑시니가 되기 전, 청설의 곁에는 또 다른 어둑시니 하나가 더 있었다. 아주 크고 강한 놈이었지. 시답잖은 도깨비 정도는 한 손으로 찢어 죽일 정도로, 아주아주 강한 놈이었어."

치월은 땀이 배어 나오는 주먹에 바득 힘을 주었다. 놈의 정체가 정말 그것이라면 이 싸움은 제법 치열해질 것이다. 욕심이 많은 만큼 눈치가 빠른 것이 놈의 특성이니까.

"아주 강했어. 산천의 짐승들도, 인간들도 그의 앞에선 벌벌 떨었다. 당연하지. 놈은 최강이었거든. 거칠 것이 없었다. 한 나라의 왕도 놈이 손을 대면 손쉽게 바뀌었지. 무척 쉬웠어, 거치적거리는 놈들은 그냥 다 죽여 버리면 되니 어려울 것이 있나?"

"시끄럽고, 본론만 해."

"바뀐 왕이 누군지는 안 궁금한가? 오호라! 벌써 눈치챈 얼굴이군그래. 네 녀석의 짐작이 맞다. 은조 공주, 그 아이의 아비. 작금의 왕이다. 아닌가? 그 아이의 아비는 청설이니? 크큭큭! 청설 그놈이 고작 계집 하나에 눈이 멀어 그리 죽을 줄이야."

무엇이 그리도 우스운지, 놈은 실성한 것처럼 배를 잡고 웃었다. 주춤거리다가 도로 자리에 앉아 버리기까지 하며 도무지 웃음을 멈추지 못했다.

"네놈이 한 짓은 천기를 거스른 짓이다. 한낱 망량 따위가 겁이 없구나."

서늘한 노기가 잔뜩 어린 치월의 목소리는 누르고 눌러 평소와 다르지 않게 평이했다. 숨을 고르고 있는 중이었다. 놈의 빤한 꼬임에 넘어갈 일은 없었다. 그런데 순간 웃음을 멈춘 갑이 고개를 양옆으로 살랑살랑 흔들었다. 가늘어진 눈매에 조소가 묻어 있었다.

"오호! 그건 어둑시니가 가져야 할 자세가 아니야. 어둑시니라면 천기 따위를 고려해선 안 되지."

"거참, 시끄럽고 귀찮네."

"그게 아니지. 귀찮다는 건 네 녀석의 핑계다. 넌 알고 싶지 않은 거야. 그 어둑시니가 누구인지. 진실에 대한 두려움! 그것이 네 녀석의 본심이다."

"아니! 내 본심은 지금 당장 널 죽이고, 네가 키운 의심의 싹을 모조리 잘라 내는 거야."

치월은 힘차게 검을 휘둘렀다. 어떻게 해서든 놈을 없애고 은조에게 가야 했다. 차마 아무 말도 하지 못하고 서운해하던 눈빛이 자꾸만 기억이 나서 이렇게 시간을 끄는 것이 초조해졌다.

커다란 검이 바람 소리를 내며 갑에게 달려들었다.

"으차. 이런, 이런!"

갑은 너무도 손쉽게 치월의 공격을 피했다. 마치 검이 그쪽으로 날아오리라는 것을 알고 있었던 것처럼 그저 슬쩍 발을 움직였다. 역시나 눈치가 빠르다. 그 탓에 치월의 검날은 허망하게 허공을 긋고 말았다.

"아직 멀었구나. 그런 무딘 검으로 나를 치겠다고? 박력 하나만은 인정해 주지. 하지만 정교함이 없잖아."

"그렇게 하려고 했었지."

갑의 조롱에도 치월의 표정은 한없이 건조하고 변화가 없었다. 하지만 속은 타들어 가고 있었다. 역시 놈은 별 볼 일 없는 혼이 아니었다. 시종일관 여유롭고 헐렁한 행동 뒤엔 분명 그만한 자신감이 있다. 그런 놈을 제압하려면 빈틈이 필요했다. 그리고 완벽한 계획도. 일단 시선을 끌기로 했다.

"그래서 그 최강의 어둑시니가 너란 말이냐?"

그 말에 갑이 눈빛을 빛냈다. 진실을 알려 주고 싶어 안달이 난 입술이 금세 모든 것을 토하기 시작했다. 치월이 원하는 바였다.

"그래. 그건 나였다. 원래 청설의 곁에서 이 산을 호령하던 것도 나였다."

조금씩 악을 쓰기 시작하는 놈을 흘끔거리고 치월은 하늘을 보았다. 산이 타고 있어서 평소보다 밝은 하늘로 시커먼 연기가 끊임없이 솟아올랐다. 놈이 친 결계엔 빈틈이 없다. 하지만 아무리 강한 결계라도 약점은 있다. 사주자가 죽으면 결계도 힘을 잃는다는 것이었다. 지금 놈의 결계를 풀 방법은 그것뿐이었다.

조금 전에 한 수를 그었으니, 이제 한 걸음 준비가 되었다. 어둠이 익을 동안, 그때까지는 녀석의 시선을 끌어야 했다.

'미안해, 은조야. 조금만 기다려. 금방 갈 테니까.'

'치월?'

그의 목소리가 들린 것 같았다. 어둠을 더듬어 몸을 일으키던 은조는 다시 몸을 낮춰 자리에 앉았다. 정철이 준비한 가마는 역시 일반적이지 않았다. 사방이 두꺼운 쇠로 되어 있고, 지붕으로 아주 작은 숨구멍이 있을 뿐, 창도 없었다. 좁은 입구는 밖에서 잠겨 있었다. 한마디로 그녀는 갇혀 있었다.

시간이 얼마나 지났는지는 모르지만 가마는 더 이상 움직이지 않았다. 아마도 목적지에 도착을 했겠지. 오래 움직이지 않았으니 분명 정철의 사가일 것이라 생각했다.

바닥까지 쇠로 된 가마에선 냉기가 철철 흘러나왔다. 한구석에 몸을 웅크리고 은조는 눈을 감았다. 가마가 멈춘 이후부터 쭉 두렵다는 생각을 버리려고 노력하는 중이었다.

혹시나 싶어 벽에 손을 짚고 힘을 넣어 보았지만 살아 있지 않은 무쇠는 그녀의 부름에 응답하지 않았다.

"아직 아무 연락이 없느냐?"

밖에서 수하와 이야기를 하는 정철의 목소리가 새어 들어왔다. 꽤 오랜만이다. 홀로 어둠 속에 너무 오래 있었던가? 그마저도 반가워 은조는 귀를 세웠다.

"예, 아직입니다."

"젠장, 산이 저렇게 타고 있는데, 혹시 같이 죽어 버린 거 아니야?"

정철은 조바심을 냈다. 그는 갑을 기다리고 있었다. 갑이 약속한 시간은 만 하루였다. 자신이 어둑시니를 처리하는 동안 공주를 잡으라는 것이 그들의 계획이었다. 계획대로 공주를 잡았으니 이제 놈이 돌아오기만 하면 되는데, 어째서인지 약속 시간을 넘기도록 소식이 없었다.

정철은 입술을 비틀었다. 만약 저 불길 속에서 동귀어진했다면 그도 나쁘지 않은 수다.

"수틀리면 나도 어쩔 수 없지. 내 살길은 도모해야 할 것 아냐?"

"어쩔까요? 이대로 두면 상품도 점점 가치가 떨어질 겁니다."

그들이 말하는 상품이란 은조였다. 정철은 손톱 끝을 잘근잘근 씹어 바닥으로 툭 뱉었다. 그는 장사치였다. 이문이 남지 않는 일을 오래 고민할 필요는 없다.

"앞으로 두 시진만 더 기다리자. 그래도 안 오면 한양으로 출발한다."

"예, 알겠습니다."

"에잇!"

퉁! 가마를 걷어차는 험한 발길질에 번진 소리가 안쪽에서 한참이나 웅웅거렸다. 은조는 귀를 틀어막고 소음을 버텼다.

'치월.'

타고 있다는 산은 조영산일 것이다. 그럼 치월은 지금 그 안에서 누군가와 싸우고 있는 건가? 저들은 누군가가 아직 오지 않았다고 말했다. 동패가 오지 않았다는 건, 치월도 아직 안전하다는 뜻일까? 제발 그렇다고 믿고 싶었다. 다시 그를 만날 수 있다고!

二十四 步. 절겨거리다

"그래, 그래서?"

치월은 어둠이 고이길 기다리며 갑이 떠벌리는 이야길 듣고 있었다. 한때는 청설의 곁에 있었다는 그 말은 제법 흥미로웠다. 불길이 사방에서 넘실거리고 있어서 몸이 더웠지만 전혀 신경이 쓰이지 않을 만큼이었다.

불길 때문에 서로의 얼굴이 잘 보이지 않는 것이 다행이었다. 이죽거리는 놈의 얼굴이 훤히 보였다면 참지 못하고 다시 덤벼들었을지 모른다.

"그땐 정말 좋았지. 우린 무서울 것이 없었다. 청설이 가진 힘과 내 어둠의 힘만 있으면 세상을 손에 넣는 것도 문제없었어. 물론 약해 빠진 청설은 내 생각에 동의하지 않았지만 말이다. 그래도 믿었다. 그 녀석은 동료라고 생각했거든. 그런데 믿었던 그놈이 날 배반했어. 감히 날 봉인하려고 수작을 부리고 있더라, 이 말이지."

갑의 말에 치월은 그간의 사정을 짐작하고 안도의 한숨을 말아 쉬었다. 그럼 그렇지! 그 청설이 이렇게 돼먹지 않은 놈과 오래 어울렸을 리가 없다.

놈이 자랑스럽게 떠벌리는 골자로 미루어 볼 때, 청설이 먼저 배반했다는 그 말은 앞뒤가 맞지 않았다. 놈이 너무 터무니없는 것을 욕심냈겠지. 이를테면 청설의 몸 같은 것!

이제야 왜 청설이 인간의 삶에 너무 가까이 가지 말라는 말을 반복했는지 알 것 같았다. 저놈처럼 악령이 되는 것을 막기 위해서였다. 치월이 짧은 기억을 더듬고 있는 사이 갑은 계속 말을 이었다.

"하지만 놈도 나를 완벽하게 봉인하지 못했다. 그랬더니 말이야, 내게 기회가 생겼어. 은조 공주! 그 아일 취하면 이깟 인간의 몸에 기생하지 않아도 된다 이거야!"

갑은 주체할 수 없는 기쁨으로 몸을 떨고 있었다. 죽지 않고 이 싸움에서 이겨서 은조를 차지하리라는 계획을 완벽하게 믿고 있었다. 치가 떨렸지만 치월은 아무 말도 하지 않았다. 묵묵히 기다릴 뿐이었다. 놈이 방심할수록 기회가 많아진다. 놈의 뒤에서 일렁이는 불꽃을 슬쩍 눈여겨보았다. 아직도 놈의 불은 너무 크고 그에 비해 자신의 어둠은 부족했다.

"표정을 보니 너도 은조 그 아이의 힘을 탐냈구나? 그래서 곁에 두었어? 그래? 맛은 어떻더냐?"

"경고하는데, 역겨운 네놈의 입에 그 이름 함부로 담지 마라."

"너도 알 텐데? 그 아이의 힘은 고작 이 정도가 아니라는 것을. 그 아인 신단에 태어난 계집아이다. 사내놈들이 가진 힘에 비할 바가 아니지."

"너 따위가 손끝 하나 대지 못하게 할 거야."

치월은 검을 쥔 손에 바짝 힘을 주었다. 놈이 말하고 있는 사실들은 놀라웠지만, 한편 놀랍지 않았다. 놈이 흘리는 기운을 따라 그 동굴까지 갔을 때 또 다른 어둑시니일지도 모른다는 생각을 했던 것이 우스웠다. 역시나 그날 놈의 기운을 놓쳤던 이유는 결국 놈이 인간의 몸에 기생하고 있었기 때문이었다.

그때, 놈이 웃으며 또 다른 이야기를 꺼내기 시작했다.

"더 재미있는 이야길 해 줄까? 살아생전 네놈이 누구였는지."

"이봐! 보면 몰라? 난 지금도 살아 있어."

"아니, 넌 죽었다. 이미 오래전에. 네 어미의 손에 죽었지. 인간의 울음소리가 거슬리지 않더냐? 특히 어린아이가 우는 소리엔 더 화가 났을 텐데?"

갑은 최선을 다해 치월을 조롱했다. 하지만 치월은 더 이상 그의 말을 귀담아듣지 않았다. 조금만, 조금만 더! 놈이 알고 내빼기 전에 어둠을 더 부풀려야 한다. 이제 아주 조금이면 된다.

"너 말이야, 엄청 수다스럽다고 아무도 말 안 해 주디?"

"큭큭! 긴장하고 있구나, 어린 어둑시니야. 괜한 허세를 부리는 것이 내 눈엔 그대로 보인다."

"기껏 살 기회를 주려는데, 여전히 말이 많구나."

치월은 툭툭 몸에 묻은 흙을 털었다. 갑은 신이 나서 점점 정도를 벗어나고 있었다. 아무리 결계를 쳤어도 상대가 어둠을 다스리는 어둑시니였다. 갑이 간과한 것은 그것이었다. 손톱만큼의 그림자라도 허용해서는 안 된다는 것을, 전력을 다해 상대해야 이길 수 있기에 결계를 쳤다는 것을 말이다.

"가엾고 천한 새타니! 네놈의 정체는 그것이다!"

자! 놀라라. 어서. 그럴 리가 없다고 발악해 봐!

하지만 아무리 기다려도 치월은 반응 없이 거기 서 있을 뿐이었다. 오히려 한심스럽다는 듯 짧은 한숨을 내쉬기까지 했다.

"하!"

"뭐야? 왜 안 놀라지?"

"쯧쯧!"

치월은 무심하게 고개를 저었다. 터무니없는 말에 한숨이 났다. 내내 긴장하고 있었던 것이 어처구니가 없을 정도였다. 말이 되지 않는다. 감히 어둠의 주인 어둑시니에게 약해 빠진 새타니의 이름을 붙이다니. 새타니는 하급 중에서도 하급의 이매다. 어미에게 버림을 받아 죽은 아이의 혼이 홀로 이승을 떠돌며 굶어서 만들어진 것. 어둠의 주인인 그와 관련이 있을 리가 없다.

하지만 당황하는 갑의 눈빛에도 장난은 없었다. 그것이 거슬렸다.

"네 녀석은 버림받은 새타니였다. 그것도 네 어미의 손에 버려졌다니까?"

"하다하다 네놈이 실성을 했구나?"

"한 번도 의심한 적이 없느냐? 알량한 기억 속에 조악한 혼으로 청설을 만난 기억은 없어? 어둑시니로 태어난 기억이 있는가 말이다."

놈은 억울해하고 있었다. 마치 진실을 말하고 있는 것처럼 발을 구르며 짜증을 냈다.

"…헛소리!"

치월은 그렇게 대답하고 눈썹을 찡그렸다. 뭐지? 저놈이 말하는 것과 같은 기억이 있다. 처음 청설과 만났을 때, 그때 분명 자신은 어둑시니가 아니었었다.

"오호라! 그 얼굴, 있구나? 한낱 혼 덩어리였던 기억이."

"지금껏 네놈의 이야기를 들어 준 것을 후회하게 하지 마라."

미약하지만 동요하는 치월을 보며 갑은 잔잔하게 웃었다. 아무것도 모르면서 이 아이에게 자신을 보낸 김 상궁의 절규가 눈에 보이는 것 같았다. 제 손으로 제 아들을, 한 번이 아니라 두 번씩이나 죽였다는 사실을 알면 어떨까?

그 흉한 얼굴을 딱딱하게 들고 다니며 오직 복수만 생각하던 그년이 무너지는 꼴도 꽤나 볼만할 것이다.

"네놈의 동요가 보인다. 더 알고 싶지? 그래서 네놈의 어미는 누구인지. 알고 싶지 않으냐?"

"입 다물랬지!"

"걱정 말아라. 은조 공주의 힘은 이 몸이 잘 사용해 줄 테니! 꽤나 고운 아이더구나. 덕분에 심심하지 않겠어. 한 번으로는 아까

우니 내 두어 번은 깔아 주마."

 지금쯤이면 조영산의 비호를 받던 신당의 결계는 무너졌을 것이다. 정철을 그리 보냈으니 이미 공주를 확보했겠지. 제 어미를 닮아 꽤나 고운 아이였다. 바동거리던 작은 몸뚱이는 해묵은 회포를 풀기에 아주 적당했다.

 정철의 집에서 가지고 놀았던 그 기녀 계집에 비하면 질이 좋은 장난감이다.

"ㅎㅎㅎㅎㅎ."

 절로 웃음이 났다. 다시 한번 이 땅을 가지고 놀 수 있는 기회가 왔단 말이다.

 그 순간! 흔들리던 치월의 눈이 가늘게 굳어졌다.

 기합을 넣으며 쿵! 하고 내딛는 그의 발아래서 폐부를 압박할 만큼의 무시무시한 기운이 솟아올랐다.

"경고했을 텐데, 그 이름 함부로 입에 담지 말라고!"
"크크크! 어미보다, 계집이 우선이냐? 불효로군."

 저절로 식은땀이 흐르는 얼굴로 갑은 웃었다. 하지만 두 번의 경고 뒤엔 조금의 틈도 없었다. 재빠르게 놈의 간격으로 발을 밀어 넣은 치월이 검을 휘두르는 대신 손톱을 세워 갑의 목줄기를 잡아챘다.

"이제 그만 죽어라!"
"커헉!"
"이만하면 오래 놀아 주었어."

 정말 죽여 버릴 생각이었다. 더러운 혀를 나불거리며 은조의 이름을 욕보이는 이놈을! 청설과의 기억을 다 아는 듯 떠벌리는 이놈을! 아스라한 기억 속에서 자신조차 깨닫지 못하던 것을 다 알고 있는 이놈을 말이다.

손톱에 힘을 주어 단번에 목을 뚫으려던 그때 놈이 눈을 뒤집으며 인간의 신음 소리를 냈다.

"자, 잠깐! 살려 주십시오."

놈이 두르고 있던 껍데기, 절명의 순간에 눈을 뜬 인간이었다.

"뭐야? 인간의 뒤로 숨은 거냐?"

놈이 수작을 부리는 것을 알면서도 아주 짧은 찰나 망설였다. 자신 때문에 자꾸만 누군가 죽는다며 슬퍼하던 은조의 얼굴과 고작 나비 한 마리 때문에 종일 웃던 꼬맹이의 얼굴이 교차되어 떠올랐다.

"사, 살려 주십시오. 제발."

"하아, 빌어먹을!"

작게 욕을 뱉으며 결국 치월은 갑의 목을 놓았다. 컥컥거리며 재빨리 뒤로 물러난 갑이 일단 건진 목숨으로 또 치월의 심기를 건드렸다. 역시나 위험해진 순간에 인간을 방패로 내세운 것이 맞았던 모양이었다.

"인간 계집을 옆에 두더니 심약해졌구나!"

"조용히 해라. 다음엔 혀를 자를지 몰라!"

"나를 죽일 기회를 놓친 것을 후회할 텐데?"

갑은 점점 더 뒤로 물러났다. 아직도 숲은 뜨겁게 타고 있었다. 그러니 기회가 있다고 생각했다. 한참을 벗어날 때까지도 치월은 굳이 움직이지 않았다. 그와의 거리를 재며 사정권 밖으로 벗어났다고 안심을 하던 순간, 치월이 이를 드러내며 웃었다.

"실망하지 마라. 지금부터 제대로 죽여 줄 테니."

"이제 와서 어떻게? 인간의 몸을 입고 있어도 이 몸 역시 제법 빠르다!"

"그럼 도망쳐 보시든가!"

상당히 멀어진 거리에 안심하고 있는 놈을 향해 치월은 천천히 손을 들었다. 동시에 불꽃들이 흔들리기 시작했다. 강한 바람이 머리 위를 지나며 칼날처럼 화염을 잘라 냈다.

마치 종이가 썰리듯 조각조각 베어진 불길은 돌덩이처럼 무겁게 바닥으로 떨어져 내렸다.

"허익?"

갑은 망연한 얼굴로 그 광경을 눈에 담았다. 그리고 보았다. 잘려 나간 화염이 비운 자리에 빼곡하게 차 있는 검은 그림자를. 온통 붉은 기운으로 날름거리던 화마의 위쪽으로 번지던 그림자는 바람보다 빠른 속도로 번지고 있었다. 불현듯 묘한 기분에 갑은 몸을 돌렸다.

"이, 이럴 수는 없어! 어떻게?"

이미 땅 위에도 그림자가 번져 있었다. 작은 흙 한 톨, 풀 이파리 하나가 내려앉은 공간도 없었다.

"뭐 해, 달아나지 않고? 그러다가 정말 죽어."

치월은 아직도 웃으며 그 자리에 서 있을 뿐이었다. 전혀 움직이지 않았는데 마치 코앞에 있는 것처럼 진한 어둠의 살기가 갑의 숨통을 조였다. 고개를 한 번 돌리는 것도, 손가락 한 번을 움직이는 것도 어려웠다.

어째서 이게 가능하지? 그림자를 품지 못하도록 온 산에 불을 냈는데. 어째서?

"허억, 허억!"

갑은 가쁜 숨을 내쉬었다. 치월이 친절하게 손을 들어 어딘가를 가리켰다.

"저길 봐라."

솟구치는 불길 사이로 엎어진 커다란 나무 한 그루가 보였다. 주변의 것보다 갑절은 큰 그 나무가 언제 쓰러졌는지 갑은 알고 있었다.

"비, 빌어먹을!"

갑은 처음 치월의 어설펐던 공격을 떠올리며 바르르 입술을 떨었다. 실패했던 그 처음부터 그 공격은 저를 향한 것이 아니라, 저 나무를 쓰러뜨리기 위했던 것이다. 나무가 쓰러지면서 생긴 희미한 그림자! 이야기를 들어 준 것도, 잡았던 목을 풀어 준 것도 모두, 그림자가 커지기를 기다렸던 치월의 계획이었다.

"아무리 불을 붙여 사방을 밝혀도 어둠은 있어. 네놈의 알량한 계획엔 처음부터 허점이 있었단 말이다."

"말도 안 돼. 어떻게!"

"지금부터 보여 주마. 하찮은 네놈과 나의 차이!"

"잠깐! 그럼 너도 여기서 죽을 텐데? 안쪽에 있는 어둠을 사용해서 날 죽인다 해도, 너 역시 이곳에서 나가지 못한다."

짓눌러 오는 어둠을 피하기 위해 갑은 발악을 했다. 하지만 단숨에 그의 몸을 휘감은 어둠은 손가락을 비틀듯 간단하게 그의 입을 열고 있었다. 엄청난 악력으로 잡힌 턱이 안간힘에도 맥없이 벌어졌다.

"악, 으윽!"

"말했잖아. 더 떠들면 혀를 자르겠다고. 순순히 입을 벌려라. 단숨에 처리해 줄 테니까."

"으으, 안 돼! 내게 이런 짓을 하고도, 그 계집이 무사할 줄 알아?"

발작하듯 뱉은 말에 치월은 속는 셈 숨구멍을 터 주며 웃었다.

"그녀를 건드리는 어리석은 짓은 하지 마라. 하긴 이제 어림도 없지만."

"크아악!"

물렸던 어둠이 다시 턱을 쥐자 놈이 비명을 질렀다. 목구멍을 비집고 들어가 혀뿌리를 거머쥔 어둠은 주인의 명령만을 기다리고 있었다.

"죽기 전에 네놈이 그리도 좋아하는 이야기 하나 해 줄까?"

"으윽! 커헉!"

"날더러 새타니라 했지?"

"그, 그게 뭐? 나는 진실을 말했을 뿐이다."

"불쌍한 놈."

치월은 진심을 다해 혀를 찼다. 세상엔 어둠을 쓸 수 있는 존재가 둘 있었다. 하나는 어둠을 주관하는 어둑시니, 또 하나는 두억시니라 하여 어둠에 기생해 살아간다. 둘은 본질적으로 달랐다. 두억시니는 고작 악귀에 불과하니까. 놈은 남의 것에 집착하고, 욕심내고, 빼앗으며 자신의 정체성을 찾는다. 그것이 갑의 정체였다.

어둠 위에 군림하여 그것을 내려다보는 존재, 어둑시니와는 당연히 견줄 수 없었다. 하늘과 땅 차이. 쓰레기와 보석의 차이.

청설의 곁에서 살아가며 놈은 자신을 어둑시니라 착각했을 것이다. 아마도 청설이 품은 선한 기가 그를 정화했기 때문이겠지. 그러나 놈이 청설의 힘을 욕심내기 시작한 이후론 정화도 소용없었고, 하여 청설은 어쩔 수 없이 이놈을 봉인한 것이다.

"네놈은 두억시니다. 고작 도깨비란 말이야. 어둑시니였던 적이 없어! 청설도 알았을 것이다. 네놈의 악한 마음을! 그래도 어떻게든 살려 보려 했겠지. 청설 그놈은 워낙 바보니까."

"아니야. 나는 강했다. 그렇게 하찮은 존재였을 리가 없어!"

"청설의 믿음을 배반한 건 네놈이야. 그러니 이제 그만 죽어라, 나는 그놈 같은 바보가 아니라서 자비가 없어!"

치월은 차갑게 웃으며 더 깊고 무겁게 갑의 몸을 짓눌렀다. 끈적끈적 놈에게 달라붙은 어둠의 그림자는 발버둥을 칠수록 더 강하게 갑의 숨통을 조였다.

희생되는 인간의 목숨은 아까웠지만, 어차피 그 인간의 수명도 길지 않았다. 지금도 불길을 버티고 있는 것이 아니라, 몸이 타는 것을 모를 뿐이었다.

금방이라도 숨이 넘어갈 듯 갑이 헐떡이는 소리를 냈다.

"내가, 커헉! 내가 돌아가지 않으면 그 아이가 죽는다."
"…수작부리지 마라."
 부들부들 떨며 흰자위를 뒤집던 갑이 마지막으로 소리친 말은 결국 또 치월을 멈추게 했다.
"그렇게 약속했지. 시간 내로 내가 돌아가지 않으면 그땐 그 아이를 죽이기로."
 갑은 있는 힘껏 씨근덕거렸다. 거의 어둠에 흡수된 몸을 비틀어 손을 바깥으로 꺼내며 필사적으로 치월을 향해 버둥거렸다.
"너 이놈!"
 커질 대로 커진 치월의 눈에서 흰자위가 번뜩였다.
"그런 대책도 없이 네놈을 만나러 왔을까 봐? 어서 나를 놓아라. 공주가 죽는 것을 보고 싶지 않으면."
"그럴 리가 없다. 은조가 죽으면 너도 죽어."
 말이 안 된다고 생각하면서도 치월은 흔들리고 있었다. 그리고 치월이 동요하는 그 순간을 갑은 놓치지 않았다. 치월의 통제가 느슨해진 틈을 타 조금씩 옥죄어진 팔을 빼냈다. 그러고는 마침내 오른팔 하나가 온전히 자유로워진 순간! 발밑에 꽂혀 있던 검을 뽑아 올려 지체 없이 치월의 몸을 찔렀다.
"크흑!"
 아주 찰나의 순간이었다. 하지만 효과는 확실했다. 몸을 관통한 자신의 검을 내려다보며 치월은 고통스럽게 미간을 찡그렸다.
 그의 검은 인간의 것들과 달랐다. 혼을 베고 염을 소멸시키는 검. 어둠 그 자체인 어둑시니에게도 치명적이었다.

"내가 무어라도 상관없다. 두억시니? 그래! 뭐, 그딴 존재였다고 해도 이제 상관없어. 이대로 널 죽이고 공주를 얻으면, 그럼 내가 이기는 거야."

"으윽!"

비틀거리는 치월을 보며 킬킬거리는 갑의 입술 사이로 짐승과 같은 송곳니가 반짝였다. 겉에 두르고 있던 인간의 몸은 거의 죽어 버린 모양이었다. 남은 것은 짐승의 습성뿐. 거칠게 숨을 토하며 갑은 치월이 무너지기를 기다렸다.

"끄응!"

치월은 힘겹게 검의 손잡이를 쥐었다. 그러고는 그대로 힘을 주어 몸에 박혀 있던 그것을 뽑아내었다.

"아악!"

저절로 앓는 소리가 났다. 살면서 한 번도 이만한 고통을 느껴 본 적이 없었다.

"네놈이 바라는 일은 일어나지 않아."

헐떡이며 검을 바닥으로 던진 치월은 비틀거리는 순간에도 놓지 않았던 그림자에 힘을 주었다.

"끄허억! 네 이놈!"

부풀어 오른 어둠에 조인 갑이 물린 신음을 뱉었다. 치월은 그를 감은 어둠을 점점 더 크게 만들었다. 그리고 놈을 들어 여전히 뜨겁게 타오르는 불길 속으로 던져 넣었다.

"약속하지. 절대 네놈부터다. 네놈이 죽기 전엔 나도 안 죽어."

"놔라. 이것 놔!"

발악하는 갑의 얼굴마저 치월은 그림자로 덮었다. 그리고 그제야 털썩 바닥으로 주저앉았다.

"시끄러워. 이젠 그만 죽어라, 두억시니. 그러면 돼."

어둠이 조그만 숨구멍 하나 남기지 않고 놈의 몸을 휘감은 것을 확인하고서야 치월은 반듯이 뒤로 누워 눈을 감았다. 놈의 비명 소리가 들리는 것 같았지만 어차피 착각이다. 바늘구멍 같은 틈도 남기지 않았으니까. 놈은 이제 은조에게 손가락 하나도 댈 수 없다. 비로소 사방이 조용했다. 그래서 잠시 웃었다.

"후훗!"

신단에 은조를 데려다 놓길 잘했다고 생각했다. 혼자 남겨 두진 않았다는 것이 가장 안심이 됐다.

타오르는 불길이 점점 더 뜨거웠다. 느껴지지 않아야 할 열기와 고통이 현실처럼 느껴졌다. 아아! 현실인가? 그녀를 두고 소멸해야 하는 것이? 조금은 더 버텨야 한다. 놈이 죽어야 불이 꺼지듯, 그림자를 유지하려면 그도 조금은 더 살아 있어야 했다.

피처럼 붉은 화염의 한가운데서 그는 꼼짝도 하지 않았다. 대신 웃고 있는 은조를 그리며 미소 지었다.

'치월!'

붉은 입술이 벙긋벙긋 그의 이름을 속삭였다. 대답하고 싶은데 소리를 내면 그녀가 울어 버릴 것 같았다. 마지막으로 우는 얼굴을 보고 갈 수는 없으니까, 대답은 나중에 하자.

영원히 곁에 있어 주겠다고 약속했으나 아무래도 그 약속은 지키기 어려울 것 같았다. 그럼 청설 그놈과 다를 게 없는 건가? 그런 거짓말쟁이가 되고 싶진 않았는데.

한 번만 더 보고 싶었다. 햇살 아래서 웃고 있는 그 모습, 한 번만 더.

'나리! 무탈하십니까? 나리!'

이 목소리는 김 서방? 아무래도 피를 너무 흘려서 정신이 혼미한 모양이었다. 들릴 리 없는 목소리가 감은 눈꺼풀을 뜨게 했다.

힘겹게 고개를 들어 흐려지는 시야를 붙잡아 보려고 애를 썼지만 치월은 결국 아무런 소득도 없이 다시 눈을 감고 말았다. 타는 듯 강렬한 고통이 마치 남의 것인 듯 멀어져 갔다.

二十五 步. 호두나무 다섯 그루

"나리, 나리이! 이것 참, 큰일이네. 은인 나리!"
"크흡, 좀, 시끄러!"
"정신이 드십니까?"

마구잡이로 몸을 흔들며 귀찮게 불러 대는 소리는 눈을 뜰 때까지 이어졌다. 여전히 조금씩 불길이 수그러들고 있는 조영산이 보였다. 다행히 불길에 영력은 없었다. 고래심지가 힘을 다한 모양이었다.

여기저기 검댕이 묻은 시커먼 얼굴로 그를 흔들고 있는 소금장수를 보며 힘없이 웃었다. 혼절하기 전에 들은 그 소리가 환청이 아니었나? 조금만 몸을 움직여도 타는 듯한 고통이 복부를 관통해 머리까지 울렸다.

"후훗, 김 서방."

"알아보시겠습니까? 천만다행입니다. 천만다행이에요. 움직이지 마십시오."

"뭐, 뭐야. 왜 여기 있어?"

"도대체 무슨 일입니까요? 산은 어찌 저렇고 나리는 왜?"

소금 장수는 치월의 말에 대답하면서도 끊임없이 손을 움직여 치월의 배를 눌렀다.

소금 장수가 손에 힘을 줄 때마다 쿨럭쿨럭 덩어리 진 피가 흘러나왔다. 치월은 미간을 찡그리며 주변을 돌아보았다. 참기 힘든 고통과 동시에 물이 흐르는 소리가 들렸다. 그제야 자신이 산에서 나왔음을 알았다.

"어떻게 된 거야?"

고통을 참느라 신음을 섞어 물었다.

"소인이 묻고 싶습니다. 어찌 된 일입니까?"

"어떻게 나왔어?"

"말도 마십쇼. 나리께서 어찌나 무거운지, 아랫도리에 엄청 힘을 주는 바람에 오는 길에 똥을 쌀 뻔했습니다."

주절거리는 소금 장수의 손을 턱 잡고, 치월은 갑갑하단 듯 다시 고개를 들었다. 아직도 산은 타고 있었다. 약해지긴 했어도 결계의 힘이 남아 있으니 당연히 자신은 그 밖으로 나올 수 없어야 했다.

"그걸 묻는 게 아니야. 어떻게 날 밖으로 데려왔냐고?"

"그야, 소인이 업었습죠?"

소금 장수의 표정은 뚱했다. 당연한 걸 왜 묻냐는 듯. 그럼 쓰러진 사람을 업고 나오지, 머리에 이고 나오나?

"업어? 그게 다야?"

치월이 놀라거나 말거나, 소금 장수는 부지런히 제 옷을 찢어 치월의 배에 난 상처를 눌렀다. 가슴팍을 완전 관통하도록 찔렸으니 아무리 기골이 장대한 치월이라도 서두르지 않으면 피를 너무 많이 흘릴 것이다.

"으흑!"

참아지지 않는 고통에 절로 신음 소리가 났다. 그럴 때마다 소금 장수는 손에 더욱 힘을 주었다. 움직이는 그를 따라 까만 그림자가 일렁거렸다.

'아아, 그림자!'

그제야 치월은 그가 자신을 어떻게 산에서 꺼냈는지 알 것 같았다.

그건 김 서방이 인간이기 때문이었다. 선명하고 또렷한 그의 그림자엔 요기가 없으니 결계에 영향을 받지 않았던 것이다. 인간이라서 당연한 그것으로 인해.

"결국 인간이 가장 강했군. 어쨌든 고마워."

"낯간지러운 소리 마시고 일어나 보십시오."

피가 묻은 손으로 땀을 닦으며 소금 장수는 치월의 등을 받쳤다. 그런데 대답이 없다. 고맙다는 한마디를 남기고 치월이 또 혼절한 것이었다.

"어? 어라? 또 주무시네."

치월을 일으키려 엉거주춤 팔을 뻗던 소금 장수는 어쩔 수 없다는 듯 한숨을 쉬었다. 가슴팍에 이렇게 큰 구멍이 났는데 살아 있는 것이 더 용했다.

사람이 아닌 줄이야 진즉에 알고 있었다. 사람이 아닌 징표를 자꾸만 보아서 그런가? 그가 보여 주었던 모든 일들이 점점 대수롭지 않게 느껴졌다.

고운 여인에게 웃어 주는 법도 알고, 어린아이는 돌봐야 한다는 것도 알고, 도움을 받으면 고맙다! 그런 인사도 할 줄 안다. 그런데 사람이랑 다를 게 뭐람?

"웅차!"

혼절한 치월을 들어 지게에 올리고 소금 장수는 무릎에 힘을 주었다. 그나저나 이상한 불이었다. 벌써 나흘이 넘게 타고 있는데 꺼지지 않다니. 그 안에서 은인을 찾은 것은 정말 요행이었다.

날이 새면 보는 눈이 많아질지 모르니, 부지런히 돌아가야 할 것 같았다. 하필 달 없는 밤이라 어두운 밤길은 오늘따라 흔한 풀벌레 소리도 들리지 않았다.

그때였다. 막 한 걸음을 숲으로 떼었을 때, 누군가 소리 없이 소금 장수의 앞을 막아섰다.

"뉘, 뉘시오?"

소스라치게 놀란 소금 장수는 그 와중에도 치월을 보호하려 애를 썼다. 눈앞에 나타난 사람은 나이가 들어 보이는 양반이었다.

"놀라지 말게. 해하려고 온 것이 아니니."

"그걸 어찌 믿소."

그래도 의심을 풀지 않은 소금 장수에게 이형서는 두 손을 모두 보이며 다가섰다.
"자네가 업은 그 사내와 안면이 있다네. 도우려는 것이야."
"참이요?"
"그를 살려야 하네. 그래야 내가 모시는 분을 구할 수 있거든. 믿어 주게."

소금 장수는 그제야 이형서의 몸 여기저기를 살폈다. 잘 차려입었으나 형편없이 그슬린 비단옷은 그가 저 불길 속에서 나왔다는 것을 의미했다. 그 역시 은인을 구하기 위해 불 속에 들어갔다 나온 것인가?
"어찌해야 살리겠소?"
"일단은 자네의 집으로 가세. 이곳은 안전치 못하니."

이형서의 말에 소금 장수는 두말없이 걸었다. 그 뒤를 따르는 이형서의 걸음이 한없이 조심스러웠다. 은조가 정철에게 잡혀간 것은 벌써 사흘 전이었다. 그 사흘 동안 이형서와 신단의 사람들은 어둑시니를 찾아 조영산을 헤맸다. 하지만 그 사흘 내내 그들은 매번 산의 결계에 튕겨 안으로 들어서지도 못했었다.

그런데 아무렇지도 않게 산으로 들어가는 소금 장수를 발견한 것이었다. 처음엔 믿어지지 않았고, 그다음 그가 어둑시니를 데리고 나왔을 땐 알 것 같았다. 은연중에 어둑시니가 그의 진입을 허용했다는 것을 말이다. 그렇다면 믿을 만한 자였다.

정철은 이미 공주를 한양으로 끌고 가 버렸다. 그 길을 막으려다가 또 수십의 형제를 잃었다. 공주를 구하고 대비를 만나 담판을 지으려면 어둑시니의 힘이 필요했다. 그러니 무슨 수를 써서든 그를 일으켜야 한다.

❖

"누가 왔다고?"

서안을 짚고 일어선 대비의 눈빛이 반색을 했다. 잃은 지 사년 만이다. 그 아이가 드디어 수중으로 들어오려는 모양이었다.

"다시 말해 보거라. 네가 직접 확인하였느냐?"

"예. 제가 직접 보았습니다. 은조 공주님이 맞습니다."

"그럼, 어째서 그러고 섰느냐? 어서 채비를 하지 않고?"

대비는 안달을 냈다. 지금 이 순간에도 임금은 광인 취급을 받고 있는데, 이렇게 여유를 부릴 시간이 어디 있단 말이야.

"당장은 아니 될 듯합니다."

"어째서?"

대비는 금방이라도 김 상궁의 목줄을 쥘 것처럼 가까이 다가와 눈을 뒤집었다. 하루하루가 조급증이 나서 못 견디겠는데 어째서?

"공주님께서 온전치 않으십니다."

"그게 무슨 상관이냐?"

"버티지 못할 것입니다. 오늘 전하께 공주님을 보내면 내일은 또 다른 대용품을 찾아야 할지 모릅니다."

궐 안에 미쳐 가는 것은 어쩌면 임금 하나만은 아니었다. 그 모양을 지켜보는 대비도 반쯤은 제정신이 아니었다. 하나 김 상궁은 그렇게 복수를 끝낼 수는 없었다. 가능한 한 오래, 가능한 한 더 괴롭게 그렇게 무너지는 공주를 보고 싶었다.

"그럴 수는 없지."

김 상궁의 설득에 대비는 말라 버린 입술을 혀로 문지르며 비틀비틀 몸을 돌렸다. 흐트러진 머리를 만지고 옷고름을 펴 치마 위에 널어 놓은 모습이 평소와 다르지 않았다. 하지만 늙어 추레해진 눈동자가 몇 번이나 흔들렸다. 갈등하는 것이었다.

"사나흘이면 몸을 추스를 것 같습니다. 심려 놓으소서."

"사나흘이나?"

"사흘 안에 준비시켜 보겠습니다."

대비는 마지못해 손을 저었다.

"자네가 모두 주관해야 할 것이야. 혹여 그 아이의 신분이 궐 안에 돌지 않게 조심하고."

우스운 말이었다. 이미 궐 안에 공주와 임금에 대해 모르는 사람이 없거늘. 새 중전에게 조금만 힘이 있었어도 벌써 내란이 일어났을지 모른다. 하긴 구미호 같은 대비는 그 모든 것에 대응하기 위해 힘없고 한미한 집안에서 중전을 뽑아 왔다.

"예, 명을 받겠습니다."

김 상궁은 공손히 머리를 숙였다. 대비전을 나와 따르는 아이들을 다 물리치고 혼자 걸었다. 지금은 사용하지 않는 오래된 전각에 일단 공주를 가뒀기 때문이었다.

갑작스럽게 나타난 정철이 함께 가져온 요상한 마차 안에는

다 죽어 가는 공주가 실려 있었다. 갑을 보냈는데 정철이 왔다는 건, 어쩌면 갑이 실패했다는 뜻인가? 정철도 그랬다. 하루가 넘게 기다렸는데 놈이 나타나지 않았다고 말이다. 어쩌면 잘된 일인지 모른다.

전각에 도착한 후 다시 한번 사방을 돌아본 다음에야 김 상궁은 문을 두드렸다.

"날세."

가느다란 음성을 확인한 안쪽에서 먼저 문이 열리고 정철의 얼굴이 나타났다.

"대비께는 고하셨소?"

"그랬네."

"그럼, 포상은?"

정철은 마주 잡은 손을 이리저리 비비며 욕심으로 축축해진 땀을 말렸다. 그 말에 대답하는 대신 김 상궁은 방 안에 들어와 있는 가마로 다가갔다. 거기서 꺼내면 힘을 사용할 수도 있다는 정철의 조언을 받아들여 커다란 가마를 통째로 방 안으로 들여 놓았는데, 안에선 여전히 아무런 소리도 들려오지 않았다.

"저러다 큰일 나는 것 아닌가?"

"상관없지 않습니까? 저 물건을 사용할 것은 소인이 아닙니다."

김 상궁의 말에 정철은 몇 번이나 히죽거리며 웃었다. 무슨 상관인가? 어차피 임금의 노리개로 쓸 몸, 죽어 있지만 않으면.

지붕에 달린 구멍으로 들여다보면 공주는 한쪽 모서리에 쓰러지

듯 기대어 겨우 숨만 쉬고 있었다. 여기까지 오는 동안 두어 번 물을 내려 보내 주었을 뿐, 먹을 것을 전혀 주지 않았기 때문이었다.

"일단 궐 밖으로 나가 계시게. 때가 되면 마마께 고할 것이니."

김 상궁의 말에 정철은 벼락같이 가마 앞에서 팔을 벌려 섰다.

"그럴 순 없지요. 내 밥에 숟가락 꽂을 생각 마십시오. 포상 문제가 해결되기 전에는 못 넘겨 드립니다."

"저러다가 굶어 죽기라도 하면?"

"굶어 죽이든 배터지게 먹여 죽이든, 그건 다 내 마음이지요. 상궁께서 할 일은 대비께 내 의중을 말씀드리고 확답을 받아 오는 것입니다."

고집을 부리는 정철의 앞에서 김 상궁은 한숨을 쉬며 쉽게 물러났다. 자신이 어떤 물에 들어와 있는 줄도 모르고 날뛰는 송사리를 어떻게 잡아먹어야 물을 흐리지 않을까. 어차피 궐에서 나가는 순간 죽을 놈이 말이 많다.

"무엇을 원하나?"

"이제야 말이 좀 통하는군요. 아시지 않습니까? 청나라 놈들과의 교역권…… 독점하게 해 주십시오."

젖은 속내를 드러내는 정철에게 김 상궁은 까닥까닥 대충 고개를 움직여 주었다. 이미 방 밖에는 금군들이 들어 있을 것이다. 놈이 함께 끌고 온 사병들은 이미 시구문 밖에 던져져 있었다. 곱게 기다리고 있겠다 했으면 하루는 더 살았을 것을. 장사를 한다는 놈이 참으로 머리가 없다. 대비가 어떤 사람인지 알면서 한번 나간 이 구멍에 다시 머리를 밀어 넣다니. 한 번은 귀엽다고 봐 줄 수 있지만 자꾸만 구멍을 들락거리는 쥐를 보아 넘기는 고양이가 어디 있단 말인가.

❖

 다시 눈을 떴을 때 방 안엔 그를 바라보고 있는 눈이 네 쌍이나 있었다. 가늘고 긴 눈, 부리부리한 눈, 눈물을 참고 있는 눈과, 아직 덜 자란 어린 눈.
 "으헉!"
 발작하듯 두 손과 두 다리를 휘저으며 일어난 치월의 품에 조그만 덩어리 하나가 답삭 안겨 들었다.
 "아찌이 잠깼다."
 익숙한 체온이 전해져 왔다. 은조처럼 따스하다. 치월은 반사적으로 아이의 머리에 손을 얹어 쓰윽쓰윽 쓰다듬었다. 모래를 한가득 삼킨 것처럼 입 안이 말라, 목구멍이 전에 없이 따끔거렸다.
 "쪼끄만 녀석이… 커흠, 열도 많다."
 "에헤헤!"
 아이는 여전히 맑은 콧물을 흘리며 웃었다. 소매를 내밀어 아이의 콧물을 닦아 주고 나서야 치월은 저를 바라보는 소금 장수 내외와 장 소사를 돌아보았다. 비교적 멀쩡한 얼굴을 하고 있는 두 여인네 사이에서 연신 눈물을 닦고 있던 소금 장수가 끄덕끄덕 고개를 움직이며 눈뜬 치월을 반겼다.

"눈을 뜨셔서 다행입니다."

목이 마를 것이라 여겼는지 준비한 맑은 물 한 사발이 내밀어졌다. 밑에서 장난하는 아이의 손길을 비키며 치월은 꿀꺽꿀꺽 물을 마셨다. 그리고 물었다.

"얼마나 잔 거야, 내가?"

"꼬박 이레입니다."

"그녀는?"

물어보는 말에 모두들 대답도 눈길도 피했다. 아무것도 모르는 어린아이만 그의 무릎에 앉아 작은 발을 가동거리며 치월의 손길을 보챘다.

"그럼 산은 어찌 됐어?"

"다 탔습니다. 불은 꺼졌는데, 안으로 들어갈 수가 없습니다요."

"좋아. 불이 꺼졌다면 놈이 죽었다는 말이군."

차분한 치월의 설명은 아무도 알아듣지 못하는 것 같았다. 다들 슬픔이 감도는 얼굴로 그의 눈치를 보느라 말을 삼켰다. 그때 가만히 있던 장 소사가 꾸물꾸물 무언가를 내놓았다.

"자요. 이것 받으십시오."

장 소사가 꺼내 놓은 것은 제법 두툼한 보퉁이였다. 비슷한 것을 안고 처음 자신의 눈앞에 나타났었던 은조가 떠올랐다. 치월은 아이를 옆으로 내려놓고 보퉁이를 풀었다. 아이가 버둥거리며 다시 그의 무릎으로 오르려 했으나 그의 어미가 막아섰다.

보퉁이 안에는 야물지 못한 솜씨로 바느질된 옷 한 벌이 들어 있었다. 의미를 알 것 같은 옷이었다.

"나리의 옷은 불에 타서 버렸습니다. 여기 이 양반 것은 작아서 맞지 않으시고, 서툴지만 제가 하나 지었습니다."

"원래는 아씨께서 짓고 싶어 하셨는데……."

그제야 짧은 옷고름을 당겨 눈물을 찍어 내는 소금 장수의 부인이 설명을 덧붙였다. 치월은 다 안다는 듯 고개를 끄덕였다. 은조는 감추고 싶어 했지만 그녀가 제 옷을 짓고 있다는 것을 그는 이미 알고 있었다.

다만 혼자만의 비밀에 너무 행복해하는 은조를 더 웃게 하고 싶었고, 그래서 모른 척 기다리고 있었을 뿐이었다. 수줍게 달려와 그것을 내밀었을 때 가장 기쁜 표정을 지어 주고 싶었다.

"그래, 알아."

장 소사가 지어 준 옷을 쥐고 가볍게 고개를 끄덕이는 치월을 그들은 눈물을 참으며 바라보았다.

"다들 고마워."

조금 더 몸을 추스른 후 치월이 가장 먼저 한 일은 조영산으로 달려가는 것이었다. 은조를 찾으러 가기 전에 거기 두고 온 검이 필요했기 때문이었다. 그리고 갑이 확실히 죽었는지도 확인해야 했다. 산은 온통 검게 변해 있었다. 그러나 다행히도 갑을 속박했던 어둠은 힘을 잃지 않고 있었다. 그 안에서 치월은 검게 타 버린 갑의 시신을 확인했다. 영혼이 들어 있던 흔적마저도 없었다. 악귀 두억시니가 드디어 완전히 소멸해 버린 것이다.

"후욱!"

하늘을 향해 길게 바람을 불어 냈다. 즉시 달려온 구름이 조영산의 하늘을 덮었다. 구름에 뒤덮인 짙은 그림자에서 방울방울 배어 나온 힘이 치월을 향해 기어왔다. 치월은 그것들을 모두 받아들이고 몸을 돌렸다.

다시 만든 결계석들이 제자리에 있는 것을 확인하고 소금 장수에게 돌아갔을 때, 그들은 이미 마당에 나와 서성이고 있었다. 치월이 바로 떠날 것을 알고 있는 듯했다.

"고마워. 자네가 날 살렸어."

"도움을 받았으면 값을 줄 알아야, 사람이 아니겠습니까?"

"나는 가야 해. 그 아일 찾아야 하니까."

"예. 기다리고 있겠습니다."

연신 눈물을 찍어 내면서도 으스대는 소금 장수를 향해 치월은 빙그레 웃었다. 귀찮은 인연들이 고마운 인연으로 바뀌어 갔다. 그도, 그의 아들도, 말 많은 그의 처도, 그리고 무엇보다 나의 은조! 그녀가 흘려 놓은 감정들이 아직도 따스한 피가 되어 그의 몸을 타고 돌았다. 세속에 관심 없던 그를 움직이게, 달리게 한다.

"그럼, 난 갈게. 정말 미안한데, 부탁 하나 더 해도 될까?"

"예, 말씀하십시오."

"자네 이름이 알고 싶은데?"

어쩐지 부끄러운 듯 귀를 만지작거리며 묻는 말에, 소금 장수는 함치르르 미소를 지었다.

"소인 이름을 말입니까?"

"응. 안 돼?"

안 될 리가 있나. 소금 장수는 두 손을 마구 저었다.

치월은 그가 본 사내 중 가장 강했다. 처음엔 감사했고, 그다음엔 두려웠고, 점점 안쓰러웠다. 짧은 인연이었지만 처음이었다. 지금 같은 모습은.

마치 어린 사내아이처럼 멋쩍어하며 눈을 굴리는 지금의 그는 덩치 큰 막냇동생처럼 느껴질 정도였다. 그러고 보니 언제부턴가 치월은 더 이상 그의 앞에서 하품을 하거나 일부러 차갑게 굴지 않았다. 그렇게 자신을 감출 필요가 없기 때문이었다.

"…노형손이라 합니다. 은인께서 막무가내로 김 서방이라 부르시기에 저도 답답했습니다요."

"나는 치월! 노형손, 자네에게 내 이름을 기억하는 걸 허락하지."

아주 잠시 서로의 얼굴을 바라보며 둘은 웃었다. 그리고 또 잠시 후, 노형손의 좁은 앞마당엔 그들 내외와 어린아이뿐 치월은 사라지고 없었다. 근 보름간 내외는 지극정성 치월을 돌봤다.

그래서인가? 그가 사라진 마당이 평소보다 너무 넓은 듯 헛헛했다.

"마당도 넓은데 호두나무나 몇 그루 심을까?"

"그건 뭐 하게요?"

노형손은 부인의 질문에 대답하는 대신 어린 아들을 번쩍 머리 위로 들어 주었다.

"꺄하하, 아부지."

숨넘어가는 소리를 지르며 즐거워하는 아이를 품에 안고 돌아셨다. 부인도 더 캐묻지 않았다. 피를 많이 흘린 다음에 호두를 먹으면 좋다는 건, 굳이 의원이 아니라 세 살배기도 아는 일인데 굳이 뭘.

"이왕 심는 거 한 다섯 그루 심읍시다."

"그렇게 많이?"

"그래야 과부촌 장 소사도 좀 나눠 주고, 뒷집의 새댁도 주고, 치월인지 월월인지 저 양반 저 등치에 한두 주먹으로 되겠어요? 아유, 쬐에끔 쥐여 주고 생색이나 낼 거면 하지 말든지!"

"누가 안 한대."

"그럼 어째? 당장 알아봐요? 안 그래도 내가 엊그제 장에 나갔다가……."

"알았어. 알았으니, 임자 마음대로 해!"

二十六 步. 내 이름을 불러 줘

"미음입니다."

가까이서 들리는 목소리에 살며시 눈을 뜨고 은조는 멍하니 앞을 바라보았다. 눈이 따가울 정도로 사위가 밝았다. 눈이 시려서 본능적으로 감았다가 다시 떴다. 가마가 열린 건가? 아니, 가마 밖으로 나와 있었다. 손에 닿은 폭신한 이불이며, 옷도 갈아입혀졌다.

무엇보다 훤한 빛무리를 막으며 다가와 있는 여인의 얼굴이 낯익었다.

"김 상궁?"

"기억하시는군요. 그간 격조하였습니다, 공주님."

"그대와 함께 있다는 건, 내가 돌아왔다는 뜻이겠군요."

"예. 이곳은 궐 안입니다."

그러고 보니 오래전 기억 속의 그 냄새가 나는 것도 같았다. 어머니의 품에 안겨 있을 때 느꼈던 그 차가운 냄새. 어머니의 품이 따뜻할수록 주위는 냉랭했고, 눈이 내린 다음 날처럼 추웠다.

"일단 몸을 추스르시지요."

김 상궁은 작은 소반을 당겨 은조의 앞에 가져다 놓았다. 알맞게 식은 묽은 죽이 담긴 하얀 사발이 하나, 그리고 수저가 하나 올려져 있다.

며칠을 굶었는지 기억이 나지 않았다. 치월을 만나기 전엔 더 자주 그랬는데, 그새 습관이 된 건가? 우습게도 먹을 것을 보니 혀 아래서 침이 솟았다. 죽을 당겨 천천히 목으로 넘겼다. 오래 굶은 입 안의 여린 살들이 그 묽은 죽 한 숟가락에 따끔따끔 아파 왔다.

"이틀 뒤에, 전하를 알현하실 겁니다."

"대비마마를 먼저 뵙고 싶네."

"그건 불가합니다."

김 상궁은 머리를 저었다. 굳이 대비를 만날 필요는 없었다. 기력이 돌아오는 즉시 전하게 보내질 것이니.

가능하면 다시는 그 방 밖으로 나오지 못하게 되길 바랐다. 그 어느 기록에도 공주는 남겨지지 않을 테고, 만약 회임하여 아이를 낳게 된다면 그는 중전의 아이로 기록될 것이다. 누구보다 처참하고 쓸쓸하고 괴롭게 남은 생을 살다가 아무도 몰래 버려지면 그제야 궐 안에서 벗어날 수 있을 것이다. 김 상궁은 그것을 원했다.

"하나만 물을게."

"하문하십시오."

김 상궁은 차분하게 질문을 기다렸다. 왜 이러는 것인지, 어째서 이렇게 모질게 구는 것인지, 그런 질문에 대한 대답을 준비하고 있었다. 그런데 은조가 꺼낸 것은 전혀 다른 것이었다.

"그대의 그 손 말이야. 그 손에 난 상처, 오래된 것인가?"

"……."

먹기를 그친 은조의 시선이 커다란 흉이 남은 김 상궁의 손을 빤히 보고 있었다. 불에 덴 듯 황급히 김 상궁은 손을 감추었다.

오랜 시간을 궐 안에서 살아온 그녀였다. 그동안 단 한 명도 그 손등의 상처에 대해 물은 사람은 없었다.

내 생살에 찔린 바늘구멍은 아파도, 남의 옆구리에 박힌 화살이 얼마나 아픈지는 모르고 사는 것이 궁인들의 삶이었다. 알려고도 이해하려고도 하지 않는 것이 당연했다. 그래서 은조의 질문이 김 상궁은 너무 낯설었다.

"다, 다 드셨으면 그만 내가겠습니다."

도망치듯 상을 들고 일어나는 그녀의 등으로 또 한 번 은조의 목소리가 들려왔다.

"아팠겠어. 그렇게 커다란 흉이 남을 정도면 큰 상처였을 텐데."

그만했으면 좋겠는데 여지없이 알은척이다. 꿍꿍이 없는 맑은 얼굴로 피해자인 척, 상냥한 척. 실은 누구보다 더러운 놈들의 핏줄인 주제에. 김 상궁은 들고 있던 상을 사납게 바닥으로 내려놓았다. 유일했던 상 위의 그릇이 떨어져 바닥을 구르며 긴 소음을 냈다.

"…그것이, 그것이 공주님과 무슨 상관입니까?"

목소리가 마디마디를 끊어 내듯 잘려 있었다. 그녀답지 않게 달아오른 붉은 얼굴엔 누군가를 향한 강한 증오마저 담겼다. 은조는 그 타는 시선을 똑바로 받았다. 화를 낸다는 건, 여전히 그 자리가 아프다는 뜻일 테다.

"내가 지워 주어도 될까?"

"하!"

가증스러웠다. 놈의 씨앗이 하는 말이. 놈이 남긴 그 씨앗이 가증스럽게도 이제 와 다 아는 듯 지껄이는 것이. 어느새 바짝 다가와 얼굴을 들이댄 그녀는 은조의 앞섶을 쥐고 있었다. 한 줌뿐인 가는 몸뚱이가 억센 손아귀 힘에 끌려 억지로 들렸다.

"뭘 안다고 지껄이십니까? 어떤 희생으로 만들어진 자국인지 아무것도 모르면서 어째서 그런 눈을 하느냔 말이야!"

목에 바짝 핏줄이 서도록 고함을 질렀다. 애써 참았던 모든 것들이 단숨에 머리를 뚫고 나오는 느낌이었다. 부들부들 떨리는 손으로 점점 더 은조를 밀치며 김 상궁은 악귀처럼 눈을 홉떴다.

긴 시간이었다. 모든 것이었던 사내에게 버림받고, 겨우 얻은 아들을 잃고, 모질게 혼자 남아 버틴 시간들은 너무나 길고 길었다. 차라리 죽어 버리자 생각할 때마다 손등을 뚫은 상처를 보며 이를 악물었다. 왜? 왜 나만 그리 살아야 하는데? 이렇게 만든 저

놈들에게 왜 천벌이 떨어지지 않는데?

똑같이 만들기 위해 숨을 죽였다. 흉한 얼굴을 감추고 살 때보다 더, 더 많이 기어 다녔다. 그놈의 정인이 중전이 되었다기에 따라 들어왔다. 얼굴은 흉하나 훈장인 아비 밑에서 글을 배운 그녀는 영리한 머리로 금세 대비의 눈에 들었고, 오히려 그 못난 얼굴로 신임을 받았다. 그것이 시작이었다.

대비에겐 그녀에게는 없는 추진력과 막강한 힘이 있었다. 왕권을 지키고 싶다는 욕심이 있었기에 거침도 없었다. 신단이란 그 이름마저 대비의 손끝에선 유린되는 개미와 다를 바가 없었다.

김 상궁은 기꺼이 대비의 등에 올라탔다. 그리고 드디어 그 달밤에 청설 그놈이 죽던 날, 그녀는 홀로 자신의 처소에서 춤을 추었다. 밤이 새도록, 또 날이 밝도록 흥겹고 흥겹게.

지금 자신의 손에 걸려 있는 이 가엾은 소녀에겐 사실 아무런 죄가 없었다. 하나 그놈을 아비로 두었으니 당연히 죗값도 나누어 받아야지. 그래야 어미젖도 실컷 빨지 못하고 죽어 간 아들과 공평해진다.

"후우."

김 상궁은 숨을 고르며 쥐고 있던 은조를 털썩 바닥으로 던져 놓았다. 언제 그랬냐는 듯 단정해진 입술에서 독사의 혀 같은 말이 남실거렸다.

"대비께서는 이틀 뒤에 공주님을 전하께 모시라 하였습니다. 하오나, 소인의 생각에 그날까지는 너무 멀군요. 내일입니다. 내일 채비를 하겠습니다."

허리를 굽혀 굴러간 그릇과 상을 치우는 김 상궁을 보며 은조는 무릎을 당겨 안았다. 어째서 대비가 아니라 김 상궁이 내뿜은 살기가 더 날카로운지는 알 수 없지만 그래도 두렵지는 않았다. 여기서 시작된 일이니 여기서 끝내는 것이 맞다고 판단했기에 스스로 나선 길이었다. 후회는 당연히 없었다.

"대비께서 보내는 자객들을 피해 다니느라 꽤 힘이 들었었어."

"……."

"하루는 너무 굶어서 막 헛것을 보았는데, 거기 박 상궁이랑 어머니가 함께 계셨지. 날더러 이리 오라 손짓을 하셨는데 가지 못했어. 살고 싶어서."

"무슨 말씀을 하고 싶으신 겁니까?"

"사람은 누구나 언젠가는 소중한 것을 잃어. 그 슬픔에 매달리면 예쁘게 살아갈 수가 없어. 남은 내 삶도 소중한 건데 계속 추하게 살면 불쌍하잖아. 나는 그것을 너무 늦게 알았어."

"그만하십시오, 더 듣지 않겠습니다."

"나는 이제 괜찮아. 누구보다 내가 곱다고 말해 주는 사람을 만났거든. 전날의 추한 내가 사라졌기에 대비께서 보내는 자객도, 내일 전하를 뵙는 것도 무섭지 않아. 그러니까 김 상궁도 이젠 그만 아팠으면 좋겠어. 그 손도, 마음도."

들을 가치가 없는 말이었다. 알지도 못하는 어린 계집이 주절거리며 위로랍시고 하는 말들, 시궁창의 쓰레기와 다를 바 없었다. 그럼에도 김 상궁은 굳은 듯 그 자리에 서 있었다. 몸을 돌려 밖으로 나가는 것이 너무나 어려웠다.

심지어 은조는 웃고 있었다. 뼈가 드러날 정도로 쇠잔한 어깨와 핏기라고는 없는 허연 낯으로 그녀는 가장 행복한 여인처럼 웃었다. 눈이 부셨다.

"그 사람도 김 상궁처럼 손에 상처가 있어."

"누가 말입니까?"

저도 모르게 질문하고 김 상궁은 입술을 깨물었다. 뼈저린 후회의 순간에도 몸은 움직여지지 않았다.

"날 아프지 않게 해 준 사람. 김 상궁처럼 손등에 흉이 있는데, 늘 가리고 다녔지."

"보이는 상처보다 마음의 고통이 더 심해서. 보이면 더 심한 그것이 떠올라서. 그래서 가렸을 겁니다."

그가 누군지는 모르지만 틀리지 않을 것이다. 실없이 웃음이 났다. 그리고 그제야 몸이 움직였다. 다시 잡히기 전에 방문을 열었다. 웅크리고 앉은 은조는 미동이 없었다. 그 대단하다는 힘을 사용할 생각도, 도망치겠다는 의지도 보이지 않았다. 편안해 보였다.

"내일 전하께 뵈시기 전에 다시 오겠습니다."

"그래."

허리를 숙이고 다시 고개를 들며 일부러 은조를 외면했다. 눈을 마주치는 것이 겁이 났다.

김 상궁이 사라진 후, 은조는 가만히 일어나 창틀에 손을 짚고 매달렸다. 깎아 놓은 손톱처럼 가늘어진 달이 조그만 창 끄트머리에 걸려 있었다. 그와 함께 바라보던 조영산의 달이 떠올랐다.

거침없이 솟구치는 바람에 떠받치어 어두운 밤 한가운데 군림하던 그 늠름한 달. 치월을 닮았던 그 달.
"치월… 나는 괜찮은 것 같아요. 하지만 당신이 와 주었으면 좋겠어."
아주 조금 무서워요.

은조를 가둔 전각에서 서둘러 나온 김 상궁은 아무도 없는 곳에 이르러서야 그 자리에 털썩 주저앉았다.
손등의 상처가 욱신거렸다. 자꾸만 쑤석쑤석 가슴과 머리를 찔러 왔다.

'남은 내 삶도 소중한 건데 계속 추하게 살면 불쌍하잖아.'

평온하게 흘려 내던 은조의 목소리가 다시 머리로 파고들었다. 눈물 한 방울 없이 바라보던 청설 같은 눈동자가 지워지지 않았다. 죽어 가는 순간까지 제 딸을 염려하던 중전과 같은 눈동자가 버석버석 마음을 긁어 내렸다.
바닥을 짚은 손으로 김 상궁은 흙을 틀어쥐었다. 손톱 사이를 파고드는 흙이 아프도록 빽빽하게 틈을 메웠다.
"상관없어!"
고집스럽게 소리쳤다. 그딴 것이 뭘 안다고. 아비의 과분한 사랑으로 살아남고, 어미의 계략으로 도망쳐 이제껏 목숨 유지하고 잘 버틴 그 아인, 고작 첫돌도 맞지 못하고 죽은 갓난아이보다는 낫지 않은가?

"낫고말고. 억울해할 일이 아니야."

손에 쥔 흙을 놓지 못하고 일어난 김 상궁은 빳빳하게 고개를 들었다. 다 저들이 자초한 일이다. 그러니 당연히 받아야 할 죗값이다.

"상궁!"

앞에서 다가오던 한 무리의 나인들이 그녀에게 깍듯이 인사를 하고 길을 비켰다. 그 앞을 김 상궁은 천천히 지났다. 조급해할 것 없다. 아무것도 걸릴 것이 없다. 그러니 흔들리지 말아라.

그제야 푸스스 비단 치마 위로 떨어져 내리는 흙이 그녀의 걸음 위로 남았다.

손등의 상처가 간질간질거렸다. 김 상궁은 비녀를 뽑아 간지러운 상처를 찔렀다. 피가 솟으며 고통이 간지러운 감각을 덮었다. 잊지 말자. 잊어선 안 된다. 내 아들이 어떻게 죽었는지.

아직 밤이 내리려면 조금 시간이 남아 있었다. 하지만 곧 버티지 못하고 넘어갈 것이다. 사라져 가는 은조의 체취를 따라 치월은 정신없이 달렸다. 아직은 해거름이지만 갈수록 어두워지는 숲이 주는 새로운 힘이 그를 지치지 않게 했다.

앞에서 불어오는 바람이 그녀의 향기를 부지런히 실어 왔다. 그 옆에는 정철 그놈의 체취도 있었다. 정철에게 당했던 일을 전해 듣던 날, 한밤에 검을 들고 나서는 그를 은조는 필사적으로 매달려 앞을 막았다. 비록 그것이 선한 사람이 아니라 해도 또 다른 누군가가 저 때문에 죽는 것이 무섭다며, 울던 은조를 두고 나가지 못했던 것을 지금 후회했다. 그때 그놈을 없앴어야 했다.

"조금만 기다려."

바람이 쉭쉭 소리를 내며 그의 곁을 함께 달렸다.

얼마간을 달렸을까. 하늘의 붉은 기운이 엷은 먹을 품었을 즈음, 치월은 돌 틈에 끼어 연약하게 버티고 있던 작은 천 자락 하나를 발견했다. 강하게 풍겨 오는 제비꽃 향기가 그것이 누구의 것이었는지를 알려 주었다. 놈들의 눈을 피해 은조가 남긴 것이라면 다행이지만.

"만약 험하게 다뤄지고 있다면."

그땐 아무리 은조가 말려도 다 죽여 버리자 생각했다. 품속 깊숙이 천 자락을 밀어 넣은 주먹이 떨렸다. 온갖 궂은 상상이 머릿속을 때렸다. 늦어 버리면 어쩌지? 그 가엾은 아이를 구하기 전에 때가 늦어 버리면? 어쩌자고 며칠이나 잠을 잤을까? 그깟 두억시니 하나를 치우느라 너무 많은 시간을 허비했다.

"하아, 이 멍청한 놈!"

치월은 자신을 향해 욕을 하고 몸을 날렸다. 검에 뚫린 건 가슴팍인데 머리가 뚫린 것처럼 은조의 걱정만 들이쳤다. 초조하게 고개를 들어 하늘을 보았다. 손톱처럼 가늘게 남아 있는 해가 그의 애간장을 태웠다. 이윽고 완전히 산 너머로 해가 사라진 순간! 치월은 가볍게 공중으로 몸을 띄웠다. 그러고는 가장 익숙한 그 어둠에 몸을 실어 삽시간에 그 자리에서 사라졌다.

방향은 북쪽! 이미 가 본 적이 있었다. 청설의 시신을 데리러 오래전에 말이다.

정방에서 나오자마자 나인들은 은조에게 새 옷을 입혔다. 겹겹이 둘러 입은 속곳과 그 위로 덧입혀지는 치마들도 세 겹이나 되었다. 그것이 혼례복이라는 것을 깨닫는 것은 오래 걸리지 않았다.

한때 아비라 믿었던 사내의 방으로, 그녀는 신부가 되어 끌려가고 있는 것이었다. 거의 채비를 마쳤을 무렵 문이 열리고 김 상궁이 안으로 들어섰다.

"상궁!"

자연히 옆으로 몸을 비켜 길을 내어 주는 나인들의 곁을 지나 은조의 앞으로 다가온 김 상궁의 손에는 피가 배어 나오는 흰 헝겊이 감겨 있었다.

"그 손, 어째서 그래? 또 상한 것이야?"

은조가 물었다. 그녀의 상처가 치월과 비슷하단 것을 느낀 순간부터 내내 신경이 쓰였다. 그래서 오늘도 문을 열고 들어서는 김 상궁을 보았을 때, 그 손이 가장 먼저 눈에 들어왔다.

슬쩍 손을 내밀어 건드려 보려 하니 불에라도 데인 것처럼 화들짝 김 상궁은 은조의 손길을 피했다. 그러고는 애먼 나인들을 추궁했다.

"아직 채비를 마치지 못하다니. 굼뜨구나!"

"송구합니다, 상궁. 바로 마치겠습니다."

부산스럽게 서두르는 나인들이 이리저리 움직이자, 김 상궁은 그 틈을 타 은조에게서 멀리 떨어졌다. 은조가 자신을 보고 있는 것이 느껴졌다. 이제부터 한 시진이면 운명이 달라질 아이가 어째서 저렇게 해탈한 얼굴을 하고 있을까? 초조함에 또 손등이 욱신거렸다.

"준비가 되었습니다."

정말 바쁘게 서둘렀는지 나인의 보고는 빨랐다. 김 상궁은 그제야 눈을 돌려 머리부터 발끝까지 곱게 치장된 은조를 바라보았다. 제 어미가 갓 세자빈이 되었을 때만큼이나 청초하고 고왔다.

한 가지 다른 점이 있다면 세자빈이 되던 그날 중전은 울음을 참고 있었고, 지금 은조는 너무나 편해 보인다는 것이었다.

"의원에게 보였는가?"

김 상궁이 다가서자 은조가 또 물었다. 언뜻 미소를 지은 듯도 보이던 눈이 걱정을 담고 있었다. 어차피 살기 위해 거짓으로 끼를 부리는 것일 텐데, 김 상궁은 어쩐지 은조의 눈을 똑바로 마주 볼 수가 없었다.

"전하께 모시겠습니다. 소인의 뒤를 따라오십시오."

김 상궁의 눈짓에 나인들은 은조의 머리 위로 새하얀 장옷을 씌웠다. 그러고는 양옆에서 그녀의 팔을 잡아 부축했다. 깊이 씌워진 장옷의 아래로 은조는 앞서 걷는 김 상궁의 치맛단을 보며 조심히 걸음을 내디뎠다.

"의원에게 보이시게. 같은 자리를 그리 자주 상하면 나중엔 쉽게 아물지 않을 것이야."

"조용히 하십시오. 전하께 가는 길입니다."

"자네가 약속을 하면, 그럼 나도 조용히 할게."

등 뒤에서 들리는 은조의 목소리엔 어이없게도 약간의 장난기가 담겨 있었다. 김 상궁이 대답을 하지 않자 또다시 혼자 재잘재잘 입을 열었다.

"어렸을 땐 이 길을 한번 걸어가 보는 것이 소원이었는데. 전하께선 한 번도 나를 불러 주시지 않았지. 그런 길을 이렇게 걷게 되는군!"

"제발 그 입 좀 다무시라니까요."

"그리 야박하게 굴지 말아. 나도 참아 보려 애쓰는 중이니까. 지금은 어디? 앞을 이리 가려 놓으니 전혀 짐작이 안 가서."

"거의 다 왔습니다."

"그렇구나. 거의 다 왔어."

아주 잠깐 걸음을 멈추며 미약하게 저항하던 은조를 나인들을 야무지게 끌어 다시 김 상궁의 등 뒤로 몰아넣었다. 그리고 다음 순간 김 상궁이 걸음을 멈췄다. 결국 도착하고 만 것이었다.

"안쪽까지는 소인이 모실 것이나, 그 이후엔 혼자 가셔야 합니다. 전각의 바깥엔 금군들이 촘촘히 번을 서고 있으니 달아날 생각은 마십시오. 저들은 공주님이 누구인지 모르기에 당장에 목이 달아날 겁니다."

"겁주는 거야?"

"사실과 방법을 일러 드리는 겁니다."

"그래도 이제 겁 안 나. 생각해 보니 지금보다 더 무서운 순간이 더 많았어. 그러니까 지금부터 벌어질 일들은 그것들에 비하면 아무것도 아니야. 문 열어 줘. 들어갈 테니."

담담하게 나인들의 손에서 제 팔을 빼낸 은조는 스스로 한 걸음 앞으로 걸어왔다. 그러고는 슬쩍 장옷을 들어 주변을 돌아보았다. 놀란 나인들이 얼른 달려들려 했지만 김 상궁은 손을 들어 그들을 막았다. 어쩌면 지금이 마지막이다. 공주가 스스로의 힘으로 전각의 밖에 서 있을 수 있는 마지막 순간일지 몰랐다. 이후엔 한 발도 밖으로 나오지 못할 테니.

"그냥 두어라."

김 상궁의 말에 나인들을 좀 더 뒤로 물러서고, 은조는 그사이 마음껏 하늘과 전각과 사방을 눈에 담았다. 아주 조금 슬퍼 보였다. 마지막으로 김 상궁을 보며 말했다.

"약조하게. 그 손, 의원에게 보이겠다고."

"제가 알아서 하겠습니다."

"어서 약조해. 들어서는 내 마음 편하게 거짓말이라도."

불쑥 김 상궁의 손을 잡고 어린아이처럼 보채는 은조는 제법 강하게 손을 놓아주지 않았다. 부지불식간 잡힌 손이 당황스러워 빼내려 해 보아도 대답을 하기 전에는 절대 놓지 않겠다는 듯 은조는 점점 더 힘을 줄 뿐이었다. 닿아 있는 손바닥이 뜨거웠다.

아니, 따스했다.

"알겠습니다. 그리할 테니 좀!"

"고마워!"

그 대답을 듣고서야 은조는 그녀를 놓아주었다. 그러고는 김 상궁의 몸을 지나쳐 자박자박 전각의 안으로 들어섰다.

"더 따라올 필요 없어. 달아나지 않을 거고, 어디로 가야 하는지도 알아."

돌아보지 않는 은조의 목소리는 끝까지 담담했다. 그래서 더 안쓰럽고 슬펐다. 하지만 김 상궁은 알고 있었다.

은조가 얼마큼 떨고 있는지, 얼마나 두려워하고 있는지를. 조금 전 손을 잡혔을 때부터 말이다. 저렇게 혼자 걷고 있는 것이 믿어지지 않을 정도로 덜덜 떨고 있었다.

二十七 步. 너는 떠오르는 해

휘익!

눈앞을 스친 바람에 깜짝 놀란 문지기가 기대어 졸던 몸을 곧 추세웠다.

졸고 있던 것을 들키기라도 했는가 싶어 마음을 졸이던 그는, 주변을 꼼꼼하게 돌아보며 아무도 없다는 것을 확인한 다음에야 마음을 놓았다.

"어휴, 놀래라."

그냥 바람이었다는 것을 확신했는지 다시 등을 기댄 문지기는 곧 다시 스르륵 잠이 들었다. 그런데 그때였다. 누군가가 잠든 그를 가볍게 흔들어 깨웠다.

"이보게, 좀 일어나 보시게."

비몽사몽 눈을 뜬 문지기의 앞에는 따스한 미소를 품은 중년의 사내가 서 있었다. 대비와 담판을 지으러 온 이형서였다. 문지기는 벌떡 일어나 들고 있던 창을 앞으로 내밀었다.

"누, 누구요? 여긴 아무나 들어갈 수 없소이다."

좀 전까지 졸던 사람이라고는 생각할 수 없을 만큼 꽤 믿음직한 목소리였다.

"허허, 참. 믿음직하구만."

이형서는 오히려 껄껄 웃었다. 당황할 사이도 없이 손을 뻗어 어깨를 툭툭 두드리는 그의 얼굴을 문지기는 빤히 바라보았다. 그러다가 문득 눈을 크게 뜨고 물었다.

"이, 이형서 대감?"

"오호, 아직도 나를 기억하는 사람이 있었구만. 고맙네. 그나저나 내가 너무 오랜만이라 기억이 안 나 그러는데 말이야. 대비마마를 뵈려면 어디로 가야겠는가?"

"예. 대, 대비전은 저쪽입니다."

저도 모르게 팔을 뻗어 방향을 일러 준 문지기가 얼어 있는 사이 이형서는 껄껄 웃으며 그의 앞을 지났다. 그 뒤를 따라 도합 스물이 넘은 사내들이 문지기의 어깨를 두드리며 천천히 사라졌다.

"이, 이게 무슨 일이람."

그제야 털썩 주저앉은 문지기는 얼굴에 흥건한 땀을 뒤늦게야 닦아 냈다. 어떻게든 일어서려 해 보았지만 몸에 전혀 힘이 들어가질 않았다.

❖

 울부짖음이 들리는 방문 앞에서 은조는 어깨에 걸쳤던 장옷을 바닥으로 떨어뜨렸다. 굳이 김 상궁이 일러 주지 않았어도 곧장 찾아왔을 것이다.
 딱 한 번뿐이었지만 이곳에 와 본 적이 있었다. 어릴 적 궐에서 쫓겨나기 전에, 어머니의 손에 이끌려 낮잠 주무시는 전하를 몰래 뵈었다. 어찌나 두근거리던지, 눈을 뜨시기 전에 방을 나가야 한다는 것을 알면서도 자꾸만 뒤를 돌아보며 아쉬웠었다.
 그때 두근거리던 마음이 지금은 고스란히 두려움이 되어 있었다.
 조심스럽게 잠겨 있지 않는 문을 열었다. 방은 작으나 모든 것을 갖추었고 가장 끄트머리에 희미한 불빛과 함께 임금이 앉아 있었다. 흰 침의만 입은 그는 안색마저 파리해 희뿌연 덩어리 같았다.
 다만 시뻘겋게 달아오른 눈과 색색 거친 숨을 내쉬는 입술만은 거의 흑색에 가까운 자줏빛이었다. 한나라의 임금이라기엔 너무나 피폐한 몰골이었다.
 누군가 문을 열고 들어왔다는 것을 알았는지 고개를 들고 탁한 눈으로 은조를 응시하는 그는 짐승처럼 입술에 침을 머금고 있었다.
 "누구냐?"
 "전하?"

다가서다 멈춘 은조와 임금과의 거리는 서너 걸음쯤! 은조의 목소리에 반응하며 고개를 기울이는 그의 눈동자는 각각 다른 곳을 바라보고 있었다.

"어머니께서 또 새 계집을 보내셨구나. 소용없을 것을. 끌끌!"

웃는 것인지 한탄을 하는 것인지 모를 기괴한 소리가 들썩이는 그의 어깨를 타고 흘렀다. 은조는 조심조심 더 가까이 임금을 향해 다가섰다.

제대로 바라보지도 못했지만 그래도 그는 언제나 태산 같은 모습이었다. 커다란 어깨와 커다란 위엄을 지니고, 엄하고 싸늘한 눈으로 그녀를 보곤 했었다. 적어도 그때의 그는 분명 한 나라의 임금이라 불리기에 부족함이 없어 보였다.

"어찌 이런 모습이 되셨습니까?"

"더 다가오지 말거라. 더 이상 나를 괴물로 만들지 말란 말이다."

"전하!"

"내가 병이 심하다. 통제가 되지 않느니라, 그러니 나가거라."

"나갈 수가 없습니다. 제 의지로는!"

은조의 그 말에 임금은 작게 웃었다. 하긴 그도 대비의 명에 따라 여기 갇힌 것이나 다름없는 신세였다. 어릴 적에도, 다 자라서도 어머니의 품을 벗어나지 못하는 신세. 그러니 저리 어린 계집아이가 무슨 힘으로 이곳을 나갈까.

"그렇구나. 너도 나도 감금되었는데 말이다. 하하하."

임금의 웃음은 길지 않았다. 허탈하게 어깨를 늘어뜨리고 다시 은조를 보는 모습이 지쳐 보였다. 생각과 다른 임금의 모습에 은조는 마른 입술을 깨물었다.

여기 와, 귀동냥으로 들은 이야기 속에서 임금은 완전한 괴물이었다. 밤마다 여인들을 갈아치우고 더러는 밟아 죽이기도 했다고 들었다. 그렇게 실려 나간 처녀가 열이 넘는다며 나인들은 두려움에 떨고 있었다.

그것이 다 돌아가신 어머니를 잊지 못해 생긴 병이라 들었을 때는 놀라기도 했었다. 지난날 그가 얼마나 어머니를 아꼈는지 은조도 알기 때문이었다. 그래서 저도 모르게 물었다.

"저를 모르십니까?"

"뭐?"

"저는 은조입니다, 전하!"

"그게 누구냐?"

일말의 기대를 품었지만 임금은 그녀의 이름을 기억하지 못했다. 그러나 눈동자만은 아주 천천히 그녀를 향해 모였다.

그는 은조를 샅샅이 살폈다. 갸름한 얼굴과 맑은 눈, 길게 뻗은 우아한 목선, 그리고 중전을 그대로 닮은 고운 입술.

"중전?"

"아닙니다. 저는 은조여요."

고개를 젓는 은조의 대답에도 임금은 여전히 다른 사람을 보고 있었다.

"중전!"

아아! 학과 같이 우아한 몸짓과, 열다섯 어린 처녀아이처럼 수 좁은 미소. 그의 눈에 비친 은조는 세자빈으로 간택되던 그날의 중전이었다.

 달 같기도 꽃 같기도 했던 여인. 하나 눈으로는 자신을 보아 주어도 마음만은 결코 바라봐 주지 않던 차가운 여인이었다. 너무나 갖고 싶었기에 소중하고 안달이 났던 그녀가 눈앞에 있었다.
"중전!"
"전하… 윽!"
 임금은 긴 팔을 뻗어 은조의 가느다란 몸을 단박에 끌어안고 그 목덜미에 얼굴을 묻었다.
"어째서 이제야 왔소. 내가 그리 미웠소? 그랬어?"
"전하, 저는……."
"과인이 다 잘못하였소. 다 내 잘못이야. 그러니 용서하오. 용서해!"
 은조의 몸을 결박하듯 안은 임금은 고작 정에 굶주린 사내였다. 무엇을 용서하라는 것인지 모르나 채신 따위 잊고 목 놓아 울었다. 은조는 체념하듯 가만히 그의 등에 손을 올려 다독다독 야윈 몸을 쓸어내렸다. 그는 나인들이 말하던 괴물보다는 슬픔을 이기지 못해 주저앉은 나약한 병자에 가까웠다.

 그에게 필요했던 것은 중전도, 여인의 몸뚱이도 아니었는지 몰랐다. 마음을 나눌 누군가가 가장 간절했을 수도 있었다. 한때는 그녀의 아비였고 동경이었으며 태산이었던 사내, 그런 사내의 마지막이 이런 모습이라니.
"그러겠습니다. 그러니 그만 우십시오, 누가 볼까 두렵습니다."

"아니야, 아니야. 그러겠다 해 놓고 또 나를 외면하려고? 다시는 아니 놓겠소. 다시는 놓아주지 않을 것이야."

"아닙니다. 정말이어요."

"문을 닫아걸고, 아프다고 말하는 그대를 볼 때마다 외로워서 죽을 것 같았어. 그대는 나의 빈인데 나는 그대의 사내가 아니었지."

슬픔을 토로하던 임금의 어조는 진심을 꺼내 놓기 시작하며 조금씩 달라지고 있었다. 연인을 잃어 가슴이 아픈 사내에서 그녀에게 배반당해 버려진 사내로! 그래서 분노에 불타는 사내로!

"전하?"

끌어안은 손길에 조금씩 악력이 더해지는 것을 느낀 은조가 뒤늦게 가슴을 밀어 내며 버둥거렸다. 그 몸짓이 임금에겐 도화선이 되었다. 그를 거부하는 듯 느껴졌던 것이다.

"지금도 그래? 설마 지금도 나는 그대의 사내가 아니요?"

휘익, 은조를 떼어 거세게 어깨를 쥔 임금은 다시금 타고 있었다. 다시는 연인의 배반을 용서하지 않겠다는 성난 의지가 활활 타올랐다. 바득 세운 억센 손톱이 비단을 뚫고 여린 살갗에도 흠집을 냈다.

"흐윽!"

옅은 신음을 흘리는 은조의 팔뚝으로 붉은 피가 배어 나왔다. 그래도 임금은 손을 놓지 않았다.

"분명히 말하였소. 다시는 보내지 않겠다고. 가둬 두고 매질을 해서라도 곁에 둘 것이야. 과인만을 보게 할 것이야!"

"전하, 제발. 심정을 곧게 하십시오, 바로 보셔요. 저는 어머니가 아닙니다."

"허튼소리. 또 나를 속이려고? 기어이 나를 보지 않겠다면, 그럼 차라리!"

은조의 몸을 마구잡이로 흔들어 바닥에 쓰러뜨린 임금은 그대로 그녀의 목을 두 손으로 힘껏 틀어쥐었다. 그러나 오래 힘을 주지는 못했다.

"커헉, 컥!"

겨우 숨은 튼 은조가 헉헉거리며 그를 올려다보았을 때 뜨거운 무언가가 얼굴로 뚝뚝 떨어졌다. 임금의 눈물이었다. 한 여인을 지독히도 사랑하고 아꼈으나 그 사랑에 보답을 받지 못했던.

"크흑, 중전!"

흐느낌을 중얼거리며 사내는 다시 고집스럽게 은조의 목을 거머쥐었다. 그 순간 은조는 반항을 멈추고 손을 뻗어 임금의 뺨을 감쌌다. 중전을 잃은 충격으로 마음에 병이 들었지만 그래도 그에게 남아 있는 망설임은 결코 어머니를 두 번 죽일 정도로 독하지 못했다. 굵은 줄기로 흘러내리는 눈물을 닦아 주며 속삭였다.

"괜찮습니다. 제게 이리하셔도 괜찮아요. 그러니 울지 마시고, 수라도 제때 드시고, 그리고 탕약도 버리지 마시고요."

뺨을 어루만지는 은조의 손길이 거듭 닿아 오자 임금은 더욱더 서럽게 울었다. 그러고는 결국 목을 조르던 손을 풀고 은조에게서 물러났다. 그리고 대답했다.

"그러리다. 내 그대의 말을 들겠소."

손등으로 눈물을 닦으며 내는 순순한 대답은 진심인 것 같았다.

"고맙습니다."

"지금, 지금 내게 뭐라 했소?"

멍한 눈으로 자신을 내려다보는 임금을 향해 은조는 밝게 웃었다. 그제야 조금씩 혼탁하던 임금의 눈빛이 그녀를 바로 바라보았다.

"감사의 말씀을 올렸습니다, 전하."

"감사해? 내게?"

"감사합니다. 어머니를 아껴 주셔서. 비록 저를 알아보지 못하시지만 한때나마 전하의 여식으로 살게 해 주신 것도, 감사드립니다."

거듭되는 인사에 점차 커진 임금의 두 눈이 거세게 일렁거렸다.

"누, 누구냐, 너는? 나의 중전이 아니구나!"

비틀비틀 은조에게서 몸을 물리며 말을 더듬은 임금의 눈빛은 분명 조금 전보다 명료해지고 있었다. 머리를 쥐어뜯으며 뚫어지게 은조를 바라보았다. 무언가를 기억하려는 듯, 몸부림을 치는 몸뚱이가 힘없이 바닥을 굴렀다.

"많은 분들이 전하를 걱정합니다. 그러니 버텨 내세요. 이렇게 망가지시면 안 됩니다."

"누구냐고 물었다!"

두 손으로 바닥을 짚었던 임금이 버럭 소리를 치며 일어섰다.

모두가 그를 기만했다. 죽어 버린 중전도, 어머니도, 하다못해 이 방에 들었던 수많은 계집들도, 그를 그로 보지 않았다. 거짓말을 하고 새살거려 어떻게든 살아 나가고 싶어 했다.

잠시 맑아졌던 정신이 혼탁해질 때, 은조는 이미 임금의 손아귀에 걸려 있었다.

"전하!"

"시끄럽다. 내가 왕이긴 하느냐? 나를 왕으로 여기기는 하난 말이다. 네년도 똑같지? 미친 자를 비웃으려고 온 것이지?"

임금은 사납게 은조를 바닥으로 밀어 넘겼다. 계집에게 육욕을 느끼지 못한 것은 이미 오래되었다. 감히 왕을 가둔 어머니는 의미 없는 짓을 되풀이하고 있다. 이 가엾은 아이도 같았다. 어차피 죽기 전에는 이 방에서 나가지 못할 것이다. 방 안엔 무기가 될 만한 것이 아무것도 없었다. 곤혹스러운 표정으로 사방을 돌아보던 그의 눈에 은조가 꽂고 들어온 비녀가 보였다. 단숨에 다가가 비녀를 뽑아내자 삼단 같은 머리카락이 가녀린 목으로 흘렀다.

"저, 전하!"

더듬거리며 뒤로 도망치는 은조를 잡아 임금은 재빨리 그 위로 올라탔다. 그러고는 흰 목덜미를 눈여겨보며 비녀를 치켜들었다.

"가만히 있거라. 내가 널 내보내 줄 테니."

우악스럽게 어깨를 누르는 힘에 반항하며 은조는 다급하게 버둥거렸다. 어떻게든 손끝으로 건드릴 수만 있다면 잠시 혼절시키는 것은 가능한데, 마치 다 알고 있다는 듯 임금은 무릎으로 은조의 팔뚝을 깔고 앉아 있었다.

일렁이는 등잔에 높이 든 비녀의 끝이 날카롭게 빛났다. 은조는 질끈 눈을 감고 비명처럼 치월의 이름을 불렀다.

"치월!"

그 순간, 무섭게 방문을 흔드는 바람 소리가 두 사람의 귓전을 갈랐다. 문살을 뚫고 방 안으로 들이친 바람이 은조와 임금을 휘감고 맹렬하게 웅웅거렸다.

"치월?"

다시 한번 그녀의 간절한 부름이 입술을 떠나자, 전각을 휘감은 사분합문이 일제히 부서져 허공으로 날아갔다. 콰앙! 커다랗게 울리는 굉음이 사방을 흔들고 지독한 어둠을 품은 운무가 삽시간에 방 안으로 밀려들어 왔다.

"으아악!"

임금은 비명을 지르며 방구석으로 도망쳤다. 머리를 감싸 안고 웅크린 몸은 너무 말라 가련하기까지 했다. 방 가운데 일어서서 비틀거리던 은조의 몸도 곧 검은 운무에 뒤덮였다. 그리고 그 안으로 누군가가 저벅저벅 걸어 들어왔다. 시야를 가리는 어둠 사이에서 은조는 그를 보려 눈을 크게 떴다. 모습이 제대로 보이지 않았지만 그녀는 그를 알고 있었다.

강하게 당기는 팔의 힘에 딸려 가 그 품에 얼굴을 묻었다.

"하아!"

낮은 숨소리와 함께 그는 더더욱 은조를 감싸 안았다. 머리로 빗발치는 입맞춤과 허리를 끌어안은 커다란 팔, 그리고 거친 숨을 들썩이는 가슴! 익숙한 따스함과 안도감이 그녀를 무력하게 만들었다.

씩씩하게 용기 있게 버텼다고 생각했는데, 힘차게 고동하는 사내의 가슴에 안긴 다음에야 알았다. 내내 혼자 무척이나 겁이 났다는 것을.

그의 품으로 더 깊이 파고들어 은조는 깊고 깊은 숨을 길게 토해 내었다. 그동안 내쉬었던 모든 들숨과 날숨이 모두 거짓인 것 같았다. 이제야 숨이 트고, 가슴이 뛰고 그리고 너무너무 배가 고팠다.

"은조!"

그 한마디면 충분했다. 그 목소리면. 당연하듯 불러 주는 그 이름 하나면 아무것도 필요 없었다.

"기다렸어요."

고개를 끄덕이며 예쁘게 웃는 은조를 치월은 더 바짝 품에 안았다.

은조가 그의 이름을 불렀을 때 그는 이미 근처에 다다라 있었다. 진하게 풍기는 은조의 피 냄새에 이성을 잃고 바람을 불렀다. 다시 찾은 그녀는 기억 속의 모습보다 야위고 힘들어 보였다.

"기껏 살찌워 놨더니!"

가늘어진 두 뺨을 감싸 쥐고 한참이나 그녀의 얼굴을 바라보던 그의 옅은 한숨을 들으며 은조는 그의 손바닥에 머리를 의지했다. 얼마나 두려웠는지 말을 하면 알까? 이 목소리를 다시 듣지 못할까 봐 얼마나 두려웠는지?

"집에 가자."

은조가 무사한 것을 확인하고서야 방 안을 채운 어둠을 물린 치월의 눈에 그제야 방 한구석에서 눈을 빛내는 사내가 보였다. 맹렬하게 차가워진 눈빛이 임금을 향해 물었다.

"너야? 이 아일 이렇게 만든 놈이?"

임금은 마른침만 연실 삼킬 뿐 대답이 없었다. 겁에 질린 눈동자가 뒤룩거렸다. 치월에 대한 두려움을 두 눈에 그대로 담고 있으면서도 흘끔거리며 은조를 바라보았다. 그의 시선에서 은조를 가리고 서며 치월은 허공으로 손을 휘저었다.

그의 손에 불려 온 바람이 방 안의 집기들을 마구 휘날렸다. 마치 날카로운 짐승의 발톱에 찍힌 상흔처럼 바람의 흔적이 남은 가구들이 위협적으로 임금의 머리 위를 돌았다.

"말해. 물었잖아. 저 아이에게 상처를 입힌 것이 너냐?"

"여봐라, 밖에 아무도 없느냐? 자객이, 자객이 들었다!"

다가오는 치월에게서 물러나며 임금은 발작적으로 소리를 질렀다. 은조가 달려와 치월의 팔을 잡았다.

"그러지 마요. 그러지 않아도 돼요."

한겨울 북풍처럼 매섭게 휘몰아치던 바람은 은조가 그의 팔을 잡은 순간 숫눈이 녹듯 가라앉았다. 그녀가 무슨 부탁을 하려는지 알고 있었다. 하지만 이번엔 참을 수 없었다.

"이번엔 안 돼! 아무리 네 부탁이라도, 저건 그냥 못 둬!"

"제발요. 그래도 한때는 내게 아버지셨어요."

마뜩지 않는 듯 웅웅거리며 우는 바람이 치월의 분노를 대변하듯 방 안을 돌았다. 그러나 결국, 치월은 어깨를 늘어뜨렸다. 분을 이기려 애쓰는 거친 호흡이 꽤 여러 번 그의 잇새를 떠났다. 그리고 고개를 끄덕였다.

　치월이 바람을 거둔 후, 은조는 멀리서 저를 바라보고 있는 임금을 향해 돌아섰다. 아직도 그는 은조를 바라보고 있었다. 이제야 그녀가 누구인지 확실하게 알아보는 얼굴이었다. 하지만 차마 입으로 이름을 뱉어 내지는 못했다. 대신 그는 자객이 들었다며 소리를 지르는 것을 포기했다. 비틀거리며 일어나 멀리서 손을 저었다.

"가거라, 아이야! 군병들이 오기 전에."

"저를 알아보시는 건가요?"

　시선은 만났지만 차마 그러하단 대답은 없었다. 그저 임금은 몇 번이나, 몇 번이나 은조의 눈을 마주하고 또 마주했다.

　사방이 뚫린 어둔 방에 그를 홀로 두고 치월과 은조는 밖으로 나섰다.

　밖은 더 아수라장이었다. 소란을 듣고 달려온 수십의 군졸들, 그리고 은조의 피 냄새에 불려나온 이곳저곳의 원혼들이 하늘과 땅을 모조리 차지했다. 평범한 사람조차 느낄 수 있을 만큼 엄청난 수였다.

"쳇!"

　치월은 한 팔로 은조를 안고 싸늘하게 사방을 돌아보았다. 원혼들의 목적은 은조였다. 하지만 이렇게 많은 원혼이라니, 궐이란 곳이 얼마나 더럽고 위험한 곳인지 알 것 같았다.

낄낄거리는 원혼들의 목소리에 이미 전의를 잃고 도망치는 군졸들 사이엔 묘한 기운을 풍기는 여인 하나가 필사적으로 버티고 있었다. 생김은 확인할 수 없었지만 기운이 좋지 않았다. 은조에게 다가오지 못하는 원혼들이 대신 그녀를 먹잇감으로 생각하고 빙빙 돌고 있었다. 마음이 온통 검어서 그대로 두면 곧 원혼들의 먹이가 될 것 같았다.

"치월!"

"왜?"

"저분 도와줄 수 있을까요?"

치월의 시선을 따라 김 상궁을 바라보던 은조가 물었다. 원혼의 수가 아무리 많아도 치월이 은조의 곁에 있는 한 그들은 다가올 수 없었다. 감히 어둠의 권능을 지닌 어둑시니에게 근접해 소멸되고 싶지는 않기 때문이었다.

"굳이 왜? 저 여인 몸과 마음이 어둠 그 자체야. 살려서 뭐 하게?"

지금은 은조가 우선이었다. 대비만 처리하면 곧 이딴 더러운 곳에서 빠져나가 한시라도 빨리 산으로 돌아가고 싶었다. 그럼에도 치월은 은조의 부탁을 들어주었다. 물기 어린 동그란 눈동자가 한사코 고집을 부리기도 했지만, 이상하게 자꾸만 눈이 갔기 때문이었다. 아무 상관도 없는 여인을 위해 그렇게까지 할 필요가 없었음에도, 치월은 김 상궁의 주변에 있는 원혼들을 걷어 냈다.

여전히 그녀의 마음은 어두웠다. 거친 바람 속에 주저앉아 이쪽을 보고 있는 김 상궁의 허탈한 표정을 치월은 몇 번이나 돌아보았다.

"이제 가요."

"아직 안 돼. 남은 놈들은 어쩌고? 그 대비인지 뭔지 하는 계집, 이대로 두면 다시 널 찾아올 거 아니야. 그냥은 못 가."

단호하게 고개를 젓는 치월의 팔에 은조는 힘없이 머리를 기댔다. 그러고는 거의 허리를 끌어안고 머리를 저었다.

"제발요. 나중에 내가 알아서 할 수 있게 해 줘요."

"죽이고 싶지 않은 거지?"

"죽음보다 더 두려운 것이 뭔지 알거든요."

"하아, 정말 너는."

저들 때문에 마음을 다치고 소중한 것들을 잃고 또다시 이런 험한 시련 속으로 몰렸으면서도 그녀는 온통 눈이 부시도록 밝게 그들을 용서해 달라 했다.

"청설이 어쩌서 너를 내게 보냈는지 알 것 같아."

"이유가 뭔데요?"

"너와 내가 너무 달라서! 너는 떠오르는 해. 나는 달을 물들이는 어둠!"

"그래서요?"

다시 묻는 은조의 이마에 입맞춤을 하고 치월은 점점 더 몸을 띄워 올렸다. 그의 힘에 눌려 슬금슬금 달아난 원혼들이 비운 자리로 조금씩 날이 밝고 있었다. 어느새 다시 몰려온 군졸들이 닿을 수 없는 높이에 떠 있는 그들을 허망하게 바라보았다.

"해가 뜨고 져야 달도 저 자리에 있을 명분을 얻어. 네가 없으면 어둠도 아무런 가치가 없어! 그 누구도 해가 없는 것을 두려워하지 않을 테니까."

치월의 목소리를 들으며 은조는 임금의 슬픈 얼굴을 떠올렸다. 그에게는 어머니가 달이었을까? 어쩌면 해였을까?

'아무도 해가 없는 것을 두려워하지 않는다. 해가 제자리에 있지 않으면……'

그래서 두려웠을까? 어머니에게 자신이 해가 되지 못하는 것이? 그분께 다른 해가 있어서 더 밝은 빛을 내지 못하는 자신이 초라했을까?

"치월!"

"왜?"

불러 놓고 아무 말도 없는 은조에게 치월은 대답을 보채지 않았다. 이렇게 품에 안고 있어도 존재를 확인하고 싶은 마음은 그도 마찬가지였다. 몇 번이나 안고 더듬어 확인을 하면서도 또, 또 얼굴을 보고 웃어 주는 미소에 안도한다.

그러니 죽는 날까지 대답해 줄 것이었다. 그녀가 부르면 언제나 가장 빠른 대답을 하리라.

"치월!"

"그래. 여기 있어. 언제나 너의 곁에!"

二十八 步. 꽃다지

"후회하지 않겠어?"

어깨에 가만히 기댄 은조는 기분 좋은 얼굴로 눈을 감고 있었다. 언제나처럼 그녀의 등을 받치고 바람에 몸을 맡긴 치월이 물었다. 질문이 채 끝나기도 전에 끄덕이는 경쾌한 고갯짓엔 머뭇거림이 없었다. 은조는 즐거워 보였다.

꼼지락거리며 더 안으로 파고드는 동그란 머리꼭지에 입 맞추고 치월도 눈을 감았다. 주변이 너무 평온해서, 지나간 일들이 더욱 꿈결처럼 기억을 스쳐 갔다.

"흐으음!"

기지개를 켜며 팔을 뻗은 은조가 스르륵 눈을 뜨고 그를 올려다보았다. 언제나 곁에 있는 그녀의 표정과 몸짓은 치월에게 매일 다른 의미가 되어 가고 있었다. 가령, 이렇게 마주 보고 웃을 때 입맞춤을 하지 않고는 못 버티게 되었다거나, 그녀가 돌아다니는 발소리에 눈을 뜨는 것이 욱신거리도록 가슴을 뻐근하게 한다거나.

눈을 감고 비죽 입술을 내민 그녀가 담담히 그의 입맞춤을 받으며 물었다.

"치월은 후회하지 않겠어요? 나는 그 힘으로 당신의 그림자를 만들 수도 있는데?"

은조는 여전히 그림자가 없는 치월의 발아래를 보며 조금쯤 미안한 표정을 지었다.

"아니, 전혀!"

최근 치월은 청설과 있었던 모든 기억을 떠올렸다. 어린 혼이었을 때, 그리고 조영산으로 왔을 때와 더불어 자신이 새타니가 되어야 했던 이유도 떠올렸다. 청설이 일부러 그 기억을 봉인했다는 것도 근래에 알았다. 하지만 그 일에 대해선 절대 은조에게 이야기하지 않을 생각이었다.

결국 두억시니가 했던 모든 말들은 사실이었다. 어미에게 버림받은 새타니를 어둑시니로 다시 태어나게 해 준 청설이, 그를 위해 남은 자신의 명을 반이나 희생했다는 것은 그놈도 몰랐던 일이지만 말이다.

"정말?"

"난 이미 청설에게 새 생명을 받았어. 그래서 너의 곁에 있을 수 있게 되었으니 그것으로 만족해!"

신단의 힘을 온전히 이어받은 은조는 아비인 청설보다 더 강한 힘을 가지고 있었다. 청설이 자신의 생명을 깎아서 치월을 되살려 주었다면, 그녀는 그런 희생이 없이도 모든 것을 처음으로 되돌릴 힘이 있었다. 그 어떤 신단의 후계자보다도 강한 힘! 죽은 영혼을 되살리거나, 새 생명을 가질 수도 있는 힘이었다. 물론 그렇게 회생한 것들이 세상에 이로운 영향을 줄 수 있을 때만 가능했다.

은조는 그 힘을 다른 곳에 쓰기를 원했다. 전처럼 견제하고, 감시하고, 손에 쥐는 신단의 역할보다는, 어루만지고 보호하는 신단이 되고 싶다고 했다. 그 일환으로 그녀는 불에 탄 신당을 되살리지 않았다. 무엇이든 형체가 있으면 더더욱 채워 넣고 싶은 욕심이 생긴다고 말이다.

이형서를 비롯한 장로들에게 뜻을 전했을 때, 그들은 생각보다 가볍게 그녀에게 순종했다. 어쩌면 모두들 지쳐 있었는지 모른다. 날 선 대립과 뜻을 가로막는 이념들 속에서.

"고마워요."

"네 것이니까, 네 결정에 따르는 것이 맞아. 그림자가 없어도 난 여전히 너의 곁에 있을 수 있고, 저들에겐 새 왕이 필요하니까."

팔을 뻗어 다시 은조를 품에 가둔 치월은 웃고 있었다. 정말 더 욕심은 없었다. 은조와 함께 조영산으로 돌아왔고, 허물없이 부탁을 하거나 연약한 모습을 보일 수도 있는 좋은 벗도 만났다. 그건 이전에는 상상조차 할 수 없었던 새로운 삶이었다.

그날!

광인이 되어 버린 임금의 품에서 은조를 데리고 돌아왔던 그날!

조영산으로 돌아와 기력을 회복한 후 은조는 치월에게 뜻밖의 부탁을 했고, 그들은 곧장 대비를 찾아갔었다.

그날의 아수라장 속에 대비의 모습은 보이지 않았었다. 다들 겁먹은 대비가 어디론가 숨었기 때문이라고 했지만 사실은 움직일 수 없었던 것이었다. 치월이 은조를 구하던 시간, 대비는 이형서와 신단의 다른 장로들을 상대해야 했다. 그들의 인원으로 궐 안의 금군을 모두 상대할 수는 없더라도 대비전 하나 정도를 장악하는 것은 그리 어렵지 않았기 때문이었다.

은조가 대비를 찾아갔을 때, 대비는 지쳐 있었다. 욕심과 아집으로 가득했던 몸뚱이엔 추레한 외로움만 남았다. 대비는 그저 힘없고 늙은 노인이 되어 방 안에 덩그러니 앉아 있었을 뿐이었다. 이미 모든 것을 잃은 자의 텅 빈 동공이 은조를 바라보았다.

이형서와 조용히 궐 안에 숨 쉬고 있었던 신단은 마지막 힘을 행사해 대비를 대비전에서 내쫓았다. 그녀에게 허락된 것은 구석진 곳의 작고 허름한 전각이었다. 궐 안에 머무는 것을 묵인하는 대신 전각 밖으로는 단 한 발도 나올 수 없었다.

임금은 달랐다.

대비의 품에서 빠져나온 그는 늦었지만 성군이 되기 위해 노력하는 중이었다. 다만 쇠약해진 그의 육체가 그의 의지를 버틸 힘이 없었다.

"제발 내 아들을 낫게 해 다오."

임금이 갇혔던 작은 전각에 홀로 갇힌 대비는 그제야 은조의 발아래

엎드려 간청하고 또 간청했다. 주름진 얼굴을 타고 흐르는 눈물은 진심 같았다.

그 모든 일들을 지켜보며 치월은 은조가 대비의 청을 들어주리라고 생각했었다. 그것은 자식의 목숨을 바라는 어미의 간절한 소원이었고, 지금까지의 은조는 늘 그런 자들을 외면하지 못했기 때문이었다. 그런데 뜻밖에도 그녀는 그렇게 하지 않았다.

"나는 여전히 당신을 용서할 수 없어요. 당신은 내 아버지를 죽였고, 내 어머니와 내 사람들을 모두 죽였어. 그래서 당신의 청도 들어주지 않을 겁니다."

"제발. 내가 다 잘못했으니 내 아들만은, 살려 다오. 그 아인 아무 죄가 없어. 어미를 잘못 만난 죄밖에는."

무릎을 꿇으며 애원해도 소용없었다. 상처 입은 은조의 마음은 돌이켜지지 않았다.

"전하께도 제 뜻을 전했어요. 바라지 않는다 하셨습니다."

"그럴 리가 없다. 그 애가 어째서!"

놀라서 다급해진 대비가 손을 뻗어 은조의 발을 잡았다. 그 손을 뿌리치는 은조의 시선은 여전히 멀고 딱딱했다. 공허하고 편안해 보였지만 실은 끝없이 얼었다.

"조용히 머물다 영면하십시오. 다시는 전하를 흔들지 마시고, 무고한 목숨들도 건드리지 마시고요. 전각의 밖으로는 한 걸음도 못 나가십니다."

"네, 네 이년! 내 아들이 내게 그럴 리가 없다. 이간질을 하려는 게냐."

대비는 끝까지 표독했다. 다 잃어 늙고 사나워졌어도 아들을 위해 가진 힘을 다하려 했다.

"불쌍한 사람인 척 굴지 마세요. 당신은 용서받을 가치가 없습니다. 마마의 손에 희생된 사람들을 위해서 갇혀 계세요. 이곳에서 죽은 듯, 외롭게 그리 버티시다가… 누구보다 힘들게 돌아가시기를 바랍니다."

아직도 죄를 깨닫지 못하고 험한 고함을 지르는 대비에게서 돌아섰을 때, 은조는 새파랗게 질려 있었다. 힘들었을 것이다. 살려 달라 애원하는 자의 바람을 외면하는 것이. 보기에도 아까운 입술을 잔뜩 말아 물면서 그녀는 단 한 번도 뒤를 돌아보지 않았다. 그 이후 한 번도 치월은 그 같은 은조의 표정을 보지 못했다. 그래서 다행이라고 여겼다. 한번은 물었다.

"왜 임금의 병을 고쳐 주지 않았어?"

그녀가 눈을 들어 치월을 올려다보았다. 여느 때처럼 희고 고운 얼굴인데 눈빛이 슬프게 가라앉았다.

"가능하지 않았어요."

"왜? 네가 바라지 않아서?"

"아니요. 전하께 의지가 없었어요. 스스로가 너무나 잘 알고 계셨어요. 그간 전하께서 방치했던 이 나라에 전하의 힘이 필요 없다는 사실을요."

다른 사람의 눈엔 한없이 신비한 힘이지만 은조는 그 힘이 너무 따갑다고 했다. 아무런 감정이 없는 쇠처럼, 강하지만 차갑다고 말이다.

자신의 손바닥을 들여다보며 울먹이는 그녀를 치월은 오랫동안 안아 주었다. 울고 싶어질 때 곁에 있을 수 있어서 다행이었다. 그렇게 한참

울고 고개를 들었을 때 늘 바라봐 줄 것이다. 여기 있으니 안심하라고.

대비를 만나고 또 며칠 후 은조는 새 중전을 찾아갔다. 단 한 번도 임금의 사랑을 받아 보지 못한 어린 중전은 언제 살을 맞을지 모르는 칼바람 속에서 아직도 두려움에 떨고 있었다.

"저는 은조라 합니다. 중전마마께 작은 선물을 하나 드리고자 왔어요."

놀라는 중전에게 자신이 누구인지 밝힌 후, 은조는 그녀의 몸에 새 생명을 심었다. 비록 임금의 씨를 받지는 못했으나, 중전의 몸에서 났으니 당연히 왕이 될 생명이었다. 그렇게, 은조는 그녀에게 주어진 하늘의 힘을 왕실을 위해 사용했다. 어쩌면 결국은 대비의 뜻대로 된 것인지 몰랐다. 하나 전과 달리 그저 지켜만 보고 있을 신단의 보호 아래, 강하게 자랄 다음의 왕은 분명 강하고 자애로운 임금일 것이라 그녀는 믿는 것 같았다.

그것이 벌써 열 달 전의 일이었다. 얼마 전 새 중전이 튼실한 왕자를 낳았다는 소문이 이곳까지 돌았다. 왕자가 태어났음에도 대비는 전각 밖으로 나오는 것을 허락받지 못했다고 들었다. 그들의 속에 은밀히 숨어 있는 신단의 경고 때문이었다.

은조의 소원대로, 대비는 그 안에서 홀로, 지독한 외로움 속에서 죽는 날만을 기다려야 하는 신세였다.

"한번 가 보고 올래?"

어느새 고개를 돌려 멀리 북쪽을 바라보고 있는 은조에게 치월이 물었다. 최근 임금의 병세가 심해졌다는 소문이 돌고 있기에 혹, 한 번쯤은 다시 만나고 싶을까 하여 물은 것이었다.

그러나 은조는 단박에 머리를 저었다.

"이제 두 번 다시 그곳에 가고 싶지 않아요."

"그래. 그럼 나도 다시는 묻지 않을게. 하지만 언제든지. 알지?"

"그보다 부탁이 있어요. 어머니와 박 상궁의 묘를 이곳으로 옮겨 오고 싶은데, 그래도 될까요?"

"당연하지. 지금 당장 가자."

지체 없이 일어나 나무 아래로 훌쩍 뛰어내린 치월이 활짝 웃으며 그녀를 향해 팔을 벌렸다. 일말의 망설임도 없는 그의 대답이 얼마큼 진심인지는 굳이 확인할 필요가 없었다. 은조를 바라보는 두 눈엔 어둠 대신 지극한 마음을, 기꺼이 벌려 주는 두 팔엔 그 무엇보다 강한 믿음을 실었다.

"아하하하!"

그 어마어마한 불길 속에서도 요행이 제 몸을 지킨 나이 많은 소나무 가지 위에서 은조는 짤랑거리는 웃음소리를 길게 흘렸다.

"이리 와!"

"치월!"

"응? 왜?"

치월이 반문한 순간 은조는 망설임 없이 나무에서 뛰어내려 그의 팔로 안겨 들었다. 그 몸을 단단히 받아 안은 치월의 팔은 익숙하고 따스했다.

"왜? 왜 불렀는데?"

대답 대신 그의 목에 바짝 매달린 은조가 치월의 귀에 입술을 가까이 달싹거렸다. 무슨 말이 오가고 있는 것인지는 들리지 않았다. 다만 수줍게 그를 끌어안은 그녀의 뺨이 달보드레하게 상기되어 붉은 노을을 닮아 갔다.

다음 순간 벌어진 치월의 두 눈이 감창하게 풀리더니 이내 헤죽헤죽 웃었다.

"내가 더!"

대답은 짧았고 입맞춤은 길었다. 머리 위로 바슬바슬하게 떨어지던 햇살이 붉은 기운을 품을 때까지. 은조가 도리질을 치며 도망칠 때까지. 치월은 그녀를 안고 자신의 마음을 힘껏 불어넣었다.

"이보시오, 말씀 좀 묻겠습니다."

밖에 들리는 말소리에 얼른 손을 털고 나간 노형손은 잘 차려입은 중년의 여인을 향해 넙죽 허리를 숙였다. 두상은 길고 입술은 두껍고, 가늘게 자리 잡은 눈매는 차가워 보이는 여인이었다.

저자에서 소금을 팔며 숱한 사람들을 상대했지만 이리 못나게 생긴 여인은 처음인지라 일순 눈살을 찌푸렸지만 노형손은 곧 노련하게 제 표정을 감췄다. 세상에 부족한 사람은 많고 그중에 하나는 그의 집에도 있었다.

남들에게 뒤처진 만큼 부지런히 성장하고 있는 그의 어린 아들 말이다. 이런저런 경험들이 그를 그저 소금 파는 장사꾼이 아니라 경우에 바른 사내로 만들어 준 셈이었다.

"무슨 일이십니까? 소금 사시려고?"

"아닙니다. 그것은 아니고……."

반갑게 맞아 주는 노형손의 인사에 여인은 말끝을 흐리며 여기저기를 기웃거렸다. 아무래도 소금이 아닌 뭔가를 찾는 눈치였다.

"뭘 찾으십니까? 아니면 누구? 사람을 찾으시오?"

노형손의 말이 맞았는지 여인은 작게 고개를 끄덕였다. 그러고도 얼른 말을 꺼내지 못하고 입술만 달싹거리고 또 어물거렸다. 그제야 노형손은 손바닥으로 이마를 탁! 쳤다.

"은조 아씨를 만나러 오셨군요? 제 말이 맞지요?"

그제야 여인의 긴 얼굴이 반색을 하며 주억거렸다.

"그분, 여기 자주 오십니까?"

"그럼요. 하루 한 번은 꼬박꼬박 들르시는데, 오늘은 아직 안 오셨으니 곧 오실 겁니다."

"그렇군요. 하면… 혼자 오십니까?"

여인의 말에 노형손은 껄껄 웃으며 손을 내저었다. 혼자라니. 은조 아씨가 혼자라니. 생각해 본 적도 없거니와, 그럴 일은 절대 일어나지 않기 때문이었다.

"아이고, 그럴 리가요. 저얼대 혼자 오시는 법은 없습니다. 지금이야 그 아씨를 건드리면 어찌 되는지 다들 알기에 그럴 일이 없지만, 예전엔 말씀입니다. 아씨의 고운 용모에 혹하여 날뛰는 날벌레 같은 놈들이 숱하게 많았었지요. 그럴 때마다 치월 나리가 얼마나 곤욕을 치르셨는지 모릅니다."

어느새 부인을 닮았는지, 이것저것 술술 풀어 놓는 노형손의 입담은 꽤 길어지고 있었다. 여인은 그의 말을 꽤 열심히 귀담아 들었다. 특히, 그의 입술에서 낯선 이름이 나올 때면 더더욱 눈을 빛내며 고개를 끄덕였다.

'치월⋯⋯. 그 아이 이름이 치월인가?'

노형손의 앞에 서 있는 그녀는 김 상궁이었다. 대비가 전각에 갇힌 후, 그녀는 소리 소문 없이 궐을 빠져나왔다. 당연히 그 뒤에는 신단의 힘이 있었다. 삶을 마칠 때까지 그녀를 보호하라는 선대 단주의 유지가 있었다며 그 피바람 속에서 김 상궁을 빼내 준 그들의 말에, 김 상궁은 한참이나 고개를 들지 못하고 울었었다. 그 모든 시간 동안, 그 숱한 악행의 시간 속에도 청설은 끝까지 그녀를 지켰다는 것을 너무 늦게 알았다.

"한번은 말씀입니다. 어떤 실성한 놈이 나리께서 곁에 계시는데도 글쎄, 아씨께 수작을 부렸지 뭡니까? 하필 그때 제가 옆에 있었는데 말씀입니다. 그리 유순하던 나리께서 한순간에 호랑이로 딱 변하는데? 그놈은 아직도 이 근방을 지날 때면 제 눈치를 봅니다. 하하하!"

자신의 무용담도 아닌 것을 마치 자신의 것처럼 신나게, 노형손은 두 손과 다리까지 이용하며 그들의 이야기를 해 댔다. 이야기에 열중한 노형손을 바라보다 김 상궁은 조용히 몸을 돌렸다.

고맙게도 그들에게 좋은 인연이 많이 있는 것 같았다. 어쩌면 이 또한 청설의 안배였을지 모른다.

"어라? 어디 가셨지?"

한참이나 혼자 떠들던 노형손이 뒤를 돌아보았을 땐, 이미 김 상궁은 그림자조차 보이지 않았다. 겸연쩍은 얼굴로 머리를 긁적이다가 노형손은 휘휘 팔을 저어 달려드는 파리를 쫓았다.

해가 뉘엿뉘엿 넘어갈 무렵! 기다리던 은조와 치월이 그를 찾아왔다.

"형손 아저씨!"

오늘도 청명한 은조의 목소리에 얼른 뛰어나온 노형손이 역시나 그림자처럼 그녀의 뒤에 붙어서 있는 치월을 흘깃거리며 웃었다.

"왜 웃어?"

단박에 눈썹을 끌어 올린 치월이 물어도 웃느라 대답을 하지 못할 정도였다. 결국 아무것도 모르면서 은조가 따라 웃고, 뒤를 이어 치월도 웃었다.

멀지 않은 곳에 숨어서 김 상궁도 그들을 지켜보았다.

"치월!"

보일 듯 말 듯 입술을 움직여 그녀는 치월의 이름을 불러 보고는 제 손등을 내려다보았다.

그날! 궐 안에 휘몰아치는 바람 속에서 눈이 마주쳤을 때 그녀는 단박에 제 핏줄을 알아보았다. 김 상궁은 복받치는 감정을 참을 길이 없었다.

'어미가 너를 알아보마. 억만 번을 다시 태어나고 또 태어나도 어미가 반드시 너를 알아보마.'

어린 핏덩이를 흙에 묻으며 그녀가 했던 다짐이었다. 다짐처럼 바로 알아보았다. 기억 속의 아기와 다른 모습을 하고 있어도, 시커먼 어둠을 제 수족처럼 부리며 인간답지 못한 행동을 하고 있어도 제 아들을 몰라보는 어미가 있을 수 있을까.

"내 아들……."

만남은 짧았고 그리움은 더없이 길었다. 그래도 앞으로 나설 수는 없었다. 이리 고약한 추물이 이제 와 어미라고 도저히 말할 수 있을 리가 없다.

웃고 있는 얼굴이 고와 보였다. 듬직하게 벌어진 어깨도 다정한 눈빛도 저와 달랐다. 삐뚤어지지 않고 곧은 나무가 되어, 그는 제 여인을 지키고 서 있었다.

"그럼 내일 또 올게요."

"예예, 살펴 가십시오."

"갈게, 김 서방!"

"거참, 노형손이라니까요. 이름을 알려 드려도 그러십니까?"

"몰라. 김 서방이 더 편해. 그냥 김 서방이라고 해."

저들의 인사는 내일을 기약하고 있었다. 그러나 김 상궁의 인사는 오늘이 처음이고 마지막이 될 터였다. 그녀는 아버지와 살던 마을로 돌아갈 생각이었다. 그곳에서 조용히 여생을 마치길 바랐다.

"잘 있거라, 치월아."

후회를 남기지 않을 만큼 마음을 담은 인사를 남기고 김 상궁은 미련 없이 돌아섰다. 알 것 같았다. 청설의 마음을. 그녀에게 어떤 은혜를 베풀었는지, 어긋한 혼사에 그가 얼마큼 안쓰러운 마음을 가졌었는지. 그럼에도 손을 내밀어 주지 못한 건, 저 아이가 은조를 바라보듯, 그렇게 달려갈 수밖에 없는 여인이 있었기 때문이라는 것도.

어린 연인들의 재잘거리는 소리가 환청처럼 길게 그녀의 귓가를 울렸다. 무척이나 따스했다.

"치월!"
"……."
"치월?"

팔을 흔드는 은조가 다시 부르는 소리에 퍼뜩 고개를 돌린 치월이 뒤늦은 대답을 했다.

"왜?"
"뭘 그렇게 봐요?"

한참이나 길 저쪽을 바라보고 있던 그를 따라 고개를 내민 은조가 물었다. 치월은 고개를 저었다. 실은 그도 이유를 몰랐다. 어쩐지 돌아보아야 할 것 같아서 발을 멈췄는데 아무런 인기척도 들리지 않았기 때문이었다.

"나도 모르겠어. 그냥."
"그냥?"
"누가 부르는 것 같아서……."
"누가요?"

얼른 몇 걸음을 되돌아 달려가 여기저기를 두리번거리는 그녀는 앞마당에서 뛰어다니는 참새 같았다. 피식 웃어 버리고 치월은 은조의 손을 끌어 잡았다.

"잘못 들었을 거야. 무엇보다 가장 중요한 건 은조 너의 목소리니까."

"아, 해가 져요."

"그럼 달 보러 갈까? 오늘은 큰 달이 뜰 거야."

"그래요. 같이!"

"같이!"

치월은 은조를 안아 들지 않았다. 달려가지 않았다. 언제나 급하게 산으로 돌아왔던 일들은 그들에게 먼 이야기가 되어 있었다. 작은 길 하나하나. 지나며 보고 만나는 모든 것들 하나하나. 풀꽃이나 길가에 구르는 돌멩이까지! 느리게 지나며 만나는 모든 것들이 소중했다.

손을 마주 잡고 천천히 집으로 돌아가는 연인들의 뒤로 늘어진 그림자는 하나뿐이었다. 하지만 자세히! 아주 자세히 들여다보면 알 수 있었다. 무척이나 미약하고 옅은 그림자 하나가 우람한 사내의 발뒤축으로 조금씩 돋아나고 있는 것을.

아마도 그것은 이어진 두 마음에 감복한 누군가의 선물일지도 몰랐다.

-'신단(晨旦)의 어둑시니' 완결-

마지막 페이지를 덮으며

안녕하세요. 잠비입니다.

후우, 어렵네요. 늘 마지막 인사말이라는 것은요.

초보 운전수가 좁은 구역에 주차하며 땀을 빼는 것처럼 저는 지금 좀 아득합니다.

때때로 밤을 새고, 때때로는 밥 먹는 시간도 잊을 때가 있었습니다.

제 방 창문을 열면 작은 뒷동산이 하나 있는데, 쪼끄만 산에 새들이 엄청 많이 살아요. 까치, 까마귀, 직박구리, 박새, 기타 등등 이름 모를 새들이 많습니다. 밤새 글을 쓰다가 새들이 지저귀는 소리가 나면 '아아! 날이 밝았구나.' 했었죠.

사실 치월이 사는 조영산도 새벽녘 파란 공기에 놓여 있던 산이 그림자에 갇혀 있는 듯 보여서 생긴 설정입니다. 물론 저희 집 뒷산은 그런 비밀스럽고 아스라한 그런 이미지와는 전혀 다르지만요.

치월의 이야기가 나와 말인데요.
연재 당시 어떤 독자분께서 주인공들의 이름은 어찌 만드느냐? 궁금해하셨던 적이 있습니다. 다른 소설들 같은 경우 이름에 꽤 신경을 썼다고 자부했는데, 미안하게도 이번 아이들의 이름은 어느 날 갑자기 출근하는 버스 안에서 불쑥 나왔습니다. 풉!

하아, 정말.
무사히 완결할 수 있어서 그 어느 때보다 다행이라고 생각합니다. 판타지 요소가 든 이야기란 이다지도 어려운 것이었네요.
그럼에도 다음에 또 한 번? 무모한 욕심을 부립니다. 어렵고 생소했지만 그만큼 재미도 있었거든요. 아는 길을 걷는 것보다, 모르는 길을 가는 것이 원래 더 두근거리는 법이잖아요.

햇살이 가득해서 조금 더운 날, 혹은 가는 비가 오는 어느 날이나 바람이 불어 싸늘한 날도 좋습니다. 다시 독자님들께 새 이야기로 인사드릴 날을 저는 열심히 꿈꿉니다.

2017년 가을의 초입에서
잠비 드림